宋宜昌 远航 著

驶向深蓝
——新中国舰船工业腾飞纪实

SAILING TO
THE DEEP OCEAN

山东人民出版社

国家一级出版社 全国百佳图书出版单位

驶向深蓝

SAILING TO
THE DEEP OCEAN

（钟魁润 摄）

目录

序

　　今年 5 月中旬的一天，我正在办公室欣赏 4 月 23 日在青岛举行的纪念中国人民解放军海军成立 60 周年观舰式的图片，阅读相关的资料。当看到导弹核潜艇、导弹驱逐舰、导弹快艇等照片时，作为这些舰艇建造亲历者、指挥者的我，感到十分亲切和激动。此次海上阅兵式不仅是庆祝海军建军 60 周年的重大活动，也是将中国海军现代化的重要成果呈现在世人面前、显示我军威和国威的一个平台。

　　恰在此时，《国际船艇》杂志副主编李浩同志将山东人民出版社即将出版的《驶向深蓝》书稿送我审阅。我翻看几页后，被深深地吸引住了，爱不释手。这本书犹如在我面前慢慢展开的一幅历史长卷，展现了中国海军装备和中国船舶工业波澜壮阔的 60 年发展历程。

　　作为新中国造船业的亲历者、参与者，以及后来的决策者，我深有感触：中国海军从无到有、海军装备由弱到强的发展过程，也是我国船舶工业取得长足发展、成为具有重要影响的世界造船大国的发展历程。新中国的船舶工业经过 60 年的艰苦努力，取得了令世人瞩目的辉煌成就，成为中国装备制造业的脊梁，在世界航海事业中起着举足轻重的作用。

　　1949 年夏，武汉解放不久，我报考当时新成立的中南交通学院造船专业并被录取，后院系调整至上海交通大学。1953 年毕业后由国家统一分配到武昌造船厂工作，开始了我为之奋斗的造船生涯。岁月匆匆，从入校至今，已经过去了整整 60 个年头，我的学习与工作也始终与新中国的造船事业紧紧联系在一起。这期间，我亲历了新中国船舶事业走向世界先进行列的光辉历程，我为能把一生的精力献给祖国的造船事业感到十分荣幸、十分自豪。

阅读本书高兴和喜悦的心情是难以言表的，字里行间透出的亲切与熟悉尤使我感怀。作者在书中写道：中国造船，大风大浪中经受了摔打，强壮了筋骨，今天面对国外强大的对手，有了掰腕子的底气。新中国造船业60年的积累，最终铸成了中国造船业在21世纪初期的厚积薄发。中国造船，靠着自己的毅力和拼搏，硬是坐上了世界第二把交椅，汗水、泪水、鲜血、痛苦、光荣、梦想，恐怕只有经历过这段历史的人才会有最真切的体会。这段话说到我的心坎上了。

"长城"号散装货船是我国第一艘按国际标准建造的出口船舶，是我国改革开放后按照国际标准建造的第一艘大型出口船舶，它率先叩开了中国船舶走向国际市场的大门，开创了中国船舶出口的新纪元。香港市场的打开，架起了中国船舶工业通向世界的桥梁。1980年－1982年，我国签订了77艘出口船合同，给处于困境的船舶工业带来了历史性的转折，实现了打进国际市场的目标。

柴树藩老部长对我国造船工业走向世界作出了很大的贡献。应当说，柴树藩同志是善抓大事的人，他的大局观和前瞻性是有目共睹的。从1977年12月6日开始，在他的带领下，中国船舶工业开始了走向世界的征程，并于1980年至20世纪90年代实现了跨越式的发展。他在六机部生产任务最困难的时候担任部长。上任之初，他拜访交通部、海军等用户，积极争取订单；在体制方面提出经济组织代替政府部门；在管理方面提出要向日本等先进国家学习，重视生产管理和现场管理；对年青同志积极进行传帮带，记得有一次他和我用一个下午的时间，逐段逐句逐字地对一份报告进行修改。

由于领导人判断准确、协调灵活、决策果断，我国突破性地实现了船舶出口。随着中国船舶工业打入国际市场，如何提升中国造船能力摆在了造船人的面前。当时我国还没有30万吨级以上的大型船坞，大型船坞已经成为制约中国船舶工业发展的瓶颈。柴树藩同志构想了做大中国船舶工业的蓝图：即在大连和上海分别建造两个能建30万吨级以上船舶的、具有世界先进水平而又有中国特色的现代化舰艇总装厂。为此他几次向党中央和国务院提建议，并获得批准。1995年12月，85岁高龄的柴部长还撰写了《船舶工业"九五"规划与外高桥造船基地建设》一文，亲送朱镕基总理与国家计委，有力地推动、指导了外高桥基地的开工建设。柴老在遗嘱中希望将他的骨灰分别撒在大连造船新厂和上海外高桥造船基地。

这本书中所涉及的绝大部分事件，如"六四"协定、"五型"舰艇、中国船舶产品走向世界等是我亲身经历或参与的，大部分人物是我所熟知和接触过的，感到很真切，它较为真实地还原了历史的场景。

中国船舶工业的壮大腾飞与祖国的发展强盛是紧密联系在一起的。60年波澜壮阔发展历程所取得的成绩，是中国工业战线和广大中国造船人默默无闻、埋头苦干、艰苦奋斗、辛勤努力的结果，他们为中国船舶工业的发展作出了卓越的贡献。书中所涉及的人物仅是他们中的一部分，是在特定历史时期起着关键性作用的历史人物。因为，在中国的国防事业中，在中国的船舶工业中，有太多的无名英雄，他们的名字不为世人知晓，但他们的功绩与世长存。

鉴往而知来。60年的探索，60年的积淀，为我们留下了取之不尽的珍贵精神财富。对这笔财富，我们不仅需要着眼于过去而精心呵护和珍藏，更需要着眼于未来而积极开掘和利用。展望未来，我们坚信，随着中国经济持续、平稳、快速的发展，对外贸易和现代物流业的不断拓展，以及已有技术的不断创新，中国船舶工业将继续走向下一个更长时期的辉煌。正如2004年7月胡锦涛总书记指出的：我们不仅要努力成为世界造船大国，还应树雄心、立壮志，使我国成为世界造船强国。

我们期待着！

王荣生

2009年6月于北京

楔子：岁月的波涛

2009 年 4 月 23 日，中国青岛观舰式。

凛冽的风打磨着远方的天水线。

在波涛上起伏的，是来自 14 个国家的 21 艘舰艇，它们按功能排列成战斗舰艇、补给舰艇、两栖作战舰艇和辅助舰艇四个方阵。五颜六色的国旗给翻卷的浪花涂上了花边，却丝毫掩饰不住它们威武的杀机。美国海军"费茨杰拉德"号导弹驱逐舰似乎在与俄罗斯的"瓦良格"号导弹巡洋舰争锋，它的大型相控阵天线足以指挥导弹击中太空中的目标；俄罗斯军舰是专门为对付美国航母而设计的，它那巨大的倾斜导弹舱向对手倾诉着一种无声的威胁；韩国派出了它最大的"独岛"号两栖攻击舰；墨西哥的"夸乌特莫克"号训练舰是一艘风帆战舰，它训练的水兵与其说是教会他们一种技术，不如说是让他们理解海洋传统。

一艘舷号 116 的中国军舰出场了，它是今天海上盛会的主人——检阅舰"石家庄"号。它载着中国国家主席、军委主席胡锦涛，掠过波涛，检阅外国军舰方阵。自从中华人民共和国成立以来，甚至远溯到民国时期，远溯到 1868 年清朝政府组建北洋水师，还从未有这么多国家的军舰，怀着友好而不是敌意和贪婪的目的，集聚在中国领海，为主人的庆典添彩助威。

"石家庄"号放慢了速度，因为一列列威武的中国舰艇和海军航空兵飞机编队追赶上来，像巨鲸和鸥鸟一样掠过共和国领导人的视线，展现出一种从未有过的军容和风姿。核潜艇也从水雾中浮出，显示出中国科技人员、船舶工人的伟大创造力和精湛技术。

胡主席、海军司令员、海军指战员，此时此刻，感怀万千。

一个伟大的时代展开了它的长卷。

他们参与了这个时代。

他们要锻造这个时代。

1949 年，对中国这个东亚大国来说，是个天翻地覆的年份，在亚洲东部广袤辽阔的大地上，蒋介石政权体系迅速坍塌，其失败已成定局。

4 月 23 日中午，人民解放军的红旗插上了南京"总统府"的楼顶，虎踞龙盘的石头城换了主人。几乎同一时刻，在距离南京 200 里的江苏省泰州，刚刚伤愈回国的第三野战军前委委员张爱萍赶到白马庙，对第一批到位的部下说："华东海军司令部今天开始工作，不过，我们的海军只有在路上组建了。大家立刻上车，咱们去江阴要塞。"此时，华东海军的全部家当连司机在内只有 13 个人，外加 3 辆缴获的美式吉普车。

至此，新中国第一支海军部队诞生了！

张爱萍率领 13 名部下奔赴江阴要塞，接管国民党海军江防司令部。渡船上，张爱萍望着滔滔江水百感交集……

中国有着漫长的海岸线，但有海无防的状况曾长期伴随着我们这个多灾多难的国家。甲午风云的历史阴影无时不在警示着人们，共和国第一代领导人的内心深处无疑是焦虑和紧迫的，《目前形势和党在 1949 年的任务》里讲道：我们应当争取组建一支保卫沿海沿江的海军，这种可能性是存在的。"应当"、"争取"、"可能性"，字里行间流露出紧迫感，我们今天仍能感受到共和国领袖们的焦虑：新中国急需拥有一支能作战的海军力量。

船，是海军的腿，是海军的武器，是海军的命脉。

可是，船在哪里呢？

陈毅司令员告诉张爱萍："你抓紧去接收刚刚起义的国民党海军第二舰队，那 20 来艘船就是你现有的家当。"

不久得知，江阴要塞也投诚了 20 多艘舰艇。

这样一算，华东海军麾下顿时有了 40 余艘舰船。

喜出望外之余，张爱萍很想马上去看看这些钢铁艨艟，登上甲板体会一

"重庆"号成为继"定远"、"镇远"之后中国海军史上吨位最大的军舰，
也是当时中国海军装备最新、火力最为强大的战斗舰只。

下乘风破浪的感觉。

　　作为一名久经战阵的将领，他深知没有海军的痛苦。

　　抗战结束时，胶东军区十个团三万余人，从蓬莱横渡渤海湾到东北。由
于没有运输船，只得搭乘渔船，费时一个多月才抵达，先机尽失，由此造成的
被动局面经过一年多艰苦作战才逐渐扭转。

　　张爱萍第一次见到现代化的大军舰是在葫芦岛，那时他刚从苏联伤愈回
国途径东北，听说国民党海军的一艘主力舰起义到了葫芦岛，曾兴致勃勃地去
参观过。

　　那就是国民党海军大名鼎鼎的王牌旗舰"重庆"号。这艘排水量7200吨
的巡洋舰前身是英国皇家海军Aurora（音译"阿罗拉"，为罗马神话中曙光女
神的名字）号，当时堪称一流的舰只。1941年日军攻陷香港时，英国将征用
中国海关的六艘缉私艇沉入大海，战后英国政府遂以此舰相抵。这个大家伙也
是中国海军历史上最大的战舰。1949年2月25日，"重庆"号在长江口宣布
起义，为躲避国民党飞机的围追堵截，开进葫芦岛港。

张爱萍迈进的是一个从未见过的世界，脚刚一沾甲板，无形中便感到一股震撼。这简直是一座钢铁的海上城市：铁灰色的舰体透着股冷峻，高耸蓝天的桅杆上猎猎飘动着五颜六色的信号旗，雷达在嗡嗡旋转，主炮塔像一座座钢铁堡垒，粗大的炮筒高昂着头冷冷地逼视着前方，所有的扶梯、开关、舰钟、舵轮纤尘不染，铜质机械擦得金光闪闪。参观结束后，他久久不能平静，他在思考：什么是现代海军，一个饱受苦难折磨的民族与外界之间的差距到底有多大！

遗憾的是，这艘大舰最终未能进入人民海军的序列。在国民党空军的密集轰炸下，几天后，"重庆"号被迫自沉了。

这到手的 40 多艘舰船会是什么样子呢？

哪怕是赶上"重庆"号的一半呢！

到了江阴后，他大失所望，这都是些什么船啊！

起义的这些舰船中，绝大部分是江防小船、小艇，很少超过 1000 吨的，勉强算得上军舰的没几艘。这些舰艇有国内仿造的，有民船改装的，有国外淘汰的，有日伪时期凑合事的，最老的竟然还有清朝的老古董；动力系统更是繁杂不一，有烧柴油的，有烧汽油的，还有烧煤用蒸汽的；船上的武器也千奇百怪，口径繁多，很多火炮缺少零部件而成了摆设，有的小艇上连这种摆设也没有，只装了几挺机枪充数……加上保养差，显得更加陈旧。

据初步统计，这些舰艇，竟有十几个国家的血统，一提到维修保养头都大，真够难为国民党海军后勤保障部门了。

船员们称这些战时剩余舰船为"破烂货"、"老爷船"，说这些船"一去二三里，修车四五回，抛锚六七次，八九十人怨"。

有人戏称这是一支万国牌的"特混舰队"。

可就是这么一支破破烂烂的"特混舰队"，蒋介石也不准备白白送给张爱萍。

像当初出动空军追炸"重庆"号一样，长江上又重演了这一幕——

4 月 26 日，锚泊在南京燕子矶江面的"楚同"舰被炸沉；

4 月 28 日，"长沙"舰被炸伤，"惠安"舰被炸沉，"长治"舰被炸得无处藏身，被迫自沉；

4 月 30 日，"太原"舰、"吉安"舰相继于采石矶附近被炸沉；随后，"常州"舰、"万寿花"舰也在船坞内被炸毁。

短短一周时间内，第二舰队起义的主力军舰被炸沉了多艘，剩下的两艘也东躲西藏，岌岌可危。

9月24日，由于缺少防空力量，不幸终于降临到仅存的"安东"、"永绥"两艘炮舰身上……

至此，第二舰队起义的主力舰只全部被炸沉。

华东海军手里仅剩下一些步履蹒跚的内河小炮艇。

张爱萍一直忙着组建海军班底，有些被炸沉的军舰，他甚至都没来得及见上一面。

站在江边，望着从沉入江底的军舰中飘上来的朵朵油花，心情沉重的张爱萍久久无语，心中愤怒难平，但也只能空攥两只拳头。他恐怕比任何一个解放军将领都更早地感受到没有制空权就没有制海权这个道理！

他不仅缺少军舰，更缺少飞机；他既没有水兵，更没有飞行员。他却要到大海和天空中去与恶魔搏斗。而恶魔的背后，是世界上最强大的海上力量和空中力量，连傲视天下的日本联合舰队，也败在了它的炮口和炸弹下。

渡江战役前夕，解放军缺船少舟，只能在村边的滩涂上用铁锹挖出一个个船形土洼。几万人坐在土"船"里操练，军用小铁锹和枪托便是船桨。密密麻麻的部队随着口令、哨声，整齐划一地坐在地上练习驾舟动作的情景一一浮现在他眼前：靠小木船渡江作战勉强可以，渡海能行吗？

1949年10月，噩耗传来，解放军渡海进攻金门失利，对于素有"小叶挺"之称的叶飞司令员来说，这是他戎马一生中最大的耻辱。多年后，他在回忆录中一再感叹：我的三个团一个营渡海后消失了，九千壮士的血染红了大海，染红了金门岛！

不是我们不能打，而是渡海用的小木船搁浅在滩涂上被敌军全部炸毁，后援跟不上，弹尽粮绝……

"一切为解放台湾而奋斗"是华东海军初创时期一切工作的总方针。可手里没有舰船，解放台湾的计划只能停留在纸面上。看着金门作战失利的简报，张爱萍想起"重庆"号巍峨的铁灰色舰桥，心里颇不是滋味……

新中国成立初期只能乘木船渡海作战的解放军。

1949 年 12 月 25 日，中南海军在刚解放不久的广州升旗成立，在穷得叮当响的叶剑英看来，手里尚有几十艘舰艇的张爱萍简直就是个"富翁"。

中南海军只有可怜巴巴的 5 艘小艇，在广东军区江防司令部成立大会上，叶剑英只好说："虽然没多少船，但是我们还有 284 条汉子嘛，先把华南的门户守起来！"那时的中南海军充其量只能算是"海上游击队"，但是这丝毫不能减弱共产党军人的勇气和斗志。1950 年 4 月，四野的 40 军、43 军汲取金门战役的教训，靠着简陋的木帆船分几次偷渡琼州海峡，突破"伯陵防线"，夺取海南岛。

在中国近代海军史上，威海这个弹丸之地，却占据着重要的位置。

1950 年 3 月，新上任的海军司令员肖劲光风尘仆仆地到了威海。登上刘公岛，肖劲光没有见到任何海防设施，但见断垣残壁，满目凄凉，海水默默地冲刷着清政府遗留下来的孤零零的铁码头，旗顶山炮台也只剩下几个锈迹斑斑的炮座。在这个著名的军港，新中国海军连一艘舢板也没有！

为了渡海到刘公岛，随行人员只好向当地渔民租了一艘小船。返程中，当渔民得知站在自己船上的竟是新中国的海军司令员时，以不可思议的口气说："海军司令还要租我的渔船用？"

这句话对肖劲光的刺激太大了，他当即下令参谋笔录此事，以志纪念。他晚年总提及："可有什么办法呢？我这个海军司令当时就是两手空空啊！"

说"两手空空"，一点儿都不夸张。那时，华北的海军连架子也没有搭起来，中南海军那几艘船只有象征意义，人民海军仅有的一点兵力就是活动在长江口邻近海域的华东海军。

躲到台湾的蒋介石当然清楚新中国海上力量的窘迫，他命令国民党海军全力封锁海上通道，扼住新中国的经济咽喉。国民党行政院宣布，在长江口和珠江口地区"严禁任何国籍的船舶驶入"，"一切海外商运予以停止"。小弟出手了，做大哥的不能袖手旁观，美国急忙带领英、法、澳、比、加、荷、土、菲、泰、新、希等十六国一同参加对华禁运，把对新中国的海上封锁，扩大到了国际规模，长江口、珠江口被包围得像个铁桶。国民党海军打仗不行（后来国共之间的一系列海战证明了这点），但当海盗却很职业：遇民船就抢，见货船就夺，一支正规军开着护卫舰做索马里海盗干的事，真是海军的悲哀！一时搅得沿海天翻地覆，没有船再敢冒险出航。沪、闽、浙、粤与南洋、港澳的航行全部中断，上海、广州等港口成为死港，一些冒险前来的外轮不得不在吞吐量极小的偏僻小港偷偷卸载货物，致使物资大量积压，无法疏通。

由于海上通道被封锁，上海的经济一路下滑，对外贸易一蹶不振。华东军政委员会副主席马寅初焦急地说："百货业有了东西卖不出去，机械业几乎濒于崩溃，纺织业的成本超过了卖价，粮价上涨，物价都跟着上涨……"上海经济如果垮了，会影响整个国内经济的恢复。

尽快打破敌人的海上封锁已成为当务之急，"目前海军的任务"，周恩来强调说："是先打通珠江和长江的出海通道！"

为及早解决"两白一黑"（指粮、棉和煤）的运输问题，陈云也急切地提出航运是头等大事，要争取时间，必须尽快提供能用的内河、沿海船舶。

海军保卫海疆要船！
恢复国民经济要船！

这一切都压在了新中国舰船工业稚嫩的肩膀上……

一、激情燃烧的岁月

第一章

"陈船利炮"：新中国有了第一支海军

1949 年 9 月，张爱萍突然接到周恩来的指示，要他和刚上任的空军司令员刘亚楼立即去莫斯科，要求放下手头工作，马上动身！

因为苏联传过话来——原则上同意在空军和海军建设方面给予中国全面支持。

对两手空空的张爱萍来说，这简直比天上掉下一个金娃娃还让人高兴，过于兴奋的他没有留意"原则上"这个词。

两个人坐上火车，恨不得马不停蹄一路狂奔到莫斯科……

毕业于苏联伏龙芝军事学院的刘亚楼收获不小，苏联空军司令维尔希宁元帅以组建 6 所航校、援助 434 架飞机的见面礼盛情地款待了他。空军方面，老大哥是慷慨的，盛在篮子里的礼物也是丰盛的。

代表海军的张爱萍在苏联受到的待遇可就大相径庭了，他只得到了"口头上"的支援。

多年后张爱萍回忆："到苏联后，海军连个参谋长都没出来接见我。我说我们海军初建，希望苏联当老师，最后苏方只派了个海军中校和我谈，而且谈得很简单。我看谈不出什么名堂，就提出到列宁格勒参观一下海军舰队。他们同意了，结果只把我弄到'阿芙乐尔'号[①]上看了看。我提出看他们的战斗

---

① "阿芙乐尔"号巡洋舰因参加俄国"十月革命"而闻名于世，1948 年后，该舰作为"十月革命"的纪念舰永久停泊在涅瓦河畔，供游客参观。

舰艇，他们既不答应也不拒绝，等了三天，也没有回音。后来他们送给我一把海军的佩剑，镶金的，很漂亮，还有很多油画，有列宾的、苏里科夫的，但这不是我想要的。"①

今天我们完全可以想象出张爱萍当时拿着那把佩剑时哭笑不得的样子，人民海军需要的是军舰！镶金的佩剑再漂亮，他也不能挥舞着一把小刀去保卫海疆；列宾的油画再好，他也不能带着一幅《伏尔加河上的纤夫》回去交差！

事实上，苏联海军波罗的海舰队和黑海舰队，在法西斯德国入侵时，除几艘潜艇和小型舰艇外，已全部被摧毁，波罗的海舰队的基地和黑海舰队著名的军港塞瓦斯托波尔也被攻占。苏联在战争中发展了强大的陆军和空军，但的确缺乏一支与陆军和空军相称的海军。除吝啬外，更多的也是力不从心。

与苏联相比，美国对国民党海军的馈赠就"慷慨"多了。美国海军把二战时留在太平洋战场上的破烂儿半卖半送一股脑地塞给了蒋介石，害得国民党海军严重"消化不良"，留下了依赖外援的毛病。看来，任何事情都有两面性。

张爱萍的儿子、曾任总参战役局局长的张胜在《从战争中走来：两代军人的对话》一书中写道：这个时候，中国海军代表团难道是来苏联旅游的吗？简直是个笑话！这里带着明显的嘲弄。中国方面提出的要求你可以不同意，可以讨价还价，但不能承诺了又反悔；即使反悔，也不能用这种方式，这比明明白白的拒绝更令人愤慨。用中国的观念衡量，难道连讲真话的勇气也没有吗？缺乏了真诚，难道还能是朋友吗？

张爱萍在养伤期间积累起来的对苏联人的好感荡然无存。

两个同样是中国的代表团，反差为什么会如此之大？在这有悖于常理的做法背后，难道还隐含着更深层的秘密吗？后来的历史告诉我们，中国和苏联这两个大国的海军，第一次走到一起时出现的尴尬场面，仅仅是冰山的一角，在深不可测的大洋下面，隐藏着巨大的国家利益之争。

海军和空军不同，虽然每个军种都爱把自己说成是老大，都爱给自己冠以战略军种的头衔，但就二战结束后的科技水准而言，空军虽然可以执行和配

---

① 张胜：《从战争中走来：两代军人的对话》。

合实现某些战略任务，但它却无法占领陆地和海洋。而海军，则是独立达成国家对外战略目标的军种。以马汉为代表的海权论者提出，争夺海上主导权对于主宰国家乃至世界命运，都会起到决定性的作用。任何一个国家要想成为强国，必须先控制海洋，尤其要控制具有战略意义的海峡、海上通道。为了争取和保持制海权，必须拥有强大的海上实力，即强大的海军舰队和商船队，以及能控制战略要地的海军基地。

英国人说得好：海军——女王皇冠上的一颗钻石。

新中国的海军，将担负起共和国未来的使命！

还能再说什么呢？当涉及国家核心利益时，信仰和友谊就不算什么了……

可怜的中国海军。

如果张爱萍知道苏联海军当时的状况，多少也可消口气。不过苏联有强大的工业基础，只要假以时日，它迟早能像彼得大帝一样，造出一支强大的海军。

张爱萍一个人孤零零地沿涅瓦河畔走着，就这么回去吗？两手空空……

他心里清楚，一个大国的海军，完全靠别人怎么行？北洋舰队当初不就是靠外国人吗？结果怎样？无论什么事，最终还是要靠自己。

对苏联外援的失望，几乎影响到整整这一代的中国共产党人。张爱萍在后来从事国防工业的30多年中，成了"死硬"的自力更生派，不能说与海军创建初期的那段经历没有关系。中国要想强大，只有靠自己。

最终，张爱萍只带着6名苏联海军顾问回国。这次苏联之行，失望多于收获。

回国后传来的消息也不好，通过香港购买西方二战退役军舰的希望也化为泡影。

毛泽东宽慰他说："不要紧，只要有了人，一切问题就能解决，中国地大物博，我们一定能够把海军建设起来。"

张爱萍手里实实在在掌握的，确实只剩下人了——4000多名解放军陆军和2000名左右起义的旧海军人员。

国民党海军舰艇的袭扰愈演愈烈，今天炮击一艘货轮，明天抢劫一艘客船，搞得沿海客货运输、渔业生产根本无法进行，就像一只围着你的脸嗡嗡乱叫的苍蝇，令人厌恶，必须赶走。

苏军一艘P6级鱼雷艇驶离码头。苏联在卫国战争中发展了强大的陆军
和空军，但缺乏一支与陆军和空军相称的海军，他们也很无奈。

周恩来传过话来，张爱萍的海军什么时候能用？

此刻，张爱萍就像一个窘迫的厨子，手里的菜不足以办一桌宴席，可对岸的"客人"不管这些，已经到了。

如何快速造舰形成战斗力，成为华东海军面临的首要问题。

千万双眼睛都在注视着张爱萍。现实与理想相差甚远，他举步维艰。张爱萍脑部的伤还没有完全好，连续熬夜使他头痛欲裂，不得不靠服止痛药来支撑。他提醒自己，投身革命以来，不就是这样磕磕绊绊地走过来的吗？没有困难，要我们这些共产党员干什么？共产党人是用特殊材料制成的，没有什么困难不能克服。

张爱萍苦寻良策，他突然想起了一个人，对，就找他，旧海军里没有他不知道的事儿。这个人叫金声，原国民党海军总司令部少将办公厅主任，像《潜伏》里的余则成一样，是战斗在敌人心脏里的中共地下工作者。

金声走进了张爱萍的办公室。这是张爱萍有幸遇到的第一位"海军师爷"，他们一见如故，经常彻夜长谈，后来若干年，张爱萍对海军的许多想法都得益于这位师爷最初的点拨。

"金声同志，有什么办法能尽快把军舰搞出来？"张爱萍开门见山。

金声想了想，说："解决舰艇问题，得找一个人，他会有办法的。"

张爱萍眼睛一亮："什么人？说！"

金声介绍，这个人叫曾国晟，原国民党海军技术署署长，曾留学日本并到英国皇家海军学过造船，是国内不可多得的造船专家。曾国晟有强烈的爱国心，不愿意打内战，国民党海军撤退时，他没有跟着跑，躲到乡下去了。

"找到他，我见见这个人！"爱才如命的张爱萍立刻说。

"司令员，这可是个国民党的海军少将啊！你敢用吗？"金声半开玩笑半认真地说。

"呵呵，别说他是个少将，就是海军上将我也敢用！傅作义不也是个上将吗？"张爱萍回答得斩钉截铁。

几天后，金声跑进了张爱萍的办公室："曾国晟回到上海了，我把他找来吧？你有空吗？"

张爱萍当即说："不，我们去看他。"

"也好，不过这个人脾气倔，可能不好说话，我先打个预防针啊，司令员。"金声提醒道。

"有本事的人脾气都大，没什么，只要以诚相待，金石能开！"

于是，张爱萍亲自开着吉普车带着金声在上海的小胡同里七拐八拐，找了半天终于到了曾国晟寄宿的地方。

曾国晟，福建人，中等身个儿，50多岁的年纪，刚刚回到上海，正躲在亲戚家里考虑今后怎么谋生。一阵敲门声把他惊醒，门开了，让他吃了一惊，海军司令部的老同事金声笑嘻嘻地进来了。更让他吃惊的是，跟在金声身后那个儒雅的瘦高个儿，金声向他介绍是张爱萍司令员。

张爱萍，曾国晟近期已从起义的海军熟人嘴里有所了解，知道他是文人、儒将，待人热情，爱才如命，但他无论如何没有想到自己刚回到上海，堂堂的华东海军司令竟会亲自登门拜访。始见张爱萍，曾国晟有些拘谨，扎煞着双手有点不知所措。

寒暄两句后，张爱萍开门见山："曾先生，我们今天来，有些冒昧。就是希望你能出山给我们当老师！"

曾国晟客气地请张爱萍坐下后，推辞道："不敢当，不敢当，我是败军之将，穷途末路干不了什么了。"

"你是抗日名将，海军功臣，当年水雷战炸得日本鬼子魂飞魄散。抛开过去两党的恩恩怨怨，爱国总是一家吧！1840年以后中国蒙受了百年耻辱，帝国主义列强哪一次不是从海上来的？中国的海军呢？在哪里？"张爱萍诚恳地说。

曾国晟沉默不语，在思考着什么。

张爱萍盯着他，继续说："今天为了中国海军的荣誉，为了一雪海军的百年耻辱，我希望你能加入到人民海军中来！让我们共同建立起一支强大的新海军，组成新中国一道海上防线！"

"老曾啊，你还犹豫什么？你以前不是做梦都想让咱们中国有一支强大的海军吗？现在该你发挥作用了。"金声急得直搓手。

曾国晟终于缓缓地开了口："张司令，我能干些什么？"张爱萍说："我们现在急需舰艇，但接收的舰艇几乎都被炸沉、炸毁了，你看有没有办法用最快的时间搞出军舰来？"

　　曾国晟想了想说："只要没有炸断龙骨，有些舰艇打捞上来修修照样能用。"

　　张爱萍说："即使这样，也不够啊。"

　　曾国晟说："可以把商船改造成临时军舰，二战时很多国家都这么搞过。"

　　张爱萍不禁喜上眉梢，请教道："商船能改装成军舰吗？"

　　曾国晟说："从应急的角度看，完全可以！首先要将商船的舱隔改小以利于在战斗中堵漏，再就是想法把陆军用的火炮固定在船上，对付桂永清那些军舰，火力是第一位的。不过陆炮没有双向稳定机构，可能准确性略差点，但可以用大口径火炮和机枪来弥补，我们的火力只要在射程、射速上占据优势，就赢得了时间和空间。"

　　"好！"张爱萍眼睛里顿时释放出明亮而喜悦的光彩，"战争现在基本结束了，地面火炮和大口径机枪有的是，要多少就能调多少，有些必需的航海设备可以到香港去搞。我们的张渭清①同志可以干这件事。既然如此，我们索性在旧舰艇上也换上新式的陆军火炮，这样，别看我们的小艇跑不快，但火力强大，一旦交火，鹿死谁手还未必呢！"

　　"好主意！"曾国晟高兴地拍了一下手，"不仅如此，战防炮、高射炮、高射机枪都可以加装上去，长短结合，轻重交替，扬长避短！"

　　"我们这是起死回生，陈船利炮！"

　　"陈船利炮？"

　　"对，陈船利炮，战无不胜。谢谢您啊，曾先生！"张爱萍呼地站了起来，向曾国晟恭恭敬敬地行了个军礼，说："您的一席话，解决了大问题。"

　　曾国晟连说："不敢当！不敢当！"

　　张爱萍说："我这个海军司令，不如说是'空'军司令，现在一无船，二无人。曾先生，能否请您尽快上班，指导我们开展工作？"

　　（若干年后，回忆起这段经历，张爱萍还对人说当年他在旧海军人员中拜了三位老师：军事训练方面是有"海军才子"之称的原国民党海军总司令部办公厅副主任徐时辅，操舰、航海方面是原国民党海军"元培"舰舰长卢振乾，

①张渭清，华东海军供给部部长，现在知道他的人不多，看过电影《51号兵站》的人会记得里面有个主人公小老大，原型就是他。

造船方面是曾国晟。这话是由衷的。张爱萍因此成为我军第一位能够独立驾驶军舰的高级指挥员,那是后话。)

"张司令如此诚恳,我一定尽职尽责。明天我就去报到。"

张爱萍紧紧地握住曾国晟的手:"好,就这么说定了!"

一番谈话,不仅解决了华东海军缺舰少炮的问题,还顺手捞了个造船行家给自己当舰船顾问,张爱萍不虚此行。

实际上,日本海军在甲午海战中就是这么干的。为了对付清朝海军的装甲大舰,日本人把许多大口径火炮装在吨位不大的军舰上,战斗中很有效。英国皇家海军在1588年对付西班牙无敌舰队时也是小船大炮战法,后来苦练技术,达到法国海军开一炮的时间英国可开三炮的程度。一舰顶三舰,张曾对话,高手谋棋,暗合了兵法。

许多中国共产党的领导人,在他们最初接手这个国家时,大概都是这个样子,在他们身上你总能看到悟性和聪慧的光彩,这也许算是中国特色吧。

曾国晟报到的当天,张爱萍就把自己几天来关于舰艇、装备方面的想法一股脑儿摆出来,最后张爱萍直率地说:"说实话,我的海军知识几乎是零,我对海军的全部了解是靠诺维克夫·普利波依写的一本叫《对马》的书。"曾国晟笑了,对一个海军司令来说,这部描写1905年日俄对马海战的小说确实有点太小儿科了,不过张爱萍的坦诚令他佩服。

谈到最后,张爱萍提出,为了尽快解决海军装备问题,准备成立"华东海军舰艇调查修装委员会",请他当主任。曾国晟当即表示不辱使命。

刚开始,曾国晟这个主任办事十分拘谨,大事小事都要请示后勤司令部,有时还去找张爱萍。为了使曾国晟放开手脚,张爱萍对他说:"你是主任,又是专家,要放开手脚干,有关舰船的修装、改进等问题,你自己拍板就行,不用向我报告。需要哪个部门配合,你就直接指示哪个部门。有了成绩,是你和委员会全体同志的,出了问题,我来承担。"

曾国晟感动不已,说:"我会尽全力的!"

不久,华东军区海军临时党委又任命曾国晟为海军后勤部副司令员兼技术部部长,让他有了更大的工作主动权。

张爱萍知人善任、用人不疑,使曾国晟深受感动。他大胆开动脑筋,想

解放军早期的舰艇普遍采用了"陆炮装舰术"，图中就是一门陆军用的榴弹炮装在了舰艏。

了许多办法加快舰艇修复和商船改装的步伐。舰艇调查修装委员会在曾国晟率领下不负众望，工作进展卓见成效。他们将青岛起义的护卫舰"黄安"号调入华东海军；将遗弃黄浦江多年、锈迹斑斑的六艘日本护卫舰打捞上来进行了翻修；将渡江战役中被解放军击伤的"威海"号护卫舰、"永绩"号炮舰，进行了大修改造；通过陈毅市长从上海海运系统调拨了三艘货船改装成军舰；通过香港购买三艘外轮，分别改造为"开封"、"洛阳"、"临沂"号护卫舰；另外还通过购买、交换等方式，从各地筹集大型坦克登陆舰八艘、中型坦克登陆舰六艘……几个月的时间里，又让华东海军麾下艨艟连营，鼓角相闻。

"陈船利炮"方案经中央军委批准后，华东军区立刻调拨一批 105 毫米榴弹炮，75 毫米、57 毫米反坦克炮以及 25 毫米机关炮安装上舰。中共中央华东局、上海市同时给予无条件全力支持，对于海军所要民用船只，全部开绿灯：要哪艘，给哪艘；要几艘，给几艘；什么时候要，什么时候给。舰艇修复、改装也进展迅速，一艘艘武装商船陆续下水，一艘艘原本认为修复无望的舰艇，也整修一新出了厂。

经过三个半月的日夜奋战，到 1949 年 10 月底，曾国晟如期完成了对 16 艘炮舰、护卫舰的抢修和改装，先后从陆军调来榴弹炮、高炮、高射机枪等 799 门（挺），对 55 艘商船进行了改装，创造了舰艇修理史上的奇迹。

陆炮上舰在世界海军船舶史上，不能不说是一个浪漫的设想。陆军的榴弹炮和舰炮，虽然都是炮，但就像野鸭和家鸭，虽然听起来都是鸭，飞起来却根本不是一码事。不过当时已经顾不了那么多，不是有一句老话嘛，共产党人是专门创造人间奇迹的。

这种技术后来被叫做"陆炮装舰术"，张爱萍和曾国晟成了人民海军发明这种技术的"鼻祖"。

17 世纪西方的风帆战舰也装过陆炮。东方人在海军装备上追赶西方，首先要解放思想，从思想上赶上西方。

后来，一江山岛登陆战时，解放军采用此技术用 80 吨渔船改装了六艘喀秋莎火力支援船。就连国产第一代 65 型护卫舰也是典型的"陆炮装舰"，因为 100 毫米舰炮还没研制出来，为了不耽误服役，主炮就用了三门 100 毫米岸炮。

"陈船利炮"效果明显。很快，张爱萍手里有了 70 余艘各类舰艇，有兵无舰的局面得到了扭转。虽然所有舰艇上的设备都十分简陋，有些炮艇连基本的航海仪器、海图和通信工具都没有，只好用指北针、普通地图和军用报话机代替，但那时要求也不高，船能航行、炮能打响就行了。当时部队还没有海军服，有人风趣地说：外国有海军陆战队，我们是"陆军海战队"。虽说这支舰队看上去有点儿不伦不类，可它毕竟是一支属于自己的海上武装，总比什么都没有，让人家欺负强。

张爱萍比华北、中南海军强的是：他有大上海这个重工业基地。后来历史证明，上海的工人及其传统是共和国现代化最重要的支柱之一。

"陈船利炮"只是理论上的，管不管用，还得听取部队的意见。

后来成为海军福建基地司令的陈雪江当时是华东海军第一任炮艇大队的大队长，崔京生先生在《新中国海战档案》中这样描述了当时的情形：

> 那时一批日本铁壳渔轮因进犯我舟山渔场被扣留，因为吨位大（排水量100吨）、机器性能好、速度快，拟用陆炮上舰的办法改装充实部队。
>
> 不久，一艘日本渔轮驶进海门港。上面安装的是反坦克炮，舰艏安装了一门37毫米炮，舰艉安装了一门57毫米炮，两舷各安装一门25毫米口径机关炮，像一个刺猬。
>
> 在上海方面派来的技术人员指导下，试验任务交给炮艇大队。
>
> 第一次试验开始了，57毫米火炮装弹，瞄准目标，拉炮绳，随着惊天动地一声巨响，渔轮原地颤抖，停止前进。
>
> 硝烟散尽，众人松开堵住的耳朵，半天还被震得晕头转向。只见——驾驶台玻璃都不见了，一甲板碎玻璃碴儿，遮布被震得粉碎。再射两炮。结果更糟，连船舱里的电灯泡、暖水瓶都被震碎了。满脸硝烟的技术人员过了半天才清醒，说什么也不让再试射下去了，再打下去估计连甲板也得被震塌了。
>
> 试验结束后，很快陈雪江得到通知，日本渔轮不适合安装57毫米战防炮，改装到此结束。

新中国成立初期人民海军的小型舰艇，常常按陆军的传统打法，抵近了，"刺刀见红"。（海新 供图）

陈雪江拿到通知，郁闷良久。放弃改装日本渔轮，意味着自己还得用那几艘25吨的日本内河小炮艇。

他冥思苦想熬了好几天，叫来作战参谋，让他再给司令部拟一份改装日本渔轮的报告。

作战参谋看到他拿出的改装图纸，差点儿把饭笑喷出来，上面的改动就是把前甲板的37毫米反坦克炮调到后面，后甲板的57毫米反坦克炮调到前面。

"这能行吗？"

"你别管！就这么报！"陈雪江信心十足。

报告递上去。

不久，华东海军司令部果真同意他们"再次试验"。很简单，上级也是"有病乱投医"，都是让没有能用的舰艇逼的……

这次陈雪江多了个心眼儿，他尽量把炮座安装在远离驾驶室的位置，并清理了所有舱面物品。一切就绪，其实陈雪江心里也没有底儿。

炮弹进膛，关闭炮闩，一群人堵住耳朵张大嘴。

"预备——放！"

口令声在水面回荡，听上去充满悲壮。

"轰"——"轰"——"轰"——

一时间炮声如雷，撼天动地，惊涛骇浪，驾驶台上钢化玻璃在巨大冲击波下成了网状。

发射结束了，炮位的战士耳边还嗡嗡作响，什么都听不清楚，在大家的一片祝贺声中，只是傻笑着。后来在渔轮上服役过的舰员耳朵都不好使，对方大声喊话才听得见。

捷报传到上海，华东海军决定在16艘日本渔轮上安装反坦克炮。

陈雪江望着这些似舰非舰、似艇非艇的水面航行器和甲板上风格抵牾的武器，心中别有一番滋味。此时他只有一个愿望，就是拉出这支新军打一仗，试试战斗力到底怎样。

经国民党教官训练出来的第一批来自解放军陆军的指战员们，打起海战来，也令他们的老师们目瞪口呆。为数众多的小艇集中起来，利用夜雾和岛礁的掩护，猛冲到敌舰舷侧，搭载的轻重火器一齐开火，弹雨倾盆而至。这完全是解放军在陆上突破攻坚的那套打法，集中火力，快速突破，猛打猛冲。这种战术蒋介石的陆军顶不住，他的海军也照样吃不消。虽然当时国民党海军装备的多是1000吨左右的护卫舰和巡航炮舰，而我军不过是几十吨的小炮艇，但解放军士气高昂，无所畏惧，反而开着小艇四处去寻找对手。张爱萍也说："1000吨算什么？小了还不过瘾。按陆军的打法，抵近了，刺刀见红。"

头一个试刀的是一艘国民党"永"字号扫雷舰，华东海军改装的炮艇与之不期而遇，陈雪江的炮艇像狼群一样猛扑上去，围着敌舰撕咬。当时炮艇上没有装射击测距仪，指挥员就跷起大拇指，端平手臂，采用陆军目测办法指挥57毫米反坦克炮开火。对射不久，我方火力优势尽显，敌舰甲板上冒起一股股黑色浓烟，"永"字号扫雷舰不敢恋战，仓皇遁去。可惜武装渔轮速度太慢，全速才有8节[①]，而"永"字号巡航速度有18节，只好眼巴巴地看着煮熟的

---

①节：海上计量速度的单位，1节＝每小时行驶1海里，1海里为1852米。

鸭子又跑掉了。战后清点，我方射出炮弹 100 余发，直接命中敌"永"字号多发，渔轮上部分人员耳鼓震破流血，船身仅有轻微擦伤。

事后，陈雪江问改装渔轮的战斗性能，艇长跷起大拇指，一个劲儿夸反坦克炮好使唤，声音大，在海上有震慑力。

陈雪江一战成名，创造了我海军史上小艇打大舰的典范。华东海军成立一周年之际，一支包括三个分舰队和若干独立大队的海上作战群已初具规模，在近岸作战实力上超过了国民党海军，国民党海军再也不敢肆无忌惮地横行于海上。长江口的封锁打开了，"陈船利炮"战法立刻显现出威力。

半个世纪后，华东海军（1955 年 10 月 24 日，华东军区海军更名为"中国人民解放军海军东海舰队"）的作战参谋黄胜天回忆说："张爱萍司令员'陈船利炮'的英明举措，大大振奋了人心，使人们看到了创建人民海军的曙光。"

中南海军（1955 年 10 月 24 日，中南军区海军更名为"中国人民解放军海军南海舰队"）也捷报频传，"解放"号炮艇在垃圾尾海域奇袭敌第三舰队首战告捷，一艘只有 28 吨的小艇竟然敢向敌人整整一个舰队发起攻击，这在海战史上前所未有。经过一个多小时的激战，国民党"太和"号护卫舰、"中海"号登陆舰和"永"字号扫雷舰等中弹起火，一艘炮艇沉没，其他舰艇也被打得伤痕累累。

另一艘小炮艇"先锋"号则干脆在海上跳帮抓俘虏，后来一个被俘的国民党海军军官心有余悸地说："海战都是舰对舰、炮对炮，没听说扔手榴弹的，更没见过端刺刀跳到人家甲板上抓人的。"

几艘小艇打垮了一个舰队的斗志，从根本上动摇了敌人的军心，国民党海军第三舰队不得不仓皇弃岛撤逃。珠江口的通道打开了……

但一个有着 1.8 万公里海岸线、6500 多个岛屿和 300 万平方公里管辖海域的共和国不能老靠着改装的货轮、渔船保卫自己的海疆啊！

第二章

急造军船，能不忆江南

翻开中国近代史，必然要提及洋务运动；

提及洋务运动，必然要提及李鸿章；

提及李鸿章，必然要提及江南制造总局。

1867年，上海南市的高昌庙，神佛退后，机器登场，江南制造总局迁来了，这里成了中国近代工业梦开始的地方。

江南制造总局在中国近代史上有太多的第一：

中国历史上的第一炉钢、第一门后膛钢炮、第一艘火轮船……

江南制造总局的诞生，拉开了中国近代工业的帷幕，孕育了中国第一代产业工人，成为中国工人阶级的摇篮。江南制造总局就是后来远东闻名的江南造船厂的前身，成为继福州船政局之后中国近代造船工业的又一个重要基地。

近6个世纪以前，郑和带着浩浩荡荡的船队从西洋航行归来之后，中国的造船业陷入了300余年的沉寂。江南造船厂的诞生，让中国人的海上大国梦重新苏醒。

江南造船厂坐落在上海黄浦江边，占据着沿江1000多米长的水面和陆地。造船厂由李鸿章主持兴建，在80多年的岁月里，换了一个又一个主人。到1949年上海解放前夕，江南造船厂拥有大型船坞3座、造船台9座，造船能力每年达1万吨，为全国第一。

郑和下西洋船队想象图。郑和七下西洋，远航了亚非30多个国家和地区。他率领的船队多达
200多艘船，他乘坐的宝船长138米，载重7000多吨，船上还设计了水密隔舱。当时，中国高
超的造船技术早已领先于世界。

抗战胜利后，江南造船厂从美国的剩余物资中，转让得到一批电焊设备和材料，便趁机大量培训电焊工人，初步掌握了焊接造船技术。1946年，建造"民铎"号客货船时，江南造船厂在国内首次采用了全电焊工艺和分段制造法。此前，国内造船还是用铆钉把钢板一块块地铆起来，出海后得时刻小心提防海水渗透进来。由铆接到焊接，造船技术上了一个新台阶。更值得一提的是，江南造船厂在1947年还向美国租借了一台MARK型计算机，包括卡片穿孔机、分类机、计算机、输出打字机等，用于造、修船的材料计算和成本统计。这也是有记载的我国最早应用计算机的单位。

不过，随着美国战后将剩余船只大量倾销到中国，偌大一个装备精良、人才济济的江南造船厂已几乎无船可造，一片沉寂。作为国内最大的造船基地，江南厂一直等到1949年初才获得了第一份新船订单：一艘25吨的小艇。这也是内战时期国民政府唯一的一份订单，令人啼笑皆非。

当时中国有三大块传统的船舶制造业基地：旅大、上海和福州。

东北的旅顺、大连二战后为苏军控制，造船厂主要用于维修苏军的舰艇。

福州船政局当年是清政府创办规模最大的船舶修造厂，1866年由闽浙总督左宗棠创设，厂址设在福州马尾，雇用工人多达2000人，是远东第一大船厂，也是中国近代最重要的军舰生产基地，李鸿章赞其为"开山之祖"。福州船政

局建造的"万年青"号是中国历史上第一艘机器轮船。福州船政局在中国近代
造船史上，占有相当重要的地位。中国近代海军应该从福建水师开始，从福建
水师到南洋水师，最后才是北洋水师，福州船政局不仅制造了我国近代第一批
船舰，而且为近代中国培养了第一批近代海军人才，对建立近代海军起了重大
作用，甚至在辛亥革命后，民国时期的海军将领很多也是出自船政局后学堂。
编写《海军大事记》的池仲祐把福建船政局称为"中国海军萌芽之始"。可惜
的是，抗战结束后，华南造船业一蹶不振，当时广州的修船厂设备及工场极其
简陋，即使日本遗留下的武田船厂，也只有两间半铺面、十多台破旧车床，唯
一的土船坞是在江边挖一个深坑，船舶入坞修理要等潮水涨才能进去。

　　为数不多的私营小造船厂，大部分还只能叫"作坊"，设备极其陈旧简陋，
主要靠刀锯斧凿，以修造木船为主，尚未蹑进"大工业"的门槛。

　　零星的工业企业、残缺的产业结构、畸形的工业布局，旧中国的船舶工
业远未形成规模和体系，一切尚在蹒跚学步阶段。

　　上海解放当日，陈毅、张爱萍等人便把目光投向了江南造船厂……上海
市军事管制委员会颁布的第一号接管令，就是接管江南厂。

　　蒋介石当然不会把这么大一个造船基地完整地留给中国共产党。国民党
海军在撤离上海前，对江南厂进行了一次空前的破坏和洗劫：能开动的大小船
只全部开走了，能拆卸的机器全部搬光了，能带走的工具、材料全部拿干净了，
总工程师及200多名技术人员被挟持到台湾。剩下的带不走的则要全部毁掉，
船坞、船台、车间厂房都是重点破坏对象，准备用烈性炸药彻底摧毁，并要求
江南厂派技术人员配合。

　　对江南造船所（1952年江南造船所正式改称江南造船厂，为便于叙述，
书中统一称厂）所长马德骥来说，作为一名军官，设备搬迁的命令可以执行，
人员撤退的命令也可以执行，但毁灭性的破坏他下不了手。他造了一辈子船，
对江南厂的感情之深，是蒋介石理解不了的。作为一个有良知的中国人，马德
骥无论如何也不愿意让中国唯一的一个造船基地毁于自己之手。他的再三拖延
挽救了江南厂。当他允许国民党工兵部队进入厂区时，解放军的炮声已经隆隆
响起。时间来不及了，工兵只能在一些建筑物上草草埋设了爆炸物。马德骥撤

退到台湾后因破坏不力被撤职。他晚年多次对儿子讲："我是一个做建设的人，下不了那个狠手，江南厂不是我炸的。这是我一生做的最对的事。"

但国民党海军司令桂永清不是做建设的人，他下得了那个狠手……

从 1949 年 5 月 23 日凌晨起，江南造船厂响起了惊天动地、此起彼伏的爆炸声，工人们远远望着厂区冒起的滚滚黑烟，心急如焚，抱头痛哭，那是他们老老少少几代人建设起来的啊！

国民党军队终于坐上船"胜利转进"到台湾了。重新回到厂区后，大伙儿几乎不敢相信自己的眼睛，江南造船厂的地表建筑几乎被夷为一片废墟。轮机厂的厂房被炸去三分之二，车床厂被炸掉一半，还有一半，未引爆的炸药晃晃荡荡挂在那里。发电厂不仅厂房全部倒塌，连机器都被炸成碎片。1 号至 8 号仓库全被焚毁，内燃机厂全部被炸毁，外钳厂被炸毁，打铜厂被炸毁，油漆厂被炸毁……所幸的是，国民党工兵不懂船坞的构造，找不到关键位置，稀里糊涂地埋设了些炸药，没对坚固的船坞造成太大的破坏，三座船坞只有一座被炸毁了上半截坞门。江南厂的工人和技术人员松了一口气，厂房炸塌了可以再建，只要船坞没事儿，江南厂就有东山再起的机会。

但几代江南人共同创造出来的财富还是被毁了大半，远比清末甚至日本人败走时遭到的破坏更加令人痛心。国民党中不乏懂技术、工业、造船和海军的人，他们都知道江南厂一旦"苏醒"对共产党和自己意味着什么。

即使这样，国民党空军也没忘记频繁空袭江南造船厂，其目的很明确：坚决阻止江南厂开工生产。他们很清楚，一旦江南厂恢复生产，造出军舰，台湾就无险可守。地面上打不过共产党人，那就从空中来报复……

8 月 3 日，张爱萍和后勤司令部司令员陈玉生、舰艇调查修装委员会主任曾国晟，率领机关人员正要去江南造船厂，上海上空突然响起撕心裂肺的防空警报。蒋介石的 9 架 B-24 轰炸机再次对江南造船厂进行了密集轰炸。顿时，空中飞机的轰炸声，地面高炮的还击声，汇在一起，似惊雷滚动，响彻上空。消息很快传来，敌机对江南造船厂投下 500 磅以上的炸弹 34 枚，厂区损失惨重。张爱萍一行赶到时，江南造船厂已黑烟滚滚，火焰冲天。

据统计，仅 1949 年 6 月至 12 月，上海沿江 8 个船舶厂遭到国民党飞机的空袭就达 71 次，被炸毁沉没的较大船舶 39 艘，小火轮、木驳百艘以上，人

上世纪30年代，一艘巨轮从船台下水。（华盖创意 供图）

员伤亡近百人。

对手心里很清楚，欺负的就是你没有空军。没有制空权，制海权等于一句空话，这在二战中被各个战场所确证。

曾国晟的办法再多，修复也好，改装也好，都离不开造船厂。抢修江南造船厂已是头等任务。硝烟未散尽，张爱萍已经带领部下出现在江南造船厂的废墟上。张爱萍一面指挥灭火、抢修设备，一面安排抢救伤员。之后，他又到工人中了解现有的设备情况，请教尽快恢复生产的办法，同时向工人们交底：华东海军亟须在这里改装、整修舰艇。根据实际情况，江南造船厂提出了"修旧利废，因陋就简，积小为大"的修造方针，并喊出"奋战一个月，恢复江南厂"的口号。为避开敌机的轰炸，舰员和工人们利用夜间抢修厂房和设备，很快修复了发电厂和船坞水泵间。

船坞是江南造船厂的关键设施，必须在短时间内把它修好。

三座船坞中，受损最大的是2号船坞。该船坞内灌满了江水，要抢修坞闸，必须抽干坞水，要抽干坞水，必须先修好抽水机，要修好抽水机，又必须抽干坞水。彼此互相关联，好像先有鸡还是先有蛋一样陷入一个怪圈悖论。没办法，只能先调来几台消防水泵抽水，可是如果一坞江水靠几根鸡肠子一般的消防软管来抽，不知要等到什么时候才能见底儿。但一时又找不到大口径的管子，新上任的总工程师王荣瑸围着船坞急得团团转。他在厂里走了一圈，盯上了被炸断的空心起重吊杆柱。这不是现成的管子吗？他指挥工人马上将这些吊杆改做虹吸管，十几个吊杆直冲天空，湍急的水柱汹涌喷出，在阳光下映照出一道道美丽的彩虹。积水被源源不断地引入黄浦江中，不多时，2号船坞的水抽干了，工人们立即焊补闸门。2号船坞的闸门以神奇的速度得以修复，曾国晟高兴得差点蹦起来。一艘艘旧船被拖进船坞，被炸毁的军舰再一次出现在焊花飞溅的船台上，让人们看到了希望。

舰船修理改装中最大的困难是材料、配件严重不足。没有配件，工人们想突击抢修有劲也使不上。当时修复改装一艘舰艇，必须拆卸5艘至6艘舰艇上的零部件。有的船就因为缺几块钢板，只好一天天僵卧在船坞内；有的机器拆开了，就因为缺一个配件，只好一再推迟安装时间。"琼林"号、"福林"号登陆舰因等待配件，拖了快两年才修好。各车间虽然采取了一些措施，用拆拼、代用等方法来应付急需，但是仍解决不了根本问题。

张爱萍想到了我军指挥打仗用的老办法。战斗中，常常遇到打不掉的碉堡，或攻不下的城镇，张爱萍总爱说："到战士中去！"现在修理、改装舰艇，应该到一线工人中去。工人群众能不能解决这个难题，张爱萍也没有把握，但是他相信，这总比坐在办公室里干着急强！

张爱萍立即与陈玉生和曾国晟来到江南造船厂，来到工人中间。

在与老工人的交谈中，他们得知桂永清撤离上海强行搬走设备时，许多工人都不配合，一些重要的、能搬得动的器材还丢了不少，估计是被人藏起来了……

曾国晟高兴地说："这就好办了，要是能把这些器材找出来，可以解决燃眉之急！"

工人们所谈的，张爱萍过去也有所耳闻，但是究竟有没有，他把握不大，于是他找到了总工程师王荣瑸。

"王总，有这回事吗？"

"有！"王荣瑸十分肯定。

在渡江战役之前，桂永清下令把江南造船厂储存的造船器材和设备统统运往台湾，运不走的最后要全部毁掉，并派海军陆战师师长周雨寰带一批海军陆战队来厂进行监督，宣称："故意迟缓者，以通敌论处。"但是，许多工人不听他们那一套。一方面，工人们收集一些破旧工具材料，涂上油，充当新货，并标上"贵重物品，小心轻放"字样糊弄他们，装箱运台；另一方面，他们把重要器材、仪器、仪表和有色金属材料、工具等悄悄隐藏起来。时任设计课课长的王荣瑸本人，也是把次要图纸冒充重要图纸装上了船，在周雨寰眼皮子底下玩了出"狸猫换太子"，而将几万张重要图纸连同全套英美造船年鉴装了整整一大卡车，悄悄送到外国朋友家藏了起来。所以，对张爱萍的提问他心中有数。

"这些器材都在哪里？"张爱萍急忙问。

"大件藏在厂里，究竟在哪儿，工人肯定知道，"王荣瑸说，"一部分小件藏在工人家里。"

张爱萍和陈玉生、曾国晟碰头后，决定召开"爱国献宝"动员大会。

动员大会还未召开，王荣瑸率先向张爱萍交出了26000多张造船图纸和全套英美造船年鉴，这些图纸在新中国成立初期发挥了极大作用。大连、新港为发展造船事业，曾专程派人前来翻印了大批图纸。紧接着，老工人郝立清献出一大箱子焊条，沈昌信献出6000把车刀……

动员大会以后，"爱国献宝"活动达到了高潮。几天之内，修械厂工人献出许多刨刀片、带锯片和几十种火炮配件，以及足够全厂使用两三年的木螺丝和开口销；船体厂工人献出了1000多公斤的电焊条，还有马达、电石、探照灯泡、电焊丝和航海罗经……各种重要零部件、火炮配件，各种原材料、技术资料等，潮水般涌向车间。

配件材料不足的问题暂时解决了。

当时江南厂车间里车床不多，大的车床只有几台，尽管设备陈旧，但工人们加工经验都很丰富。厂里50多位工人技师，个个身怀绝技，手艺相当高，凭感觉就能够把同心圆加工的误差控制在0.02毫米－0.05毫米，堪称神奇。

工人技艺高超,这是江南厂的一大特色。1918年夏,江南造船厂为美国政府建造四艘全遮蔽甲板型蒸汽货轮时,张昌兴等能工巧匠竟在没有分厘卡等精密测量工具的情况下,全凭肉眼和经验加工出质量上乘的曲轴和汽缸套等大工件,一时声名鹊起。如今与那时不同的是,工人们的生产热情非常高,没人计较报酬,没人计较时间,都日夜加班拼命干活,自己的工作没做好就不去休息。几乎一夜之间,江南造船厂的机器魔术般地转动了起来,一艘艘舰船陆续驶出修理厂。

那时物质生活困窘,人们的精神世界却很充实。千千万万共产党的"新官"们大多数都是艰苦朴素,与群众在一起埋头苦干。他们吃得差,干得多,不懂就学,谦虚谨慎,从不计较个人得失和物质享受,真正起到了先锋模范作用。这一代共产党人不愧为从战争条件下选拔出来,经受了出生入死的重重考验而来到人民中间的一代精英。

那是一个史诗般的英雄年代。

总工程师王荣瑛更是江南厂的"厂神"。他留学于英国曼彻斯特大学内燃机设计和制造专业,二战前在德国监造过潜艇,战后在美国康奈尔大学海军内燃机学院研究内燃机,在纽约海军造船厂研究造船。造了一辈子的船,他有着谙熟的技术和丰富的经验,无论生产中遇到什么技术难题,只要王荣瑛到场,没有解决不了的。工人们尤其佩服他的"临床诊断"能力。

王荣瑛后来成为我国著名的船舶工程专家。他毕生致力于船舶工艺技术工作,是中国造船工程学会的创始人之一。他主持了中国第一代潜艇和第一艘自行设计的万吨轮"东风"号的建造工作。他创建了中国船舶工艺研究机构,为中国造船事业的发展和造船工艺技术水平的提高,作出了突出的贡献,这是后话。

当时江南造船厂接到赶修一批渡海用的登陆艇任务,在工程接近尾声时,发现八艘登陆艇的艇首大门不能随意关启,在场的许多工人和技术人员动了不少脑筋,还是无法解决轴承发热和冒烟等现象。由于任务紧迫,不能多耽误时间,只得考虑在门机各滑轮组处再加一个滑轮组,以减轻门机负荷。报请领导同意后,准备交铸工、船体和机械等车间加工制造。这时,王荣瑛从北京开会

解放一江山岛时我军登陆艇编队，从中可以看出各种船艇型号驳杂、新旧不一。（杨国宇主编：《当代中国海军》）

回来，他听到这个消息后，急忙赶到现场。他一声不吭地从船首走到船尾，仔细观察，接着又钻进机舱检查了一番，最后盯着艇首的门机滑轮组看了半天。凭着多年的经验，他认为不需要增加滑轮组，他把大家找来说："加工件暂时不要做，开门机械是按原位定做的，不可能出现超负荷现象，我看主要是穿钢丝绳时将动滑轮改为定滑轮了，致使大门无法活动，只要反穿过来，即可解决。"工人们按照他的意见，将钢丝绳重新反穿后，登陆艇的大门果然可以灵活启闭了。折腾了几天都不能解决的技术难题，在王荣瑸的指点下，一个零件没换，几分钟就全部解决了。

王荣瑸就这么神奇！①

在解放一江山岛和舟山群岛的日日夜夜里，江南人喊出了"要船有船，要人有人"的口号。这期间以江南造船厂为主的上海各船厂共突击抢修、改装各种舰艇和运输船 437 艘，近 10 万吨。

一江山岛战役打响。由于人民海军的驾驶人员不够用，江南造船厂派出24名懂驾驶的工人，勇敢地驾驶着刚抢修完的登陆艇直接参战。在这场战役中，

①张方良：《中国造船业的一颗明星》。

江南造船厂修复的登陆艇和炮艇发挥了关键作用。

近代中国，没有哪一家企业能像江南厂一样，与国家共荣共辱！

江南造船厂在共和国最困难的时期，起了不可替代的带头作用！

1949年开始的几年被国人称为新中国建设时期，这是一个极具政治色彩与精神特点的历史阶段，透过江南厂飞溅的焊花，人们可以从一个窗口看到共和国船舶工业成长初期可歌可泣的艰难历程。

1952年2月14日下午，北京。

天刚下过大雪，京城一片白雪皑皑。海军司令员肖劲光突然接到空军司令部打来的一个电话，说毛主席刚刚离开空司，马上要到海司①去。当时，海军司令部设在建国门内路北的一个院子里，与空军司令部近在咫尺。放下电话，肖劲光忙带领警卫员到门口去看看情况。没有想到刚下到楼梯口，毛泽东就到了，身后还跟着公安军司令员罗瑞卿、空军司令员刘亚楼等一行人。肖劲光等海军将领赶快把毛泽东主席迎进来，互相致礼后，大伙一起到司令部办公室外间的会客室坐下。毛泽东望着室外的皑皑白雪，兴奋地说："瑞雪兆丰年，看样子今年是个好年景！"肖劲光等人心里明白，抗美援朝打得正紧，毛泽东主席冒着大雪亲自到海军司令部，不是来与他们谈雪景的。

闲聊了一会儿后，毛泽东果然话题一转，有些为难地对一屋子海军将领们说："今天，我来和你们商量一件事，现在朝鲜战场急需补充飞机，中央打算集中外汇先解决空军问题。原来计划了2亿卢布，准备再给海军买几艘驱逐舰、几十艘鱼雷快艇，但这样外汇就不够了，是不是可以先给空军买点飞机啊？你们要买的舰艇再往后推一推，怎么样？国家穷，就这么点钱，根本分不过来。"

事关抗美援朝大局，肖劲光等海军将领毫不含糊，马上表态理解中央的难处，海军可以立足现有装备先训练。

"好，就这样说定了。"毛泽东高兴地笑了，他接着说："国内的钱，有。你们是不是买点材料？自己造，打个基础。上海的江南造船厂过去不是造

---

① 1950年1月12日，十二兵团司令员兼政治委员肖劲光担任新中国的第一任海军司令员。海军领导机关的成立，标志着人民海军已正式成为中国人民解放军的一个军种。海军第一任领导人为：司令员肖劲光、副司令员王宏坤、副政治委员兼政治部主任刘道生、参谋长罗舜初。

过 1000 多吨的船吗！"

肖劲光告诉毛泽东："江南厂，还有其他一些造船厂，都可以造。去年青岛造船厂已经摸索着造了几艘小艇，那今年就让江南厂再试制几艘大点的。"

"很好，很好。先造小船，来得快，花钱不多，还可以积累经验，把我们的造船工业搞上去。"毛泽东兴奋地说。一个小时后，毛泽东主席满意地离开了海军司令部。

自己造舰，新中国船舶工业在艰难形势下开始迈出了第一步。

所有的海军舰艇中，吨位在 100 吨以下的护卫艇是技术上最简单的，中国决定先自行设计这一种。江南造船厂作为国内技术力量最强的单位，当仁不让地接受了研制适应近海作战的 50 吨级炮艇的任务。

可能有人会说，造一艘 50 吨的炮艇有什么难的？江南造船厂以前不是建造过 2400 多吨的"平海"号轻巡洋舰吗？的确，1949 年以前，江南造船厂建造的最好的军舰就是"平海"号轻巡洋舰，它也代表了当时中国舰船工业的最高水平。可是"平海"号是按日本提供的设计图纸，由日本提供全部设备和零配件，并聘请日本技术人员担任总工程师指导江南造船厂组装的。组装和自行设计建造完全是两码事，区别就如同一个是从宜家家居买回桌椅散件按图纸拼装起来，一个是自己到山上砍根木头回来琢磨着怎么做桌椅。即使这样，组装这艘"平海"号也足足花了 5 年的时间（"平海"号 1937 年 4 月交付使用，而与其同型号的"宁海"舰在日本兵库县播磨造船所仅一年半就建成了）。这种低得可怜的产量（个位数）和技术含量（严重依赖国外图纸、国外零配件），正是一个国家船舶工业体系一穷二白的具体体现，这种产品在市场上既无竞争力，也无影响力，对增强国力只有象征意义。

除手头缺少图纸资料和各种设备、配件外，当时最大的困难就是发动机。研制大功率的船用发动机不是一天两天能办到的事。西方封锁得厉害，先进的主机买不进来，只好用被工人藏起来的一批美国 GM6-71 型民用柴油发动机，虽然其航速仅为 13 节，很不理想，也只能凑合了。早期我国制造的护卫艇航速很低，实际上只能算巡逻炮艇，就是受制于发动机落后。这种速度能有多快呢？如果你有机会去威海刘公岛参观北洋水师旧址，往返乘坐的观赏船就是这个速度，开起来四平八稳，不慌不忙。

那时的人们个个热情高涨，干劲冲天，设计师和工人昼夜加班，用库存物资匆忙制造了一艘炮艇。没几天新炮艇就舾装完毕，军地各界人士无不欢欣鼓舞。而后，在众人期盼下徐徐下水。孰料，它竟然一下水就翻覆了，直接沉没水中成了"潜艇"。

出师不利让江南人心里都蒙上了一层阴影，可见制造军舰不是一件简单的事，不像把陆炮搬上船那么简单，必须建立在科学理论和工程基础之上。

沉艇打捞起，发现是因为没有放置压舱铁，造成下水时初稳性负值而倾覆。赶紧改吧，还是不行，放上压舱铁后一加速船就打晃，像喝多了酒。快艇不快，有什么用？再改！改到最后仍不理想。华东海军司令部说，要不我们派一个"炮艇专家"去看看吧。江南厂一听高兴坏了，好啊，欢迎专家前来指导。

这个"炮艇专家"不是别人，就是那个改造日本渔轮的炮艇大队长陈雪江。在华东海军司令部眼里，陈雪江有海战经验，又改装过渔轮，最有发言权。

陈雪江赶到江南造船厂，几位工程师早就摊开一堆新炮艇设计图纸，恭候在那里了。他们见来人披了一件油脂麻花的棉大衣，其貌不扬，不免失望。这难道就是那个"炮艇专家"？其实陈雪江一年四季在海上巡逻，风大浪高，披件棉大衣是为了挡寒。再说那时候一线部队都这样，不太讲究穿着。当年东海舰队副司令员彭德清微服私访下来视察，也是披了一件油脂麻花的棉大衣，走到码头上问候忙碌着的众水兵："同志们辛苦了！"陈雪江不认识顶头上司，回了一句："辛苦不辛苦关你屁事！"二人得知对方身份后，方释然大笑。新中国成立初期部队官兵关系就是这么融洽。

陈大队长一边谦虚，表示自己是玩儿炮艇的，对于造炮艇一窍不通，一边却毫不客气大大咧咧地坐下看图纸。陈雪江长这么大头一次看舰艇蓝图，横看竖看，半天也没闹懂，还不能露馅，绷到最后，干脆卷起图纸，提出去码头上看看新造的炮艇。

一行人来到专用码头，长年泡在炮艇上的陈雪江第一眼就被这新型炮艇深深吸引住了。看着挺好啊！银灰色的艇躯、高耸的指挥台、双联机关炮，这样的炮艇怎么会有毛病呢？他攀上指挥台，又钻进住舱，艇首兜一圈，接着溜达到艇尾，手指头习惯性地左量量、右比比，光觉得有点不对劲，可找了一圈也说不出毛病在哪里。他忽然想起炮艇大队有艘25吨的日式旧炮艇正在厂里

就是靠这样的小炮艇支援，人民海军在解放大小鹿山岛、一江山岛等战斗中，左冲右打，横扫千军。解放军"有什么武器打什么仗"可不是说着玩的。（黄彩虹：《人民海军》）

大修，于是让人赶快把那艘炮艇开过来，靠在新炮艇旁边。

众人不明白什么意思，但"炮艇专家"吩咐的事，马上照办。

一艘日式炮艇和新型炮艇并排靠拢在一起。

不怕不识货，就怕货比货。两者一对比，差别立刻凸显出来。

陈雪江后退到远处，来回端量。工程师也搞不懂他在搞啥路数，在一旁毕恭毕敬，等候吩咐。

"看见了没有？"陈雪江问大伙儿。

众人不解何意，模棱两可地点点头。

"看出什么问题来没有？"

众人愈加糊涂，不知该怎么作答。

"你们看我们的指挥台，再看看日本人造的指挥台，有哪些不同？"

"……"

"咱们可以想想，人家只有 25 吨，却能抗住五六级风，在大风大浪中还能作战。咱们的比人家大一倍，按说稳定性应该更好啊，可是刚下水就折个儿，原因在哪儿？"

很多东西就像蒙了一层窗户纸，捅破后其实很简单，众人拿眼睛一比量，不用看图纸就明白了。

"日本指挥台紧贴舷坡，靠近艇中部，重心低，稳定性能好，符合出海作战的各种需要。咱们的，你们看，傻大黑粗，在艇首，一旦转向就会失去重心，翻船在所难免。"

众人眼观耳听，无不佩服。

"你们再看人家两舷"，他又带领大家蹲下仰视，"舷面向里凹陷，刀削出来一般，这样的流线型在航行中可以大大减少阻力。再看咱们，像孕妇挺个大肚子，前翘后凸，既费工废料，也不符合战斗要求"。他边说边带领众人从艇首绕到艇尾，深入浅出地一口气说出来十多条意见。工程师又是往本子上记，又是在图纸上画，对远来的和尚念经深信不疑。

"我完全是凭借直觉谈一点看法，有用的你们就听，没用的全当耳旁风，至于怎么修改还要靠专家们。"陈雪江实话实说。

"哪里哪里，您就是我们的'炮艇专家'。"众人愈发恭敬，不舍离去。

就这样，前中国人民解放军陆军二二一团团长陈雪江一下子成了"炮艇专家"。①

这种50吨级炮艇就是新中国赫赫有名的第一代国产军舰——52甲型三桨炮艇，也是新中国自己设计的第一艘军用舰艇，由于诞生在黄浦江畔，被西方称为"黄浦"级。到1955年底，52甲型炮艇共建造了76艘，有效地解决了当时我军有人无船的窘境。

52甲型炮艇现在看起来根本不能算一种真正的海上护卫艇，它不但火力弱，航速也慢得出奇，在内陆作为江河巡逻艇还可以，用做大海上的攻击艇就非常勉强了。可是人民海军就是用这些小艇，在乌丘海域击沉、击伤国民党武装运输舰各一艘；在猫头洋护渔战中，围攻并击伤国民党"永"字号扫雷舰一艘，并协同鱼雷艇一举击沉国民党海军主力"太平"号护卫舰；在解放大小鹿山岛战斗中，左冲右打，横扫千军。另外，也是靠这样的小炮艇支援，把一江山岛给拿下来了，解放军"有什么武器打什么仗"可不是说着玩儿的。

从长远建设着眼，在修复、改装旧舰艇的同时，利用当时极度薄弱的造船技术，造船人已开始摸索着自行设计建造小型巡逻艇、登陆艇。今天从建造

---

① 崔京生：《新中国海战档案》。

规模或产品质量上看，这些虽然都微不足道，但作为一个开端却十分可贵，它
体现了新中国造船人自力更生、奋发图强的顽强精神。

今天，如果你去北京中华世纪坛，在青铜甬道上的中华大事记中，会看
到这样的记载："公元 1865 年乙丑，清穆宗同治四年，第一个大型近代企业
江南机器制造总局在上海建立。"江南机器制造总局当时位居国内造船界"四
局二坞"（即江南制造局、福州船政局、天津机器局、安庆内制造局，大连船
坞、塘沽船坞）的头把交椅，它的建立，结束了中国海洋文明的停滞时代。

今天，江南造船厂不仅是造船业的大哥大，而且是中国民族制造工业的
先驱。我国现在造船行业的骨干企业，南边的广州造船厂（现名广船国际）、
北边葫芦岛的渤海造船厂，最初的起家底子，都是由江南厂帮助搭建的。

用白居易的一首诗来追忆那段激情燃烧的岁月吧！

江南好，
风景旧曾谙。
日出江花红胜火，
春来江水绿如蓝。
能不忆江南？

第三章

友谊地久天长（上）：156项目和“六四”协定

1949 年底，风华正茂的毛泽东主席到了白雪皑皑的莫斯科，正式访问苏联。这是他作为新中国领导人出访的第一个国家，也是他一生中唯一出访过的国家。

一见面，斯大林与毛泽东热烈拥抱。寒暄过后，斯大林立即毫不掩饰地称赞毛泽东。当年，斯大林对山沟里走出来的毛泽东一无所知，他曾经称中共是“人造黄油”式的共产党，不是真正的共产主义者。毛泽东的回话显然经过掂量又发自内心：“我是长期受打击排挤的人，有话无处说……”斯大林略带几分歉意地说：“胜利者是不受谴责的。”毛泽东以诗人和哲学家的风度告诉对面这位共产主义世界领袖，我这次到苏联来，不仅要搞些“好看的”，还需要搞些“好吃的”。苏联人弄不明白这种典型的东方式智慧和幽默，还以为伙食接待出了问题，便天天给中国代表团送活鱼吃，搞得毛泽东哈哈大笑。

1950 年 2 月 14 日，《中苏友好同盟互助条约》正式签订，“好看的”搞出来了。

“好吃的”才是共和国领袖们更关注的事情。“好吃的”就是工业和军事的真正实力。

中国人民经过几十年浴血奋战，终于迎来了革命胜利。当人们抹去激动的泪花后，他们也看到了：胜利后的中国，国家财政经济几乎到了崩溃的地步。

长期的战争破坏，到处是残垣断壁，遍地是弹坑壕沟。扭曲的铁轨、断裂的桥梁，支离破碎的公路，满目疮痍，全国的铁路、桥梁、隧道基本被破坏殆尽；城市的建筑物几乎都是以累累弹洞"装点此关山"，工厂是"一片神鸦社鼓"，残破不堪。农村本来就所剩无几的水利设施因常年失修而坍塌损坏。老天爷也来跟着捣乱，旱涝虫蝗一起来，1949年上亿亩土地遭灾，数千万灾民待哺。金融一片混乱，物价风潮频起，人民生活极端困难。海面上，美蒋进行封锁，贸易阻塞，物流不畅，海外贸易几乎断绝。在经济极端困难之时，敌机还不停地对沿海重要工业设施狂轰滥炸……

但在中国，还有比战争破坏更为可怕的因素，那就是工业的落后！这才是最致命的。二战结束后，破坏严重的西欧能迅速恢复元气，除美国通过"马歇尔计划"扶持外，与他们自身拥有健全的工业基础密不可分。如不尽快解决技术落后以及技术和管理人才匮乏的问题，中国将很难恢复和发展。

旧中国从未实现工业现代化，仅有的一点家底也破烂不堪。

搞点"好吃的"的任务，自然落到了政务院总理周恩来肩上。

1950年1月10日凌晨，周恩来率领由李富春、叶季壮、欧阳钦、吕东、张化东、伍修权、赖亚力、柴树藩等组成的中国政府代表团，乘火车赴莫斯科，会同毛泽东与苏联政府谈判。

这些人差不多都是共和国初期经济建设不可多得的精英。其中有个人需要特别说明一下，他就是时任东北工业部计划处处长、后来担任六机部（船舶工业部）部长的柴树藩。在激烈的东北解放战争中，国共占领区犬牙交错，互相拉锯。安东（即现在的丹东）、鞍山等地得而复失，失而复得。柴树藩曾任东北行政委员会南满分局辽东经建处副处长，几度进驻鞍山，接管鞍钢，保护设备，恢复生产。他从中了解学习了大量的现代工业知识、现代制造技术、现代管理方法，特别是现代工业内部的结构和相互联系，这种具备现代工业知识的人员在中国共产党的中高级干部中属于凤毛麟角。柴树藩因为对工业、经济数据十分熟悉，被点名参加了代表团。新中国的第一次工业布局极其重要。他以16年积累的丰富经济经验、金融知识和对现代工业的系统了解，对签约起到了非常重要的作用。更令人敬佩的是，通过这次访苏，柴树藩竟在百忙之中挤出时间开始自学俄文，加上原有的英文底子，1952年编译出版了《苏联基本建设的设计、预算与计划》等三本书。书稿刚出来，陈云就批示赶快付印。后来，它们成为中国计划工作人员工作时的基本参考资料。

"六四"协定对新中国成立初期的人民海军建设起了积极的作用，它有效地缓解了"有人无船"的燃眉之急。（黄彩虹：《人民海军》）

　　1950年2月14日，中苏两国正式签订了《中华人民共和国中央人民政府苏维埃社会主义共和国联盟政府关于贷款给中华人民共和国的协定》。商定以年利1%的优惠条件，苏联贷款给中国3亿美元，用以偿付苏联援助的机器设备与器材。

　　"好吃的"终于也搞出来了。

　　毛泽东主席非常高兴，当时中国还派出了有肖劲光参加的军事友好代表团。在苏联期间，肖劲光同刘亚楼一起去看望毛泽东。心情正好的毛泽东装作一本正经地问："肖劲光还晕船吗？刘亚楼还晕飞机吗？"肖劲光老老实实回答："现在好多了。"毛泽东风趣地说："海军司令晕船，空军司令晕飞机，这就是本人的干部政策！"

　　通过这个协议，中国大规模的经济建设就要开始了。毛泽东知道，在不远的将来中国会建成一个基本完善的现代工业体系，面前这两个兵种司令再也不会为装备短缺而发愁了，所以他才有好心情与老部下诙谐地开开玩笑。

　　中华人民共和国的成立，不是中国历史上简单的政权更替，而是一场天翻地覆的社会大变革。怎样建立一个新国家和新社会，没有任何书本理论或现成模式可以照搬，对于如何编定国家经济计划更是外行。

　　时任东北人民政府工业部秘书长的袁宝华回忆说："苏联方面和我们一谈，就感到我们的计划指导思想不大对头，人家客气地提出来，咱们先务虚吧。苏联计划委员会有 14 个副主席，每个人先给我们上了一课，我们才恍然大悟。"

　　后来，薄一波在他的《若干重大决策与事件的回顾》中也这样回忆道："老实说，在编制'一五'计划之初，我们对工业建设应当先搞什么，后搞什么，怎样做到各部门之间的相互配合，还不大明白。"

　　万事开头难，人们开始走的每一步都要经过艰辛的探索。此刻，苏联的援助就像黑夜里遇到的一盏明灯。苏联的援助虽然不是无偿的，却是真诚的。

　　1952 年 8 月，周恩来总理带着有关 "一五" 计划设想和轮廓的大批材料，再次离京赴莫斯科。这个代表团有 60 余人，是个庞大的代表团，其中成员有陈云、李富春、张闻天、粟裕等，时任中财委计划局综合处处长的柴树藩再次被点名参加莫斯科谈判。据代表团团员师哲回忆，斯大林当时笑着说：你们运气好，革命获得成功，所以苏联应帮助你们。

　　第一个五年计划是在中苏双方工作人员的共同努力下制定出来的。在 20 世纪 70 年代以前，这是一个最好的五年计划，也是一个结果最好的五年计划，它开创了中国全面工业化的新纪元。

　　不知道是不是因为以前对中国革命支持得太少，现在欲加以弥补。斯大林在处理对中国的关系上，始终非常慎重，凡与中国有关的事务，他都亲自处理。苏联援华总顾问阿尔希波夫回忆："苏中双方对于执行各自承担的义务都非常严肃认真。例如，1951 年苏联企业向中国供货严重拖欠。我报告了斯大林，苏共中央之后采取了严厉措施，一口气撤了十几名部长和副部长。此后，严格执行对中国的供货协议便成了不可违反的法律。"

　　中苏之间亲密的经济关系在 1960 年 7 月戛然而止，那是以后的事儿，与斯大林无关。当初，援助就是援助，我们应当领情。斯大林虽然有点大国沙文主义的架子，但他对中国的援助，不仅与 19 世纪老牌殖民主义者的所作所为有天壤之别，与美国对蒋介石的 "美援" 也不一样，没有任何的附加政治条件，双方的地位完全是平等的，还是蛮有"同志"和"自己人"的味道的。

与赫鲁晓夫时期相比，斯大林援华的军品质量即使不算高，但毕竟帮助我们建立了一个完整的军工体系。俗话说，授人以鱼，不如授之以渔，授人以鱼只救一时之急，授人以渔则可解一生之需，斯大林等于是给新中国配齐了"鱼竿"、"渔网"。20世纪50年代后期，海峡两岸海军实力的对比变化充分说明了这一点，从这点上讲，我们应该感谢斯大林。

斯大林对华的主要援助，是帮助建设141项重点工程。后来赫鲁晓夫又追加了15项，共同构成奠定中国工业化基础的著名的156项目。苏联援助的工厂设备虽然不是最先进的，但实用；虽然不是无偿的，但也仅收成本费；更令人感动的是，所有的技术援助都是无偿的，不讲什么专利，听由中国自由使用和生产。

在不到10年的时间内，中国只花费了几十亿人民币，就以堪称世界上最低的成本建立起配套的国防工业基础。时任中共中央副主席并主管经济工作的陈云在20世纪80年代回顾此事时，还感慨地说："那真是援助，体现了苏联人民对我们的情谊。"薄一波也说："那时苏联帮助我们也确实是真诚的，例如，他们把全苏计划和管理机构动员起来，帮助我们搞出了一个有计划（按比例）建设的轮廓，又承担了第一个五年计划中156项骨干工程的设计、设备供应和技术指导的任务。"陈云、薄一波等当年经济建设负责人的评价，应当是比较确切的。他们身在其位，有亲身体会。

1952年底，柴树藩调往国家计委任副主任，主持落实156项工程。周恩来两次访苏谈判，柴树藩都作为重要随员一同前往。中国共产党决定依托东北的工业基础为新中国建立一个强大的工业框架，因此在中方提出的援建项目中，东北项目最多，长期担任东北工业计划工作的柴树藩责任重大，必须拿出准确的数字供总理决策。周总理对工作认真负责，细密周到，时时处处严格要求，自己首先作出表率，也以此要求所有干部，这是众所周知的。谁料，在随同周总理访苏期间，一向精明干练的柴树藩竟然出了错，惹得总理发了火。

第二次访苏时，我国代表团大部分成员都住在莫斯科的苏维埃旅馆，周总理住在另外一个别墅。在为与苏联政府谈判准备的材料中，有一个林业部提供的关于我国森林面积的表格出了问题，表格上的几个数字怎么也核对不起来，被细心的周总理发现了。总理立即打电话，找到柴树藩狠狠地批了一顿，最后生气地说："像这样的差错和疏忽不能容许！一个年轻人对自己经手的工作，要绝对地负责任。"总理发火从不骂人，最严厉的批评就是"这是不能允许的"。柴树藩被总理批愣了，这个数字错误不是他的原因，但柴树藩没有推卸责任，因为毕竟是上交总理的表格出了问题，他对总理的严厉批评心服口服，立刻连夜核对和校正了所有数字，把表格重新提供给了总理。第二天中午，周总理来到代表团驻地看望大家，在午餐桌上四处找寻了一下，特地端起一杯白兰地走到柴树藩面前，笑着与他碰了一下杯。周总理这一举动的意思很明白，年轻干部有错就改，不要因为受了点批评就抬不起头来。周总理的这些批评，柴树藩一直铭记在心，以后的工作中他常常问自己是否尽了应尽的责任，以至于晚年他在回忆中常常提及此事。不只是柴树藩，上世纪五六十年代的许多老部长、老司长，提起周总理的严谨缜密，个个由衷地服气。

正是由于这种严格认真的工作态度，156项目才会进展得如此顺利。正如一位苏联同志当时所说："两个国家在一次谈判中解决91个企业、长达7年的建设问题，这在历史上是创举。"

156项目建成以后，新建、改建、扩建的企业为中国工业化作出了巨大贡献。其所生产的能源、原材料、机械设备等，源源不断地输送到全国各地；其所培养的技术人员、技术工人成了一批又一批新工业基地的种子和骨干，他们使中国工业的星星之火逐渐形成燎原之势。这些项目与我国自力更生完成的1000余个建设项目相配套，支撑起新中国崭新的工业体系，成为新中国工业化的初步基础。这一中国工业化史上的浓墨重笔将为共和国公民永远铭记。

中国第一次成为拥有自己独立工业体系的国家，中国的工业化有了一个稳固的基础。

无论是清政府，还是国民党政府，他们的高官们从未梦想过，也未实现过这样一个重工业的布局和建设。有了这样一个基础，无论出现什么情况，中国人都不会被外来的强权所征服。

以与船舶工业密不可分的钢铁工业为例。

钢铁是工业的基础，也是一个国家工业水平的主要标志。李志宁在《大工业与中国》一书中写道：新中国成立前只能炼少数优质钢和普通碳素钢，轧

新建的哈尔滨电机厂可以生产二三十万千瓦以上的汽轮发电机。这是矗立在
车间里比三层楼房还要高的巨型立式铣床。（中新社）

制普通的中小型钢材。1952年，我国也只能生产180多种钢和400多种规格的钢材，156项工程实施后，已能生产370多种钢和4000多种规格的钢材。新中国成立前钢材95%要进口，1957年后全国所需80%以上的钢材可由国内生产。"一五"期间，我国钢铁工业5年所走过的路程相当于美国12年、英国23年、法国26年所走过的路程。所取得的成就，超过了旧中国100年的发展水平，同欧美国家工业起飞时期的增长速度相比也毫不逊色，中国的工业技术水平从新中国成立前落后于工业发达国家半个世纪，迅速提高到20世纪40年代的水平。

156个重点项目最后虽然没有全部建完，但它们在我国后来的经济生活中、在相当长的时间里发挥了工业基础的作用。表面上，这种作用不那么轰轰烈烈，甚至不太容易看清楚。它不像"三大改造"那样敲锣打鼓，雷雨交加，让人久久不能忘怀；也不若"大跃进"那样一波三折，扣人心弦。这个"一五"期间建立起来的庞大工业经济体系，在默默地运转，在奉献着自己，支撑着后几十年上层建筑中各种戏剧性的政治活动。直到21世纪初，中国经济在世界舞台上大放光彩之后，人们才恍然明白，原来前辈们早为自己奠定了坚实的根基。

从清朝洋务派开始引进机器工业以来，我国工业史上还从来没有过这样集中、这样全面、这样系统又在短时间里，就完成了以大工业为基础的重化学国民经济体系建设，而只有这种重化学工业①的大规模建立，才使建立一个强大国家获得真正的可能。

156项目为全国人民编织了一个美丽的梦想，那就是建设一个繁荣富强的工业化强国。说它是一个梦想，是因为它美丽，这是从鸦片战争以后一代又一代忧国忧民之志士赍志含愤、流血牺牲为之献身的伟大目标。但它又不是一个梦想，因为它已经近在眼前，是伸手就可以摘取的花朵，只要奋斗，只要流汗，它就能够成为美丽的现实。

156项目对于中国工业和经济的重要性、基础性，无论怎样强调都不过分。今天凡50岁以上在大中型国企工作过的干部工人，无人不知156项目。没有156项目，根本就不可能有中国的工业化、现代化。

---

①重化学工业主要包括两个方面：一是以钢铁工业和石油化学工业为主的基础原材料工业；二是以一般机械、电气机器、运输机械和精密机械为主的加工组装型产业。

156 项目是新中国形成的最骨干的国家资本。它们培训、锻炼出几十万、几百万的产业工人和工程技术人员队伍，没有这些骨干力量，哪会有今天中国经济繁荣的蓬勃局面？

20 世纪 70 年代，笔者之一的宋宜昌曾在伟大的 156 项工程之一的某国防工厂工作，深切地感受到 156 项目的巨大作用和影响力。那时候，机床是 156 项目造的，钢材是 156 项目轧制的，工夹量具是 156 项目工厂生产的（上海量具厂和哈尔滨量具厂），汽车是 156 项目的，飞机是 156 项目的，铁路机车是 156 项目的，发电的汽轮机和锅炉是 156 项目的，生病打针的青霉素是 156 项目的（华北制药），石油设备是 156 项目的，化工和石化产品也是 156 项目的。除上海、天津的轻工业产品外，但凡在中国有头有脸的工业品，都是 156 项目或由 156 项目衍生的。

156 项目制定得多好啊！它用不多的钱（也就 20 亿美元）精心选择的工业网络节点，竟然成为当时的 6.5 亿人、今天的 13 亿人，在一个贫穷得不可思议的封建王朝废墟上，建设起的伟大的现代工业基础。现在的年轻人别整天光顾着看电视电影上的宫廷戏、辫子戏、帝王戏、肥皂剧和随处可见的明星秀，有空请稍微想一想新中国那些伟大聪明的设计师、工程师和建设者们，他们是怎样睿智地点石成金，艰苦奋斗，流血流汗，化腐朽为神奇，才让我们拥有了今天一切一切的坚实基础！

人应该有点儿感恩精神！

156 项目主要侧重国防工业和冶金、有色金属、煤炭、电力、石油化工等基础工业，虽然这些也是船舶工业的基础，但直接涉及造船工业的不多，只有 6 项（6 个船用专业配套厂分别是陕西柴油机厂、陕西东风仪表厂、河南柴油机厂、山西平阳机械厂、山西汾西机器厂和保定蓄电池厂。这些厂从 20 世纪 50 年代中期开始筹建，以后陆续划归船舶工业主管部门领导，并于 60 年代中后期先后建成）。远水解不了近渴，为此，海军方面又先后派团赴苏联签订引进舰船技术的专项协议。

1953 年初，春寒料峭，海军副司令员罗舜初踏着新年的喜庆，满怀希望地第三次来到苏联，商洽引进苏联的舰艇及技术。随着会谈的深入，他的心情

肖劲光参观来华访问的苏联军舰。（杨国宇主编：《当代中国海军》）

也愈来愈沉重，同张爱萍当年遇到的情况一样，苏联海军部部长库兹涅佐夫态度热情似火，但在敏感问题上却滴水不漏。苏联海军将领好像一个师傅教出来的，一个比一个吝啬，几个回合后，苏方虽然口头上说得好听，但口袋还是捂得紧紧的。准备提供的"愤怒"级驱逐舰是 1937 年到 1941 年间建造的，这令中国代表团大失所望，罗舜初对这些军舰非常不满意，他向国内发电报，坚决不同意要这些"废铜烂铁"。

罗舜初回忆道：

中国代表团到列宁格勒参观访问，苏方对活动日程和参观项目作了精心设计。我们在主人的安排下参观了冬宫、"阿芙乐尔"号巡洋舰以及列宁在俄国和芬兰边境撰写《国家与革命》的小木屋。波罗的海舰队的新型舰艇近在咫尺，却不安排我们这些海军同行参观，领我们登上的是涅瓦河上的游船。航行到造船厂河段时，他们还把舷窗上的帘子放下来，似乎害怕我们看到什么。在船模试验水池进行专业参观时，连做试验的舰艇模型都被罩了起来，显然是要对我们保密。在一所古庙参观时，我半开玩笑地对苏方陪同人员说，我们这次简直是来上历史课的，你们除了对我们进行苏联历史教育，就是给我们看快进博物馆的东西。

通过这次访问前前后后所发生的事，我个人的体会是，发展尖端技术还是要靠自己，能有外援当然好，但不能放弃独立自主、自力更生。科技先行，一定要有这个志气。"文化大革命"中，领导国防科技事业的聂帅被指责是大科研主义，我也受到牵连，遭受批判。不管怎么批，我总是觉得，我们这样一个大国，要是没有自己的科研体系怎么能行呢？历史的教训太沉重了。①

新中国成立之初的人民海军，手中拥有可作战的中型水面舰艇的数量极为有限。得知罗舜初的困难，3月16日，海军司令员肖劲光给罗舜初来电鼓劲："尽量争取，哪怕是他们用过的，只要不是破铜烂铁，还有作战能力和教育作用，总比完全没有好……要知道，苏联在目前不可能给我们许多新东西，他们最新最秘密的东西绝不会给我们。"

接到国内的电报后，罗舜初把谈判思路作了一番调整，只好又气鼓鼓地继续和苏联人磨牙，几经会谈终于达成一致。6月4日，李富春代表中方与苏联签订了援助武器装备和建造军舰技术的"六四"协定。协定同意中方向苏方订购战斗舰艇以及飞机、海岸炮等技术装备。还约定，在中国船厂建造期间，苏联向中国派遣技术专家给予指导，并接收中国造船人员在苏联工厂进行培训。虽然不是很令人满意，但也总算没空手回来。

20世纪50年代的中苏谈判，已经沉淀在历史的深层。今天，当我们回过头来重新去思考"六四"协定这段历史的时候，会清楚地发现，中苏合作，及时为我们提供了一批舰艇模板，让共和国的第一代海军和造船人搞清楚了什

---

① 罗小明整理：《1958年中国军事科学技术代表团访苏前后》。

么是驱逐舰，什么是护卫舰，感受到了鱼雷艇的速度和扫雷舰的神奇，这大大弥补了薄弱的中国工业给船舶工业，特别是给海军建设初期带来的严重不足，为下一步自行研制海军武器装备打下了坚实的基础，同时，也积累了宝贵的经验。设计军舰，不同于设计轻兵器枪炮，它的复杂系数很高；而且，平心而论，苏联自己的军舰也不是当时最先进的，我们不能对他们要求太高，同时，作为社会主义阵营里的老大哥，他们恐怕漏了自己的底儿，让这个伟大的二战英雄暴露出自己的弱点而脸上无光。

根据"六四"协定，苏联有偿向我国提供了 6601 型护卫舰等五型舰艇的图纸、资料和建造所需的材料、设备，并派专家来华指导建造。1954 年 11 月至 1955 年 1 月，以祖鲍夫为首的苏联技术援助委员会来华，开始指导和帮助中国解决这些舰艇建造、试航和交船中的重大问题。该委员会有设计、建造、工艺、安装、调试、交货以及基建等各类专家 288 名。

为了消化吸收这些技术，我国必须有一个相应的机构来落实具体工作，上海是中国最大、技术文化水平最高的城市，又是造船中心，设计机构也就理所当然地落脚于此。

上海市衡山路 10 号一度成了新中国船舶工业的中枢，其正式名称是"第一机械工业部船舶管理局产品设计分处"。全国各地外语学院输送了 200 多名俄语专业毕业生到船舶产品设计分处，翻译复制了 10 万份图纸资料。

708 所的研究员俞燮当时就是众多大学毕业生中的一员，《兵器知识》的记者林儒生为此专门采访了他。俞燮回忆说：

> 1954 年 8 月，我完成了上海交通大学造船系船舶制造专业的学习。毕业前，组织上对我们进行了政治教育，要求每位学生坚决服从国家的需要。那时的人觉悟都很高，纷纷写决心书表示无条件服从分配。可到了离校的那一天，接收单位来了一辆卡车，我们拎着行李上了车，结果只开了十几分钟就到了离校不远的衡山路 10 号，实在大出我们的意料。说句实话，没能到天涯海角施展抱负，当时还有点"失落"。
>
> 衡山路是新中国成立前上海的洋人居住区，环境优美，马路宽阔，

两边都种着高大的法国梧桐树，一幢幢洋楼、别墅显现着浓烈的异国风情。我在这里度过了自己宝贵的青春时光。

我们作为首批进驻的"先遣军"共20多人，技术处主任兼总工程师李嗣尧同志那年才32岁，其他人都不满30岁，是一支朝气蓬勃的队伍。

上岗前的第一项任务，就是突击学习俄文，要求两个月之内速成，还要记住一批舰船专用词汇。功夫不负有心人，两个月下来，我们都达到了借助《俄文字典》阅读俄文资料的水平。

1954年底，苏联专家陆续到来。那些苏联专家对我们这些小师弟很真诚，当时我们真是把他们当老大哥来看待。

每型舰艇的图纸都有几千份上万张，把它们正确翻译复制出来是一件极为繁重的工作。但我们的热情很高，不分节假日，说句"夸张"的话，真有点像唐僧在长安翻译佛经一样，"三更暂眠，五更复起，不舍昼夜"。弄完一批就发往造船厂，有了问题，就会同苏联专家到工厂现场解决，绝没有推诿拖拉的情况。

在我们仿制6610型基地扫雷舰时，苏联专家布里诺夫非常尽职尽责，甚至有些不在他工作范围内的事他也主动帮我们。例如，他曾三次要求我们把甲板艉端和艉板相交处的棱角改为半径为500毫米的弧形。一开始我们不以为然，因为图纸没有那样设计。但出于对洋专家的尊重，还是"不情愿"地改了。但后来试航时我们发现：当从水面收起带有支持浮体的扫雷索时，这些浮体都会很"听话"，像"鲤鱼跳龙门"那样，一个个顺着圆弧末端跳上甲板。而老式艇（不是圆弧的）则需要由专人用钩子一个一个地钩上来，费时又费力。到这时我们才明白专家的良苦用心。

经过奋战，6610型不到一年就完工了。完成码头试验和工厂试航后，1956年1月在舟山基地进行了国家试航，一举成功。白巨源主任设计师带着我（主管船体）、杜有年（动力）和吴树基（电气）三个组长参加了试航工作。那时条件太差了，我们住在一个旧仓库里，水泥地上铺些稻草就是床了。那年舟山雪特别大，晚上走在回驻地

新中国第一代01型护卫舰是苏联"里加"级的中国版，虽然不算先进，但也只有不多的几艘。

的路上，神清气爽，真有点"林教头风雪山神庙"的感觉。

6604 型猎潜艇是"六四"协定中技术含量相对简单的一种近岸快艇，建造的速度也最快，首制艇于 1955 年 4 月 24 日顺利下水。下水后，码头试验时发现初稳心高不对，差了 2 厘米，于是连夜进行称重记录的检查，未发现错误。后查出 6604 艇的 9 吨固定压载出了问题。固定压载设计由黄沙、水泥、生铁碎块三种材料组成，为了省材料，工厂只用了黄沙与水泥，没舍得加生铁块，其总重量减少了 2 吨，因而使艇的初稳心高降低了 2 厘米。科学问题一点儿都马虎不得，这给我们的工人上了一课。这一课不禁使人想起 1950 年试制炮艇时初稳心失误的情形。

"六四"协定引进的最大军舰是 01 型护卫舰，其原型是苏联的 50 型护卫舰，北约称为"里加"级。这是苏联二战后发展的第二代近海多用途小型护卫舰，由于排水量较小，北约将其归为"Corvette"（海防舰）或"Patrol Ship"（巡逻舰），而不是更高一级的"Frigate"（护卫舰）。但这对我们来说就算是很好的军舰了。

建造 01 型护卫舰是我国第一次自行建造现代护卫舰，因此，整个建造过程为船舶工业积累了很多硬件和软件的财富。在转让制造中，开始是完全按照图纸资料原封不动地进行装配，后来发现有许多地方与我国的实际情况不适应。中国东海海区夏季气温较高，大大超过苏联仪器设备设计的温度，影响了正常使用，只好换掉。又如舱室、操纵观察部位坐椅用具的大小和位置，都是按照欧洲人的平均身高设计的，中国人根本够不着，随即进行了改造。厨房也根据中国国情进行了若干修改。在中国，舰员是不可能天天吃面包喝红菜汤的，因此舰艇上的电灶被改为烧油炉灶，可以炒菜，面包箱也被改为米柜。在上层建筑前后壁和甲板空地，还设置了临时装载食品的围栏和扣环，以适应中国食品比苏联罐头食品占地较多的情况。

为了建造 01 型护卫舰，沪东造船厂新建了船体联合车间、管子电镀车间、轮机安装车间、帆缆油漆车间、完整件制造车间等一系列设施，这些都为之后建造自行设计的护卫舰奠定了物质基础。

最令我们大开眼界的是，在整个船的建造过程中，苏联专家一直坚持称重原则。由船台到舰上去的路上设有岗亭，未经称重的零件不许上舰安装，这对控制排水量有很重要的意义。同时，苏联专家还要求所有球扁钢构件的开口边都必须是磨光的，不能留一点毛疵。所有这些，给参与造舰的技术人员和工人留下了深刻的印象，直到今天，他们仍记忆犹新。（对比中国海军初期建造的炮艇，有师傅带和没有师傅带，造出的东西、学到的知识大不一样。）

1957年1月22日，01型护卫舰国家航行试验开始。在试航中，205舰由上海开往旅顺进行声呐试验，途中在山东半岛附近遇到不良天气，气温降至零下18℃，阵风风力超过11级，舰体摇晃达42度。风浪中，沪东造船厂轮机建造师刘宗续不幸落海殉职，工厂痛失良才，苏联轮机专家拉其奥诺夫称刘宗续是一名优秀的交货轮机长。作为造船专家，他是为新中国造船事业牺牲的第一人。到达旅顺后，舰体外表可以清晰地看到舰首两舷肋骨和纵向加强筋因受巨浪冲击而显露出的道道筋痕，甲板上的挡浪板也被巨浪击弯。但全舰舰体结构完好，装置系统工作可靠，质量之好超出预想。中国造船人在苏联专家的指导下，交出了一份合格的答卷，该舰嗣后交付海军使用，舰名"昆明"号。

苏联为此型舰的建造提供了全套设计图纸、标准和指导性文件，这些文件构成了我国最初的舰艇设计资料库，为此后我国自己的军舰设计，以及船舶工业标准的制订打下了基础。当时担负重任的是一群缺乏经验却热情高涨、刚刚走出校门的年轻人。新中国给了他们宽松的环境和重任，使他们的才智和天分得到了充分发挥。如主持01型护卫舰设计建造工作的俞伯良，随后就主持了65型护卫舰的研制工作。这批储备人才成为此后我国护卫舰研制工作的主力，这都是无法在短时间内用金钱买到的。

"六四"协定是中国船舶工业史上一次大规模的技术引进，是在当时中国工业基础薄弱这一特定历史条件下成功的尝试。它不仅及时为海军提供了必需的装备，也促进了船舶工业本身的发展；它锻炼和提高了船舶工业的技术队伍，为日后自行研制积累了经验；它还大大缩短了与世界造船技术水平之间的差距，形成了新中国船舶工业体系的总体布局，奠定了船舶工业建设的初步基础。据统计，到1960年，船舶工业系统共建造六种型号的舰艇116艘，连同其他各种军用舰艇在内，共计484艘，这在旧中国是不可想象的。

1957年8月，一机部（机械工业部）部长黄敬在给国务院的报告中指出，通过建造六种型号的舰艇，船厂的技术水平大大提高，掌握了焊接技术、气割技术、船体分段和总段装配工艺等先进技术和工艺，并在民船建造中逐步推广应用。特别是通过对部分舰艇的中国化修改设计，为自行设计打下了基础；在科学管理方面，学会了运用编制船舶工艺计划和其他工艺文件组织生产，提高了企业管理水平。

如果我们进行横向比较，就可以理解为什么印度海军今天大量买舰买艇，尤其是进口主力舰艇了。仿制和自行研发，是一场伤筋动骨的革命，门槛相当高，然而一旦成功跨越，就会走向设计、研制的自由王国。我们庆幸，我们自豪，有这样一批中国人，为新中国造船事业，努力奋斗，实现了历史性的跨越。

"一五"虽然辉煌，但它原本只是一个工业化时代的开端。由于后来发生了"大跃进"和"文革"等一系列政治运动，于是，第一个五年计划又意外地成了新中国经济史上一个特殊的历史阶段。"一五"成了中国大工业的嚆矢，成了大规模建设的象征，这是柴树藩等人始料不及的。

第四章

友谊地久天长（下）：苏联专家的逸事

1984 年 12 月，时任中共中央副主席的陈云接见了苏联部长会议第一副主席阿尔希波夫率领的政府访华团。细心的人们在"电视新闻"中惊奇地发现，那一次，一向沉稳的陈云与阿尔希波夫像久别重逢的老朋友一样长时间热烈拥抱。考虑到以往中苏交恶，两国关系尚在冰点之下，这段镜头就有更深刻的意义。

他们当时的心情究竟如何，恐怕今天无法探究。

陈云当时说了一番话："你是我们的老朋友了，今天在座的薄一波、姚依林同志都和你很熟悉。在 50 年代制定和实行第一个五年计划的过程中，我们合作得很好。对于苏联政府和苏联人民过去的援助，中国政府和中国人民都没有忘记，也不会忘记的。"

苏联解体后，新华社记者冯惠明曾专门采访过已经退休在家的阿尔希波夫，冯惠明写道："阿尔希波夫特别挑出一张与陈云会见的照片，谈起两国关系冻结 20 多年后，1984 年他到中国的破冰之旅：'在华期间我拜访了许多老朋友，其中与陈云同志久别重逢，我们紧紧地拥抱在一起，陈云同志和我都流下热泪。当时他走路不方便，听力也不太好，我们开始交谈时他手里还有一个准备好的提纲，可是一打开话匣子就无话不说了。他撇开了提纲，说我们是好朋友、老朋友，又是兄弟，为什么照写的说呢？那次访问双方签订了许多恢复合作的协议。'阿老说到此，我发现他的眼角也湿润了。人世间最真挚的感情是不分民族、国别和肤色的。我体味到他这种感情绝不仅仅是对个人的，而是对全中国人民的，其中也包括我。"①

阿尔希波夫在中国工作期间的头衔，先后有"总顾问"、"苏联总顾问"、"中国国务院经济总顾问"之称，他是苏联政府任命的援华专家组总负责人。据统计，1949年至1960年来华工作的苏联专家总计超过两万人。如果说战后苏联向东欧国家派遣专家（主要是军事、安全顾问）是出于控制和渗透的目的，多少有些强加于人的意思，那么，到中国来的苏联专家，无论是在经济、文教部门，还是在军事或行政单位，则完全是为了满足中国共产党巩固新政权和发展经济的需要，完全是中国政府请来的。

中国共产党长期从事武装斗争和农村工作，不乏"百万军中取上将首级"的军事专家，但管理城市和进行经济建设的经验和人才严重缺乏。全国解放后，缺乏可靠的科技人员是新中国恢复经济和发展生产所面临的一个严重问题。

由于缺乏人才，中方甚至无法提出要求苏联提供经济援助的货物清单，以至毛泽东提出要求设立中苏共同委员会，请苏联专家"来华与我们共同商定全部或主要部分货单"。

因此，掌握政权后聘请大量苏联工业技术和经济专家以及国家行政管理顾问来华工作，无疑是一条重要而快捷的途径。

在派遣专家问题上，双方都是认真负责的，苏联采取了"谨慎"的政策，中国采取的是"少而精"原则。

斯大林曾专门指示：苏联专家的任务就是把所有的知识和技能告诉中国人，直到他们学会为止。苏联专家到中国后由中方分配工作，受中方各级负责人的领导。

中国政府和人民对苏联专家是坦诚的，按照刘少奇的指示，所有文件都必须给专家看，无论是中央下达的文件，还是各个部里的文件，都必须一字不落地翻译给他们听，由他们作记录。这种状况一直持续到1960年苏联撤走专家前。当问到这样做有无顾虑时，回答只有一句话："我们对苏联专家非常信任，都是共产党嘛。"

但这绝不代表中国政府事事要仰人鼻息，对于新中国成立后的这一代领

---

① 冯惠明：《阿尔希波夫的歌声》。

中苏双方在青岛东海饭店讨论舰队交接事宜。

导集体来说，他们有着更强烈的民族自信心和自尊心。在马上要确定"一五"计划的前几天，毛泽东把周恩来、李富春找到菊香书屋商量 156 项目时说，在经济建设问题上，不能事事按照苏联方面的意见办。他们说得对的，要听，不对的，就不要听，我们要有自己的主张。后来，毛泽东在成都会议上反复谈到这个话题，他以他独特的语言诙谐地批评道："有的部门，好像三岁小孩一样，处处要扶，丧魂失魄，丧失独立思考。部长们都五十岁左右了，非要扶！？"

从苏联的主导思想来说，也并非要中国照搬苏联的一切。苏联国家计委主席萨布洛夫指出，苏联专家不能太多，更不能包办一切。作为前后在华工作八年的经济总顾问，阿尔希波夫十分注意这个问题。阿尔希波夫回忆道：临去中国前，斯大林专门召见了他，要他以生命作保证，一定要搞好苏中关系，并告诫专家们切不可高傲自大。为此他反复向专家强调，你们最熟悉的事情在中国未必适用，最了解中国情况的是他们自己，必须尊重他们，听取他们的意见，离开他们，你们是无法开展工作的。也许正因为如此，阿尔希波夫后来与陈云、李富春、薄一波等人都建立了良好的工作关系和私人感情。

李志宁在《大工业与中国》中写道：平心而论，战后的苏联也不富裕，不像美国那样是个财主。他们在短短几年里，动员那么多人力物力，帮助我们编制计划、设计项目、供应设备、转让技术、代培人才，每年还派出 3000 多名专家和顾问在我国各行各业指导生产，是很不容易的。他们在援建的项目中，不仅提供机器设备，而且从勘探、选址、收集资料、设计、安装和设备检测，一直到新产品制出，都给予了全面系统的帮助，倾注了大量的心血。难能可贵的是，在建设中，凡中国自己能够生产的设备、自己能够做的设计，他们都主动提出由中国自己解决，并不是一心要赚中国人的钱，这样就逐步提高了中国人自己的设计能力和生产能力。（苏联专家的直接帮助，使中国的设计队伍逐步壮大。有关资料称，在"一五"计划期间，中国自行设计或部分自行设计的大中型工业项目已达413个，这在过去是想都不敢想的事情。）

中国政府和人民对苏联的感情是真挚的。当时流传着一个家喻户晓的口号："苏联的今天就是我们的明天。"在20世纪50年代，年轻的父母会给自己的孩子选择一个好听的苏联名字；列宁装成为人们衣着打扮的时尚；电影院里放映的是苏联的电影；人们阅读的是从俄语翻译过来的世界名著，许多人都会背诵高尔基的散文《海燕之歌》。

对年轻的学子们来说，更吸引他们的是苏联的科学技术。在新中国成立前后的短短几年里，中国向苏联派出了12000多名留学生。在1948年首批赴苏的留学生中，就有后来担任政府总理、副总理的李鹏和邹家华。

中国政府和人民对援华苏联专家的感激也是真诚的，苏联专家来华工作的收入十分丰厚，得到的报酬至少是其平常在苏联工资的5-10倍。军工专家武杰回忆："我们军代室的一个苏军艇长，每月工资达到5000卢布，折合人民币有1万多元，毛主席当时工资不才400多元吗！当时猪肉才两三毛钱一斤！"对于贫穷落后的新中国来说，这项开支的确是一个沉重的负担。仅行政顾问和专家费一项开支就合计2.1亿卢布，与中国首次向苏联贷款总共才12亿卢布的数字相比，这笔费用的确惊人。因此，作为全国的大管家，政务院总理周恩来从一开始就强调尽量少聘请苏联专家。周恩来多次说："你们应将必须聘请的人数减至最低限度。"中国在聘请专家方面实行"少而精"的原则，除政治上的考虑以外，与减轻巨大的经济负担也不无关系。

旧中国给船舶制造业留下的是一穷二白的烂摊子，除了江南、旅顺、大连，其余的几个小型船厂连快艇的生产能力都不具备，这决定了新中国的船舶工业建设必然要走引进苏联技术和建立苏式工业体系之路。

"六四"协定签约后，苏联政府又组织了专门的技术援助委员会。该委

苏联海军官兵帮助我国水兵学习操舰。（杨国宇主编：《当代中国海军》）

员会先后组织了 288 位专家赴华工作（协定原规定不超过 150 人），委员会及其下属各专家组按工作性质与相应的中方机构对口配合，从船舶工业管理局直到各厂科室。在编制造船工业长远规划，选购配套机电设备，解答工艺技术难题，翻译校对图纸资料，选择各型舰艇试航基地，以及培训中方技术人员等各个方面，苏联专家给予了全方位的指导和帮助。

对于船舶工业而言，通过建造这批舰艇，最大的收获是管理和制度方面。苏联专家极其强调工艺，经常说"工艺就是法律"。而当时我国的造船工人，很多是从"临时工"、"季节工"转入国营工厂的。从凭经验施工到按图纸、工艺、规定施工，这一转变有着重大意义。据记载，在建造 6604 型猎潜艇过程中，上海求新厂有一位车间主任为了改善焊接的通风条件，在试水前先开了一个舷窗口，因违反了工艺制度而被严肃处分。这种严格的、现代化大工业条件下的工艺制度，极大地提高了新中国造船厂的技术水平。大连造船厂的情况也是一样，其建造第一艘 6604 型猎潜艇的工时为 25 万个，随着对工艺工序的熟悉，后来降至 9 万个工时，越干越熟练，基本上可以每个月开工一艘。中国海军的武器装备水平以历史上前所未有的发展速度跃入世界先进行列。

新中国成立初期，东北地区大量向内地输送技术人才，被称为全国的技术干部基地，这与苏联专家的帮助不无关系。

然而就在轰轰烈烈的建设过程中，1960年，由于中苏两国领导人对一些重大国际问题观点不一致，中苏两党关系日趋紧张。鲁莽的赫鲁晓夫意气用事，突然宣布要把所有专家撤回。具有强烈民族自尊心的毛泽东丝毫不为其威胁所动，回答是：随便。在赫鲁晓夫看来，大概觉得既然两人在吵架，就不必再请客了；中国方面呢，对苏联在中国遇到前所未有的经济困难时，采取釜底抽薪的做法非常愤慨，认为苏联把两党之间的争执扩大到国家关系上，这是背信弃义的"卡脖子"行为，是典型的修正主义。

《人民日报》当时作了详细的报道，气愤地写道："苏联'突然'单方面决定撤走其所有的专家……断然撕毁了343项合同和有关专家的补充协议，并且取消了257项科技合作项目。"

中苏之间风风雨雨十年的"兄弟"关系，到此结束。

中苏交恶后，国外的技术援助突然中断，我国的船舶工业步入了艰难岁月。面对巨大的困难，根据毛泽东一贯的思想，中共中央明确指出，仿制只是手段，通过仿制过渡到自行研制才是目的。今后要立足于自力更生，艰苦奋斗。

中国当时非常严格地履行了合作义务。甚至当苏联缺少可兑换外币时，中国每年向苏方提供1亿-1.2亿美元的现钞，直到中国侨汇日益紧张。中苏关系公开恶化的原因有很多，有人认为是苏联在很多方面看不起我们，搞"大国沙文主义"，激起了中国领导人的愤怒；有人认为是中苏双方的传统文化差异造成两国间的龃龉日益增长；也有人认为是中国的"大跃进"背离了现代化进程，在华苏联专家颇受限制，苏联便寻找机会向中方施加压力。今天探讨此类问题的文章专著汗牛充栋，这不是本书探讨的问题。但据阿尔希波夫回忆："赫鲁晓夫要求一周内撤完专家，表示撤走专家是苏联对中国人桀骜不驯的一种惩罚。"这句话也许说出了一点儿实质性问题，当时苏联在华专家约有1300人，加上他们的家属，将近5000人，分散在中国各地。苏方"火速"撤走专家的做法直接影响了中国许多重大工程的建设进程。周恩来总理曾建议推迟一年、一年半或两三年，逐步撤走专家，但遭到了赫鲁晓夫的拒绝。

阿尔希波夫承认："是苏联最先把意识形态的分歧扩大到了国家间的关系上"。在中国同外界完全隔绝的情况下，中苏交恶给中国经济发展带来了沉重打击，中国人没有理由不愤怒。

苏联驻华使馆参赞拉赫马宁曾经为赫鲁晓夫担任中文翻译，与毛泽东、刘少奇、周恩来和邓小平等中国领导人有过多次接触。他在回忆录中也坦率地认为苏中关系交恶，赫鲁晓夫负有不可推卸的责任，他的对华政策缺乏思考，相当草率。

今天，从总体上看，中苏交恶主要还是两国最高领导人之间的观念之争，赫鲁晓夫试图苏美合作，主宰世界。我们当然不会同意，因为赫鲁晓夫曾经说过一句很形象的话："苏美两家是世界上最强大的国家，如果我们联合起来，谁也不敢碰我们，我们再用手指头吓唬一下，就足以使任何人安静下来。"这种狂妄轻率的语言确实令中国领导人失望。

中国广大干部、群众对苏联专家的感情是深厚的，评价也是公正的。很多老干部和老工人回想当年中苏合作时的情景，都认为"那时中苏团结一心，生产蒸蒸日上，真是一个辉煌的时期"，他们特别怀念那段日子。所以，赫鲁晓夫本想借撤走专家打击中国，要挟毛泽东，他哪里知道，毛泽东一生的性格就是不屈服于任何对手。赫鲁晓夫伤害的实际上是全体中国人民的感情，同时对苏联本身也全无好处。首先认识到这一点的是苏联驻华使馆。契尔沃年科大使得到消息时非常"震惊"，他向莫斯科发出紧急电报，认为撤走专家违反国际公约；苏联国内许多官员也私下认为这种感情冲动的外交政策有损国家形象；在华工作的许多苏联专家，对此更是颇有微词，认为突然撤走专家是典型的背信弃义，但都敢怒不敢言。正如有些苏联学者后来批评的，赫鲁晓夫撤走专家是一种愚蠢的行为，其理由也是站不住脚和含糊其辞的，而且极大地伤害了中国人民的感情，使中苏关系走到无法恢复的地步。

绝大多数苏联专家，尤其是一些技术专家，他们亲自指挥、调度甚至加班加点把一座座厂房、车间、船坞建设起来，他们亲眼看到了中国人民是如何真诚地对待他们，如何在异常艰苦的条件下努力奋斗，今天突然一纸命令让其撤回，他们从心里是不愿服从的，这如同一个母亲看着襁褓里的婴儿逐渐长大一样，已经产生了深厚的感情，意识形态之争对科学家来说可能淡漠得多，他们以独特的方式表达了对中国人民的友谊。

大连造船厂的苏联专家撤走前，没有按照苏联政府要求的将全部图纸和资料封存，而是把导弹潜艇、护卫艇的图纸和资料交给中国技术人员，让他们赶快抄写和记录，说能留多少就留多少，能记多少就记多少，他们不想就这样把图纸、资料带走。接到正式撤离的命令后，很多人还悄悄向中国技术人员表示，中国需要了解的东西，他们知道什么就告诉什么，绝不保留，他们把这种做法叫"挤牛奶"。

在海军舰艇工作的许多军事专家临走前都表示了依依惜别之情，一位曾得过列宁奖章的苏联战斗英雄流下了眼泪，当场把自己的列宁奖章送给了中国战友；甚至有一个专家到了火车站，还把一个小纸团借握手告别之机悄悄塞给送行的中国人员——那是中方曾向他索要的绝密技术资料。

708 所研究员俞燮当时是驱逐舰研制小组的成员之一，他也经历了这一令人感动的过程。他回忆：

当时，苏联驱逐舰专家马斯连尼科夫担任研制小组"顾问"，他和中国工程师一起进行方案探讨、总体布置，指导制定驱逐舰阻力系列试验计划，还介绍了苏联有关驱逐舰适航性、抗沉性和回转性的设计规则和标准。

正当新舰设计小有收获的时候，中苏关系突然恶化。7 月 17 日，李嗣尧主任仓促召集有关人员开会，他说苏联专家要在 9 月 25 日回国，要求我们在这两个月里，把有关驱逐舰的所有技术难点都向马斯连尼科夫请教清楚。可谁也没想到，专家奉命提前到 8 月 7 日就得走了，好多问题还没来得及请教。在他离华之前，素有严格保密习惯的马斯连尼科夫，却有一个不同寻常的举动，那天他把一个平常总是随身携带、记录各种关键技术数据的笔记本突然当着大家的面交给中国翻译，让代为放到保密柜里。保密柜的钥匙中苏双方都有，这"不寻常"的举动实际上是暗示我们：赶紧抄下来吧，我来不及帮你们了。而我们呢，"傻实在"——原封不动放到保密柜里了。等人家走了，我们这才醒悟过来，"事后诸葛亮"，管什么用？

在苏联的帮助下，中国早期的舰艇部队已初具规模，足以威慑海峡对岸的老对手。（《中国军工科技》，中国国防信息中心1988年12月）

辜负了人家"老马"一片好心！①

同样让人感动的事情不断发生着……

冯晓蔚在《苏联专家撤走过程中令人感动的一幕》中也写道：1960年夏季，苏联专家驻我国国防部首席顾问巴托夫大将从莫斯科来到北京，后又乘专机来到二零基地，名为看望大家，实为秘密布置撤离。在欢迎宴会上，巴托夫大将突然指着苏联专家组组长谢列莫夫斯基上校宣布："他明天就要回国了！"谢列莫夫斯基和基地司令员孙继先都怔住了，这个决定太突然了。

当天晚上11点钟，谢列莫夫斯基悄悄来到孙继先的宿舍，对他说："发给你们的材料都不能用，管用的都在我的笔记本上。隔几天，苏联的专家都要撤走，各自的笔记本也会统统带走的。你们赶紧拍下笔记本内的内容，不必挑选，全拍下来。"孙继先激动地握着他的手，哽咽了半天只说出了两个字："同志。"

孙继先立即调动所有能拍照的中国技术人员到工作间做好拍照准备，并严格保密。同时，他与周总理通电话，汇报了这一情况和安排。

后来，孙继先把从笔记本上拍下来的资料拿到国防部第五研究院，与五院研究的资料一一对照，证明了谢列莫夫斯基笔记本上的资料正是我们急需的。

多少年后孙继先说起他时，还说那才叫国际主义战士。

这种情况非常普遍，以至国务院专门为此发出通知，对于主动提供技术资料，甚至亲自动手帮助抄录资料的苏联专家，"必须尽一切可能，采取切实有效的措施，加以保护，以免造成对他们回国后的不利情况"。让我们今天再全文看看那份通知，你就会从中看出真正的同志是超越时空，没有国界的。

《通知》要求：

一、各单位不要向专家索取原来属于专家所有的技术资料、工作笔记和教材等，除非专家主动借给或送给。

二、对于向专家借来的资料进行抄录或拍照时，应严格保密，

①林儒生：《笑迎山花烂漫时》。

注意务使资料保持原状，必须选择政治上绝对可靠的人员去做，并禁止在专家招待所内进行。

三、所借资料一定要将原件按时归还，不可拖延时日，以便保护专家。

四、切忌对个别专家表示出过分的热情，凡需要避嫌的地方，都不要勉强行事，以免引起不良后果。

中苏领导人之间的政治分歧，没有影响中苏人民之间的感情。尽管这种个人的作用可能对整个大局微不足道，但，他们就像夜空中的点点星光，带给夜行者的是无尽的慰藉与鼓舞……

中国领导人曾多次表示：50 年代苏联政府和人民对中国的援助，苏联专家对中国的贡献，中国人民是永远不会忘记的。苏联解体后，中国政府曾专门要求中国驻俄大使馆了解当年援华专家的生活有无困难，并给予尽可能的帮助。1996 年 5 月，中国人民对外友好协会专门将"人民友好使者"的光荣称号授予了曾经援华的阿尔希波夫等人。

陈云说过：50 年代，苏联援助中国是诚心诚意的。这是句公道话。

第五章

四两拨千斤，小艇立大功

　　1954年11月14日夜，高岛附近海域，一艘国民党海军的主力舰悠闲地行驶在碧波汹涌的大海上，这就是赫赫有名的"太平"号护卫舰。它原是美国海军的"戴克尔"（USS Decker）级护卫舰，二战后，由美国赠送给当时的国民党政府，改名"太平"，意在保护国民党政权"永远太平"，结果不但没能如愿，国军反倒龟缩到了东南一隅。

　　说起来，"太平"号护卫舰历史上最辉煌的一件事是跟随林遵领导的"南进舰队"于1946年收复了南沙群岛。今天南沙群岛被台湾控制的最大岛屿古称黄山马，在那之后才被命名为太平岛。

　　50年代初期，"太平"号护卫舰欺负我海军刚刚成立，艇小人少不能远航，多次作为舰队旗舰突袭温州湾、三门湾和台州湾海域，采取打了就跑的办法，实施窜扰破坏。当时我们的领海线仅为3海里，国民党舰艇能够快速进入，快速攻击，一旦发现不妙，便立刻脱离逃往公海。由于大陆沿岸的观通体系不健全，又缺乏大舰，无法持续在海上巡逻，依靠小型水面舰艇与国民党舰艇作战，时机很难把握。结果造成南北航线多次中断，大型船只的海运几乎停顿，迫使我们只能采用小船贴近海岸，穿行在岛屿与大陆海岸之间的海域，勉强维护如同接力赛般的短程海运。游击战是解放军的看家本领，岂能容"太平"号班门弄斧。

　　首恶必办，为此，浙江前线指挥部决定击沉"太平"号。海军司令部秘密从青岛调来了杀手锏——鱼雷快艇31大队，决心对它实施一击必中的绝杀，但等了几十天，不是风高就是浪大，一直没有遇到战机。

按照预定计划，鱼雷艇大队15日就必须撤回舟山，因为大风浪季节即将来临，再等也没有意义。然而好运气来了，挡也挡不住，就在15日凌晨0时5分，我军雷达站发现了一艘例行巡逻的"戴克尔"级护卫舰，这恰恰就是我们一直想找的"太平"号。

"太平"号上校舰长唐廷襄得到的气象预报是高岛附近海域中浪，风力4级，能见度2.5海里。唐廷襄知道按苏联海军快艇条令规定，鱼雷快艇只能在3级风浪以内出击，何况大陆海军的P4-B型鱼雷快艇无雷达装置，只有一个方向误差很大的磁罗经，夜暗浪大，如同盲人瞎马，根本不可能出来。所以这次巡航毫无戒备，高枕无忧。

可惜他们忘记了对手是谁！根据31大队的经验，中国东南海区海情与苏联的海情差别很大，所以快艇可以不受苏联条令的约束，能够在4级甚至更高的风浪条件下出击。

1时35分，4艘鱼雷艇悄悄逼近，相继发射了8条鱼雷，呈扇形扑向敌舰。"太平"号毫无反应，仍呆头呆脑地向前行驶。31大队转舵撤退时大概是过于兴奋和紧张，其中两艘鱼雷艇居然机械地按照白天作战条令，施放烟雾，打开消音器高速退出，意外暴露了目标。幸亏敌舰先入为主，根本没有想到这种天气下会遇到鱼雷艇攻击，听到发动机声音后还以为是空袭，拼命地对空射击。"太平"号舰艏当即被命中一雷，失去机动能力，据生还的敌海军军官说，"太平"号被鱼雷击中后，舰身被撕裂的伤口可以开进一辆小卡车，根本无法堵漏修补。6小时后"太平"号沉入海底，彻底"太平"了。

这是鱼雷艇部队自组建以来的首次作战，且初战即胜。消耗鱼雷8条，击沉护卫舰1艘，击毙中校副舰长宋季晃及以下官兵29人，伤敌37人，人民海军无一伤亡。

这之后，我前线指挥部乘胜攻击，又先后击沉国民党海军的"中权"号登陆舰、"洞庭"号炮舰，击伤"太和"号护卫舰、"衡阳"号修理舰。一时间，东海的制海权翻了个个儿。

"太平"号等舰被击沉，给了傲气十足的国民党海军"当头一棒"。国

"太平"号中鱼雷后，在拖救过程中因舱壁破损严重进水过多而沉没，
其后方为赶来救护的"永春"号扫雷舰。

民党高级官员在 24 小时内两次召开紧急会议商议对策,美国报界也惊呼:"太平"号被击沉,证明共产党中国现在已经拥有很强的海军力量。

其实,我们拥有的只不过是几艘排水量仅为 19 吨的小型鱼雷艇。

在 20 世纪 50 年代人民海军的攻击力量中,能够一剑封喉的,毫无疑问,首推鱼雷快艇。

鱼雷快艇目标小,易隐蔽,航速极高,可近 50 节,有利于奇袭。最重要的是,鱼雷有超乎寻常的巨大杀伤力。那时候的鱼雷有效射程只有七八海里,经常要逼进到 5 海里以内才能突击成功,等于是近身肉搏或是海上拼刺刀的打法。而"刺刀见红"是我军的老传统,靠着这种不要命的近身拼搏精神,小艇照样可以击沉大舰。所以鱼雷快艇是穷国海军的首要选择,50 年代的人民海军当然不能例外。

人民海军最初只有一艘鱼雷艇,是抗战时期遗留下来的德制鱼雷快艇"岳253"号,起义后该艇被命名为"海鲸"号,但没有可用的鱼雷,只能当巡逻艇使用,这显然不行。我们一开始不会造鱼雷快艇,1950 年只能先从苏联购买了 36 艘 P4 型鱼雷快艇。这是一种铝制快艇,排水量仅为 19 吨,两台柴油发动机,最高航速 46 节,装有两具 450 毫米口径的鱼雷发射管。

鱼雷快艇的主机寿命很短,高速机尤甚。这批苏联鱼雷艇都是第二次世界大战期间建造的,主机用的是美国援助的"派卡特"型汽油机。这种主机使用 500 小时后就要进行大修,修完后还能再用 300 小时,然后……然后只能报废。美国人是财主,我们可没那么多钱。检测发现,这批鱼雷艇的主机都临近大修期,剩余寿命最多的为 160 小时,最少的仅有 64 小时。这点时间连训练都不够用。为延长鱼雷快艇的使用寿命,我海军决定将原来的汽油主机换装成M50 高速柴油机。

沪东造船厂和海军 4805 工厂接到抢修鱼雷快艇的任务后,参加抢修的人员达 300 多人。他们为保证修艇质量,专门编制了各种工艺文件,制定了修艇工艺规程,编写了大修拆装程序及要求,加强组织措施和技术准备等工作。

在日后的舰艇维修中,一位名不见经传的女技术员萨本茂大放异彩,她先后完成了 64 项科研项目与技术革新,使我国的舰艇维修技术有了质的突破。萨本茂的叔祖父是前清海军名宿萨镇冰,相当于今天的海军司令,真有点"老子英雄女豪杰"的意思。

当人们看到快艇在大海中劈波斩浪的勃发雄姿时，会感受到一种阳刚之美、一种野性力量的发泄，这种挥洒魅力靠的是螺旋桨的强大推力。

发动机和螺旋桨之间连接的是一根尾轴，高速运转下尾轴特别容易出现腐蚀。制造尾轴的材料是特种不锈钢，这玩意儿我国造不出来，买又没有那么多外汇，再说我们这么大一个国家，关键零部件也不能老靠买啊。磨坏一根换一根也太浪费，为什么不逆向思维，给它包上一层东西，让它少点磨损呢？萨本茂思考后，带领攻关组转变攻关方向，通过对多种材料配方进行分析、比较，终于找到一种最佳方案，经过两个多月的艰苦奋战，世界上第一根玻璃钢尾轴诞生了。"简单说就是在普通钢外面包敷玻璃钢以取代特种不锈钢，从而解决了尾轴腐蚀问题。"萨本茂轻描淡写地说。看着简单，当初做起来可费了大劲，这种办法使尾轴寿命比不锈钢尾轴的寿命提高了 10 倍以上，被民用船舶广泛采用后，大大节省了成本。

问题解决后看起来似乎就这么简单，很多事情都是一通百通。当时舰船上的高速内燃机连杆轴瓦常常出现"咬死"或"烧焦"现象，造成停航，萨本茂认为，如果轴瓦能镀上一层固体润滑剂，减少摩擦的同时就会延长使用寿命。基于这样一种推论，她在浩如烟海的资料中检索出"铟"是最理想的材料。但"铟"是国内外市场上最为紧缺的材料，太昂贵的东西我们用不起。变通一下吧。又经过一年多的实验，她研制出的"镀铟溶液"投入使用，使舰船的在航率大为提高。

以后的 40 年里，她又先后完成了固体乙烷清净剂、乙烷瓶填料、潜艇测氢仪器校正、水船水舱涂料、推进器安装用胶黏剂代替人工拂刮、铝壳快艇上包敷氯丁橡胶、舰船管子的化学清洗、柴油机铝活塞积炭清洗剂、电刷镀铅锡合金溶液等多项发明和科技成果，在 1978 年的全国科技大会上，她一个人独得了三项国家级重大科技成果奖。

萨本茂是上海当时从事舰船科研工作唯一的蒙古族女科学家，被誉为中国海军中的"居里夫人"。她的贡献，正如海军政委李耀文上将的题词："呕心沥血四十年，硕果累累献海防。"

1954 年，我国又仿造了更先进的 P6 型鱼雷快艇。P6 艇和 P4 艇的差别是

高速行驶的P4鱼雷快艇编队，这是穷国海军的利器。〔海新 供图〕

鱼雷管由 2 根增加到 4 根。有了 P6 艇，海军如虎添翼，愈发凶猛。三十几艘鱼雷快艇几乎就是人民海军 20 世纪 50 年代水面力量的顶尖火力了，听起来非常寒碜，但凭借官兵的勇敢和机智，采用暗处设伏、伺机而动、突然杀出、奋勇逼近、打了就跑等战术，却屡建奇功。这种战术实际上就是游击战的海上翻版。

打游击战我们可是老祖宗，这些陆军出身的人民海军打起仗来就更得心应手，越打越顺……

1955 年 1 月 10 日 23 时，击沉国民党海军"灵江"号巡逻舰，这大概是世界海战史上被鱼雷击沉的吨位最小的一艘军舰。越大的军舰用鱼雷攻击越容易，就像你拿着一支长矛，投中一头大象容易，想投中一只蚊子，你去试一试？但我人民海军做到了。

1955 年 1 月 20 日 4 时，击毁国民党海军"鄞江"号巡逻炮舰。

1958 年 8 月 24 日晚，击沉国民党海军"台生"号大型运输舰。

1965 年崇武以东海战中，击沉国民党海军"永昌"号护卫舰。

鱼雷快艇由于防护力薄弱、远航难和靠近敌船不易等天生弱点，因而在世界海战史上战绩不多，像我军这样连续获胜实为罕见，简直是打神了。

这几次海战被八一电影制片厂改编后搬上了银幕，这便是著名的电影《海鹰》。神勇矫健、轻巧威风的"海鹰"成为那个时代海军的形象，风靡了整整一代人。

不过这些小艇活动半径只有几十公里，风浪超过五六级时又不能出海。后来海军技术特别是雷达、夜视器材不断发展，小艇想隐蔽地快速接近大舰就变得更为困难。上世纪六七十年代后，世界上绝大多数鱼雷艇都相继退出了现役。

大陆由 P4 艇开局，到 P6 艇收官；台湾则拿"太平"舰首陪，而让"永昌"舰收尾。海峡两岸配合得天衣无缝。

可以说在最初对台海战中，基本都是我方"小艇打大舰"，人民海军已经把手中的老旧装备发挥到了极致。我们的小艇没有雷达，缺少大功率电台，暗夜作战几乎是"又聋又瞎"，很难再发挥出更高的作战水平。多次挨打后，国民党海军也学精了，他们逐步利用其速度、火力、吨位、雷达等优势来阻击我军，我军取胜越来越难，和国民党海军在装备上的差距日趋明显。

人民海军仅有的那几艘苏援护卫舰轻易舍不得用，那是看家的宝贝，浙东沿海地区的制空权不在我们手里，这种情况下，一旦受损，无法补充，只能依靠小艇周旋。

1957 年，第一个五年计划完成后，我国工业整体实力有了很大提高，国防科研也出现了勃勃生机。上海交通大学、大连工学院、哈尔滨军事工程学院、708 所等院所，相继建成了大型船模拖曳水池、载人车架式拖曳水池、露天操纵水池、空泡水筒和小型低速循环风洞等，对流体力学、船舶快速性、耐波性、汽轮机、材料工艺、焊接、自动化、舰炮、雷达等现代化舰船基础科研，进行了广泛扎实的探讨。

1957 年，鞍钢炼出了 16 锰低合金高强度钢和 15 锰钛钢，建造高速舰体已能立足于国内。

经过多年努力，造船厂家在仿制各型国外柴油机上也积累了丰富经验，制造出了 6187C 型，ATLAS 型中速、高速小艇柴油机和 6L350 型、8L350Z 型大功率船用柴油机。8L350Z 已是带涡轮增压器的较先进机型，具备了推出新一代小型舰艇的技术和物质基础。

国家穷、技术弱，一时也不可能建造大型战舰，因此一种小巧、高速、炮火凶猛的"小家伙"被优先提上了我海军装备建造的日程。1958 年，东海舰队司令员陶勇向东海舰队舰船修造部部长马千里下达任务，要求建造一批航速快、火力强的高速护卫艇，一方面能掩护鱼雷艇攻击，另一方面也要能独立作战。

鉴于上海造船界以前有过建造 52 甲型炮艇的经验，这个任务自然又交给了 4805 厂，王肇基任总设计师，并从船体车间抽调部分工人参与船体结构设计。对马海战时，东乡平八郎曾说过："如果你的剑不够长，就向前跨一步！"对一艘小艇来说，"向前跨一步"靠的就是航速。经进一步深入探索，发现这种艇的航速问题颇为复杂。因为在当时条件下，主机已确定，艇的吨位也大体已定，没有其他选择余地，要满足航速要求，只有在船体尺度和线型设计上下功夫。

从国外得到的资料看，英国的快艇普遍采用尖舭型，这种船型水动力特性较好，可以达到较高的艇速，但适航性不佳，只能限于在风浪较小、波长较短的海域使用，如英吉利海峡这样的海域。地处波罗的海出口的德国，由于海区狭窄，水浅浪大，快艇基本上都是圆舭型。此外，圆舭型艇有利于主机与螺旋桨的功率匹配，对主机的要求可以低一些，便于主机的研制。

科研人员根据海军的要求，决定参照德国的圆舭型艇体，结合我国沿海多沙洲、暗礁、岬湾及多风浪暗流的特点，设计一种中国式的快艇线型。经模型实验，反复计算，首创出既不同于护卫艇的普通排水线型，也不同于快艇的平底线型的新线型。这种新线型船艏尖瘦，船尾宽方，底部较平坦，舭部呈圆弧形，被称做"圆舭型快艇"。在动力不变、排水量增至 100 吨的情况下，试验航速竟达到 32 节，经济航速 18 节，其高速性和适航性都超过当时世界同类快艇，跑起来不但压倒台湾常用的"江"字号、"永"字号等舰艇，就是"阳"字号驱逐舰也拿它没辙。此线型适航性极好，据使用者回忆，在风浪大时，该

62型高速护卫艇的服役，给国民党海军"以大制小"的战略画上了一个句号。（人民图片网 供图）

艇侧倾有时会让人半躺在侧壁上无法站立，但艇身最终仍能够自动扶正，这给使用者以极大的信心。

1958 年 12 月 6 日，首制艇顺利下水，海军饶守坤中将兴致勃勃地参加了下水典礼。这是中国自行设计建造的第一代大型高速护卫艇，西方将其称为"上海"I 级。后来大连造船厂又在此基础上加以改进，满载排水量达到 134 吨，最大航程 1200 多公里，代号 62 型，国外统称其为"上海"级。

62 型护卫艇最大的优势，在于其几乎达到了舰艇性能与成本的最佳结合。一方面，这型艇足以担负当时面临的战斗任务和日常勤务任务；另一方面，这型艇的建造成本低，技术成熟，建造速度快，能够很快地形成一定数量。到了后期，大连造船厂 62 型艇的生产周期已经缩短为一个月，能够做到月初下料，中旬分段安装设备并开始总段对接，第 20 天即可在船体内安装各种机器设备及管系电缆，第 25 天主机能够试车，第 27 天或第 28 天试航，月底交工。

这种批量定型、流水线生产的方式，是我国船舶工业极为宝贵的经验。在大规模战争或战争准备的背景下，如何在短期内生产出大量实用、顶用的装备，对今天的船舶工业依然有极为重要的借鉴意义。

62 型艇上的装备有前后两座 61 式双联 37 毫米炮。这种双管舰炮是我军为在火力上压制住国民党海军而专门研制的，采用半自动方式，这也是中国自行研制成功的第一个小口径舰炮系统。

由于双联 37 毫米炮是自动装填，单管射速高达每分钟 70 发，相比美制76 毫米舰炮慢吞吞的每分钟 20 发射速，简直是暴风骤雨。无论直射还是曲射，都能够形成密集的弹幕。对于安装在颠簸航行的舰艇上，且没有射击稳定装置的舰炮来说，密集的火力和弹幕远远比弹丸威力和精确瞄准更重要，何况对于钢结构和用薄壳装甲防护的海军水面舰艇来说，76 毫米弹丸与 37 毫米弹丸的威力没有多大的差别，再加上战斗精神和战术运用的因素，海战的最后结果也是可想而知的。

62 型高速护卫艇的服役，给国民党海军"以大制小"的战略画上了一个句号。虽然我军当时在吨位上与对手差距还很大，但在火力和速度上已经完全处于上风。在实际使用中，为加强火力，海军再次发扬了我军"陆炮上舰"的光荣传统，前主炮前加装了陆军使用的 75 毫米双联无后坐力炮，艇尾还有一门 82 毫米迫击炮。双联无后坐力炮极大地加强了该艇攻击对方中型舰艇的能力，崇武以东海战中，敌"永昌"号护航炮舰被我鱼雷击中失去机动能力后，一开始并未沉没，两艘 62 型艇又冲上去，用双联 75 毫米无后坐力炮对准其水线位置一顿猛打，"永昌"号终于支撑不住，一头扎入海底。而 82 毫米迫击炮可兼用于发射照明弹，有利于夜间搜寻敌特种快艇之类的小型目标。当时，在世界范围内，同等类型、同等吨位的火炮舰艇中还没有哪一型艇的火力如此强悍。我军惯用的作战方式是攻击对方的上层建筑，这些火炮足以将任何一种中型舰艇的作战、指挥部门瞬间摧毁大半。

这个全身是炮如同刺猬一样的高速炮艇令海军喜出望外，海军立即安排大量生产。北方型由大连造船厂建造，南方型由黄埔造船厂建造（北方型有暖气锅炉，南方型有电风扇和冷藏设备），62 型护卫艇成为中国海军装备数量最大的舰艇，出口到许多国家。20 世纪 70 年代，我们还将图纸赠送给罗马尼亚让其仿制了一批，直到目前，62 型护卫艇也是中国出口武器中最受欢迎和数量最多的军用舰艇。

中国造船工业从学习技术到输出舰艇和技术，前进了一大步。

尽管战斗性能很好，但其生活条件相对大中型舰艇而言非常艰苦：艇上没有空调，只有风扇，在南方高温湿热天气下船舱内高达 40 多度；艇上淡水储备十分有限，5 吨淡水除去机械需要外，剩余不多，还要供 30 余人用 7 天……此外，该型艇轮机舱噪声非常大，轮机兵工作环境异常艰苦，不利于长期作战。

60 年代，海政文工团以此艇的研制为原型，创作了话剧《第二个春天》，主人公是位年轻漂亮的女工程师，试验受挫后站在海边流着眼泪拉小提琴。结果该剧在"文革"中被批判为"小资情调"，所以，70 年代改编成电影时，主人公被改造成膀大腰圆、大吼大叫的"革命形象"，还用一艘并不存在的水翼导弹艇模型做道具，害得西方情报机构四处搜寻资料，称其为"海岛"级，一时成为中国舰船界的笑谈。

60 年代中期，人民海军与国民党海军进行了数次海战。连续几战，彻底打垮了国民党海军的斗志，成为 20 世纪国共双方最后的海上绝杀。从此，国民党海军的舰艇再也不敢越雷池半步，只有老老实实地蹲在家门口望天。62 型护卫艇以主力身份参战，在实战中表现出色，不辱使命，表现出优异的作战能力。

1963 年，台湾国民党军事情报局开始组建"海上突击队"，使用加挂大功率发动机的特制塑料胶筏登陆作战，其目标小、速度快、机动性好，很难被雷达发现和识别，被称为"海狼"艇（这玩意儿有点类似于前几年南方海上走私用的大马力快艇）。这伙"海狼"经常利用暗夜偷袭我舰艇，企图在海上打出一条通路，为渗透部队创造条件。1964 年 5 月 1 日半夜，福建大帽山观通站发现几个高速运动的小目标，一开始错认为飞鸟，后来经过仔细观察，判断是对岸来的"客人"。那就"以快打快"，62 型护卫艇迎战，把几艘"海狼"追得无路可逃，混战之中，国民党海军的"丹阳"号驱逐舰前来救援。2500 吨的"丹阳"号拥有 127 毫米的大口径舰炮 3 门，76 毫米舰炮 2 门，40 毫米机关炮 10 门，与 62 艇相比，简直像一头犀牛与猎犬对阵。"577"号护卫艇毫不畏惧，单艇迎上去堵住了敌舰，同"丹阳"号猛烈对射 3 分钟，密集的弹幕笼罩了敌舰，最后打得对方毫无还手之力，冒着滚滚浓烟丢下特战部队开溜了。62型高速护卫艇顺手击沉敌特种"海狼"艇1艘，俘获1艘，我艇毫发无损。一艘护卫艇竟然打败了一艘驱逐舰，这次战斗极大地震撼了对手，此后，又经过十几次交手，"海狼"皆是大败而归，从此，再也不敢轻易露面。

最能体现62型护卫艇威力的是"八六"海战，那简直是经典一战。

1965年夏，国民党海军为配合反攻大陆的"国光计划"，不断地派军舰向大陆海域偷运特种人员。8月初，国民党陆军总部要派十几个特种作战队员，到汕头外海的东山岛实施侦察与袭扰。护送特战队员的两艘猎潜舰"剑门"号和"章江"号，于1965年8月5日，从台湾高雄左营军港起航。

为了混淆大陆的雷达系统，两舰故意绕行到香港外海，再往北航驶，试图让我军误以为是前往香港的普通商船。

事实上，"剑门"号和"章江"号刚驶离高雄，我们的"侦察系统"就知道了，连两舰是什么型号、什么名字，搭载了多少特战队员去干什么都清清楚楚。我军一边装着不知道，一边却悄悄地安排了一支快艇混合部队（由高速护卫艇4艘、鱼雷快艇6艘组成）驶往预定海域，以逸待劳，等待送上门来的肥羊。

8月6日凌晨两军接近，距离15链（1链=200米），敌舰发现有快艇靠近，但国民党海军"秉承"了一贯麻痹大意的传统，没有丝毫戒备，反而发出识别信号。

距离5链，终于发现异常的敌舰首先开火并开始转向规避，但这时已经来不及了。我护卫艇发动机低沉咆哮，一瞬转成了威武的怒吼，艇艏激起巨大的浪头，拖着长长的尾迹，朝敌舰疾驰而去。远海上，无风三尺浪，有浪就是4级，271艇激起的巨浪甚至淹没了驾驶台。即便在几海里之外，这个场景仍然极具震撼力。我全部护卫艇的16门37炮和25炮开火还击，密集的弹幕立刻笼罩了敌舰。不到2分钟，"章江"号的火力就被压制住，连无线电天线和桅杆都被打断了，75炮炮管被一发高爆弹击中，爆炸威力造成敌炮手死伤过半……这时驾驶台右舷信号灯座又接连中弹，密集的弹片将驾驶台里的9人打死3个，重伤3个，吓得剩下的3个跟头把式地钻到了底舱。简单说吧，很快甲板上就没有几个喘气的了。

61式双25炮刚刚定型一年就赶上这次海战，表现出了不俗的威力，作为一种半自动瞄准舰炮，今天看是有些落后了，但这种炮的弹道性能不错，在未

62型高速护卫艇与鱼雷艇编队组合出击，固定了我军护卫艇
"当头乱棒"、鱼雷艇"窝心一脚"的绝招。

来战争中仍有用武之地。就初速、射速和弹丸威力来看，超过科索沃战争中令美国飞行员非常害怕的"巴尔干眼球"（南联盟的一种小口径高炮）。

炮厉人猛，我军越打越过瘾，打着打着哑了，没弹药了。不，准确地说，是炮位上没弹药了。因为艇新、炮新、人也新，不用说那些新兵，就是参加过海战的军官和老兵，也没使唤过这种最新出品的25毫米速射炮，哪想到炮弹打得这么快，一眨眼的工夫炮弹就打光了。赶紧组织人到弹药舱搬炮弹，人力运输毕竟赶不上火力密度，只够维持一座双25炮的射击，等于少了一半的火力。那些手忙脚乱的新兵也不断地帮倒忙，把炮管冷却装置的"关"当成了"开"，结果前主炮炮管没一会儿就打红了，只得临时冷却，不然，战果会更明显。我军的火力一减弱，敌舰便趁机开始还击，著名的海军战斗英雄麦贤得就是在"八六"海战中负伤的。

那时国家穷，进口一发100毫米口径炮弹的钱几乎可以买一吨大米，足见其珍贵。因此，每次作战动员总有一句口号："可要好好打啊，打不准几吨大米就白白扔进海里了！"那时舰艇的栏杆上比现在多了一道网，是用于弹壳回收的。在"八六"海战中，各艇的炮都打"疯"了，滚烫滚烫的弹壳落满甲板，最后人走起来都有些困难。

炮火炽烈之际，"剑门"号显得很不够意思，居然扔下"章江"号不管，自己先跑了。留下的"章江"号被我4艘护卫艇紧紧缠住打，从500米逼近到100米以内，"章江"号被打得火光冲天，起火爆炸，沉了。

"剑门"号没跑多远，也被追上了，3艘护卫艇，离对方5链左右开始射击，仅用一分钟的时间，就完全压制住了"剑门"号的火力。几分钟后，我鱼雷艇编队赶到给其致命一击时，敌舰上的76毫米、40毫米、20毫米炮已无任何反应了。"剑门"号上的敌舰队指挥官胡嘉恒少将，身负重伤，落海身亡，舰长王韫山上校重伤被俘，"剑门"号歪入海中，燃起熊熊大火。

清晨时分，姗姗来迟的国民党军空军派出4架F-100战机从屏东机场起飞，到达海战区域。但为时已晚，"剑门"号和"章江"号两舰早已沉入海底，海面上只留下一片油污。

当天，国民党军海军"总司令"刘广凯匆匆赶赴阳明山官邸去见蒋介石，报告两舰遇袭沉没的经过。据当天在场的朱元琮将军形容，蒋介石脸色铁青，不发一语。

台湾"《中央日报》"报道，此次海战，国民党海军两艘军舰伤亡几百官兵，逃回台湾的只有5名，伤痕累累，狼狈不堪。蒋介石极为震怒，刚接任海军"总司令"5个多月的刘广凯引咎辞职，黯然下台。这场海战的失败，严重影响了蒋介石对国民党军战斗力的信心，一定程度上改变了蒋介石"反攻"大陆的战略，该计划不久便束之高阁。1969年，蒋介石的座车又意外在阳明山遭逢车祸。他因病所累，加之年事日高，无人能代替他作"反攻"决策，所谓"反攻"大陆的计划，成为一枕黄粱。（当今大陆游客能畅游台湾时，这份计划也解密公开了。）

战后，我军授予611艇"海上英雄艇"称号，授予598艇"海上先锋艇"称号。指挥作战的汕头水警区副司令员孔照年事后总结：以小打大，一是靠近战、夜战，逼近了再打；二是先不要打钢板，要打甲板，尤其是上面的人。

几次成功突击后，人民海军护卫艇和鱼雷艇相互掩护，配合作战，固定了护卫艇"当头乱棒"、鱼雷艇"窝心一脚"的绝招，弥补了单纯使用护卫艇火力不足的问题。四两拨千斤，小艇立大功，几次海战，人民海军都是运用这一战术取得了胜利。我们自己造的这些小艇连续打败了美国造的大舰，国民党的"永"字号、"关"字号级别的军舰实在招架不住这群小家伙的攻击，纷纷退役，黯然离开了战场，东海从此无战事。

第六章

深海的静默杀手

1955 年的一个炎炎夏日，美国第一艘核潜艇"鹦鹉螺"号在上万名观众的欢呼声中开始下水试航，美国人"鹦鹉螺"的吹响震动了整个世界。也就是这一天，共和国人民海军的第一艘 42 吨木质近岸快艇才刚刚开工制造。

两者巨大差距的背后是船舶工业乃至整个国家工业体系的落后……

但仅仅过了 15 年，令美国人震惊的是新中国海军装备的"头生宝贝"——攻击型鱼雷核潜艇，胜利地举行了下水典礼。这一天，中国全体造船人心情都格外舒畅。

《华盛顿邮报》酸溜溜地评论：红色中国正在海底追赶美国。

对缺乏全程空中掩护的海军来说，潜艇是最好的"战略"武器。它既能在水下秘密远航巡弋，又能隐蔽接敌突然进攻。在两次世界大战中，潜艇大显威力。尤其是第二次世界大战中，潜艇显示出了巨大威力。英国被击沉的军舰中，有 20%是被德国潜艇打的，商船高达 70%；日本被击沉的舰船中，60%毁于潜艇；苏联被击沉的舰船中，有 40%也是德国潜艇干的。潜艇无声无息地来，悄无声息地走，具有较强的隐蔽突击能力，被誉为"深海黑洞"，其惊人战绩令世界军事家扼腕长叹：没有潜艇就没有海军！中国是屹立在太平洋西岸的大国，为了有效地保卫我国领海，维护海洋权益，抵御外来侵略，中国理所当然地要建立和发展潜艇部队。

上世纪50年代常规潜艇建造工场。

　　共和国第一代领导人在新中国成立初期就把有限的资金集中到潜艇上，海军建设要先搞"空、潜、快"，三个字概括了新海军的三个发展方向——飞机（陆基）、潜艇和快艇。

　　1950 年 4 月 14 日，肖劲光在人民海军司令部成立大会上，提出了建设包括潜艇在内的轻型舰队的指导思想。8 月，在确定海军建设方针的一次核心领导会议上，大连海军学校副校长张学思提出："潜艇部队十分重要。潜艇攻防均可使用，但不易掌握。我们必须设专门潜艇学校培养艇员，并设潜艇基地和专门训练潜艇之机构。"

10 月 8 日，毛泽东主席亲自给斯大林发电报，寻求苏联在中国海军潜艇艇员的训练上给予援助。次年 2 月，苏联政府正式答复，同意为中国培训潜艇艇员和必要的指挥人员、基地人员，并提供训练用潜艇，培训地点在海参崴（后改在旅顺口）。

1954 年 6 月 19 日，经毛泽东主席批准，在周恩来总理的直接领导下，人民海军的第一支潜艇部队——海军独立潜艇大队在青岛基地（1960 年 8 月，在青岛基地的基础上正式成立海军北海舰队）宣告成立。

6 月 24 日，中国潜艇学习队结业。这天，从苏联购买的"M"级老式小型潜艇离开旅顺，驶往青岛，正式移交给我方，这是我国有史以来的第一支潜艇部队——潜艇独立大队最早的两艘潜艇，被命名为"新中国"11 号和"新中国"12 号。后来，将又购买的两艘"斯大林"级中型潜艇分别命名为"国防"21 号、"国防"22 号。

今日回眸这几型老旧潜艇有一种特别的感觉，很亲切。因为它们是中国潜艇梦开始的地方。

二战后，美国虽然大力支持蒋介石政权，但为遏制中国海军的崛起，在向国民党海军提供海军装备时秘密规定：水面舰艇最大只给护卫舰，绝不给驱逐舰以上级别的舰艇；舰炮最大只给 4 英寸炮（105 毫米），不能给 5 英寸（127 毫米）以上的舰炮。新中国成立后，美国为遏制人民海军，才逐步放宽了这些规定，但是有一条不变，那就是潜艇绝对不给。直到 1973 年，台湾海军以反潜训练为理由，才从美军手里接收了两艘二战时期的"射水鱼 II"级旧潜艇，分别命名为"海狮"号和"海豹"号。不管是叫"狮"也好，叫"豹"也好，之前都被美国人焊死了鱼雷发射管，拆除了武器装备，给"废了武功"。

相比较而言，苏联老大哥在这点上就比美国够意思。

海军司令员肖劲光亲自主持潜艇学员选调，他激情满怀地说："如需要，宁可叫几艘军舰开不动，解散几个学习单位，也要让潜艇开起来。"

新中国虽然开创了拥有潜艇的历史，可苏联提供的二战时期老掉牙的潜艇，仍然难以担负起保卫共和国的重任。"M"级是苏联二战前建造的一种小型潜艇，排水量只有800多吨。没有通气管，只有水上排气管。这种柴油机启动还特别费力，机舱内专门配有一根大撬杠，在启动前要先用杠子撬动柴油机上的大飞轮齿轮，转动一会儿，才能启动。当然也不是每次都要"盘车"，但天冷时，不撬就开不起车来。艇上的其他部件（需要转动的）也要经常转动一下，以防到时不转了。更要命的是，这型潜艇不仅结构和钢材性能落后，设计理念也与第一次世界大战时期没有多少差异，简陋的导航设备安装在指挥舱各个战位，所有操作必须通过安装在管道或设备上的手柄开关来控制，任何指令都要各处人员一起动作才能完成。尽管在当时已经是"老掉牙"的潜艇了，但对于用小米加步枪打天下的"土八路"来讲，还是"精锐兵器"。要知道国民党海军自组建以来，到此时还未装备过一艘潜艇呢！

"六四"协定后，苏联开始向中国有偿转让"W"级（西方称"威士忌"级）常规动力攻击潜艇建造权，我国决定在上海江南造船厂装配制造这型潜艇。其代号是613型，我国称为03型（也称6603型）。

03型潜艇水上排水量为1050吨，水下排水量为1340吨，武备为12枚533毫米鱼雷（或22枚水雷）。该艇的原型是纳粹德国的21型潜艇，但未及投产德国就投降了。苏联缴获了全部图纸，作了微小改动之后，变成了自己的613型。其性能在当时尚属先进，对我国海军来说是"好东西"。"W"级潜艇较之苏式老潜艇在许多技术上都作了重大改进。最大的区别是，潜艇可以在水下利用通气管航行充电，从而结束了潜艇水下工作时间短、易暴露的弱点，这在当时也是比较先进的技术。苏联从缴获的德国潜艇和设计师那里学到了不少绝活。

1955年，苏联舰艇专家委员会主席祖鲍夫带领专家团来到江南造船厂，以席姆初日尼柯夫为首的36名建造师、工程师、工段长和技师亲自示范，教授技术工艺、管理经验，帮助新中国建造第一艘潜水艇（代号03工程）。苏方向我们提供了全套的图纸和技术装备，并且派出了从班组长到监造师一整套的技术人员。苏联专家耐压船体装配组长勃利伐洛夫和船台工艺工程师高佳叶夫一对一、手把手地教江南厂的工人。焊接是03工程产品的关键技术，在苏联专家的指导下，江南厂精心挑选了一批高级焊工进行专门培训，很快掌握了

从苏联引进的"M"级潜艇。从照片中可以看到，当时的潜艇甲板又宽又平，艇上配有小口径舰炮，完全和水面舰无异。早期的潜艇实际上是一种会潜水的水面舰艇。后来的潜艇甲板越来越小，现在许多新型号的潜艇已经取消平甲板，足蹬防滑鞋的艇员也在弧形艇壳上举步维艰。"M"级小型潜艇的火炮只有37毫米的口径，打舰船时近乎搔痒，打飞机时射速又太低，命中率几乎为零，除用于鸣放礼炮外，实在多余。

潜艇耐压壳体的焊接技术，这批人后来成为新中国自行建造核潜艇的骨干力量。后来在军代表室，他们也派驻了专家，将一整套苏联的潜艇监造程序和方法教给我们。当时正是中苏关系的"蜜月"时期，所以，合作还是挺融洽的。

在那时，没有苏联的援助，我们是造不成潜艇的。其实时至今日，我们在潜艇设计制造方面的许多理论、计算规范、工艺、工装和试验方法等，还是在沿用苏联的东西。虽然常规潜艇制造在今天来讲已不是什么高不可攀的尖端技术，但没有相当的基础工业技术还是做不出来的。就潜艇耐压壳体用的钢材来说，我们从 1959 年开始仿制，到 1962 年曾先后冶炼出 2000 余吨，其中符合标准的只有 60 吨。今天，台湾当局经常吹嘘自己工业技术如何发达，不是照样连常规潜艇也造不出来吗？连 21 世纪的印度也是如此。世界上能造正规潜艇的只有美、俄、英、法、德、中、日、韩八个国家。

今天我们潜艇制造技术已经具有一定的国际先进水平了，可当时整个江南造船厂只有 11 名技术人员和工人曾去苏联索墨尔福造船厂学习过一段时间，其余的人连潜艇的模样都没见过。需要提及的是，中国核潜艇的建造总指挥王荣生和国产第一代猎潜艇的总设计师吕永盛也是同期派往苏联学习扫雷舰和护卫舰建造的。通过在苏联船厂的近一年学习，他们为新中国建造第一代扫雷舰、猎潜艇都立下了卓越的功勋。下文将详细描述。

潜艇出没于深海大洋，对船体强度结构要求十分严格，其加工制造的技术要求比水面舰船高得多，难度很大。这对新中国薄弱的民族工业来说，是一个巨大的考验。

中国人自行建造潜艇的历史从"新江南"开始了。江南造船厂总工程师王荣瑸作为中方的技术负责人，担负了组织生产和技术领导的重要责任。接受任务时，他兴奋得流下了眼泪。抗战初期，他奉命在德国监造潜艇，这期间，他冒着生命危险偷拍了德国潜艇的技术图纸。法西斯联盟缔结后，德国终止了中国潜艇建造合同，王荣瑸为了将图纸底片顺利带回国内，先是以一个旅游者的身份取道丹麦，几经辗转才回到祖国。这些珍贵的德国潜艇图纸虽然后来没有派上用场，却成为一代爱国知识分子不懈追求"潜艇梦"的真实印记。03 型潜艇的建造，终于给了王荣瑸实现梦想的机会，从此，他为中国的潜艇奉献了自己的一生。

在建造第二艘潜艇时，系泊试验突然发现响声。一开始怎么也找不出问题，这种声响听起来不明显，但在舰艇的声呐里却如同敲锣打鼓一般，潜艇要无声无息地抵近对手，这种不明声源可是致命的隐患。王荣瑸知道后，亲临现场，钻进狭小的压载水舱里寻找响源。在他的指导下，工人们终于发现，由于螺旋桨设计有问题，造成空泡击声，经 702 所模拟试验，证实了他的观点。后对螺旋桨设计进行了改进，声响自然消除。

装配潜水艇的军工车间是完全保密的，进出都要检查特别通行证。进入军工车间的每个工人都被组织核查家族三代的成分，然后学习保密条例、军工条例，考试合格后才能正式做工。能参与 03 工程，是一种荣誉和信任，大家工作起来格外精益求精，不敢有任何懈怠。

当时负责电焊的王要武回忆：每次做完活，他们都要按照规定将电焊条的废弃部分收起来，归拢到指定的筐里，"这些东西是不能带出车间的。因为其他国家能通过这些电焊条知道潜艇钢板的性能，所以这些废弃物也是要保密的"。按照厂里的规定，即使对家人也不能说自己在做些什么船。"当时不断被教育，自己的工作是代表着国家利益，而不是简简单单的谋生工具。"王要武说，这是至今都难以忘记的信条。

在江南造船厂的科技体系里，普通工人的智慧前所未有地被重视。沈鸿只读过三年书，后来却成为中国第一台万吨水压机的总设计师。第一台直流电焊机是工人们用矽钢片自己改装的，片段电焊渣技术是工人们照着英国杂志上的只言片语加上自己的想象来摸索完成的。当时没有西方技术力量可以依靠，江南造船厂就是靠着这些基层技术人员和工人的智慧，支撑起了一个国家的重工业体系。曾经为江南造船厂设计过多种舰船的中国工程院院士张炳炎感叹说："要是以现在的物质条件，再加上那个时代人们的干劲，中国船舶工业发展的速度会比现在快很多。"

渐渐地，一艘外形酷似鲸鱼的优美潜艇呈现在人们眼前。

1956 年 1 月 10 日上午，上海江南造船厂建造 03 型潜艇的工人和技术人员，像往常一样在紧张地忙碌着。10 时左右，他们惊喜地发现一个熟悉的面孔出现在大家面前。"毛主席！"毛泽东在上海市市长陈毅一行的陪同下来到了江南厂，新中国襁褓中的第一艘潜艇迎来了神圣一刻。潜艇似一头巨鲸静卧在船台上，毛泽东饶有兴趣地围着潜艇整整转了一圈，他使劲拍了拍艇壁，问技术人员："这个大家伙什么时候能搞完啊？"技术人员和工人纷纷表示："最多两个月这艘潜艇就可以下水，而且通过造这艘艇，我们不但学会了装配，今后还要学会自己制造。"一生好强的毛泽东高兴地笑了。这是毛泽东主席第一次看潜艇，也是他一生中唯一一次。后来中国核潜艇横空出世时，毛泽东主席由于身体原因未能亲自视察。

毛泽东对新中国海军建设的关心可从 1953 年至 1958 年他对舰队的多次视察中看出来。

1953 年 2 月，他首次视察东海舰队，并登舰参观了 1949 年缴获的一批老式护卫舰。这些护卫舰说起来十分可怜，总吨位加起来还没有清末的一艘巡洋舰大，按照舰艇条令规定，国家元首到舰视察，军舰应该挂满旗，列仪仗队，鸣放礼炮。这些都被毛泽东"免了"。他在舰上逗留了近四天，与舰员们一起谈心并观看了各种演习。访问结束时，他一连为五艘军舰写了同样的题词："为了反对帝国主义的侵略，我们一定要建立强大的海军。"

1958 年，毛泽东又来到青岛，登上了一艘鱼雷艇，亲身感受了海上试航。他对该艇的速度感到惊讶，要求艇长以最大速度航行。上岸后，他由衷地赞扬了建造技术，并对有关人员指出：对新中国来说，重要的是培养出自己的技术人员并"掌握先进的技术，以便建造出更大型的舰只"。

新中国成立初期，在军队建设和发展问题上，陆军派占多数，他们认为海军建设花钱多，不赞成大投入。确实，与陆军、空军相比，海军的投入大，周期长，见效慢，西方有一种说法：30 年的陆军，50 年的空军，100 年的海军。海军对于一个囊中羞涩的国家来说，的确是一种"奢侈品"。但毛泽东却总说："我是始终主张要建立一支强大的海军的。"在 1958 年的一次会议上，海军副司令员刘道生作了一个发言，提出在 10~15 年的时间内，建造 40 万吨战斗舰艇，遭到大家的批评。毛泽东主席郑重地说："刘道生的发言可能急了一点儿，但要保护他的积极性。他主张发展 40 万吨，这个数字并不大嘛。打个比方，蒋介石的海军像只蚊子，风一吹就把蚊子吹跑了。我主张大搞造船工业，大量造船，建立'海上铁路'。"一席话显示出他对海军的关注和对新中国造船事业的一贯支持。

就在毛泽东逝世的前一年，即 1975 年 5 月初，他对海军领导同志说："海军要搞好，使敌人怕。我们海军只有这样大。"说到这里，他幽默地伸出一根小指头晃了晃。5 月底，毛泽东主席又在海军发展规划报告上批示："同意。努力奋斗，十年达到目标。"

建设一支强大海军是他的夙愿。

1956 年 3 月 26 日，中国装配制造的第一艘"W"级 03 型潜艇下水，舷号为 115 号，中国版的"威士忌"诞生了。

在毛泽东主席视察 115 号潜艇 13 周年之际，人民海军特授予该艇 56-110 荣誉舷号，以纪念毛泽东主席对海军的关心，这也是海军迄今为止唯一被授予荣誉舷号的潜艇。

"W"级潜艇的转让制造促进了我国造船技术的进步，形成了潜艇制造的生产线，培养了技术干部和工人，积累了组织管理的经验，是我国成批建造潜艇的开端。

1957 年 7 月初，我军一艘"W"级潜艇接到海军司令部进行远航训练的命令。这是人民海军史上第一次带有实战背景的水下远航训练。当时在某某海区，我艇与美国第七舰队旗舰"海伦娜"号重巡洋舰相遇，我军在该舰下面悄悄收集并录制了该舰的机器与螺旋桨噪音资料，美舰毫无察觉。过后，我人民海军非常自豪地说："美国佬也不过如此，如果我们真的进行鱼雷攻击，他们早就下海喂鱼了。"

在狭小的常规潜艇里，官兵们生活条件非常艰苦。潜艇冷藏室不大，只能储存十几天的食品，主要是肉、蔬菜、水果等，其余时间只能吃罐头和饼干。为增加食品储备，出海前，官兵们尽量在干线、管道、仪器之间的空隙中塞满各种食品。他们没有特殊的潜航制服，最初全部是普通的衬衣、衬裤，随便撕下一缕就当手巾擦汗用。在南半球海域漫长的航行中，气候炎热，八九月份潜艇隔舱内最高温度达到 60℃，衣服问题特别突出。到 80 年代末，才开始发放一次性衬衣和不用换洗的裤头、背心，官兵们的日常生活条件大为改善。

尽管 03 型潜艇在中国海军发展史和国产设备研制史上具有极其重要的地位，但 03 型潜艇航行噪声大，艇内空间狭小，难以进行现代化改装，而且其水面最高航速只有 18 节，潜航最高航速仅为 14 节，远远低于 70 年代以后建

我国某型常规潜艇装填鱼雷。（钟魁润 摄）

造的大型民用船只，执行封锁作战任务非常吃力，更谈不上与现代舰艇作战。保留一批性能如此不佳的老式潜艇，对军费紧张的中国海军来说只能是一个沉重的负担，上世纪 80 年代初期，03 型潜艇开始逐步退役和封存。现在中国海军已经全部淘汰了这种老式潜艇。

　　1959 年 2 月 4 日，苏联与中国签订了第二个海军技术援助协定（也称"二四"协议），苏联同意向中国提供最新型的"R"级（"罗密欧"级）鱼雷潜艇和常规动力弹道导弹潜艇"G"级（"高尔夫"级）的器材、图纸和技术资料，并派专家现场指导建造。

　　"R"级是人民海军装备的第二种仿制苏式常规动力潜艇，代号 033 型，西方称为"罗密欧"级潜艇。该级潜艇后来成为我国建造数量最多的一种潜艇。经过 3 年左右的艰苦奋斗，广大技术人员和翻译人员克服了种种困难，译制了近 16 万页的图纸资料，仅因测绘、补充和修改设计而增加的图纸就有 2.4 万多页，还有配套设备资料 26 万多页和 2.5 万平方米的设备图纸。

建造这型艇时，正值"文革"时期，规章制度被视为"关、卡、压"，闹出过不少荒唐的笑话。潜艇船舱上部角的焊接是个技术标准要求很高的活儿，按照规范和设计要求，该部位必须采用塑性、韧性好的"上焊59"焊条。但是，"上焊59"焊条施工难度高、毒性大，工人不愿意使用，要求用容易施工、毒性较小的"65C-1"焊条代替。要知道，在那个特殊的年代，一旦工人和技术人员的意见有了分歧，领导一般都会支持工人的意见，因为支持工人的意见不会犯政治上的错误；反之，就是不尊重"群众的首创精神"，有政治上的风险。在没有充分试验的情况下，工厂自行决定改用"65C-1"焊条焊接艇舱上部角缝。这个被美其名曰"焊接工艺改进"的项目，后来竟成为受到全国科学大会奖励的科技成果。但是，几乎在受奖的同时，该艇舱部角焊缝出现了多处裂痕，幸亏发现得早，不然深潜时后果不堪设想，只好把艇开回来，重新返工，按老办法焊接，这个所谓的科技成果也就灰溜溜地不再被人提及了。

吃一堑长一智。后来，江南造船厂严格按技术要求和流程办事，033型潜艇建造周期也从首制艇的67个月缩短为22个月。该厂建造033型潜艇达22年之久，为祖国水下军事力量的增强作出了巨大贡献。上世纪六七十年代，国家部署三线建设，常规潜艇生产基地才从江南造船厂逐渐迁移到武昌造船厂。

整体看，033型潜艇仍是20世纪50年代的技术，虽经过改进，噪音有所降低，探测能力有所提高，但由于不具备反潜作战能力，逐渐被淘汰。后来，在其基础上，又研制了035型、039型两种更加先进的常规潜艇，被北约称为"明"级、"宋"级潜艇，它们至今仍是人民海军的主战潜艇。

弹道导弹潜艇与陆基洲际弹道导弹、战略轰炸机一起构成国家三位一体的战略核力量。弹道导弹潜艇平时游弋于水下，对敌实施战略核威慑；战时，作为高生存力的核反击力量，负责摧毁敌岸基战略目标、政治经济高度集中的大中城市、主要交通枢纽和通信设施、大型军事基地和港口等重要目标。弹道导弹核潜艇具有隐蔽、安全、机动性强、作战威力大等特点，因此备受世界各国的重视。

在苏联的弹道导弹潜艇家族中，只有一型是常规动力的，即在20世纪50年代末发展的"G"级大型弹道导弹潜艇(西方称"高尔夫"级)。按1959年"二四"

协议约定，苏联向中国提供 "G"级弹道导弹潜艇图纸及部分配件。但还未来得及建造，中苏关系便紧张起来，中国决心按图纸资料自行建造。中国第一艘 "G"级弹道导弹潜艇于 1964 年在大连下水。这种潜艇装有三具苏式 SSN5 型潜射弹道导弹发射器，配备有天文导航、定位稳定、导弹发射控制和指挥等在当时非常先进的设备。据今天解密的美国国防部文件披露，华盛顿当时感到十分不安，五角大楼甚至制定了一系列遏制计划，包括在这艘艇进行处女航时对其进行秘密攻击。由于担心中国的核报复，美国最终放弃了这一计划。

中国仅建造了一艘 "G"级潜艇，建成后因配套的潜射弹道导弹没有研制出来，潜艇在很长时间里只能作训练使用。但此级导弹潜艇的仿造，大大加快了中国下一步自行研制核潜艇的步伐。1982 年 10 月 12 日，中国第一枚潜地固体战略导弹 "巨浪 -1"号首次由 031 型（ "G"级）常规动力导弹潜艇发射试验成功。中国一跃成为世界上第五个拥有水下发射战略导弹能力的国家。

2007 年，台湾《军事家》杂志撰文说：

> 上个世纪，大陆的海军虽然长时间处于劣势，但是发展得规模宏大而且非常全面。大陆的海军发展是海、空、潜样样顾到，购买与研制并行，既有广度也有深度。尤其在一穷二白的情形下，何止是跳跃式的前进，简直是不可想象的腾飞，这个计划真是有远见、有气魄、有决心。
>
> 大陆的海军几乎是从零开始，海军成立时没有一艘超过 1000 吨的战舰，这就使国民党海军凭着美国二战时的几艘驱逐舰在台湾海峡拥有了超过 20 年的优势。但是任何明眼人都看得出来，大陆海军超过我们只是时间问题，靠购买军舰的海军最后一定敌不过自力研发的海军。

海峡对岸的同行说得不错，他们一针见血地指出了两岸发展船舶工业前瞻性的差距，可惜他们直到今天才明白，已经晚了半个多世纪……

第七章

核潜艇，一万年也要搞出来

1958 年 6 月，国防部聂荣臻元帅办公室。一份外军情报汇总和几则外国电讯放在办公桌上。

聂荣臻元帅认真地读着。美国"鹦鹉螺"号核潜艇从 1954 年初下水，到 1957 年 4 月第一次更换燃料棒时为止，总航程达 6 万多海里，其间大部分是潜航，"鹦鹉螺"号仅消耗了几公斤铀；而常规潜艇航行同样的距离，要消耗大约 8000 吨燃油。运输这么多燃料需要 217 节油罐车，所组成的列车长达 3.2 公里，要耗费 197 万美元。

另据情报透露，"鹦鹉螺"号核潜艇自服役后，美国用它多次进行了潜舰对抗演习。1955 年 7 月份至 8 月份，在"鹦鹉螺"号首次进行的作战演习中，它轻而易举地打败了包括一艘航母在内的反潜编队，先后"击沉"了 7 艘"敌舰"后，全身而退。随后在北约组织的名为"反击"的演习中，被"鹦鹉螺"号"击沉"的水面舰艇达到 16 艘，其中包括航母 2 艘、重巡洋舰 1 艘以及驱逐舰 9 艘，其余的 4 艘为油轮与货轮。战果惊人！

美国海军披露，"鹦鹉螺"号在历次演习中遭受了 5000 余次攻击。据推演，若是常规动力潜艇，它将被"击沉"至少 300 次以上，而动作迅速的"鹦鹉螺"号仅被"击中"3 次。"鹦鹉螺"号展示了核潜艇无坚不摧的作战能力以及令人恐惧的隐蔽性和灵活性。

核潜艇拥有绝对的报复力，有了绝对的报复力，国家才有绝对的安全。

至少美国人是这样认为的。

旁边还有几张美国核潜艇的照片，是其在大洋上行进时拍摄的，一半露出水面，一半隐入水中。

聂帅缓缓地把手中的情报放在桌上，久久不语。

夜静极了，窗外好像下起了雨。桌上美国核潜艇的那些照片，在灯光下分外触目。

几天后，这些资料和一份聂帅亲自写的更详细的《关于开展研制导弹原子潜艇的报告》，送到了中南海菊香书屋。

我们在加快常规潜艇组装、建造的同时，应该立即研制核潜艇。

聂帅从国外零星分散的信息中得出这样一个结论：核潜艇将成为未来世界霸权主义的战略武器，也只有核潜艇，才能遏制霸权主义的嚣张气焰。

两天后，中共中央批准由海军副司令员罗舜初中将组织领导我国核潜艇研制工作，海军科学研究部部长于笑虹具体负责。审批速度之快，出人意料。

万事开头难，像核潜艇这样高科技的研究项目则更难。参研人员清楚，核潜艇除具有高度隐蔽性、强大攻击性的特点外，最大的特点是续航能力强，可以保持潜航状态，几乎无限制地在水下高速航行，这是任何常规动力潜艇都无法办到的。一切的关键是核反应堆，采用核能推进后，潜艇才从以往的"间歇潜艇"，变成真正的"连续潜艇"。但当时大家谁也没有见过核潜艇是什么样子，即使是常规潜艇，中国也尚在研制中。

首批核潜艇研制人员集结了各科专家共 29 名，这都是全国潜艇和舰船方面的精英。那时，别说核动力潜艇，就是核物理方面的人才也没几个，除少数几个人懂得点粗浅的理论知识外，大多数人对核物理都一无所知。对那些刚刚从大学基础物理、化学、数学、动力等专业毕业的大学生成员来说，更是一部难以读懂的"天书"。中国的科学家们怀着一颗报效祖国的赤诚之心开始了核潜艇的研制工作。那时的资料非常少，能见到的国外核潜艇资料，只有公开发行的《简氏防务年鉴》上几张模糊不清的照片，以及一件我外交人员从国外带回来的核潜艇儿童玩具。玩具很逼真，听说这种玩具在市场上很快就不销售了，因为美国中央情报局认为它泄密。

美国的核潜艇一艘艘地下水，时至今日，美国海军序列里已经没有了常规潜艇。

20世纪五六十年代，苏联对中国海军建设提供过不少帮助，但在核潜艇研制上，苏联军方始终守口如瓶。我海军政委苏振华率中国技术专家代表团访问苏联时，曾向苏方专门请教核反应堆的问题，试图得到部分关于核潜艇的技术资料，但苏联政府不仅没有提供，甚至我方提出的参观一下核潜艇的要求也被礼貌地拒绝了。

1959年国庆节，赫鲁晓夫率团访华。毛泽东当面向他客气地提出希望帮助中国研制核潜艇。赫鲁晓夫傲慢地说："核潜艇技术复杂，价格昂贵，你们搞不了！你们也不用搞，苏联海军有这种武器，同样可以保卫你们。"

这句话深深地伤害了毛泽东的民族自尊心，当初苏联向中国提出建立"联合舰队"意图控制中国海军时，毛泽东就曾愤怒地对苏联驻华大使尤金说："连半个指头都不行！"他气呼呼地对这个当时最重要的盟友说，"要是这样，你们把中国所有海岸线都拿去好了，我们总要有自己的舰队"。事后毛泽东气得一夜未眠。

其实赫鲁晓夫的"联合舰队"设想与1860年的"阿思本舰队"如出一辙：其核心是用外国人控制中国海军。晚清政府都不会答应的事，中国共产党人怎么会答应？！赫鲁晓夫后来在他的回忆录中也承认，"联合舰队"的设想"触及了这个曾长期受到外国政府统治的国家的敏感问题"。

可是赫鲁晓夫没有吸取上一次胡言乱语的教训，这次鲁莽的回答再次伤害了中华民族的尊严。

毛泽东没有再发火，他冷冷地回答了赫鲁晓夫：核潜艇研制，我们自己试！

不久，一句名言便传遍了部队、院校和全国的相关科研单位——毛泽东事后愤愤地说："核潜艇，一万年也要搞出来！"

这是一个响当当的誓言，是一个不可摧毁的信念。它代表了那一代人的雄心壮志！也符合开国第一代领导人的性格特征和思维方式，对他们来说，无论任何时候，民族尊严永远是第一位的，在跪着生和站着死之间，中国共产党只会选择后者。

核潜艇一开始就是国家级重点工程，毛泽东就研制核潜艇前后作过八次重要批示，周恩来四次主持中央专委会议，讨论核潜艇研制工作，多次听取研制情况的汇报，并亲自作出各项具体部署。

然而，研制核潜艇的道路上布满荆棘。1960年初，二机部组建反应堆研究室，开始核动力研究；海军和一机部共同组建核潜艇总体研究室，负责总体设计、研制和任务的安排落实。

老军工专家武杰回忆：

我被分配到修造部"造船技术研究室"工作，负责核潜艇总体设计，由修造部薛宗华副部长兼任主任。这在当时海军里是"天字第一号"的绝密工程，连海司直属机关的负责人也不知道。薛部长在海直机关的一次内部会议上谈工作时，无意中讲出了我国第一艘核潜艇的代号，其实仅仅是个代号，其他的什么也没讲，但这也捅了大娄子，立刻被免职。

当时的核潜艇设计完全是"纸上谈兵"，因为就是白纸一张，什么也没有。核动力反应堆也没有，我们去参观过由苏联援建的我国第一座试验反应堆，可到那儿一看，我才发现，那样的反应堆根本就不能上艇。核潜艇武备也没有，当时我们仿制苏联导弹的工作才刚刚开始。鱼雷更不用说，别看鱼雷是老兵器，但制造难度相当大，现在世界上能独立设计制造鱼雷的国家连十个也超不出去，远比能造导弹的国家少得多。另外潜艇的通讯、导航都是空白。别小看了导航，美国人曾经如此描述：搞核潜艇第一是核动力，第二就是导航。导航技术不过关，潜艇在水里只能像人被蒙住了双眼瞎撞。由于什么都是空白，所以我们也只能以"高尔夫"级导弹潜艇的布局，按2500吨的排水量来安排艇上的设备，哪儿放鱼雷，哪儿是动力舱……[1]

由于大跃进的影响，我国国民经济出现严重困难，再加上苏联撤走专家，使我们没有力量同时支撑原子弹、导弹与核潜艇三个大摊子。严峻形势下，中共中央决定"缩短战线，确保重点"，集中力量先搞"两弹"，核潜艇研制工作暂停。海军、二机部等有关单位同时传达了国务院这一决定，时间是1963年春节前夕，一个寒风刺骨的夜晚。

核潜艇工程开始进入冬眠期。

但聂荣臻元帅同意保留一个由50多人组成的核动力研究室，按照少花钱、

---

[1] 林儒生：《忆昔寒烟旧日时》。

少用人的原则，把重点放在核动力装置的预研上，保持研制工作不断线。

转眼两年时间过去了。在这期间，中国第一颗原子弹成功爆炸，国家政治、经济形势明显好转。但核威慑的阴云在 20 世纪 60 年代却越来越浓厚，中国当时陆基战略核导弹数量严重不足，发射准备时间长，机动能力差，在不首先使用核武器的政策下，很难对核国家形成有效的威慑力。此外，中国没有能力建立相应的战略核打击预警系统，不能侦测敌对国家发动核打击导弹升空的信号，只能在对方导弹再入段或核战斗部爆炸后才能作出反应。在当时的国际形势下，遭到这种核打击的可能性很大，而且很可能在第一轮核打击下，中国的陆基核力量就会完全丧失反击能力。基于这种严峻的形势，中国在 20 世纪 60 年代决定重新启动战略核潜艇研制计划，以保持最基本的反击能力，威慑那些蠢蠢欲动的潜在对手。核潜艇研制工作再次提上了日程。

1965 年 3 月 20 日，周恩来亲自主持召开会议，宣布核潜艇研制重新上马。核动力潜艇的研制由中共中央专门委员会①直接领导，正式列入国家重点工程，并决定先研制反潜鱼雷核潜艇，然后再搞导弹核潜艇。第一艘艇既是试验艇，又要作为战斗艇尽快交付海军使用。

核潜艇研制工作全面展开。

701 所所长陈佑铭奉国防部第七研究院（简称"七院"）院长于笑虹将军之命，从外地赶到北京报到，担任 09 工程（即核潜艇工程）办公室主任。陈佑铭十分清楚，这个办公室主任不好当。他更没想到的是，这个核潜艇工程办公室主任，他一当就是 15 年。

核潜艇总体方案论证一开始，设计上就面临着"常规艇型＋核动力"与"水滴线型＋核动力"两种截然不同的选择。

从研制程序和保险的角度上讲，"常规艇型＋核动力"最安全、最简单，也最容易，很多海军和六机部的领导也是这个意见。

---

①中共中央专门委员会，简称中央专委，这是中央直接领导尖端科学的一个统筹机构，1962 年 11 月 17 日成立，主任是周恩来，由国务院的七位副总理和七位部长任委员，一共 15 人。当时也称"15 人委员会"。最初成立这个委员会的目的是便于中央直接领导原子弹和氢弹的研制工作，"两弹"研制工作很复杂，牵涉面很广，哪个部门也难以统率，于是中央决定成立一个专委会由总理亲自领导，因为只有周恩来才有这个能力调动、协调全国各地各部门的人力、物力、财力。核潜艇工程上马以后，周总理发现核潜艇"比两弹还复杂"，问题很多，于是决定核潜艇工程也由专委会来管。这个办法一直延续下来，重大工程都由中央专委亲自抓，历届的国务院总理是当然的专委主任。

水滴，晶莹剔透的水滴形状是潜艇发展的趋势。

但总设计师黄旭华主张要一步到位！他提出直接搞"核动力水滴线型"，理由很简单，1959 年他在北大风洞做过水滴形线型的试验，证明"核动力水滴线型"方案是可行的。另外，美国"大青花鱼"级是世界上最早的水滴型潜艇，它流线性和水下操作性都不错，阻力小，机动灵活，生命力强，可以大大提高航速，是目前世界上先进国家都在研制的线型。

陈佑铭也支持黄旭华的主张，他在总体方案论证会上说："我不同意按部就班地走，美国人造核潜艇，经历了'常规动力 + 水滴型——核动力 + 常规型——核动力 + 水滴型'三部曲，前后用了 10 多年，苏联更为坎坷，经历了迂回曲折的六部曲。我现在 40 多岁了，照这个速度慢腾腾地干下去，我这个办公室主任还能在位上看到自己的核潜艇吗？你们大概年龄都比我大吧，再拖下去，你们还能看到核潜艇下水吗？那怎么行！"

聂帅让陈佑铭给逗乐了。陈佑铭知道聂帅是不爱笑的，他的笑对陈佑铭是个不小的鼓舞。

陈佑铭接着说："美、苏、英、法都有了自己的核潜艇，留给我们的时间不多了，更应该'三步'并作'一步'走，中国核潜艇的设计目标要瞄准世界最先进的水平。"

负责国防工业的聂荣臻元帅最后拍板："中国的核潜艇不搞简单的'核动力 + 常规艇型'，应该'好马配金鞍'，搞就搞'核动力水滴线型'！"

水滴，晶莹剔透的水滴形状，最终成为我国核潜艇的艇体轮廓。

后来的首艇航行试验证明，采用水滴型是正确的，有的同志高兴地说，美国人分三步走、苏联人分六步走才搞成"核动力水滴型"潜艇，而我们"一级跳"就成功了。

多年后，被外界誉为中国"核潜艇之父"的黄旭华回忆说："聂帅的这个决策，意义非常深远。别看是简单一句话，具有前瞻性。小木棚是房子，摩天大厦也是房子，但摩天大厦绝不是小木棚的放大。核潜艇也绝不是搞成常规潜艇加一个核电站就算成功。"1982 年，美国"核潜艇之父"里科弗上将在参观我国"长征一号"水滴型核潜艇后，颇为惊奇。中国 60 年代能研制成功核动力水滴型潜艇使他感到不可思议，他称赞说："这完全可以与先进国家的核潜艇媲美！"

　　但谁都没有想到，正当研制工作突破重重难关进入攻坚阶段时，"文化大革命"开始了……

　　1967 年 1 月全国性的"夺权"风暴以后，船舶工业各工厂、科研单位普遍陷入瘫痪状态，科研生产秩序混乱，许多试制项目时断时续，进展缓慢，甚至像核潜艇这样的国家重点工程，也受到很大冲击，许多研制项目反复协调仍然无法落实。核燃料工厂发生了严重的武斗，核潜艇反应堆燃料棒的生产被迫中断。

　　就连 09 工程办公室主任陈佑铭也不能幸免。由于他几次去上海的生产和科研单位平息派性斗争，强调任何活动不能冲击 09 工程，这大大惹恼了唯恐天下不乱的"四人帮"。在张春桥的授意下，上海市革委会指责他企图颠覆红色政权，要求立刻逮捕他，幸亏聂帅保护，没有理会造反派那一套。事后，一头雾水的陈佑铭说："说我要颠覆'上海红色政权'，我颠覆'上海红色政权'干什么？我想去当那个革委会主任、副主任？他比我这个官能大多少啊？再说我是海军，我颠覆了他，我也当不上他妈的革委会主任。你们就不用脑子想一想啊！"

　　但后来情况越来越严重，09 工程办公室已经无力协调各地的生产了。聂帅坐不住了，他决定在北京立即召开核潜艇工程全国协调会议。所有接到通知的人员，不管是谁，即使正在被批斗，也必须按时到会，任何人都不得以任何理由阻挡。

　　在那个时候召开这样的会议，是要冒很大风险的，搞不好就要惹怒中央"文革"小组那帮人。尤其是聂帅的政治处境已经十分困难，但他还是下了这个决心，不然，核潜艇的建造，就会变得遥遥无期。

　　1967 年 6 月 25 日，有关核潜艇的秘密会议在北京民族饭店召开，来自全国各地核潜艇研制单位的 300 多位厂长、所长、党委书记及专家、技术人员等，济济一堂。他们中很多人是从批斗会场赶来的，彼此相见，或相对无语，或感慨万千。9 时多，聂荣臻在国防科委副主任刘华清的陪同下，气宇轩昂地走进会场。

　　很长时间没穿军装的聂荣臻元帅特意穿上一身崭新的军服，显得更加威风凛凛。元帅穿军装，自有他的道理，早在聂帅任晋察冀边区司令时，毛泽东主席就曾说过，古有鲁智深，今有聂荣臻，对他善于在艰难环境中开创局面给予充分肯定。今天，聂帅要借这一身军装压一压造反派的嚣张气焰！元帅的话掷地有声：核潜艇工程是关系着国家安危大计的重要工程。这一工程是毛主席亲自批准的，是党中央集体研究决定的。任何人都不准以任何理由冲击研究院、所，生产车间，不准以任何借口停工、停产！这项工程，不能等！不准停！必须保质保量地按时完成！讲到最后，聂荣臻使劲一挥手，斩钉截铁地说："党和人民是信任你们的！"聂荣臻的话是讲给与会人员听的，更是讲给另外一些人听的。

聂荣臻会后又签发了一份《特别公函》，这是新中国成立以来中央军委发出的第一个"特别公函"，要求任何单位、个人不得以任何理由影响核潜艇研制工作……这是一把"尚方宝剑"啊，是中央军委给核潜艇工程第一线的组织者和指挥者的最大支持！

聂力在《山高水长——回忆父亲聂荣臻》中写道："不经军委常委会研究，不经主持军队工作的林彪点头，当时已经卷进了'二月逆流'的父亲，签发这样一份面向全国的文件，是冒着很大风险的。后来我问他，为什么这样大胆，父亲想了想说：'豁出去了。'"

这一特殊时期的特殊做法，发挥了特殊的作用。

与此同时，国务院和中央军委还决定，对六机部和七院实行军事管制，终使这项国家重点工程的科研、生产和建设等工作得以正常进行。

所有被迫停产的工厂、科研所都逐步恢复了工作。核潜艇技术工艺复杂，涉及航海、导弹、计算机、核反应堆等几十个专业学科，一艘核潜艇就是一座浮动的海上科学城。一艘核潜艇的发电量可以满足一座中等城市的照明用电，倘若把核潜艇内的管路、电缆连接起来，可以环绕一个中心城市。据统计，建造第一艘核潜艇所需的材料有1300多个规格品种，装艇设备、仪表和附件有2600多项、4.6万多台件，电缆300多种、总长达90余公里，管材270多种、总长30余公里。参与这些材料设备的研究、设计、试验、试制和生产的计有2000多家工厂，协作规模之大在中国造船和军工史上都是空前的。

核潜艇工程的核动力装置由核动力研究所负责研制，具体负责此项工作的是彭湃烈士的儿子彭士禄。彭士禄，工程院院士，我国第一艘核潜艇的首任总设计师和建造总指挥。（黄旭华和王荣生后分别接任总设计师和建造总指挥。）

在核潜艇被迫下马的两年间，彭士禄综合同行们的正确意见，大海捞针一般找来点滴的外国资料，又对苏联援建的重水反应堆进行了实地考察，他提出，核动力研究不能只凭一腔热情盲干，稳妥第一，最好先搞一个陆地模拟堆，充分研究改进后，再安装到潜艇里去。

不久，主持核反应堆总体设计的核动力专家彭士禄与数十名设计人员，被秘密地集中到一个海岛，"全封闭"地向核动力装置设计发起最后"冲刺"。反应堆试验终于如期达到预定要求，主汽轮机超过原定设计指标，核动力装置主要性能均达到指标，共和国核潜艇的龙头工程终于被攻克了。船用核反应堆的神秘面纱被掀开了，美国人折腾了十多年的难题，中国人几年就拿下了。

试验中，海军有的同志担心核潜艇的反应堆很危险，控制不好会变成一颗随时可能爆炸的原子弹。彭士禄经过仔细分析、计算后告诉大家，核反应堆与原子弹有本质差别，核反应堆的铀235含量为3%，原子弹的铀235含量为93%，这正像啤酒和酒精一样，后者用火柴就能点燃，前者用火把也点不着。核反应堆内微量的铀235，很难发生聚烃裂变，更不可能发生爆炸。

中国有了船用核反应堆，但如何将它变成潜艇的中枢，却茫然无所知。核潜艇总体所所长夏桐与总设计师黄旭华为此事一起商量了很久。有一次，黄旭华突然冒出的一句话提醒了他，"听说国外有一种核潜艇玩具太逼真了，美国都不让卖了"。对啊，夏桐猛地想起，我们闭门造车在这里空想管什么用，难道就不能先造一个"超级玩具"，然后再在实践中逐步修改完善？夏桐的一个奇想引出了做一个1:1的核潜艇模型的大工程。颇为有趣的是，一时间研制部门中最为忙碌的竟是几个木匠，他们都是通过最严格的政审和技术考核筛选出来的，即便不是鲁班再世，也是诸葛重生。核潜艇的模型完全是按1:1的比例用木头制作的，它有着逼真的五脏六腑，甚至连里面的电话也是木头造的，宛如一个超级大玩具。

后来的事实证明，这一做法是加快核潜艇研制步伐较为关键的转折。

谁能想到，国产核潜艇是在滇池边上的一艘木壳"大雪茄"里孕育出来的。

它被拆拆卸卸、敲敲打打，已逾几度寒暑。那些从事尖端科学的精英们在纷纷扬扬的锯末与刨花中获取了大量的感性及理性知识。从木壳到铁壳，中国的第一艘核潜艇终于移师到葫芦岛开工建造了。

核潜艇船体在进行最后总装时，一个非常重要的问题冒了出来：木头制作的五脏六腑虽然体积十分逼真，但与铁家伙重量不一样，艇上组装的一些仪器设备超重，会大大影响艇的稳性。这犯了造船的大忌。没有别的办法，设计人员只好作出一个临时决定：减肥！所有的仪器设备上艇，都必须逐一过秤，多余的东西能去就去，重量能减即减，统统记录在案；安装过程中，从艇上拿下的边角余料、多余电缆等物品也必须过秤，加以扣除。

那段日子，核潜艇上除哨兵外，还有专门过秤的工人把守，上艇下艇的每一件东西都必须称重记录。这招还是从苏联老大哥那里学来的呢。

这种对重量"斤斤计较"的"笨办法"坚持了一年，终使核潜艇减肥几十吨，从而保证了我国第一艘核潜艇一次设计建造成功。

第一艘核潜艇虽然是在核潜艇总装厂的船台上造的，但又不是核潜艇总装厂造的。1968年，江南、武昌、大连三大船厂抽出几千名精干的技术人员和工人，带着全套设备来到了关外，开始共同建造我国第一艘核潜艇。1968年的一天，有15年军工生产经验的武昌造船厂副厂长王荣生突然接到武汉军区的紧急命令，要他三天内去六机部报到。没来得及向父母妻儿辞别，也没来得及带御寒的冬衣，王荣生就来到了渤海边的核潜艇建造基地，当上了我国第一艘核潜艇的建造总指挥。

这年，他才35岁，年轻的王荣生担负起建造核潜艇的全面工作。

中央军委命令：核潜艇要在1970年内下水，只许成功不许失败！

1970年7月，快到潜艇下水的时间了，可工期还差一大截，王荣生连夜召开了指挥所成员和船体、机械、管道、电工部门的专题分析会，细化每个程序的工作，提出大干100天，保证如期完成任务。

在核潜艇建造现场，生产车间的墙上贴满了每天工作的进度表、核潜艇下水的倒计时表和"你为下水做什么"的标语。奇迹出现了，正常需要一年完成的任务，建造者们用100天就完成了。第一艘核潜艇造完，核潜艇总装厂也同时建成了，后来三大船厂的很多技术人员和工人为了国防事业，离开了繁华的都市落户关外，成了核潜艇总装厂的第一代造船人。

建造总指挥王荣生（右二）正与军代表、技术人员研究核潜艇的总装问题。（王荣生　供图）

核潜艇该到深潜试验阶段了，水下高压是因上面水的重量产生的，深度每增加 10 米，就增加 1 个大气压，几十个大气压下，潜水艇的钢壳如同鸡蛋壳一般脆弱，稍有不慎就会艇毁人亡，这种试验对一艘新艇来说，更加凶险无比。1963 年 4 月 10 日，美国的"长尾鲨"号核潜艇就是在一次大深度潜航试验中，由于主机舱耐压壳强度不够，结果该艇被压成一堆碎片，艇上 129 人无一生还。

按惯例，试验时总设计师应在指挥艇上坐镇指挥，但黄旭华为增强参试人员的信心，坚持上艇亲自做深潜试验。

50 米、100 米、150 米……艇壳承受着巨大的水压，"咔嗒"、"咔嗒"地响个不停，这种钢铁挤压扭曲的可怕声音让潜艇里的所有人都毛骨悚然。终于，潜艇在极限深度停下了，一切完好，耐压壳体合格。深潜试验成功了，所有人都长长地松了一口气。消息传到家中，一向肩负着家庭重担的黄旭华的妻子放声大哭，黄旭华这是拿自己的生命在为自己的核潜艇做试验啊。

黄旭华，成为世界核潜艇总设计师中亲自深潜试验第一人。

交船队队长王道桐的技术众口皆碑，但比他的技术更令人佩服的是他的胆量和忠诚。一次王道桐随核潜艇出海试航，反应堆系统突然出现故障，按常规应返航修理，可这一来一回就是好几天，会影响整个试航计划。王道桐决定自己进堆舱去修理。在发生故障的反应堆系统旁工作，是一项极为危险的工作，负责防护的监测人员要求王道桐等他们测一下堆舱核辐射的剂量后再决定能进不能进。王道桐想了想，说："算了，越测越心慌，等我干完了活儿你们再测吧！"说着，便冒着核辐射的危险钻进了 60℃ 的反应堆舱内，一连干了几个小时，终于排除了故障。就这样，在生与死的考验中，王道桐毫不犹豫地交出了合格答卷。中国核潜艇试航成功，安全返航。①

我们的科学家们，在难以想象的困难条件下，就是凭着这种无怨无悔的奉献精神，书写出了壮丽的诗篇。

在核潜艇研制中，7 月 18 日是个值得纪念的日子。

1958 年 7 月 18 日，毛泽东签文批准了这一重大工程。

1970 年 7 月 18 日，核潜艇动力装置在"三线"某地进行了陆上模拟堆起堆试验。

从 20 世纪 50 年代末开始，中国人喜欢把一些重大剪彩活动搞得具有政治意义。1970 年 12 月 26 日，是毛主席诞辰纪念日。中国第一艘核潜艇、新中国海军装备的"头生宝贝"——攻击型鱼雷核潜艇就在这样一个具有特殊意义的日子里下水了。

后来担任中国船舶工业总公司总经理的王荣生，回忆起那时的壮观场面，仍激动不已。

核潜艇在陆上的最后一天，工厂里万人空巷，当两扇比城墙还高大的总装厂大门打开，核潜艇犹如一个庞然大物，展现在早已等候在门外的 1 万多名工人和家属面前。王荣生热泪盈眶，和大家一起拼命地欢呼、鼓掌、高歌。核潜艇下水远比一般轮船下水复杂得多。早在潜艇下水之前，总体建造厂就为这个庞然大物建造下水的专用船坞了，并设计了工作步骤：先把核潜艇举起来，从大跨车间拖移到外面的船台，然后从船台移到船坞的浮箱上，再把浮箱上承

---

① 寒羽编著：《核潜艇》。

载的核潜艇横移到船坞间把艇漂浮起来，开到海里。光这三步走的下水方案，王荣生带着设计人员攻关，就折腾了一个多月。"下水开始！"船体开始缓缓移动。作为总指挥的王荣生没有坐在观礼台上，而是亲自跑到船台上指挥。突然，有人报告：有一小段铁轨被压断。王荣生扫了一眼重量曲线，最重的一段船体尚未通过，他立即下令："停下！"抢修班随即冲了上去，半个多小时后，铁轨修复。潜艇继续向船台伸出，船体也越来越长。3 个小时，一共才前进了200 米。真是如履薄冰，举步维艰。

几千吨的核潜艇被平坦、稳定地移到船坞浮箱上。向船坞注水后，核潜艇保持绝对稳定，逐渐与浮箱脱钩，浮在水上。"核潜艇浮起来了。"人群中爆发出一阵呼喊。

让大海作证吧，中国的"蓝色巨鲸"终于下海了！中国终于有了自己的核潜艇！^①

从此，人民海军装备发展的历史又揭开了新的一页。

新中国海军的潜艇真正姓"潜"了。

听说中国的核潜艇下水了，叶剑英元帅特意赶来视察，当他看见蓝色的巨鲸浮卧在船坞的水面上时，眼睛里顿时闪耀出惊喜的光芒。在这位开国元帅眼中，跳荡着一个民族强盛的憧憬和期望。叶帅连连挥手向艇上的工程师、工人和水兵致意。他登上艇，紧紧地握住副总工程师张焕璞的手说："人民感谢你们。"参观完毕，叶帅走到科研人员中间，同他们一一握手，并热情洋溢地对他们说："你们为国防建设作出了杰出的贡献。祖国感谢你们，人民不会忘记你们。"

几句热肠话，说得大家个个眼睛发湿。在那个不正常的岁月里，这是对正在继续研制导弹核潜艇的工程师们极大的鼓舞！

1974 年"八一"建军节，中央军委将这第一艘核潜艇命名为"长征一号"，正式编入海军战斗序列，它就是北海舰队舷侧编号为 7102 的 091 型核动力潜艇。此时距立项之初，已过去 8 年了。中国人只争朝夕，比美国人的用时还缩短了两年，考虑到中国的第一代核潜艇是在经过三年灾害停滞、"文革"冲击这样

---

① 刘程：《"蓝色巨鲸"出海惊世》。

接受检阅的海军常规核动力潜艇。（黄彩虹：《人民海军》）

的背景下发展起来的，就更令人惊叹……从此，在人民海军威武庞大的阵容里，又多了一个前所未有的舰种——鱼雷核潜艇。

　　能造核潜艇的国家，只有美、苏（俄）、英、法、中，还是联合国的五大常任理事国。只有当中国拥有了核潜艇之后，这个伟大的国家在世界上才名至实归。

　　当时世界上战略核武器的发射设施已经进入第三阶段。第一阶段是把核武器藏在发射井内，可是卫星上天之后，这些发射井被卫星拍成了照片，成了对方攻击的死目标，受到严重威胁。许多军事专家说，一旦发生核战争，这些发射井会首先被摧毁，很难再有核反击能力。为了避免在第一攻击波中被摧毁，保持核反击力量，于是第二阶段采用流动发射设施。苏联发明发射车队，日夜不停地在深山老林里流动。美国把战略核武器转移到 B-52 重型轰炸机上，不停地轮流分批在天上飞行。可是这样做的结果是，耗资巨大，很不安全，仍然不能百分之百地避开打击。于是又寻找第三种办法，这就是战略弹道核潜艇。它能在汪洋大海自由遨游，隐蔽性好。核潜艇可以三个月到半年不出水，是最好的水下流动发射井，把核武器放在核潜艇上，是最安全的武库。于是战略弹道导弹核潜艇一下子就成了战略武器的王牌，美国、苏联等国家争先恐后地掀起战略核潜艇研制高潮。面对这种严峻局面，中国的核战略反击力量也必须尽快转入核潜艇。

中国核潜艇制造者们在完成第一代核潜艇后不久，又将中国的弹道导弹核潜艇推下了水。

张爱萍将军1975年重新复出，开始主持国防科委工作以后，对核潜艇、潜射导弹的研制抓得很紧。他拄着拐杖，风尘仆仆，视察了研制导弹的一个个研究所、工厂。他走到哪里都大声疾呼："这是毛主席交代的战略任务，党中央让我抓，我就要一抓到底。我们再穷，手里也得准备一根打狗棍呀！"

弹道导弹核潜艇与鱼雷攻击型核潜艇的主要差别在于，前者在艇体中间增加了一个导弹舱，导弹舱设有垂直安装的导弹发射筒，每个筒都配有发射动力系统、均压代换系统和空调系统等。导弹舱内还装置了导弹检测、瞄准和发控等系统设备。这些都好办，最难办的是进行水下发射导弹。导弹发射后将先后在水和空气两种介质中运行，海中波浪和海流将影响导弹的正常出水姿态。另外，当潜艇在发射深度航行时，艇的航速、垂荡和摇摆等都会影响到导弹发射。水下发射的难度要比水上发射高得多。

德国人在第二次世界大战中就试验过水下发射导弹，战败后研制水下发射的专家被美国人抢走，而发射装置又被苏联人抢走。但美苏研制成功潜地导弹，真正武装在潜艇上，却又走了15年的路。可见，水下导弹发射技术是多么复杂和艰难。到中国人研制导弹核潜艇时，什么资料也没有，无论美国还是苏联，对中国都实行尖端技术封锁，中国人一切都要自己从头开始，因此更加艰难。这是可以理解的，谁能把自己的战略安全轻易拱手送人呢。

要想使水中试验减少损失，必须先在陆上趟开路子，积累一些必要的经验，解决一些重大难题。国外都有巨大宽敞的水下试验场，洛克希德公司当初为了研制北极星导弹，研制了大量装备，进行了大量试验，投了大钱。中国没有资金和时间去修建水下模拟发射装置，如果等建造起水下模拟发射装置再研制，不但耗资巨大，而且要延长 5 年时间。中国本来就落伍了，再也耽误不起了。中国人必须走自己的路，尽量少花钱，走快步。

有人提出，干脆造一个巨大钢筒，埋在地里，周边再糊上水泥，成为发射井，里面灌进水，模型弹就在这水井里试验，以解决配药和点火装置，代替那个"水下试验场"。这倒不失为一个好法子，于是核潜艇制造者们用水筒代替庞大的水池方案，用在地上铺 1 米多厚的沙子和锯末代替复杂的回收装置方案。他们用水筒模拟发射装置，经过 21 次发射试验，达到了预期效果。结果既赢得了时间，又节省了经费。这个土办法很妙，后来一系列重大的试验都是在这口水井里进行的。谁能想到，中国的潜射弹道导弹是从一口水井里诞生的呢？其实中国的许多先进东西，都是从土里土气开始的。也就是今天说的"山寨"版。

在总设计师黄旭华的眼中，尖端技术从来不是什么深不可测的东西，他曾多次自信地说："所谓尖端，不过是常规的组合，没有什么可怕的，别把尖端技术神秘化，美国的北极星导弹和阿波罗登月飞船，没有一项不是常规技术的综合。"

当时，从国外收集来的资料真假难分，虚实难辨。某外刊资料称：为保证潜射导弹落点精确和航行状态稳定，美国的核潜艇上装了一个 65 吨的大陀螺。但这么一个大家伙中国不能生产，再说我们的核潜艇里也装不下啊。设计组反复论证分析试验数据，感觉没它也行。可专家组内争论激烈，人家比我们先进都用，我们不用，发射导弹时潜艇翻了谁负责？打不中目标谁负责？黄旭华想："我们既然是独立研究，就没有必要跟在人家屁股后边跑，试验数据认为可以不装，就应该相信自己的试验——不装！"黄旭华最终拍板定案："出了问题我负责。"几年后得知，美国压根就没有装，自信的黄旭华没上当。

1988 年 9 月，是天气晴朗的好日子。

天空中艳阳高照，海面上碧波荡漾。担负发射潜射导弹任务的核潜艇徐徐离开港湾，驶向茫茫大海，在预定时刻进入发射海区，缓缓下潜，消失在万顷碧波之中。

随着发射时间的一步步逼近，潜艇里一片繁忙，紧张的气氛让人感到空气仿佛已经凝固，指战员们的每一个口令都像是金属在撞击。

发射控制台的信号灯亮，显示"发射条件满足"，艇长果断下达口令："发

美国"俄亥俄"级核潜艇内部。与常规潜艇相比，核潜艇里的生活条件确实好多了。

射！"

导弹操作手按下发射按钮，瞬间，燃气发生器点火，导弹被强大的压力推出发射筒，按照预定的弹道飞出海面，飞向遥远的终点……

泪，欣喜的泪，激动的泪，百感交集的泪，从白发苍苍的老科学家眼睛里涌了出来，从饱经沧桑的将军们脸颊上流了下来，从年轻的水兵和工人们的腮边滚落下来——近万名参试人员肃穆地站在甲板上、海岸边，庄严地向导弹核潜艇上飘扬的五星红旗行注目礼！

导弹核潜艇，它的复杂程度可以说远远超过原子弹和氢弹！如果说原子弹和氢弹是国防尖端科学上的一顶王冠的话，那么，导弹核潜艇则是这顶王冠上的一颗光彩夺目的宝石。

中国终于有了水下战略核威慑力量，艇上装有 12 个导弹垂直发射筒，配备 12 枚"巨浪一型"潜射弹道导弹。这意味着，即使地面设施全部被战争摧毁，而海洋深处只要留有一艘未被打击的导弹核潜艇的话，它仍然可以摧毁敌国主要的军事、政治和经济目标！

这就是令人恐怖的第二次核打击力量，也是作为联合国五大常任理事国之一的中国必须拥有的自行研发的第二次核打击力量。

美国《海军学会会报》写道："当中国宣布她从潜艇上发射弹道导弹试验成功时，事情已经变得很清楚：中华人民共和国即将成为世界上第五个拥有一支以海洋为基地具有威慑力量的核大国。"

英国《每日电讯》评论："中国水下发射弹道导弹成功，意味着中国不久将拥有一支以潜艇为基地的核打击力量，这是任何潜在的袭击者都必须加以考虑的。"

美国合众社 10 月 16 日电："观察家们说，中国潜艇弹道导弹研制成功，意味着中国海军已拥有发动海上进攻的能力，不再仅仅局限于海岸防御了。"

美国总统艾森豪威尔曾说过，原子弹的威力更多是放在发射架上，而不是发射出去。

和平时期，弹道导弹核潜艇的威力就是潜入海底，安静地等候，比的是谁的耐力好，谁等待的时间长……

美国"海神号"核潜艇于 1960 年首次完成环球潜航，历时 83 天零 10 小时不上浮。苏联、法国、英国都紧随其后，分别进行长航试验，却只有法国核潜艇坚持到第 67 天，苏联、英国则远远不如。到了 20 世纪 80 年代，中国人要来冲击这个纪录了。

1985 年冬天，"长征"号的长征开始了。这次试验的名称叫"最大自持力试验"，也就是说，要看看中国核潜艇在海底到底能待多少天。潜艇基地副司令员杨玺一声令下，核潜艇像一条巨鲸离开军港，舰桥甲板上排成一线站坡的艇员一会儿都不见了，巨鲸渐渐没入海中……

自然光线在水下 6 米处，光谱中的红光已消失；10 米以下，已不见橙光；20 米深处，黄光也被过滤掉了；30 米处，仅余穿透力最强的紫、蓝、绿光；再往下就是永恒的黑暗了。核潜艇内部全靠灯光照明，人体的光合作用也依赖每天照射紫外线理疗灯来进行。但人造光线毕竟不能与自然光相比，潜艇携带的植物第三天就相继凋零枯萎。

核潜艇的水下长征毫无浪漫色彩可言。核潜艇是全封闭的，水下看不见阳光，看不见海水，艇员每人有一个旅客列车那样的卧铺。国内最长的铁路旅程，从哈尔滨到广州，七天七夜也就够了，沿途还有各种风景可以看，到站时还能下车遛遛。但对于进行水下长航试验的核潜艇艇员来说，他们在活动空间狭小的舱室，不是待一两天、七八天，而是几十天，甚至几个月与外界完全隔绝。因此，这不仅是对核潜艇最大自持力的考核，也是对艇员长期水下活动极限支持力的考验。这种"过关考试"，对于核潜艇的战斗力形成是必不可少的。尤其是对导弹核潜艇少的国家，加强自持力格外重要。

当然，与常规潜艇相比，核潜艇里的生活条件好多了。核潜艇里空间要稍大一些，可以看闭路电视；核潜艇上的制冷设备功率大，也不像常规潜艇里面那么闷热；核潜艇的造水系统甚至可以造淡水给艇员们偶尔洗洗澡，紫外线灯还可以模仿日光定期给艇员们照照紫外线……这些都是常规潜艇艇员所无法享受的，因为核潜艇吨位大、动力足、舱容大，但长时间的单调寂寞却是任何办法都排除不了的。

海上波涛翻涌，海下漆黑一片，核潜艇像一把利刃在水下潜航。有两行字压在中国执行水下长征任务的核潜艇艇长孙建国桌子的玻璃板下："超过法国，超过'海神'号！"法国核潜艇的长航纪录是67昼夜，美国"海神"号核潜艇的长航纪录是84昼夜。前者是孙建国的"最低纲领"，他的最高目标是超越"海神"号。

据科研部门测试，核潜艇在水下时间长了，对人体有害的气体会急剧增加，能检验出来的就有硫化氢、二氧化碳等170多种有害气体。参加过潜航的老兵们回忆，潜艇出海十几天以后，人的消化系统会出现异常，放屁数量增多，有的人甚至几分钟放一个屁，全艇一百几十号人，一天要放多少屁？潜艇在水下是封闭的，没有条件通风换气，艇员们就在这种污浊的空气中生活，而且一待就是几个月。

所以，核潜艇里最叫人牵肠挂肚的是空气系统，艇内的空气再生靠电解水制造氧气，用吸收剂消解二氧化碳，再通过核装置与过滤器驱除有害废气。这个系统复杂而且敏感，潜艇的海难事故多半出在这脆弱的一环。艇长孙建国出航前与大伙一起设想了许多应急预案，每个可能的故障对策全都清晰地储存在他的大脑里，一旦出事，他在一两秒钟内就能将它"检索"出来。

彭子强在《中国核潜艇研制纪实》中写道：一天，正过某海峡，一个艇员神色慌张地向他奔来，"××舱的管子冒汽了"！孙建国立即向所在舱室跑去，老艇员、参谋和保驾的工人师傅紧跟其后。舱室里蒸汽弥漫，那是几十个大气压产生的高压蒸汽，室内热浪滚滚，令人窒息。一个艇员怎么也拉不起阀门，慌得满头大汗，直跺脚。

孙建国往他肩头拍了一掌："慌什么！从头开始，按照程序，一招一式，重来！"

艇员镇静下来，终于迅速完成了拉阀门的动作。舱室里的温度逐渐降下来了，孙建国长舒了一口气，他感到平日的严格训练在关键时刻起了作用。

日历一页页地掀了过去，碧波下的生活异常艰苦。潜艇就像一个密封的铁皮罐头，里面没有阳光和新鲜空气，到处是密密麻麻的管线阀门，狭小的空间里，长期的晕船、气闷、压抑、闭塞，艇员们一个个变得脸色憔悴，嘴唇苍白，开始一层层掉皮。因缺维生素，一刷牙就一口血。人们头晕、胸闷，记忆力也在减退。这时，水兵们最美妙的梦就是晒一分钟的太阳，吸一口清爽的海风。只有经过潜艇远航的人，才会对生活更加热爱，更加珍惜，才会知道世界上最美好的事情无过于自由地享受灿烂的阳光和清新的空气。

到了远航后期，舱内常温39℃，整天泡在汗水里，衣服裤头结了盐霜，再加上空气浑浊，电池的酸味，机舱的油味，人身上的汗味，十几种气体在铁筒内来回循环，最后使人们的嗅觉麻木，香臭不分了。这对每个艇员确实是一种意志和毅力的考验。

越到后来，艇员的生物钟紊乱得越厉害。多数人吃不下；艇员们有的睡不着觉，有的睡着了醒不过来；许多人浑身无力，有的眼皮耷拉着支不起来；个别战士开始出现昏厥，也有的变得烦躁不安。尽管这样，官兵们意志没有垮，一上岗位就立刻打起精神：有的往太阳穴抹清凉油，有的嚼干辣椒，以此刺激大脑，提起精气神儿。

终于到了返航的时间了，政委常保林已经昏倒过一次，但此时他强撑着，站在扩音器前号召大家："同志们，我们要站着回去接受祖国的检阅！"

美国"海神"号核潜艇在海底待了84天，返航后不少美国水兵是被担架抬下来的，我们超过他们一个多星期，自然也应准备一些担架。码头上，除了前来迎接的首长和部队，最引人注目的，就是那一大排救护车和担架了。

核潜艇缓缓靠上码头，杨玺副司令和孙建国艇长感到头晕目眩，身体轻得像棉花，脚却重得像两桶铅。但他们坚持自己走下舷板，先一步踏上了码头。艇员和随船工人没有一人用担架抬，也不要人搀扶，一个个走下舷梯。

杨玺向海军副司令员张连忠大声报告："核潜艇最大自持力试验成功，请您检阅！"

张连忠热烈欢迎英雄的核潜艇艇员胜利回来，他问候水兵们："同志们辛苦了！"

"为人民服务！"水兵们的声音仍那么洪亮。所有在场的人都有些吃惊，包括张连忠在内。

"同志们辛苦啦！"

"为——人——民——服务——"气壮山河，令人振奋。

张连忠被感动了。他是潜艇艇长出身，曾多次率潜艇远航，深知远航生活的艰苦。现在，他面前的这些勇士们所经历的长航，时间不是一个月，不是两个月，而是超过美国人84天的××天啊！有人想把担架搬到舷梯边，说用时方便，却被他制止了，他认为就凭着这种士气，用不着担架。

长航考核证明：中国核潜艇机械设备工作可靠；主动力装置共运行了数千小时，反应堆累计运行数十个满功率天，运行稳定可靠；机动性能好，无故障；电气设备良好……中国自己造的核潜艇和它的所有国产设备，过得硬！

当然，那时我们的核潜艇不是世界上最好的，尽管如此，也足可睥睨天下。

袖里藏着几手绝活，试问谁敢小觑？

政治学不是会计学，不是账房先生。我们现在很多经济学人士，坐在象牙塔里精算投入产出，精算即时效益，因而怀疑当时倾全国财力研制核武器值不值，怀疑困难时期饿着肚皮研制核潜艇对不对？可是他们忘记了：如果没有原子弹，就不会有后来半个世纪的和平；如果没有核潜艇，就不会有今天的大国地位和海上贸易通道安全。这几十年的和平、这几十年的贸易通畅，给国家创造了良好的建设和发展环境，这些治国大手笔及其贡献，绝不是一个账房先生扒拉着算盘可以算出来的。

第八章

南中国海上的守望者（上）："海上猎豹"037

1971 年 5 月 17 日，中国海南榆林基地的两艘猎潜艇到广州维修，途经七洲洋以东海面时，声呐开机探测到一大型潜艇，于是便紧紧跟踪。不久，被跟踪潜艇只好浮出水面，这是一艘美军的弹道导弹核潜艇。我两艘猎潜艇一左一右紧跟不舍，像押着一个被擒获的小偷，美军潜艇无奈，只得发报给太平洋舰队请求支援。太平洋舰队司令部立即派出两架携带着"小斗犬"导弹的 F-4C "鬼怪"式战斗机，从"中途岛"号航母上起飞，赶往出事海域。F-4C 战斗机很快在海面上发现了猎潜艇，锁定目标后，飞行员向舰队请示是否攻击，以消除对美核潜艇的威胁。击沉一艘没有远程防空能力的猎潜艇并不难，但这意味着两个核大国之间的开战……

太平洋舰队司令部不敢做主，请示五角大楼，国防部长莱德尔连忙打电话给尼克松总统，白宫的答复是："不要刺激！"我猎潜艇跟踪美潜艇 100 余海里才自动脱离。其间美军飞机几次请求攻击，都被头脑冷静的太平洋舰队司令制止了。

我们暂不去探究这个传说的真实性，上文所说的那种猎潜艇就是中国舰船工业的经典之作——037 型猎潜艇（西方称"海南"级）。

在海军舰艇庞大的家族里，这种只有 375 吨重的小艇看上去其貌不扬，却在很长一段时间里成为我们海疆的主力保卫者。20 世纪南海的两次冲突中都有其骁勇的身影，它们像非洲大草原上勇猛的鬣狗一样，围扑着对手撕咬，令敌人魂飞魄散。今天当你漫步滨海时，仍会时常看到它在海上矫健的身姿……

　　碧波荡漾的南中国海是中国最后一片纯净的海，碧波万顷，浩瀚缥缈，海水那样的蓝，蓝得让人心动，只有到过南中国海，才知道什么叫海天一色！

　　南中国海，因位于中国南边而得名，也称为南海，为世界第三大陆缘海，仅次于珊瑚海和阿拉伯海，面积356万平方公里，平均水深1212米，最深处达5567米。西沙、南沙群岛像朵朵睡莲和串串珍珠，撒落在碧波万顷的南中国海上。

　　南海除了有1000多种已知的鱼类，海底还有极为丰富的石油、天然气资源，这足以让周边一些宵小之国觊觎流涎，不停地偷偷蚕食我国的礁屿。

　　1959年3月11日，海军司令员肖劲光向南海舰队发出巡逻西沙群岛的命令。

　　这是舰队成立以来首次巡航西沙群岛，南海舰队顿时一片忙碌。从榆林港到西沙群岛共215海里，这样的航行，对今天的海军来说，连一次短途拉练都称不上；而我们当时却不得不将其列入远航计划，反复推演，长时间准备。几乎与此同时，美国海军的爱德华·比奇上校指挥“梭尾螺”号刚刚完成了第一次水下环球航行，航程3.6万海里，新中国的海军却“连自己家门口的那片菜园”还未曾去过。不是我们不想去，而是我们没有能开过去的舰艇！

　　最早我们在南海的主力舰是从苏联引进的6604型猎潜艇（西方称为“喀朗施塔得”级猎潜艇，标准排水量为320吨），它在苏联海军战斗序列中属沿岸型小艇，并不承担独立的海上作战任务。这型猎潜艇在广阔的南海海域存在耐波性差、续航力小的先天不足。南海水深浪高，这类小吨位快艇在北部湾以南至中沙群岛以北，航行就已经非常勉强，高高的海浪使艇体的摇摆幅度超过了舰炮使用的最大技术限度，严重影响了该型艇的作战能力。

　　另外，其人工装填的85毫米炮，实际上是苏联陆军反坦克炮的改进型，整个火炮非常笨重，最快射速只有每分钟12发，又缺乏海战时持续射击所需的冷却装置，因而性能不佳。1974年西沙海战中，一艘6604型猎潜艇的85

南海美丽的岛礁——琛航岛。（巡海 摄）

毫米舰炮由于炮膛高温导致火炮卡壳，幸好当时炮手戴着手套及时把药筒拉出来，才没耽误战机。中国海军一贯重视对海火力，在这点上，"喀朗施塔得"级不及格。

国产的 52 甲型炮艇吨位更小，在南海海域适航性更差，而且没有淡水制造设备，出海没多远，就得回码头加水，更不适合远航。这种情况下，我们的大多数舰艇只好继续窝在港口望洋兴叹。

为此，海军提出研制一型吨位比 6604 艇大、航速高、对海对空火力强，并具有一定反潜能力，适航性能适应南海广阔海域机动作战的新型战斗舰艇。总的要求是："速度为主，全面照顾。"

这副历史的重担落到了船舶产品设计院一室当年只有 29 岁的年轻人吕永盛和他的设计伙伴们的肩上。舰艇是系统工程，技术密集，结构复杂，是一个国家工业的缩影。对于一个从未主持过舰艇设计的年轻人来说，这谈何容易。

没有设计标准，没有设计规范，只能借鉴苏联的经验。比如说，艇上的桅杆强度要抗多少级风？苏联专家说要抗 12 级风才行，是否正确还要靠实践检验。船体线型的选择、材料的采用、设备的配套等，都缺少一套科学的计算方法，无任何规范可借鉴。有些数据参考仿制产品囫囵吞枣，因缺乏深层分析能力，还是消化不良。

吕永盛感到压力很大，他走到哪儿心里都在琢磨，吃不香，睡不好。好在新中国成立后 10 年间的海峡作战经验，使中国舰船设计者们从门外汉，很快成为熟悉海上作战特点的行家里手，逐渐形成了对中小型舰艇独特的设计思路，并把这些思路应用到海军发展规划之中。设计人员无须两眼茫然、从头开始，这应该好好"感谢"帮我们练兵的蒋介石。

一个吕永盛熟悉的海军快艇艇长告诉他，我军作战讲究近战、夜战，以小搏大，快速占位尤其重要。这一切速度是关键。我军快艇抵近射击时靠人来修正弹着点就行：一炮打过去，看浪花，远了，修正；第二炮打过去，看浪花，又近了，再修正；第三炮过去基本就能打中了，全靠人观察。

吕永盛逐渐理清了思路，既然海军强调的是以"速度为主"，那速度就是压倒一切的，后面的四个字"全面照顾"只能服从前面。

与刚出校门的大学生相比，29 岁的吕永盛在设计队伍中年龄算大的，初生牛犊不怕虎，科学重试验，干吧！吕永盛率领全体设计组成员共同攻关，靠集体智慧解决了一个又一个难题。航速保证了，但甲板上深水炸弹、火炮等武器增多后重心升高，稳定性又不足了，高速性如何兼顾稳定性？这是吕永盛最为担心的。

1963 年夏，在我国南方某厂进行水压试验后，接着进行别开生面的实船倾斜试验，校核稳性理论计算。

这一天，吕永盛手持小红旗，聚精会神地站在试验艇的指挥台上。此时，甲板上早已堆满了许多生铁块。吕永盛一边下达搬动生铁块位置的命令，一边听取助手对试验台上特设的油槽"摆锤"——刻度变动的测试报告，记下一个个数据。生铁块被左右来回搬动，艇体前仰后翘、左倾右斜，前后经历三个多小时。搬铁块的工人累得满头大汗，"主持人"的衣襟也已汗湿，终于测得首制艇的重心高度和排水量的平衡点。牵住了牛鼻子，事情就成功了一半，吕永盛和同伴们都开心得乐了。

30 年后，已成为研究员级高级工程师的吕永盛接受记者采访时自豪地说：

037型猎潜艇机动灵活，火力凶猛，被誉为我军的"海上猎豹"。（巡海 摄）

"037艇取得了重大技术突破，有些地方今天看都不落后。第一是多轴系附体设计，船、机、桨这三者的匹配较好，航速大大超过设计水平；第二是取消了甲板上的烟囱，主机在舷侧水下排气，抑制了红外辐射，具有一定的隐身效果；第三是为主机舱设计了操作室，对主机进行遥控，现在看起来这不算什么，那时可是一个大的进步，轮机兵不用在又热又吵的机舱里操作了，艇员的工作条件大大改善了；第四是总体布置较好，从艇首到艇尾，三分之二的距离可以走内部通道，在大风大浪的情况下，艇员不用走两舷，很安全；第五是螺旋桨装有消声装置，大大降低了噪声。"这一艘不大的舰艇上能同时解决这么多问题，确实让人服气。

037艇南方型后来备有空调，北方型有辅助柴油锅炉和暖气设备，这也是我国首次在小型舰艇的设计上考虑艇员生活舒适性的需要。037艇扩增的舱容用来装柴油和淡水，续航力增加，足以抵达西沙群岛。为了更远的航程和更长的巡航时间，20世纪80年代又在037艇上设置了海上纵向加油补给装置，使

037艇具备了远海巡航能力，成为真正的南海型舰艇。

南海海域日光强烈，为了防止烈日曝晒造成艇上工作环境过于恶劣，037艇还在甲板上设计增加了可拆的天幕（通俗点说就是一个大帆布罩），夏季可以遮阳及喷水降温。天幕装置能在5分钟内全部拆卸完毕，不影响驾驶台指挥员及时观察天上的敌情。唯一的缺点是天幕拉上后，猎潜艇显得很丑，水兵们戏称为"戴帽子"，不过我们的猎潜艇是用来打仗的，不是让人看的，只能以后再改进了。

1962年8月，037首制艇由大连造船厂分段加工，经铁路运到广州，在黄埔造船厂建设工地组织建造。首艇于1963年12月17日下水，在海南岛榆林琅琊湾进行深水测速试验，最大航速达30节。该艇机动灵活、火力凶猛，后来被誉为我军的"海上猎豹"。至此，037艇的试造获得圆满成功。

1964年7月，国民党情报局的特种输送船"大金"1号、"大金"2号，运载着"神斧"大队第九分队45名武装特工，从高雄起航，沿国际航线西行，鬼鬼祟祟地溜进了南越当局控制的岘港，11日傍晚离开岘港企图潜入我北部湾。当时037首制艇"泉州"号正在海上试航，还未向部队正式交接。南海舰队发现敌情后，来不及调派其他舰艇出击，索性命令"泉州"号直接率领编队参战。接上级命令后，"泉州"号担任了此次战斗的旗舰，指挥身旁两艘苏制6604型猎潜艇，一顿炮火，把特种输送船送入海底，"神斧"变成了落水狗。037艇创造了中外舰艇设计史上在试航期间参战告捷的先例——先上战场，后交船。这在中外造船史上也是罕见的！

1974年1月19日，仍是这艘"猎豹"和它的姊妹艇，在偏远的西沙永乐群岛海域中，再显神威，将排水量约800吨的南越10号舰，永远埋葬在西沙永乐群岛的巡防区。人民海军自建军以来，这之前从没有与外国海军交过手，又是037艇首开纪录。

海南岛东南330公里左右的南海海面上，分布着美丽的西沙群岛，整个群岛除了相对孤立的中建岛、东岛、高尖石、盘石屿、玉琢礁、浪花礁和北礁，还有两个珊瑚岛群：东面是宣德群岛，西沙群岛的主岛——面积大约2.1平方公里的永兴岛就在那里；西面是永乐群岛，该群岛由珊瑚、甘泉、金银、琛航、晋卿以及广金等岛礁组成。西沙群岛西临越南，东靠菲律宾，是东亚通往东南亚的必经之路，战略地位十分重要。中国政务院总理周恩来 1951 年声明，南沙、西沙等群岛一向是中国的领土，当时没有任何国家提出过任何质疑。1969 年，国际地质勘探发现南中国海藏有超过 200 亿吨的油气储量后，周边国家立刻红了眼。1973 年 9 月，南越当局突然宣布将南沙群岛的南威、太平等十多个岛屿划入其版图，并出兵占领了西沙群岛一些礁屿。

面对南越当局的步步紧逼，为保卫国家领土主权，反击入侵之敌，南海舰队决定派出 271、274 号猎潜艇组成编队，由榆林出发驶往西沙永乐群岛海域执行巡逻任务，保卫中国领海。（南海舰队的几艘护卫舰恰巧都在船厂中维修，未能出击。）

掌握准确的情报是战斗胜利的重要前提，但那时的榆林基地，由于越海情报站被撤，不仅无法提供实时情报，甚至连南越舰队的详细情况也难以掌握，编队出发前，能找到的全部敌军资料只有一本《美军舰艇识别手册》和一本《美军飞机识别手册》。

当时南越出动了美制驱逐舰"李常杰"号、"陈庆瑜"号、"陈平重"号及护航炮舰"怒涛"号，组成编队与我对峙，这都是一些 1000 多吨的美制大舰，我军四艘小艇的总吨位（后来又增加了两艘扫雷舰），还不及南越一艘舰艇的吨位。南越军舰普遍装备了火控系统，我军舰艇基本上还是靠人力操作，双方实力对比之悬殊显而易见。

1974 年 1 月 17 日，我猎潜艇编队抵达广金岛海域。这一夜是我编队战斗力的谷底，当时，两艘扫雷舰还未驶到，274 艇因载有大量物资，准备转送补给附近岛礁的民兵，根本无法作战；且我军雷达性能不佳，如果敌人此时发起攻击，只凭 271 一艇无论如何也无法击退几艘大舰的联合进攻。好在上苍给了南越精良的装备，却拿走了他们的勇气与胆识。

19 日上午，南越海军首先开炮，我军立即还击，037 艇装备的 57 毫米舰炮在近战中发挥了极大的威力。70 倍的身管使炮弹达到每秒 950 米的速度，弹道稳定，破坏力大，而且，每门炮的射速高达每分钟 70 发。尽管南越"怒涛"号拼命还击，但最终还是难逃厄运，于 14 时 52 分在羚羊礁以南 2.5 公里处沉没。南越另外三舰发扬"见势不好、拔腿就溜"的传统，被我编队痛击一顿后，丢盔卸甲地跑了……

西沙海战后我海军037型猎潜艇胜利返回榆林港，受到热烈欢迎。新中国海军首次在海上反击异国的挑衅，就表现不俗。（伍振超　摄）

　　到 1 月 20 日 13 时，中国海军共收复 3 座海岛，俘虏敌军 48 人，其中包括 1 名美国联络官。

　　此战，037 艇表现不俗，大大长了中国人的志气，271、274 号猎潜艇荣立三等功。1978 年，我国自行设计的第一代反潜护卫艇，荣获全国科技大会奖。

　　1973 年 8 月，北海舰队的一艘 037 艇冒着九级以上的台风救援朝鲜民主主义人民共和国渔船落水人员。艇小浪大，顶波压浪时，艇艏时而高高抬起，时而钻进浪窝，艇身发出"吱嘎吱嘎"的响声，艇上的官兵一身冷汗。返航后检查，发现艇上除个别位置舷板有点内陷、肋骨扭曲外，其他都完好无损。我海军对 037 型猎潜艇的信任度一下子达到顶点，套句今天的话来说，成为"质量免检产品"。

该艇虽然名义上是以反潜为主，但实际上兼顾了护航、巡逻、运输等多个用途。海军日常的海上勤务都是用它，过年过节也是它在海上抛锚值班、"站岗放哨"，甚至接送文工团到海岛慰问演出也用它。护卫舰吃水大，要执行这种任务靠不上小岛，而62型炮艇又太小，装不了几个人，只有037艇不大不小，机动灵活，于是它又获得了"海上轻骑"的美称。

037型猎潜艇名声远扬，海军原政委苏振华上将有一次从舟山基地回上海，东海舰队请示他坐护卫舰还是坐扫雷舰。大舰宽敞舒适，谁都明白，但他点名要坐037艇。他一上去就下令前进三，24节的高速，上午开船，中午就回到吴淞口了。苏振华说："这多快啊，又方便，大舰麻烦，动一下成本太高。"后来邓小平视察深圳、珠海时坐的也是037型猎潜艇。

1979年，037型猎潜艇获国务院国防工业银质奖，获得奖金5000元，其中2000元给了造船厂，1000元给了有关部门，701所还剩2000元。搞了这么多年的舰船，国家发奖金还是开天辟地头一回，研究所的书记怵了头，去问吕永盛这2000元怎么分。吕永盛也没见过这么多钱，想了想说要不就平均分吧，一个人10块钱。大红榜写出来，楼上楼下一片轰动。那时10块钱可不得了，吕永盛也拿到10块钱，跟大家一起吃了回"大锅饭"。回想起来，701所的老人至今还觉得有意思。

037艇最初在南海海域是被当做主战装备使用的，遂行任务实际上应该由护卫舰甚至驱逐舰去完成，只是由于中国海军装备上的捉襟见肘，缺乏大型的驱逐舰，037艇才不得不被推上主战装备的地位。这是特殊时代造成的，也算是颇为苦涩而窘迫的"中国特色"吧！

今天，037艇作为一型优秀的廉价巡逻艇仍在服役，它的双57炮对付近海"低烈度冲突"仍绰绰有余……

第九章

南中国海上的守望者(下):"江南"横空出世

　　萨苏在他的博客里讲了个故事:20世纪70年代中日为恢复建交开始接触的时候,曾有一个日本舰船爱好者组织"雪风会"的成员到广州访问,他们在沙头角附近看到一艘中国军舰。尽管明显经过改装,这些"老军舰"迷们依然辨认出这是一艘日本二战时期制造的海防舰。这样的老军舰依然"健在",其中一定有着不寻常的经历。于是他们便与中国方面联系,看能否将其购回日本,作为纪念舰展出。

　　这个要求被中国方面略带"尴尬"地拒绝了,甚至谢绝了日本军迷们前往参观的要求。

　　日本军迷们大惑不解,不就是一艘退役多年的二战老舰吗?干吗搞得这么神秘兮兮的?

　　他们哪里知道,这艘老舰竟是中国南海舰队的王牌旗舰——"南宁"号护卫舰,而且这艘早在日本海军花名册上被除名的旧舰当时还是南海舰队中吨位最大的一艘战斗舰。

　　日本军迷的眼力让人佩服,"南宁"号护卫舰的前身确实是旧日本海军的海防舰——"海防7号"。这艘军舰1944年3月于神户下水,经历十分坎坷。这种丙型海防舰属于日军在二战后期为了满足护航需要而大量生产的"简易"型军舰,标准排水量为745吨,装备120毫米炮两门、25毫米三联装高射机关炮多门,以及反潜深水炸弹等装置。为了加快生产进度,该舰原设计中的很多曲面被改成了直线，装备也尽量因陋就简。这样一艘军舰还能被我们使用到70年代，并多次完成重要任务，由此可见中国人爱惜东西和精打细算的本领。

由于北海舰队要拱卫首都，东海舰队要面对台湾，因此南海舰队建设最为迟缓。南海舰队创立初期只有一些破旧的炮艇，甚至还用铁壳渔船装上机枪作为水面巡逻艇。50年代的南中国海几乎等于有海无防，刚刚建立的南海舰队严重缺乏大型舰艇，急得"眼红"的时候，有人报告黄埔船渠中躺着一艘"大军舰"，立刻引起了海军的注意。

经过勘察，这艘"海防7号"的舰况实在糟糕：兵器都被拆除，前部断裂处用水泥包覆，锈迹斑斑。（1945年，"海防7号"在南海中了一颗美军潜艇发射的鱼雷，舰艏被炸掉了。）

但是也有令人欣慰的地方——虽被搁置多年，该舰的两台23号乙八型柴油发动机，似乎还可运转。

发动机是军舰的心脏，"心脏健康"就好办了，海军顿时有了信心，没脑袋怎么办？不要紧，奉命支援的江南造船厂派来了一个会给军舰装脑袋的出色工程师——徐振骐。

徐振骐，中国著名造船"艺术家"，从福州海军飞潜学校毕业后留学英国，研习舰船制造。这样一个人物，给一艘不到1000吨的炮舰加个脑袋，属于小事一桩。

徐振骐和他的助手们将这艘半截子军舰拖进船坞，测绘线型，然后自行设计了一个新的军舰前半段。这个设计十分成功，两截军舰相配成为一个完整的线型，上层建筑、舱室布置、武器配备等，全部重新设计。该舰的前半截船体，部分上层建筑由江南造船厂建造，武器则来自苏联。修复后的该舰全长82.31米，满载排水量增加到1050吨。该舰当初因为"粗制滥造"，设计上多处降低标准，而且大量使用民用设备，反倒为中国海军的修复创造了条件。而徐振骐的弥合设计更是巧夺天工，增加的吨位改善了居住条件，使该舰的实用性大大超过了原舰。

修复后该舰于1955年交船，被命名为"南宁"号护卫舰，编号230，隶属南海舰队第一护卫舰大队。该舰成为南海舰队当时最大、最有战斗力的军舰，长期担任舰队旗舰。

南中国海，̍江湖̍仗剑，环顾四宇，谁与争锋？（黄彩虹：《人民海军》）

日本二战时期的老舰被中国海军使用到 70 年代，而且担任旗舰重任，由此可以看出当时中国海军在南海方面的薄弱和困难——后来计划配给南海舰队的新式军舰和设备，大多被改送到越南，支援抗美援越战争去了。

第一代"南宁"号的传奇，今天是不应该被遗忘的。曾有 60 年代的老兵这样回忆道："在虎门沙角训练团专业学习期间，曾到停靠在沙角江面上当时舰队最牛的 230 护卫舰上实习。当时的感觉是：好家伙，真大啊！"这就是上世纪 60 年代南海舰队的真实家底。

20 世纪 60 年代，人民共和国正处于最困难的时期。恰在这时，南越舰艇仰仗美国的势力，在南海水域频繁挑衅，抢占我岛屿，拦截毁坏我渔船商船，南中国海形势日益紧张，苏制猎潜艇只能勉强巡航到西沙海域，广阔的南中国海仅靠这么一艘"老爷舰"巡航护渔不是长久之计。人民海军迫切需要六机部为其提供一种航程更远、适航性更强的大型护卫舰，担负南海辽阔海域的巡逻任务。

当时国内唯一能仿制的护卫舰就是苏制"里加"级（即通常说的 01 型）

护卫舰。受技术条件限制，这种护卫舰广州造船厂造不了，只有上海的沪东造船厂能造，而台湾海峡及台湾以东海域又被美国第七舰队严密封锁，01 型护卫舰根本无法驶入南海。

实际上，此前的 1958 年，海军已经提出过一型新的护卫舰计划，代号是 022。在"人有多大胆，地有多大产"的"大跃进"风气影响下，要求排水量在 800 吨以内，航速达到 45 节（至少为 40 节），燃气轮机动力，装两门 100 毫米炮、三门 57 毫米炮、四座八联装反潜火箭发射器。这简直是想一步登天。

708 所研究员俞爕回忆道："初步方案提出以后，上级让我们征求东海舰队的意见。那天，我们几个人由李嗣尧主任带队，到位于上海市水电路的东海舰队司令部向陶勇司令员汇报。我记得那天陶司令没穿军服，而是身着一件唐装，咖啡色缎面对襟中式棉袄。他说话很和气，不像一位威严的身经百战的将军。在我们报告完以后，司令员即席发表了意见，大意是支持我们自己设计护卫舰，只是要求排水量要在 900 吨左右，航速提高到 47 节，火箭、导弹最好都装上，这样也能对付敌人的巡洋舰，我小它大，有利于我，搞掉它一个就是一个大胜利。陶勇司令员的一席话，无疑给原本已经处于'高烧'状态的设计指标又加了'码'。本来我们的设计方案就是'空中楼阁'，对海军来说是'画饼充饥'，因为动力和武备都是空想，陶司令再一加码就更是虚上加虚。那个方案即使在 50 年后的今天也仍旧实现不了。现在最新型的护卫舰航速也没有超过 32 节的。'欲速则不达'空欢喜一场，'大跃进'的产物终究成了一堆废纸。这件事对我的触动很大，直到现在我偶尔还会想起荒诞的 022 型反潜护卫舰。"[1]

迫于南海的危急形势，1961 年 12 月，海军提出尽量利用现有材料设备设计建造护卫舰，要求 1965 年前造出首舰（65 舰的代号也是由此而来），"三五"期间造出四艘，并决定由 701 所承担该型护卫舰的总体设计。

任务交给了 701 所的主任设计师俞伯良。俞伯良，当时年仅 30 岁，就成为国产第一代护卫舰的总设计师，这在今天是不可想象的。他心中也没谱，只

---

[1] 林儒生：《笑迎山花烂漫时》。

能先照葫芦画瓢，带领大家首先研究苏联"转让"给我们的 01 型护卫舰。苏联人的护卫舰带有很大的"本土"性，从基本生活设施到一些结构等，根本不适合中国的特点。水土不服，照搬没戏，俞伯良小组反复研究，决定利用现有设备，采用成熟技术，保证进度，满足急需，后来这也成为我国研制各型舰艇的基本原则。如果单纯追求技术先进，国产第一代护卫舰就要设计成里外全新的舰型，这样，同时展开研制的项目必然很多，会陷入研制—攻关—再研制—再攻关、周期无限拖长、研制出来已经落后的恶性循环。

虽然时间紧，任务重，但不管怎么讲，这也是我们自行设计制造的第一型千吨级军舰。参与设计制造的工程技术人员都满怀热情，团结一致，殚精竭虑地做好自己的本职工作。

整个设计过程中，俞伯良首先考虑的是主机问题，因为从苏联引进的中、高速柴油机使用寿命短，加工工艺复杂，很不适用。虽然 TB-8（后来用于051 型驱逐舰）和 TB-9 等汽轮机已经开始试制，但具体定型时间还遥遥无期，有拖后腿的危险，故只能使用现有成熟的主机，即 37д 和 43/67 型柴油机。前者为潜艇主机，不能倒车，只好使用 43 系列（缸径 430 毫米）的 43/67 型主机，这种主机是民用船上的，单机重达 75 吨，外形庞大，也不理想，但没有什么可选择的了。主机就这样了，俞伯良只好从螺旋桨和烟囱的设计上下工夫，果然成果斐然：螺旋桨接近了最佳直径和最高转速；烟囱后沿设置了一个导烟帽，航行时排烟能够自然向上逸出（这种烟囱外形后来被 053 型护卫舰、072 型登陆舰等舰艇广泛应用）。

据同为一个设计小组的俞燮研究员回忆："当时最伤脑筋的是动力，国外那时都采用上万马力的燃气轮机了，而我们连大功率中速柴油机都没有，只能用民船上的 6 缸柴油机，装两台才 6600 马力，还不如人家的零头，由于动力不足，我们舰的最大航速只能到 22 节左右。"不过，事情往往是一分为二的，实践证明，虽然我们的主机"傻大笨粗"，但"身大力不亏"，特别皮实耐用。它能长时间以 20 节的速度运行而不会磨损机件，这使得该型舰实际试航时达到 21.5 节（设计航速 20.5 节），部队使用时还曾经跑出过 23 节的极端速度。国外的护卫舰虽然可以达到 26 节，但不能长时间保持，航速在 18 节以上时就得限时。

此时，从苏联购买的 01 型护卫舰的材料、部件已用完。共和国年轻的设计师们大胆决定，舰体主材选用上海钢厂新试制成功的高强度 901 型锰合金钢，其余设备也尽量选用国产的。

该舰决定采用长艏楼型，这样干舷高，适航性好，能抗南海的大风浪。舰型的细节也经过了认真推敲，这种舰型的艏部和艉部甲板之间采取的 7.33 度缓坡过渡连接，可以避免将应力集中在一点，而且人员在上甲板前后行走时，也不必使用直梯，更为安全方便。

《军港之夜》中唱道："年轻的水兵头枕着波涛，睡梦中露出甜美的微笑。"歌词很美，现实生活却很艰苦。以水面舰艇住舱为例，空间狭小，人员拥挤，有的舰最大住舱住 54 个人，设三层床铺，单铺面积不足 1.5 平方米。早期的舰艇都没有空调，舱室冬天似冰窖，夏天像蒸笼。南方烈日下的甲板像煎锅，打个鸡蛋在上面，几分钟就能烤熟，一点儿都不夸张。住宿成问题，吃饭也不易。舰艇舱内温湿度变化大，主副食品难保鲜，夏天厨房狭小、温度高，做饭如同洗桑拿，炉灶锅深、口子小，炒菜就像搅糨糊。特别是一些早期型号舰艇，无论大小都是一没餐厅、二没餐桌，水兵们只能蹲在甲板上就餐，三九天在寒风中吃冷饭，三伏天个个晒得满身大汗，下雨就得端着饭碗东躲西藏。

老这么下去也不是个办法。

为了适应在南海炎热区域使用，65 型护卫舰决定在舰上安装空调住舱（恒温 27℃），成为我国第一型安装空调系统的护卫舰。"万事开头难"，那时国内装有空调的单位凤毛麟角，为了收集资料，设计人员跑遍了全国，并反复对上海"大光明"、"和平"等几个高档电影院的空调系统进行研究，同时到气象部门收集南海各港口的气象资料，为我国军舰的空调布局和细节处理制定了一套可循的先例和规范。在加强军舰适航性的同时，还尽量扩大了舰内空间，水兵舱首次以两层铺代替以往的三层铺，增设阅览室，扩大了盥洗室、淋浴室、卫生间。这些都大大改善了舰员的居住条件，后来部队使用 65 型舰时，每当酷热时节便紧闭门窗，开冷气降温，其他舰艇的战士先是奇怪，而后羡慕，以至大家都愿意到 65 型舰上服役，也成为一时的花絮。

由于该舰设计合理，所以在服役中表现良好。1968 年 9 月，502 舰执行

今天，我们到青岛海军博物馆还可以见到最后一艘65型——502舰，仔细观察后，你会发现该型舰的设计细节都经过了认真推敲，前后甲板之间采取的7.33度缓坡过渡连接，可以避免将应力集中在一点，而且人员在甲板前后行走也不必使用直梯，更为安全方便。（杨茂健 摄）

任务时遭遇12级强台风，在台风中航行了40多小时，两进台风中心，舰体的最大横摇角达到63度，舱内到处都能听到舰体发出的"吱吱"的响声，该舰与台风搏斗48小时后安然返港，毫发无损。虽然65型护卫舰早已退役，但一些使用过它的老水兵，仍对其超常的抗风能力和耐用性称赞有加。

过去舰艇在海上使用直流电，靠了码头之后又要拉电缆供交流电，极为烦琐，也极不方便。这是20世纪60年代以前中国舰船的统一模式。一次，一艘军舰靠码头换电的时候，因为接错了线头，致使舰上的电器设备全被烧毁报废，损失惨重。海军部队将舰艇电源改为交流电的呼声一直此起彼伏。

潘镜芙，浙江大学电机专业毕业，中国工程院院士。护卫舰动工时，血气方刚的潘镜芙担任电气设计师，从那时候开始，他和舰艇就结下了不解之缘。

铁流在他的报告文学《蓝色的畅想》中写道：在一次讨论会上，潘镜芙说："我们是否考虑一下海军多年的呼声，从65型开始，把我们的舰艇改为使用交流电呢？"

接着潘镜芙谈了自己的设计思路。

"这样（使用交流电）全舰所有的电气设备都得重新设计和调换，对一艘新舰来说风险太大了。"有人反对。

"我看潘镜芙的思路不错，强调利用现有设备，并不是要墨守成规，既然技术已经成熟，就要大胆使用，新舰之所以新就是要尽量利用新技术。"总设计师俞伯良坚定地支持他。

有些舰长、艇长听说海军要设计新型的护卫舰，纷纷给设计人员写信，希望将来的舰艇采用交流电，这更坚定了潘镜芙的决心。

一位挚友提着一瓶酒来到潘镜芙的住处："今天晚上，我们喝两杯，顺便好好劝劝你，你初生牛犊不怕虎呀，这可不是小事，搞不好可要蹲大牢丢性命的。"

"我还要搞研究，你回去慢慢喝吧。我已经下决心干了，都怕事中国将来怎么发展，军队又怎么强大？"潘镜芙冲动地说。

"好，好，算我没说，看看你，跟我打架呀？"挚友摆着手说。

最终，潘镜芙成功了，他改变了我国舰艇使用直流电的历史。

我国舰艇电源从直流电改为交流电，正是自此舰开始。

南海的危急局势留给65舰的设计时间太少了，总设计师俞伯良决定因陋就简，一切先用技术成熟的。100毫米舰炮国内一时搞不出来，那就"拆东墙补西墙"，先用100毫米海岸炮凑合。国产双联37毫米火炮是我军海战中的"大杀器"，那就尽可能布局合理，错落有致：四座副炮采取菱形布置，加强单侧火炮门数，在任何一个方向都可以有三门双37毫米副炮集火射击，使对空、对海火力得到最佳发挥。实战中37毫米火炮耗弹量大，人力供弹吃力，就在炮位附近专门安装了电动扬弹机，提高了供弹速度。火炮指挥仪来不及设计了，就先用望远镜代替吧，好在我军善于逼近攻击，这种火力对付南越海军绰绰有余。

值得一提的是，65型舰上的双联14.5毫米机枪非常实用，射界也很开阔，尤其适合低烈度冲突和突发事件。"三一四"海战中，对方在岛上刚刚动武，我方双联14.5毫米机枪立刻作出反应，压制住敌方的火力，其后才是主炮射击。在我方主炮射击的间隙，对方曾打算用火箭筒袭击我舰，也立刻被我舰的机枪压制住。这说明，在此类性质的冲突中，大口径机枪等武器能够有效填补舰艇主要火力的空白。"科尔"号事件①以后，美国舰艇纷纷在舰上加装机枪，也是同一道理。应该说，一型舰艇服役期内，其面临的威胁可能是多层次的，设计舰艇时，应当对这些威胁的性质考虑得更为周密一些，毕竟以后临时改装，往往要受到舰艇先天条件的限制。

在当时的条件下，65型舰的反潜火力也很强大。1200火箭深弹是我国当时性能最好的反潜武器，该弹最大射程达到1000米以上，还可进行10枚齐射。当时，南海周边国家和地区并没有多少潜艇力量，之所以在反潜方面有如此配置，更多的是为了对付经常在南海地区出没的美国潜艇。不过，1200火箭深弹的杀手锏在于配备了瞬发引信，关键时刻能用反潜武器打击敌方的水面舰艇，这也符合我军不拘一格、灵活运用手中武器的传统。

武器装备的设计通常包含了深刻的战术与技术需求，枯燥的装备技术参数背后，却是意义深远的历史印记。中国海军护卫舰的设计建造，体现了中国海军在冷战期间作战与技术观念的时代特点。

65型护卫舰唯一的缺憾是电子设备，俞燮研究员至今仍念念不忘，他不无遗憾地说："尽管要求不高，但有些还是办不到。火炮指挥仪连图纸都没有。护卫舰的耳目——电子设备也是因陋就简，警戒雷达只能选一种鱼雷快艇上用的，性能很差，而且它还有一个圆顶罩，装在护卫舰的主桅杆上，活像个大人戴了顶小儿的瓜皮帽，实在是不相称。只好让雷达厂把罩子拆了，加大雷达天线尺寸，其实也只是为了好看点而已，性能一点儿也没提高。声呐也没有合适的，只能用猎潜艇上的凑合。"

重重困难下，总设计师俞伯良率设计组经过艰苦工作，精心权衡，终于按时完成了设计任务。

经反复考虑，最终决定由全国技术力量最强的江南造船厂承建第一艘新舰。建成后，先交东海舰队试航，然后采用转让建造的方法，帮助广州造船厂再造四艘。凡是火车能运输的部件，全部在江南造船厂造好后成套供应，广州造船厂只承担舰壳制造和总装任务。同时，江南造船厂对广州造船厂给予全面

① 2000年10月12日，美国"科尔"号驱逐舰停靠亚丁港加油。上午11时左右，一艘满载高能量炸药的小型气垫船突然冲向"科尔"号，猛烈的爆炸将军舰炸开一个约6米×12米的大洞，事件中美军死亡17人，35人负伤，另有10人下落不明。

的技术支援，提供人员培训和全部的工艺装备、图纸、文件等。这样既可以顺利交船，同时也带动了广东造船工业的发展，为下一步建造中国自己的驱逐舰打下了基础。

65 型舰为薄板纵骨架结构，这种结构的舰船焊接时变形很大，江南造船厂在建造过程中，突然发生隔舱焊接裂缝现象，当时有人认为是材料质量问题，建议调换肋板。这下麻烦可大了，等于要从头做起。江南造船厂的总工程师王荣瑸钻进闷热的船舱细心观察后，认为不是材料问题，只是设计和工艺问题。因为龙筋厚，肋板薄，厚的龙筋焊在薄的肋板上，中间容易崩裂。经他一分析，大家觉得很有道理，解决起来也不难，反过来就行，将薄的肋板焊在厚的龙筋上，裂缝问题就消除了。高手出招，有时就这么简单。

最终，整个船体线型光顺性和主要尺度的公差达到了极高的标准要求。90 米船体总长度误差仅为负 1.5 毫米。这在当时的技术条件下，简直就是奇迹！

据水面舰船柴油机总师李国瑞回忆：65 型舰在南海第一次试航时，专门进行了十级风八级浪状况下的航行，不是亲身经历，很难想象海军动力装备运行环境的严酷。在执行具有危险性的任务时，往往都是以党员干部为主出海执行任务，海军战士的士气和海军干部身先士卒的作风给参试人员留下了难以忘怀的印象。更有趣的是，李国瑞他们在东海做试验时，被深水炸弹炸昏后浮起的鱼漂满了大片海域，让参试人员饱尝了一顿海鲜"大餐"。随着东海渔业资源的减少，以后的试验就难以见到这样的情景了。

首舰 501"下关"号于 1965 年在江南造船厂下水，西方称其为"江南"级。

65 型护卫舰的服役，使人民海军在南海终于有了可以与周边势力抗衡的大型舰艇。作为南海地区我驱逐舰服役之前的主力舰艇，该舰填补了我海军力量的空白。由于该舰火炮机枪数量多，因此很适合在中近距离上进行交战。

1988 年 3 月 14 日，在南沙群岛赤瓜礁发生的海战中，65 型护卫舰 502号舰在战斗打响后首先作出反应：前主炮首发便命中了敌船的高射机枪，然后100 毫米主炮和 37 毫米炮一同开火，4 分钟之内便击沉了敌方 604 号武装运输船。9 时整，中弹 13 发的敌 505 型登陆舰也终于打出一面白旗。这艘舰是中国 1974 年无偿援助给他们的。14 年后，舰上的菜盘、茶杯、桌椅上还保留着"中国人民海军南海舰队"的字样。当然，投降用的白旗是他们自备的。根据公开

65型护卫舰和037型猎潜艇在南中国海合力出击，这是特殊时代
造成的，也算是颇为苦涩而窘迫的"中国特色"吧！

资料，以射速和射击时间计算，65 型护卫舰 502 号舰耗费的炮弹最少，但效
果最好。

　　作为 65 型护卫舰的代表，502 号舰用战斗的胜利，将一型火炮护卫舰的
价值发挥到了极致，从此结束了新中国一直靠公告来维护南中国海主权的历史，
这可能也是后来该舰能够进入海军博物馆的原因之一吧！

　　65 型护卫舰的服役，让南海舰队顿感神清气爽。当时，与该型舰相比，
南海周边国家的海军舰艇并没什么优势。尚与我交好的越南海军自不必说，南
越海军虽有美国撑腰，军舰多多，但西沙一战他们被打得闭了气，再也不敢叫
板，菲律宾海军只有 8 艘巡防舰和 2 艘扫雷艇；马来西亚仅有 1 艘护卫舰和 8
艘扫雷艇。实力最强的要属印尼海军，有 1 艘斯维尔得洛夫级巡洋舰、6 艘驱
逐舰和 6 艘护卫舰，但其军舰大都购自苏联，在热带气候和不良保养下很少能
发挥出作用，那艘斯维尔得洛夫级巡洋舰自买来后几乎没怎么动过。我们的 4
艘 65 型护卫舰加入南海舰队后，形成了对潜在敌手的绝对优势，这为此后我
们解决南海问题奠定了一个良好的基础。

　　今天，我们到青岛海军博物馆还可以见到最后一艘 65 型护卫舰——502
号舰。登上甲板，你会发现在当时的历史条件下，该型舰的建造是非常认真的：

舱室内布线整齐，壁板、顶板的做工颇为精细，舰载武器的金属零件边缘，甚至通气管弯头的边缘，均被打磨得相当光滑，以防伤手，扶手、脚蹬的位置也都非常合适，一看便知当时的设计建造者的确在用心造舰。当然，这也有赖于海军博物馆的精心维护，须知，此类舰艇的舰体和装备，若无全面细致的定期检修和维护，很快就会被锈蚀损坏。俄罗斯"舰艇墓地"中锈迹斑斑的舰艇，便是一个反例。

65 型护卫舰是我国造船工业第一次自行设计建造的一型中型水面战斗舰艇，它不仅给造船工业提供了实践的机会，而且根据既有的条件，通过精心设计和施工，使该舰的实际使用性能达到了最佳水平。该型舰的研制成功为新中国大中型水面作战舰只从仿制到自行研制奠定了基础，在整个工业基础有限的情况下，既保证了军舰性能，又保证了交船日期，使舰艇的成本、时间、性能等几方面的关系达成了良好的平衡。65 型护卫舰创造了我国军舰建造史上多个第一，在我国军舰发展史上，占据相当重要的地位。1978 年，该舰获得"全国科学大会奖"。65 型护卫舰，以及设计、建造、使用它的人们，都应该永远值得我们尊敬。

作为中国海军的一种尝试和过渡型号，65 型护卫舰并没有大批量建造，后来在其基础上又研制了 053 型护卫舰（西方称为"江湖"级）。刘华清司令员到海军后，明确了在护卫舰发展上要继续采取"小步快跑"的方针，即保持基本舰型，而武器电子系统则逐批逐代发展提高。"053"系列填补了自"旅大"级驱逐舰至"成都"级火炮护卫舰之间的空白，人民海军著名的"江湖时代"从此开始。至今，该级共发展了 4 种改型，建造 28 艘舰。

20 世纪 90 年代初，沪东造船厂经过激烈竞争，获得为泰国皇家海军建造 4 艘 053HT 型护卫舰的订单。泰国海军宣称，053HT 型的战斗力是德国梅科 −200 型护卫舰的 85%–90%，而其价格仅为后者的 25%。

南中国海，从此有了"江湖"仗剑，环顾四宇，谁与争锋？

二、动荡中坚持，曲折中前进

第十章

中国人的远洋梦：从"跃进"到"东风"

　　1963 年 5 月 2 日，不论是华盛顿、莫斯科，还是东京，所有报纸的头条新闻都是："人民中国远洋货轮在公海遭鱼雷袭击沉没。"这条爆炸性的新闻立刻传遍全球，加剧了冷战气氛下亚洲地区的紧张局势，对一个核大国进行偷袭有引发世界大战的危险。这天的新华社电讯称："……中国政府对于'跃进'号的突然沉没十分重视，正在对沉没原因进行严密调查。"与此同时，美国政府立即声明："5 月 1 日，美国潜艇没有到过苏岩礁海域，更没有对中国货船发动过攻击。"美海军部长还专门召开新闻发布会，叫太平洋舰队司令出来作证，说他们没有派潜水艇到那个海区活动。美国人还说，不像潜水艇打的，应该是二战时布的水雷没有打扫干净，触雷而沉。日本人则说，那里根本不是水雷区，那是我们的渔场，渔民经常在那里打鱼，从未发现过水雷。韩国马上声明，他们的海军没有潜水艇。台湾国民党当局也发表声明，说他们的军舰从来没有到过"跃进"号失事的海区。苏联也匆忙发表了类似的声明。世界各国都在密切注视这一事件的进展。

　　这艘沉没的"跃进"号轮船可不简单，它在我国船舶建造史上有着里程碑的意义。

　　看到这里，大家会发现，前面一直在写军用舰船，终于写到民用船舶了，怎么还给沉了？其实不是不想写那个时期的民船、商船，而实在是谈资不多。

　　新中国成立后，我们的船舶工业一直执行的是"军品第一"的政策，各大船厂的主要精力是建造舰艇，让我们弱小的海军尽快长大。这不难理解，不把自己家的篱笆墙建好，怎能安心种菜呢？

造大型远洋轮船不像造渔船，它严重受制于钢铁、化学、电气、燃料、机器制造等基础工业的发展水平，直到156项目基本有了眉目后，建造远洋船舶才提上议事日程。20世纪60年代，由于船用主机等关键设备正处于技术攻关阶段，因而远洋船舶建造不多，主要以修船为主。在完成军品任务之余，几大船厂也抽空建造了一些民船，多是一些技术含量不高的近海、沿江3000吨—5000吨级的散货轮、运油船。"文革"期间，连国家重点项目的正常生产都保证不了，更别提开发研制大型远洋船舶了。真正掀起民用船舶建设高潮，那是改革开放之后。

我国的第一艘远洋船舶建造始于"大跃进"年代。

那就是这艘鼎鼎大名的"跃进"号。

经过第一个五年计划的建设，大连造船厂拥有了255米×27米的万吨级船台2座，75吨高架吊车3台，662米舾装码头、船体联合厂房和机械、电工、轮机、工具等车间厂房，以及氧气站、乙炔站、66千伏变电站等15项重大设施，第一次具备了建造万吨级船舶的能力，开始尝试从修船为主向造船为主的转变，成为中国北方最重要的造船工业基地。

建造第一艘远洋货轮的任务自然就交给了大连造船厂。

1958年，"大船"人迎来了一个书写历史、创造辉煌的日子：新中国第一艘万吨级远洋货轮"跃进"号开工了。这是一次全新的尝试，因为此前他们建造的最大船舶不超过5000吨。

图纸是苏联提供的，但建造要靠中国人自己摸索，挑战激发了造船工人的创造精神，也唤起了他们的斗志。没有人动员，没有奖金，所有参战人员都主动把行李搬到了工厂，在巨轮完工前，一天也没回家。连退休在家的老工人听说要建造万吨轮，也主动来厂请缨参战。大连造船厂退休工人张世寿说："我们那时候，没有上班时间这个概念，从早晨干到中午，吃完饭就上船接着干，晚上也不主动下班。有些领导撵工人，说你们赶紧回去吧，回去休息休息，第二天再干。领导关心工人的身体健康，把工人撵走了，工人在车间转了一个圈，喝一碗水回来接着再干。"靠着这种激情和斗志，"跃进"号以神奇的速度一天天地"长大"。

归国华侨参观"跃进"号。

　　1958 年 11 月 27 日，这是中国全体造船工人的节日。大连造船厂的工人
们都早早来到厂里，在喧天的锣鼓声里，在彩旗纷飞、人潮涌动的船台边，迎
来了一个令人激动的时刻——由苏联转让技术和设备、中国人自己建造的第
一艘 567 型万吨轮"跃进"号下水了。在造船人眼中这就是国宝啊！他们用
当时中国最时髦的名词将她命名为"跃进"号。"大船"人和全国造船界的
代表用鲜花和眼泪把国产第一艘万吨轮船迎下了船台，又在欢乐的锣鼓声中
将"跃进"号送离船厂，望着她驶入大海。"跃进"号属钢质、双层纵通甲板、
长艏楼、巡洋舰艉、单桨船型，船体采用 CXπ-4 高强度合金钢板，装备有
大功率高参数蒸汽轮机。交工前国家验收委员会检验证明：船体结构装配准确，
外形光顺美观，焊接质量优良，主要尺度精确，主机、轴系安装全部符合规

范要求，可航行于世界任何航区，是当时世界上同类船舶中的先进产品。

今天在 T32（1-1）纪念邮票中，你可以看到中国制造的第一艘万吨远洋货轮"跃进"号的身影。它标志着新中国造船工业进入了一个新阶段，这是中国造船业由建造小型船舶到建造大型船舶的飞跃。

"跃进"号在船台上的周期只有短短 58 天，造同样大小的船，世界上造船业最发达的日本用时要比我们多一个月。对那些汗花飞溅、日夜奋战的日子，老工人们还记忆犹新。大连造船厂退休工人曲明学说："（下水时）不是光我一个人，在我周围好多人都掉了眼泪。为什么呢，因为我们过去造不了这么大的船，也被外国人看不起。在那时候，我们大船造完了而且质量很好，所以都感到高兴，高兴得掉眼泪。"

从来没有一艘船在新中国的历史上像它这样影响巨大。国内几乎所有媒体都用头版头条报道了它的诞生，它结束了中国人不能自行建造大型船舶的历史。事实无可辩驳地证明：中国工人阶级有着无穷的智慧和非凡的创造力，他们有能力铸就民族船舶工业的辉煌。

在翻阅史料时，我们深深为当年建设者们忘我的劳动热情所感动。当时，无论是建设工作，还是日常生活中，人们心情都特别舒畅，劲头十足。不知为什么，社会上一切歪风邪气好像一下子都吓跑了似的，那时人们的物质生活匮乏，但精神世界却很充实。

当一个民族认真投身建设时，它就能够创造出惊人的奇迹。

"跃进"号 567 型船由于主机是蒸汽轮机，经济性不如柴油机，同类船故未再续建。这是国内建造的最后一批蒸汽机船。

遗憾的是，由于各种原因限制，建成这艘巨轮是惊人的"卫星速度"，出海远航却遥遥无期，更令人扼腕叹息的是，她的处女航竟不幸也是她的告别航。

1963 年 4 月 30 日，人们在青岛码头兴高采烈地欢送"跃进"号出征，准备让她开创第一艘驶出国门的国产万吨轮船、第一艘开往日本的新中国远洋船、第一艘担负中日贸易协定货运船三项记录的历史性航程，谱写中国造船、航运和外贸史上新的篇章。15 时，"跃进"号起锚开始了她的处女航，驶向第一个目的港——日本九州的门司港。

"跃进"号全速前进到苏岩礁海域时，忽然传来连续几声巨响，船员被震得东倒西歪，很快发现第三货舱有海水涌进。没有经过远航训练的船员已乱成一团，此时全船动力并没有丧失，而船上的轮机员在惊慌中竟找不到有强大排水能力的应急阀手轮。海水不断地涌入，手忙脚乱的船长、政委仓促决定"弃船"，船员们在惊慌失措中分批登上了三艘救生艇逃离，那时候阶级斗争的弦绷得很紧，逃出来的人获救后一口咬定是被敌人的鱼雷击中了。

心细如发的周恩来总理没有轻易作出结论，而是派出一支海军舰艇编队前往调查。很快结果出来了，苏岩礁海域暗礁密布，水流湍急，根本不适合潜艇设伏，海军潜水员从"跃进"号破损的裂口中和船底凹缝内搜索到一部分礁粉，经过化验，与苏岩礁被撞下的礁石石质是一致的。"跃进"号沉没的位置，距苏岩礁仅 1.2 海里。根据航海日记所记数据计算，航线误差约 2%，这个误差足以撞上苏岩礁。可见，"跃进"号在选择航线方面有问题，不科学。"跃进"号沉没时，周围并没有重大的爆炸声和硝烟等，而只听到"咚"的一声，船身稍微有点震动，茶杯、玻璃没有震坏，人员没有受伤。这些证明，响声并不是爆炸物造成的，如果是鱼雷命中，舱内一定损坏严重。"跃进"号船体三段合拢的两条焊缝，经过多次核查，未发现破损，也无异样变化，这就排除了由于造船工艺有问题而沉没的可能性。以上可以断定，"跃进"号为人为事故造成触礁沉没。

"跃进"号开航前，"政治挂帅"的指导思想使全船 59 名船员被换掉 58 名，仅留下一名三副。新来的船员虽然个个"根正苗红"，但对船上的设备不熟悉，尤其是不会使用先进的导航仪器，遇到阴天下雨无法使用六分仪测天定位时，只好靠推算来估计船所在的大概位置。这就埋下了致命的隐患，远洋上行驶的"跃进"号与"盲人瞎马夜临池"没有多少差别。

在青岛等候装货开航前，新来的各级船员也没有进行过任何应有的训练演习，反而把重点放到了抵达日本后的宣传和庆祝上。其实该轮安有两台大排量的海水泵，船舱进水后，只要正确开启舱底应急阀，排水量就会大于进水量，可以边排水边航行，坚持到日本港口或返回国内都不成问题。但是，那些新海员居然不知道应急阀如何开启，结果可想而知。事故发生后全船乱成一团，政委取不出密电码，船长忘了带航海日志，一个个惊惶失措，弃船逃命……"跃进"号带给中国远洋事业的教训是深刻的。

　　海军舰艇编队调查"跃进"号远洋货轮沉没的原因，已经过去 40 多年了，令人心酸的是，人民海军编队第一次驶出我国领海线竟是为了这件事……

　　当大连造船厂造出第一艘万吨轮船"跃进"号的时候，西方某些评头论足的人说："中国人根本不具备造万吨轮船的能力！这艘船上的东西，都是他们'老大哥'苏联的，中国人只不过焊接了一艘空壳船而已。"确实，船用动力和设备大多数用的是苏联进口产品，整体设计也是苏联提供的，但就在大连造船厂建造"跃进"号的同时，江南造船厂却在进行更高一级的尝试——自行研制远洋货轮。

　　作为"中国第一厂"，江南造船厂承担国家交给的重点工程任务责无旁贷，当时以"三万"工程最为著名，即建造一艘国内自行设计的万吨远洋货轮，改装修理苏联万吨远洋客轮"伊里奇"号，以及自行研制我国第一台万吨水压机。

　　自行研制万吨远洋货轮是"三万"工程中的第一"万"。

　　1958 年，708 所的许学彦成为"东风"轮的技术负责人，他在江南造船厂简易的工棚里，仅用三个半月就完成了整个施工设计图纸，创下了"东风"号的第一个跃进速度，比过去 5000 吨货轮的设计周期缩短了四分之三以上。

　　建造自己的万吨级轮船是中国几代造船人的梦想，尽管中国早就有过建造万吨级轮船的记录（1918 年江南造船厂曾为美国制造过万吨级"官府"号运输轮），但它采用的是国外设计，其船体钢材、主机原材料、轴系材料和管材等均为进口，即使是铺木甲板、舱室装饰和制作家具所用的木材，亦大多采用进口的洋松、柚木和柳桉木等，就连螺钉和垫圈之类的小五金，也购自国外。

　　1958 年时，我国的船用柴油机主机、雷达、导航仪表、通讯设备以及舰载武器等，仍要依赖进口。当时就有专家提出："我国造船业所遭遇的困难不在船坞或机器，而在材料与人才。"旧中国，与船舶工业密切相关的钢铁、化学、电气、燃料、机器制造等工业基础均相当薄弱，致使中国近代船舶工业始终摆脱不了对外国舶来品的依赖。在某种意义上说，它还未走出船舶装配工业的范畴。

　　江南造船厂修造过许多轮船，但建造国内自行设计的万吨轮船还是第一次，基于当时的设备、技术状况，困难是很多的。1959 年初，万吨轮船正式投料开工。第一道工序放样就遇到放样楼场地不够长、无法进行线型放样的难题。工人们经过研究，采用按比例缩小四分之三的方法，解决了场地问题，

1959年4月15日，"东风"号投料后仅49天就下水了。

并采用线型活络多用样板替代单用样板，效率成倍提高，结果用 12 天时间完成了原计划 15 天的放样下料任务。在进入船体装配之前，工程技术人员参阅了数百份图纸资料，研究学习苏联的造船装配方法和大连造船厂的"三岛式"（舭岛、舯岛、艏岛）建造法，使万吨船底板一上船台，即可分三路同时施工，从而大大加快了装配速度。

该船在建造过程中发现电源有问题，当时设计的电源准备采用交流电，考虑到国内尚无满足防霉、防潮、防盐雾等三防要求的船用交流电设备，因此，直接采用交流电制条件尚不成熟。为了赶时间，又匆忙决定把全船交流电改成直流电源，务必保证加快万吨轮的下水时间。但这样一改却为后续工作添了大麻烦，直流电设备我国也生产不出来。片面追求速度的结果是"欲速则不达"，万吨轮下水后的远航遥遥无期。

万吨轮船有三根"人"字桅杆，每根高 20 余米，重 20 余吨。当时江南造船厂最大的吊运设备是 40 吨高架吊车，高架吊车只能吊 28 米，而桅杆、船台以及船体甲板加起来的高度超过 30 米，因此吊装"人"字桅杆成了重大技术难题。工人、干部和技术人员相互配合，运用平衡木的原理，把桅杆吊到甲板上，然后在底脚处焊接稳住，再用卷扬机慢慢地拉直竖起来，一次吊装成功。这个办法在以后安装超长桅杆时被广泛借鉴使用。

采用"三岛式"建造法后，又进行了 300 多项技术革新，采用了自动焊接等新技术，加之"大跃进"速度，"东风"号在船台上仅待了 49 天就下水了，比大连厂造的"跃进"轮还快 9 天。

1959 年 4 月 15 日，中国第一艘自行设计、主要设备采用国内配套的万吨级货轮"东风"号在江南造船厂下水。碰巧当时日本也刚造出一艘"西风"号万吨轮船，江南造船厂造的新船取名"东风"号，寓意就是"东风压倒西风"。

当时的报纸这样描述这件事："'东风'号万吨级远洋货轮，从投料到下水，只用了 88 天时间，比原定计划提前 11 天，其中船台周期只用了 49 天时间。同年，日本川崎重工业株式会社造的载重 10050 吨的'西风'号远洋货轮，从投料到下水花了 4 个月零 9 天时间。"

"东风"号为载运一般货物的远洋干货船，除正常货舱外，船上还设有 878 立方米的冷藏舱及 1145 立方米的液货舱，能载运少量的冷藏货及液货。同时，在货舱内设有止移板设备，必要时可以载装散运谷物。在第二、第三舱设有 60 吨重型吊杆一根，可以吊装重物。在第一货舱设有防爆措施，可以装运一般易燃易爆物品。整体设计紧跟世界潮流。

国内船用配套设备的落后使"东风"号的出航变得旷日持久（这点竟与"跃进"号惊人地相似）。当时国内许多机电设备生产都是空白，船体开工时，船用主机和多种机电设备尚在研制过程中，上百种研制工作在全国各地分头进行，但缺乏一个综合协调机构来管理，江南厂可以指挥自己的工人和技术人员加班加点，对别的单位就鞭长莫及了。加上中途又将原定的交流电制改为直流电制，更增加了一道麻烦,后来得知,全国居然只有一家工厂在研制直流电机,江南厂暗自叫苦不迭。"东风"号下水后船用主机及一些主要设备迟迟不能到货,陷入"船等机"的尴尬局面。结果,曾经万众瞩目的"东风"号在黄浦江里一泡就是五年之久,一直到1965年底才全部舾装完毕。1965年最后一天,"东风"号终于"千呼万唤始出来",竣工交船了。

"东风"号是全国大协作的产物:船用高强度低碳合金钢材,是冶金部钢铁研究所与鞍山钢铁公司共同研究成功,由鞍钢生产的;船用主机是上海沪东造船厂试制的中国第一台8820匹马力的低速柴油机;船用电罗经是上海航海仪器厂试制的中国第一套电罗经;其他船用辅机、仪表仪器等配套设备的协作单位涉及全国18个部、16个省市所属的291家工厂和院校,这些协作单位为"东风"号提供了2600多项器材和设备,其中包括40余项新试制的船用产品。"东风"号所有机电设备和各种配套机械都是我国自行研制的。它的身上,凝聚了一代中国人自强自立、自主创新的理想追求,没有亲身经历那个特殊年代的人是很难完全洞悉它的精神魅力的。

当年,"东风"号在航运中,许多想念祖国的海外侨胞都把它当做祖国的领土,每当船到一个港口,当地的侨胞纷纷来船上与祖国亲人相见。

"大跃进"时期,江南人在高度集中的国家计划经济体制的全力保障下,创造了一个又一个奇迹,把自身的各种潜能发挥到了极致。但是,由于那个时代没有以科学发展观为指导发展经济,江南人虽然精神可嘉,但也犯了一些急躁冒进、急功近利的错误。

"连电罗经这样的配套产品,我们厂都在研究。所有的东西都要国产,太绝对了。造船不可能是一个工厂的事情。"江南厂总工程师沈鸿昌回忆起那段往事,满腹感慨。

荒唐的年代,尽管会产生可笑的行为,但今天看来,我们需要正视那个不讲科学的年代。第一个五年计划顺利并超额完成,给党和全国人民带来了冲动甚至狂热,为探索一条快速发展的道路,为尽快改善落后的面貌,这些30岁左右的青年想报效祖国也好,想成名成家也罢,他们那种高昂的建设热情和精神是不能否定的。如果有错的地方,应该归于那个时代。他们毕竟在最困难的时期,为共和国的建设尽了力……

第十一章

坚忍不拔的718工程

1964年10月16日，中国西北大漠里的马兰基地。

102米高的铁塔上迸发出强烈的闪光，一个太阳般耀眼的巨大火球冲天而起，接着传来惊天动地的爆炸声，渐渐地，火球与地面冲起的尘柱连成一体，形成了一朵极为壮丽的蘑菇云……在罗布泊戈壁大漠上空升起的这朵蘑菇云宣告，西方政客们喝着咖啡就能决定中华民族命运的时代，一去不复返了！

但原子弹不光是放在家里吓唬人的，关键时刻必须有合适的运载工具把它扔出去才行。

我们没有远程战略轰炸机，"轰六"的作战半径仅2600公里，手臂还不够长。

那就搞洲际导弹，用它做原子弹的载具。

远程洲际导弹的射程一般在9000公里以上。中国虽然幅员辽阔，但无论从哪个地点量起，也不能达到9000公里以上的空间跨距。唯一可以选择的，就是利用公海。从巴丹吉林大沙漠发射中心往东算起，9000公里就到了西半球的南太平洋海域。中央军委决定，那就往南太平洋打一颗试验弹头，进行战略核武器全程飞行试验。

这样远距离的飞行试验，除要在地面上建立为数众多的测量台站和大型测量系统外，在火箭导弹弹头溅落的海域必须有足够的护航、警戒舰艇和相应的辅助船只；火箭溅落时，还必须及时把记录了飞行试验数据的数据舱打捞回收。所有这些，都需要海上综合保障编队来完成。这个任务，当然要海军来承担。

可我们的海军用毛泽东的话来说，只有小手指头那么大。

组建一支远洋观测、综合保障编队的工作摆到了桌面上。

1965 年，远洋靶场综合测量船研讨会议召开，各个部门提出各种各样的要求。有的部门要求搞观察船，有的部门要求搞调查船，海军要求搞后勤保障船、油水补给船，吵来吵去意见统一不起来。直到 1967 年 7 月 18 日才定下来，所以"远洋靶场综合测量船计划"工程也叫 718 工程。718 工程包括了实施海上靶场调查选址，建造"远望"号远洋靶场综合测量船、"向阳红"10 号远洋调查船、"大江"级远洋打捞救生船、"福清"级大型油水补给舰、远洋拖船、051 型驱逐舰等尖端项目，参与研制的部委有 35 个，陆海空三军和全国几百家科研院所的数十万名科研人员和工人参加了这一工程。

1968 年 6 月，毛泽东主席正式批准启动 718 工程，毛泽东的批示不是一般的圈阅，而是"同意，要抓紧办"。但此时"文化大革命"已发展到走火入魔阶段，全国陷入一片癫狂，国防科工委连正常工作都无法保证，从将军到工程师几乎个个要认罪过关。人人自身难保，哪有心情和精力去制定详细的计划？718 工程的计划始终停留在纸面上，这时候毛主席的话"一句顶一万句"也没有用了。

美国从第一颗原子弹爆炸到发射携带核弹头的导弹，花了 12 年时间。当时美国国防部长麦克纳马拉声称中国至少得 10 年才能掌握导弹核武器。结果，从 1964 年 10 月 16 日中国第一颗原子弹爆炸开始，到 1966 年 10 月 27 日"两弹"（原子弹和导弹）结合试验成功，中国仅用了 2 年零 11 天的时间。这让美国第八任国防部长很没面子。

1970 年，我国潜射导弹技术也取得了重大突破，常规弹道导弹潜艇将直接在海上向远洋发射导弹。这个导弹试验对中国的国防建设太重要了，测量监控船必不可少，同时需要舰艇警戒、护航，还要航行补给。沉寂多年的 718 工程终于被重新提上议事日程。

从 1969 年以后，所有的造船企业全部归海军管了。为此海军成立了一个造船领导小组，负责协调造船企业和海军之间的问题。刚刚复出的海军副参谋长刘华清任造船办主任，国防部第七研究院副院长兼 09 工程（核潜艇）领导小组办公室主任陈佑铭当副主任。那时候这可不是什么好差事，所有重点项目都被"文革"搅和得无法正常进行,一些心术不正的人忙于整人害人,谁干活谁就要倒霉。

陈佑铭没管这些,一天,他找刘华清商量,提出应该利用 718 工程,把海军的军辅船搞上去,远洋补给船、远洋救援拖船、打捞救生船等船型都可以借这个机会上马。这些船,不列到 718 工程里头,就不能成为重点工程,也就拿不到专项经费,海军望眼欲穿的远洋舰船就遥遥无期。另外,还可以借 718 工程把造船工业也推上去,重点是江南造船厂、沪东造船厂、大连造船厂等几家大厂。

刘华清问:"一下子搞这么多,有把握吗?"

陈佑铭自信地回答:"其实早在这之前,708 所就做过远洋测量船的预案,我对 708 所说无论上什么项目,你先得把预案提前搞出来,等机会来了立刻上报批准。今天机会这不是来了吗?"

1970 年 12 月 15 日,中央军委召开会议正式研究 718 工程上马问题,由周恩来总理主持,参加会议的有负责海军工作的张春桥、负责工业生产的副总理李先念、海军政委李作鹏和相关部委的负责人。陈佑铭一看这架势就有点嘀咕,心想坏了,718 工程要麻烦!因为陈佑铭在这之前就听说张春桥坚决反对搞这几型船,他几次说七院是"坏人掌权",不可能搞出这几型船来。"坏人掌权",谁是坏人啊?陈佑铭心里明白那就是说他!因为当时就他自己在七院掌管 09 和 718 两个重点工程。更麻烦的不仅仅是张春桥,陈佑铭前不久还把掌握海军大权的李作鹏给得罪了,原因是这位海军政委不知哪根神经出了毛病,突发奇想命令七院研究如何使我们的核潜艇可以跑到 70 节。让 4000 多吨的大家伙在水下跑得比鱼雷艇快两倍,这简直就是天方夜谭,陈佑铭哭笑不得,直接回答说:"办不了!"

这下得罪了李作鹏,当时任海军政委的李作鹏是林彪的"四大金刚"之一,同时还兼任副总参谋长,权倾一时。李作鹏气得甚至连海军造船办副主任都不同意让陈佑铭再兼任。

张春桥和李作鹏是江青和林彪两条线上的人,本来有矛盾,却在这个问题上高度统一起来,陈佑铭敢把"文革"期间最红的两伙人都得罪了,也算是胆大包天。

"远望"号综合测量船。（巡海 摄）

　　会上，第一个反对的果然就是张春桥。他用一贯不阴不阳的口气讲："搞这么多的船，七院能搞得出来吗？搞这些船得多少钱啊？我是大陆派，打仗靠陆军，我不赞成海军搞这么多的船。"

　　他这一发难，陈佑铭憋不住了。

　　陈佑铭针锋相对地讲："第一，发射洲际导弹，以及将来发射卫星的测量控制，都需要测量船。测量船建成以后，放在江阴，还可以当测量基地用，从这个方面讲，非常划得来。测量船非搞不可。第二，如果要搞这种往远洋发射弹头的试验，没有军舰护航警戒是不行的。弄不好，落下来的弹头会被在试验区的外国人抢走！必须得要警戒舰，至少要四艘。没有驱逐舰，那就没法搞洲际导弹试验。第三，有了护航舰艇，还要航行补给。这么多的舰船参加试验，必须要有补给船，提供物资供应，吃的，用的，淡水，治病……我们可以把这些功能都集中到综合补给船上，这一型船必须要搞，不搞海军就走不出第一岛链①。第四，弹头落下来以后需要打捞，海军现在没有远洋打捞救生船，即使不搞洲际导弹试验，海军也急需这一型船。另外，如果舰船发生了故障，我们现在拖都拖不回来。我们这么大的国家，这么多和我们做生意的船，在我们的海区出了故障要求救援的时候，我们救不了，这不很丢人吗？所以必须有一型救援拖船，这型拖船不仅我们海军用，交通部海洋局平时也可以用。第五，科学考察船更是必不可少，导弹弹头着区的考察、选择，都需要考察船。和平时期海洋资源的调查、海洋测量，都需要考察船。"

　　一席话说得大家频频点头，参加会议的领导小组几位同志也从各个方面七嘴八舌地讲了些搞这几型船的必要性。

　　看大家都这么说，张春桥阴着脸一声不吭。

　　这时候李先念副总理说："我看这些船要搞，就这么定下来吧。有困难？有困难研究解决嘛。进度赶不上的设备可以缓装，以后搞出来再补装。"

　　周总理问："领导小组的办公室主任谁当啊？"

　　海军副司令员罗舜初说："我看让陈佑铭当最合适。"

---

①第一岛链是指太平洋西部的阿留申群岛、千岛群岛、日本列岛、琉球群岛、台湾岛、菲律宾群岛及大巽他群岛等排列成弧形，好像挂在太平洋脖子上的一条珍珠项链，因此人们形象地叫它岛链。它既有地理上的含义，更有军事上的意义，这是围堵亚洲大陆，对亚洲大陆各国（主要是中国）形成威慑的第一防线。这些群岛之间有许多宽窄不一的海峡通道，这些通道，是我国进入太平洋的必经咽喉地带。

李作鹏坚决反对："陈佑铭不行，他最多当个副主任。"

一时间，会场上吵吵成一片。

最后，周总理拍板说："718工程主要是船，陈佑铭是七院的副院长，又是09工程办公室的主任，他当718工程办公室主任，工作方便。"总理说话了，这回李作鹏也不敢阻拦了。

陈佑铭只向总理汇报过四次工作，总理对他的情况记得这么清楚，使他感到意外。

李先念也说："不要争了，主任就陈佑铭当吧。"

散会后，陈佑铭回来就跟海军参谋长周希汉讲："完蛋了，我今天算是把两边的当权派都得罪了！"

周希汉说："你得罪瞎子（李作鹏的一只眼坏了，平时总带一副墨镜，所以海军大院的人背后戏称其瞎子）也就罢了，怎么又把那个眼镜招惹了？"

陈佑铭左思右想也不知道哪点惹恼了张春桥，最后他想起来了，1963年，张春桥的老婆和上海市副市长马天水到江南造船厂去搞"四清"，他们指责江南造船厂"船上的消磁电缆曲里拐弯，弄得工程很复杂，如果电缆直线走，能减少很多工时和电缆。这是死抱着'苏修'的框框不放，是'修正主义'的典型"。这顶帽子可不小，吓得江南造船厂连忙按他们的要求改过来。后来时任海军技术装备部长的陈佑铭去江南造船厂，看到后对厂里的总工艺师说："胡闹！消磁电缆直线走，还能消磁吗？苏联工程师就那样笨吗？他们不知道直线走简单吗？"总工艺师不好说什么，支支吾吾道："那我们马上把它改过来。"

"估计就是从这里惹的祸。"陈佑铭一脸无辜。

周希汉只能安慰他："咳，不管他了，先干活吧！"

子曰：君子坦荡荡，小人常戚戚。人们也常说：宁可得罪君子，也不能得罪小人。看来小人不能得罪真是句至理名言。

为了船舶事业，陈佑铭一不留神把"文革"期间最显赫的两派人一起得罪了，后果当然很严重。

不久，陈佑铭还是被边缘化了。他时常被批判，经常被停职检查，不过09、718工程的事，大家还是习惯来找他，他也毫不在乎，照管不误。

一个看似简单的"远洋靶场综合测量船计划"，1965年初提出来，拖到

1970 年 12 月 15 日，经周总理拍板才定下来，足足扯皮讨论了 6 年，令中国几十万造船人欲哭无泪。

大方案定了，陈佑铭也不敢掉以轻心，718 工程还面临两大困难：一是头绪多，协调困难。初步确定的远洋测量船队需有两个编队，共 5 型 12 艘。包括"远望"号测量船 2 艘、海洋调查船 1 艘、大型打捞船 3 艘、油水补给船 3 艘、海洋救助拖船 3 艘。动用的研制单位多，使用单位也多。科学考察船是海洋局用，测量船是科委用，油水补给船、打捞救生船、救援拖船是海军用。今天你提几个要求，明天他提几个要求，搞得设计人员头都大了一号，协调起来要磨破嘴皮。

二是船型新，技术复杂，对造船工业来讲是一个挑战。远洋测量船队主船有六大关键设备系统，每个系统都需要科研部门会同工厂、院校通力合作，突破众多技术难关。在这项国家级重点工程研制过程中，全国有上千个厂、所、院、校，24 个省、市、自治区和 30 多个部委参与，协作规模之大，为中国造船史上所罕见。

而那个时候，我们连大型远洋客轮都没有研制过（"跃进"号和"东风"号是载货船）。不过，陈佑铭给研制工作定了一个基本原则：所有新研制的项目，必须靠我们自己的专家协作、攻关、自力更生解决。

"文革"前，陈佑铭到国外买船考察期间，受尽了刺激，所以回来以后就下决心争口气，把造船工业搞上去。

那次，陈佑铭带领的是一个船舶工业专家团，到法国的一个船舶柴油机研究所参观。711 所的工程师非常高兴，终于有机会了解西方的技术了，他们虚心地向欧洲同行询问船用柴油机的发展情况。谁知法国人根本不屑与中国人交流，一见不是来买柴油机的，连头都不抬，推三阻四地说："这些技术上的问题很复杂，说了你们也听不懂。"热脸碰到了冷屁股，看了这个场面，陈佑铭虽然气得牙根痒痒，但也只好客客气气地向人家道别。有什么办法，你就是落后嘛，人家不理你，你有什么办法？

随后，他们又来到丹麦一个造拖船的小船厂，参观生产车间时，工人正在做尾轴红套。六机部的专家随口问了一句："你们这个红套的温度是多少啊？"陪同参观的丹麦副厂长吞吞吐吐地说："我们做红套是不测温度的，靠工人自己眼睛观察估测就行了。明天我们还做红套，你再来看吧。"第二天再去的时候，他们已经急匆匆地把这艘船的红套做完了。看到欧洲人连这种没有多少技术含量的东西都保密，陈佑铭故意嘲讽道："中国有很多小港口，需要很多小型拖船。原来我们准备进口一批呢，可是你们船厂做尾轴红套都不测温度，太不正规了，谁敢买呀？"被揭了老底的丹麦副厂长满脸通红。

所以，718工程一开始陈佑铭就对部下反复说："在目前的国际环境下，718工程指望从外国买船、买技术，绝不可能，我们只能靠自力更生。"后来这些船果然没有用一点外国人的设备。其实就是想用也买不到，都是国家核心技术，谁会卖给你？

1972年，"四人帮"又对718工程刮起了一阵下马风。4月，叶剑英受周恩来委托，召开中央军委会议听取718工程进展情况的汇报。张春桥又在会上哼哼唧唧地提出：上海承担大型船舶的建造任务有困难。士气可鼓不可泄，都到这时候了，剑已出鞘，怎么能打退堂鼓？叶剑英气愤地站起来，用手拨过地球仪，指着上海位置大声说："现在下马不行，测量船一定要搞！硬着头皮也要搞！而且就要在上海搞！"

元帅发怒，吓得张春桥没敢再坚持……

多灾多难的718工程如果没有这些人的苦守，我们的远洋船队不知要拖到何年？

1966年，许学彦接受了远洋测量船的设计任务。尽管他曾完成过我国第一艘万吨远洋船"东风"号的设计任务，但那只是一艘散货船啊，船肚子里面是空荡荡的，而远洋测量船被誉为"海上科学城"，大量高精尖的测控、通信、气象设备都要装上船。这等于把一个卫星发射基地几十平方公里布置的测控设备，全部搬到一艘不足4000平方米的船里，难度和把别墅里的家具塞进一辆轿车差不多，绝对是在"螺蛳壳里做道场"。不仅如此，还得考虑仪器间的电磁兼容问题，还得解决陆用设备的"晕船"问题，其设计之难，难于上青天。

许学彦深感肩上担子的沉重，最为困难的是我们手里没有可供参考的东西。设计时，正值中苏关系紧张，西方也对我国实施严密的技术封锁，设计组手里仅有一张国外远洋测量船的照片，通过这张照片，许学彦和设计组的同事们才对远洋测量船有了点模糊的认识，这与彭士禄、黄旭光他们当初研制核潜艇时惊人地相似。

"向阳红"10号科学考察船。早期全民皆兵、时刻准备打仗的紧张，和改革开放
后的坚定与从容，都能从上面找到一些蛛丝马迹来印证。（张俊 摄）

　　一型远洋海洋测量船，可不仅仅只是一艘船，设计、建造起来都极为复杂，
远程导弹在空间运动中的跟踪测量对测量船有很高的要求。在浩瀚汹涌的海洋
上，测量船要在最有效的十几分钟内锁定并跟踪以第一或第二宇宙速度飞行的
目标绝非易事，而基座稍有摇摆，跟踪的目标便会稍纵即逝，这就对船舶的稳
定性提出了超乎寻常的要求。另外，雷达测距的时候，距离测算要以雷达天线
基准平台为"原点"：原点不平，角度就不准；角度不准，距离就不准；距离
不准，定位就不准；定位不准，制导就不准；制导不准，导弹就不能打准……
这就像一连串多米诺骨牌，不平的结果是毁灭性的。找平，陆地上好办，船在
水上海风吹着，海浪拍着，是不停晃悠着的一个平台，这就难办，而且还晃悠
得没有"规律"，这是最要命的（有规律的误差，被视为系统误差，可以修正）。
另外，一般船舶在波浪中行进时，船体会产生纵向微小的挠曲变形，这同样给
测量带来很大误差。

为此，一方面要从船体结构设计和布局上采取特殊措施，在不增加船体钢材重量的情况下尽可能增大船体刚度，以减小船体在波浪中的变形量；另一方面，在船上设置光学挠曲变形测量装置，将不可避免的剩余变形量测出加以修正，实时输入中心计算机，使精密测量设备处的船体变形量控制在使用要求之内。举一个例子，"远望"号就像一把漂在水上的量天尺，它要量上万公里，最后准确定位到一个点上，不能出一星半点儿的差错。木工做家具，误差几个毫米没多大事儿，但是，发射导弹或卫星不行，"失之毫厘，谬以千里"，偏上几毫米，打出去就不知道会掉到谁家的后花园里……

世界上能造出这样精准的"尺子"的国家，掰着手指头数也能数清。今天，我们至少有了好几把……

有了它，我们就成为世界上少数几个能够独立建造专业化、远洋化、综合化电子船的国家之一。它的出海总是和我国航天事业和国防事业的进步联系在一起，它只要出现在某个海域，就说明一个新工程进入了试验阶段……所以，说它是中国高科技进步的一个标志一点儿也不过分。"穿陆军衣服，在海上干活，从事航天事业"，这就是说老一辈"远望"的，其中的内涵大家应该明白。

远洋测量船队从论证到研制成功，奋战了13个春秋，到1979年底，以主测量船为核心的远洋测量船队胜利建成。

关于这两艘主测量船的命名，当时也几经商议，最后，张爱萍用叶剑英元帅送给毛泽东的一首诗，为两艘船定了名。叶帅当年在大连创作了一首诗，题为《望远》，请毛泽东斧正。毛泽东挥笔将原题《望远》改为《远望》，后来还手书了《远望》全诗。1977年，时任国防科工委主任的张爱萍上将将测量船命名为"远望"号，船舷上用的就是毛泽东的手迹。

"远望"号是中国自行研制的第一代综合性海上活动跟踪测量站，它的续航力大，抗风及耐波性能强，船上使用的电力约等于一座30万人口的中等城市的日常生活用电。船上装有多手段、多网络、远距离、全天候的通信系统和测量系统，以及性能先进的综合导航定位系统和气象系统等。这是一项复杂的系统工程，汇集了中国科学技术多方面的成就，也代表了中国20世纪70年代船舶和电子工业的最高水平。718工程各型船舶的复杂程度完全超出想象，从建造船体的钢材到全船的仪器设备，汇集了冶金、机械、电子、化工、轻工、航空等各个领域的最新产品，浩繁的协作配套项目近万项。其设计、建造直到今天仍有很多保密的地方，我们不能细说，但我们可以说"远望"系列远洋海洋调查船是中国造船人的骄傲！也是所有中国人的骄傲！它几乎把中国当时的造船技术、电子技术发挥到了极致。

在其后一年多的时间内，两艘主测量船曾进行了五次大型试验，全面检查和考核了各系统测量设备的功能，完全达到了设计指标要求。与此同时，整个船队的五型12艘特种船的研制任务也全面完成。现在可谓是万事俱备，单等东风（"东风"－5型洲际导弹）了。

这里特别需要提及的是"向阳红"系列远洋综合科学调查船，它们在718工程中立下了卓著的功勋，如果说"远望"是将军，051是侍卫，那么"向阳红"就是"革命军中的马前卒"。

南太平洋海域辽阔，必须为我们的洲际导弹找一个合适的"落脚处"，而1969年的中国海军，连第一岛链都没有冲出过，别说过赤道去南太平洋寻找海上靶场了。

找靶场的任务就交给了国家海洋局下属的综合科学调查船队。

这是一段尘封的历史。

一批被称为"向阳红"的船舶，几千名军人和技术人员，四年的时间里，五下南太平洋，获得了数以亿万计的科学数据，他们有很多艰苦卓绝、惊天动地的故事，却被一个"国家机密"的印章，盖住了所有好奇者，至今都不能讲。

最后，"向阳红"们选中了南太平洋所罗门群岛以东约1000公里赤道附近的海域。这个方圆万余平方海里的海域，是美国、苏联进行航天试验、水下核试验最多的国际海域。美国1969年实施"阿波罗登月"计划时，载人航天器就是在这一海域回收的。

从"向阳红"1号到16号，"向阳红"几乎成了国家海洋局远洋综合科学调查船的专用名字。当年我国不但对设计建造高科技科学调查船很用心，而且取的船名也很有趣。"文革"期间，起的名字都有革命化的色彩，"东方红"、"万年红"是最常见的，可惜它们已经被交通部系统的客轮抢先占用了，最后国家海洋局思来想去，决定把调查船叫做"向阳红"。"向阳红"这个名字与世界上的"同行"相比，虽然没有英国"挑战者"号、苏联"勇士"号、美国"海洋学家"号那种张力，但能准确反映出长年远离祖国、从事艰苦海洋调查工作的技术人员对祖国的忠诚。"向阳红"三个字，采用毛泽东主席的手迹，明显打上了那个年代的政治和文化烙印。

其中又以"向阳红"10号最为有名……

"向阳红"10号上的实验室有近百间，仪器设备近9000台，还有一架进口的"超黄蜂"型直升机，这是我国第一次搞舰载直升机。极高的平衡能力是远洋船设计时要面临的一个巨大技术难题。"向阳红"10号的设计师、708所的张炳炎院士说，液压机组是平衡船舶的关键。"我当时想出来，在船里建造两个上下相连的水舱，可以注几百吨水。风浪小时，水集中在上舱，重心高了，船身稍有倾斜，马上就能回复。风浪大了，将水放到下舱，重心低，船体就稳，摇摆就不会太厉害。这个办法果真很灵。'向阳红'10号第一次到太平洋就遭遇到12级风浪，当时，风速是每秒64米，海面上的涌浪有十七八米高，拍落到甲板上的水有齐腰深。考察船就像一片落在狂风巨浪中的树叶，时而被抛到波峰，整条船悬在空中，螺旋桨都露出了水面；时而被大浪埋进浪谷，整个船没入水中，如同潜水艇一般。船上有一个外国顾问，是有远洋经验的智利船长，他跪在甲板上，不停地求上帝保佑。但'向阳红'10号硬是靠着优良的质量，最后顺利闯过了这一关。'向阳红'10号拥有抗特大风浪的能力，发达国家设计出来的船只也不过如此。"张炳炎乐着说。

今天再看这艘船，还觉得它十分漂亮。1.3万吨，线条优美，停在国家海洋局东海分局浦东高桥码头，紧贴着雄伟的"向阳红"5号，犹如一对柔情蜜意的情人。它跑起来又快又稳，可以高速到达目标区；低速性能又好，可以拖着考察设备慢慢游弋。在20世纪80年代，那是世界顶级配置的科学考察船，不要说实验室了，在刚脱离"先生产，后生活"模式的新船里，生活非常舒服，里边的首席科学家舱室，不比宾馆差。80年代中后期，我国的"向阳红"5号和"向阳红"10号两艘万吨级远洋考察船都名列世界十大考察船之列。1999年"向阳红"10号改装为"远望"4号航天测量船，"技艺"更加精湛。

20世纪60年代，我们的蓝色国土观念只着眼在12海里领海线之内。70

中国成功地应用横向航行补给技术，为走向蓝水海军跨出了坚实的一步。（黄彩虹：《人民海军》）

年代后期我们对海洋权益的含义有了新的理解，国家管辖范围不仅仅是领海线之内，还有专属经济区，承袭海、渔区，大陆架等。

今天，海洋权益一般宽度已延伸到 200 海里，机帆船、小炮艇组成的黄水海军，已经无法捍卫中国的海洋权益。人民海军现代化程度的一个重要标志，是能否到蓝水大洋上远航。为了实现这一目标，海军借 718 工程之力，在技术装备上着重解决了一大难题：远洋油水补给船，为远洋编队插上翅膀。我们的海军终于可以由黄水走向蓝水。

由于我国海军过去一直是"近岸海军"，舰艇在海上逗留的时间很短，不存在海上补给问题。而现在"718 船队"要远涉重洋，往返 1 万海里以上，中途又不可能在别的国家港口靠泊补给，因此必须要进行海上补给。中国研究海上补给技术起步比较晚。1979 年之前，我们使用的是一种极为简陋的补给装备，补给船在前，尾部系着一根有浮标的管子，然后靠海水的力量漂到后面的军舰边，最后再捞起来插进油舱或水舱中去。这种带有原始色彩的土办法既费时又费力，和平年代不算什么，战时将贻误战机，造成重大损失。这时西方先进国家早已采用横向航行补给了。

横向航行补给就是受补舰与补给船平行航行，相距约 30 米，在两者之间临时架起一根被称为"高架索"的索道，"高架索"上用滑轮挂上蛇形软管，输送燃油、柴油和淡水，软管前端有探头，可自动与受补舰的接口对接。"高架索"上还可以加装滑车和吊篮运送干货。横向航行补给可以同时为两艘舰补给，遇到紧急情况能迅速脱开。横向航行补给的优点很明显，但由于海上波浪和舰船摇摆的联合作用，两船时而分离时而靠拢，这就可能造成"高架索"产生松、紧等状况。为了防止"高架索"被拉断，必须有一种被称为"恒张力绞车"的自动控制装置，用以控制"高架索"始终处于最佳状态。这也是一个难点。

研制航行补给装置的任务交给了大连厂，陈佑铭为此专门去了五六次大连厂。大连厂用土办法，在陆地上做了一个试验装置，树起两个大木桩子来试验。经过多次试验，横向航行补给技术的"拦路虎"被突破，"高架索"和恒力控制装置等关键设备居然全在陆地上研制成功了，我们的航行补给设备至少不比美国的第一代航行补给装置差。

改革开放后，陈佑铭去西方国家考察，到了英国的一个工厂，正好这个工厂也为英国海军生产航行补给装置。他顺便看了看他们的产品，英国人以为中国想买几套，就来推销。陈佑铭故意问："你们这个装置卖多少钱？"英国人一开始报价 30 多万英镑，接着改口说，得 60 多万英镑，最后又说，这个是专为英国海军生产的，大概不能卖，故意吊陈佑铭的胃口。陈佑铭则笑眯眯地说："这样的航行补给装置我们也能做，性能不一定比你们的差，要多少套都可以卖给你们，只要 20 万英镑，怎么样？"这次总算让我们的这位前海军技术装备部长出了口恶气。

1980 年 5 月 1 日，以"远望"号为核心的 12 艘远洋作业船，在 6 艘 051型驱逐舰的护卫下，浩浩荡荡奔赴南太平洋斐济岛西北海域。船队犁开蓝色的海面，扬起白色的浪花，穿过宫古海峡，驶出第一岛链，向南太平洋前进。

进入太平洋的 18 艘舰船，只有国家海洋局的"向阳红"5 号为引进改装船，其余舰船全部为国内建造，尤其是用于轨道测量的"远望"1 号、"远望"2号及海洋调查船"向阳红"10 号，完全是我国自行设计、自行建造的特种工程船舶。这次远航,是对中国造船能力、海上航行保障能力和海上协同作战能力的一次综合展示和检验,是一个陆权国家向海权国家转变,进而"远望"海洋的里程碑式的伟大航行。

船队劈波斩浪,对051舰成功地进行了数十次横向航行补给。对此,国外给予了高度评价:"中国人成功地应用横向补给技术,为他们走向蓝水海军跨出了坚实的一步。"

5月18日10时,激动人心的时刻来到了,东风-5型洲际导弹从酒泉发射中心准时发射,直刺蓝天。这时的太平洋上空晴空万里,水天一色,中国国防史上一个重要的历史时刻即将来临,编队的全体人员心中有说不出的激动。

海上编队各种测量船上报告声接连不断:"遥测收到信号!""雷达发现目标!""跟踪目标正常!"……10时30分,数据舱溅落海面,掀起了冲天的水柱。舱上的染色剂使附近的海面一片碧绿,早已升空等待的直升机在10分钟内就发现了"数据舱",潜水员迅即下水,仅用5分多钟即将仪器舱打捞上直升机。而盘旋在附近海域上空、想乘机捡点"洋捞"的某西方大国直升机见此情形,徒唤奈何,只能悻悻地放下水桶,舀了一桶带有绿色染色剂的海水回去研究研究了……718工程舰船圆满完成了弹着海区的考察、测量、选点、清扫、警戒、导弹飞行测量、观察、弹头打捞、气象观测预报等任务。

1983年,在人民大会堂的春节团拜会上,陈佑铭走过去向李先念拜年,李先念关切地问:"小陈,718这几型船现在都行了吧?"

陈佑铭回答:"都行,现在都不成问题了。"

李先念说:"我当时在国务院管生产,我支持你们,就是想借此把造船工业搞上去,再不要让我每年掏外汇去买船啊!"

陈佑铭回忆说:"现在想起来,我组织搞09、718工程这么多年,最大的作用就是把中国的造船工业提高了一大步。"

29年来,"远望"号测量船队先后48次远征三大洋,52次出色地完成了火箭和"神舟"号飞船发射的海上测控通信任务,成功率为100%,安全航行100余万海里,相当于绕地球40多圈,实现了从陆地到海洋、从水面到水下、从海上测量到海上测控、从卫星到飞船的历史性跨越,测控精度达到世界先进水平,成功地走出了一条具有中国特色的海上测控之路。

航天英雄杨利伟形象地说："东风"把我送上去，"远望"把我拉回来。

2005年初，胡锦涛总书记亲自签署命令，授予"远望"2号船"功勋测量船"的荣誉称号。

是的，整个718工程的完成，意味着中国战略武器和航天技术体系得到了全面完善，也使我国的造船技术无形中得到了很大的提高。

我们理应自豪，也有理由骄傲！

导弹卫星不可能年年发射，这只庞大的船队是否会英雄无用武之地呢？其实，和平时期，这些海洋调查测量船更显英雄本色。

大洋底下有多少矿藏呢？可燃冰之类的新矿藏不说，光说大家都知道的多金属结核，这种矿物含有锰、铁、镍、钴、铜等几十种元素，世界海洋3500米－6000米深的洋底储藏有3万亿吨，太平洋海底储量最多，其中锰的产量可供世界用1.8万年，镍可用2.5万年。

1978年3月15日，"向阳红"5号开始了第三次远洋调查，这是718工程中在太平洋调查时间最长的一次，一共在海上待了78天，最合适的靶场没找到，却无意间为我国大洋国际海底多金属结核开发事业开创了契机。这次勘测中，"向阳红"5号船的科学家们在东经171度、南纬6度、水深4784米处，采集到了一块两个拳头大小的锰结核地质样品。这块中国从太平洋洋底获得的第一块锰结核，成为中国向联合国海底委员会申请先驱投资者资格的有力证据，开启了我国大洋事业的先河。真是"有心栽花花不开，无心插柳柳成荫"。

1991年，中国在国际海底管理局登记注册为国际海底开发先驱者，分配到15万平方公里的国际海底开辟区，随后我们的远洋考察船就开始勘探调查。到1999年，完成开辟区调查，弄清情况后，按照约定，上交勘察资料，放弃开辟区内50%区域的开采权（这些都算上交的管理费），我国从此获得7.5万平方公里具有专属勘探权和优先商业开采权的金属结核矿区。当然这都是我们精心挑选出来的富矿区。想一想，只比江苏省面积小一点的矿区，下面铺了将近200米厚的金属矿藏，这已经是我们的了。是不是值得庆祝呢？

这块肥肉很多国家都想吃一口，可你没有远洋考察船，拿不出海底勘察资料，只能干瞪眼。到这时我们就会更由衷地佩服上一代领导人的高瞻远瞩，没有他们栽树，就不会有我们今天乘凉！

20世纪70年代我国再次投下血本，建立了世界首屈一指的顶级考察船队。作为一个穷国，真是很不容易。今天，中国已悄然成为世界第三号海底勘查开发大国。现在能源紧缺时，大家看见东海油气田和南海西部油田的作用了吧，那可是20年前就开始调查勘探的。过十几年金属矿产资源紧缺时，大洋海底我们拥有的地盘就会发挥作用了。所谓人无远虑，必有近忧。而所见者远、所图者大的事业，其开端往往是低调了又低调。

70年代后期邓小平与日本谈海洋权益的时候，我们还根本没有海底地形图，是拿着海军的航海图去的，日本的资料反倒很详尽，那叫一个被动。邓小平回来后大搞海洋调查。到今天，可以说我们掌握的水文、地质、矿产等海洋资料数据之周密翔实，已丝毫不弱于日本，可以说，总算把家门口的事情搞清楚了。

为了这些数据，很多人付出了鲜血甚至生命。两个刚留学归来的科考队员，参加海洋调查时潜水牺牲在黄海；海洋二所的一个科研人员，为了取得强台风的潮位资料被风浪卷到礁石上牺牲；大洋协会的两个人，为了西北太平洋考察、取得先驱勘探权，在"向阳红"16号上因船难牺牲。[①]

光荣在于平淡，艰巨在于漫长。

在中国的国防事业中，在船舶事业中，有太多的无名英雄，他们的名字不为世人知晓，但他们的功绩永世长存！

---

①抱扑：《中国海洋权益争端漫谈》。

第十二章

"旅大"级蓝海巡弋

20 世纪 80 年代前,第一岛链、第二岛链对我们的海军来说还是遥不可及的,我们的战舰无力走那么远,美国国务卿杜勒斯曾公开宣言:"美国在太平洋地区的防务范围应是日本、琉球群岛、台湾、菲律宾、澳大利亚这条近海岛屿链。"西方国家明明白白地告诉你,我对你的封锁线就定在第一岛链。怎么样?就是这么上门欺负你!为了打破这道封锁,中国海军一直默默努力。驱逐舰作为水面作战的主力舰,担负着海战、防空、反潜等多种作战任务,它航速高、耐力长久、整体作战能力强。人民海军对它望眼欲穿,梦寐以求多年。

当时我们只有从苏联进口的四艘二战期间的"愤怒"级旧驱逐舰(西方称"鞍山"级),这是当初用十几吨黄金换回来的,也是共和国海军唯一的"大家伙"。我们通常用"菩萨低眉,金刚怒目"来描述佛教塑像,这几艘旧驱逐舰也被爱称为"四大金刚"。不过我们的"金刚"有点太苍老了……

国家太穷,需要花钱的地方太多,海军只好忍耐,自己建造驱逐舰的梦只能埋在心里。

718 工程启动后,刘华清、陈佑铭等人提出应该把握机会建造驱逐舰,否则国产驱逐舰的建造将会旷日持久地拖下去,因为我们的近岸防御一直靠的是各种型号的快艇,现有的数量足够了,大型驱逐舰是远洋海军的骨干,我们缺少的恰恰就是这个。"鞍山"级的续航力只有 13 天,根本无法胜任为运载火箭试验船队护航警戒的任务。1967 年 4 月,在 718 工程立项后仅三个月,叶剑英元帅主持军委常委会就批准通过了驱逐舰研制计划。由此,中国拉开了研制第一代国产驱逐舰的序幕。一直盼望拥有大型水面舰艇的海军终于领来了一张"准生证"。

中国海军把第一个远洋宝贝称做 051 型,西方叫它"旅大"级①。

当我们 60 年代初开始研制驱逐舰的时候,驱逐舰在世界上已有 60 余年的历史了。对于一个从来没有大型舰只建造经验的国家来说,最能减小风险的途径就是借鉴别人成熟的技术。在中苏关系破裂后,苏联 56 型"科特林"级驱逐舰的部分技术图纸留在了中国,这些技术资料和旧"鞍山"级的图纸几乎成了中国设计 051 型驱逐舰唯一的和最为珍贵的借鉴。

一艘军舰就是一项浩大的工程,仅图纸就得满满的几车皮。当年,只有纸、笔、铁尺子,偌大的工程图纸,繁杂的工程线图,都是靠人工一笔笔画出来的,没有计算器只有靠算盘计算数据。由于长时间伏案,设计人员身体健康受到了严重损害,最后累得手指都伸展不开了,很多人老来患上了严重的颈椎病、腰椎病。

新中国从事设计海军作战舰只的人员最初是一伙朝气蓬勃但缺乏经验的年轻知识分子,所有经验都来自书本理论和很少的中小型作战舰艇的设计实践,051 型设计之初正值"文革"高峰,这场政治运动在打倒所谓的"走资派"的同时,也摧毁了中国正在逐步走向正规的科研体系,这些刚刚准备大展身手的人才被束缚住了手脚。

主设计师李复礼基本是白天或站在批斗台上挨斗,或关在房子里写检讨;只能晚上或利用业余时间偷偷研究资料,赶画图纸。身心的疲惫可以忍受,巨大的侮辱使他难以为继。051 型设计完成后,李复礼一时神志恍惚,泪如雨下,其中的心酸只有他自己知道……

051 型精彩之处在于它成功地解决了整体布局问题,是中国海军布局最为紧凑和最为美观的驱逐舰。它的适航性较好,升级改造余地大,直到今天仍在一线勤勤恳恳地奔波,仍可前往世界各国航行,而其近亲"科特林"级早在

---

①中国自行研制的驱逐舰首舰"济南"号被国外情报机关发现在大连建造,并停泊在旅顺港,后来北约就将该级驱逐舰称为"旅大"级(Luda Class),后来,以讹传讹,较之官方名称051型,"旅大"级的名字今天更为人熟悉。

20 世纪 80 年代就"告老还乡"了。

由于中国没有合适的舰艇主机，当时只好考虑采用成熟的蒸汽轮机作为主机，由重油锅炉提供蒸汽。采用蒸汽轮机的一个不利之处就是需要保持锅炉水温，以便紧急情况下能够迅速起航，不然需要数小时才能烧开锅炉获得动力。60 年代，苏联首次在"卡辛"级驱逐舰上采用燃气轮机，驱逐舰能随时启动并加速到最高航速，而且燃气轮机及其辅机体积小，占用舱室空间小，对于加强舰体结构和抗损非常有利。这时有人高呼，不要蒸汽要燃气。他们忘记了，先进的燃气轮机中国还未研制出来，心脏系统必须首先保证可靠耐用。关键时刻，刘华清再次显示出他的高瞻远瞩。他不同意放弃蒸汽轮机，并为此专门到大连造船厂调查研究，最后决定继续保持大功率蒸汽轮机生产线！幸运啊，否则 167"深圳"舰、116"石家庄"舰、115"沈阳"舰的建造就不知道要拖到猴年马月了！当有些人对动力系统纸上谈兵时，他哪里知道关键装备"不受制于人"是中国国防的最高原则，这是用无数的财力、物力乃至生命换回来的宝贵财富！

051 型的这颗中国心虽然不先进，却解决了有无问题。2 台大功率蒸汽轮机、4 台锅炉、18 台蒸汽辅机和 27 台电动辅机，组成了中国驱逐舰的推进系统。中国人在 051 型驱逐舰上最大的创新就是导弹发射装置，品字形、三联装、直接吊装导弹的方案，打破了当时流行的发射与导弹装填分开设置的方式，并解决了翼展占据横向空间过大，因而无法储存多发导弹的困难。此前世界上没有任何一种导弹驱逐舰像 051 型那样布置导弹，也从来没有那样的发射装置。

当 1970 年 051 型驱逐舰服役时，其反舰作战能力已经超过了 20 世纪 40 年代的战列舰。六枚"海鹰"I 型反舰导弹能够在大口径海军舰炮射程 2 倍距离外，彻底摧毁所有类型的水面舰艇目标，制海作战能力超过了当时苏联和美国的在役驱逐舰。直到 70 年代后期，苏联的"现代"级服役后，其驱逐舰制海能力才超过了 051 型，而美国海军驱逐舰和巡洋舰直到 1978 年后才全面装备反舰导弹。

高速试验是新型驱逐舰性能的必试项目。如果试验成功，它标志着我国自行研制的导弹驱逐舰将跨入世界先进行列。由于马力大，速度快，051 型下水试航时，高速下震动剧烈。为了找出原因，各路人马坐在了一起，研究了多次，一筹莫展。

051型驱逐舰虽然不先进，却为新中国解决了有无问题。（钟魁润 摄）

"造船厂有一位被下放劳动的教授叫钱令希，听说在动力方面很有一套，请他来看一看吧？"最后有人提议说。

"他是哪个单位的，可靠吗？"

"他是大连工学院的人，表现一贯很好。南京长江大桥和武汉长江大桥建设中遇到的问题都是他去解决的。"

"好，请他来试一试！"

钱令希，中国著名的力学专家，他早年留学美国，学成归来后在国防领域作出了巨大的贡献。

驱逐舰开始在海上高速航行，好心的舰员递给钱令希一个空油漆罐，让他挂到胸前，这是老兵们为刚上船的人准备呕吐用的。钱令希冲着水兵感激地点了点头，强压着晕船的难受，钻进一个个舱室检查得一丝不苟。几个小时过去了，在各种各样的速度下，教授对不同的震动都作了详细的了解，他边听边记，无一遗漏。

"这老头儿能行吗，两手空空连个仪器都没有。戴着副白手套，这里听听，那里摸摸，能发现什么问题？"有人怀疑。

军舰靠了码头，舰长急忙问："怎么样，有办法吗？"

"我先回去，明天再说。"教授说完骑上车急急忙忙地走了，把一头雾水的众人丢在码头上。

一夜未眠，钱令希经过反复分析计算，终于找到了一个解决问题的捷径。

第二天，分析会刚开始，所有人的目光聚在了钱令希的身上，他们期待着一个合理的办法。

"军舰结构是合理的，那为什么在高速航行的情况下出现剧烈震动呢？一个根本的原因就是坚固性偏低，解决问题的办法要从内部着手，必须从里面加固舰体。"教授说着拿出了计算结果。

大家都是内行，一看数据就明白了，可是具体办法呢？不会大返工拆了重建吧？

"不复杂，这样吧，我画出一个草图就行。"教授说。

按图改进……

驱逐舰再次试航时证明，这种办法非常成功。

舰长紧紧握住教授的手，激动地说："我不管别人怎么说，将来有一天写舰史时，一定要把你的贡献写进去！"钱教授则微笑着说："解决了问题就好！解决了问题就好！"

一波未平，一波又起。

工厂检查船体的时候，发现了一个令人大吃一惊的问题：螺旋桨竟然大面积腐蚀剥落，这才跑了多远的路，如果不解决，后果将不堪设想。

研究了多次也没找到解决的办法，只好再回去找被打倒的"臭老九"。

1970 年 5 月，被下放劳动的 708 所研究员袁敦垒受命归来解决螺旋桨腐蚀问题。他回忆说："螺旋桨在这么短的运行时间内出现如此严重的损坏，是十分触目惊心的，不但在我国的造船实践中前所未见，就是在国外也未曾有过。当时，国际形势比较紧张，军舰急需迅速出坞，继续完成试验，以便及早服役，因此，不允许我们另做模型实验分析或更换桨叶。上级要求必须尽快在坞内修补或采取局部性改进，大家感到压力非常大。我们先对桨的制造和加工情况进行了检查，桨叶的铸造和加工虽然有一定的缺陷，但不至于破坏得这么严重。"

分析来分析去，主要原因应该是空泡中有股力量袭击桨叶。要消除这股力量，一时又没有什么又快又好的办法。袁敦垒观察数日，冥思苦想，未果。

有一天，他忽然想起附近就有一艘外国商船，正在船坞上检修，何不去看看人家的螺旋桨设计呢？这在当时可绝对是"投降主义"、"崇洋媚外"的表现。袁敦垒没敢声张，一个人悄悄走过去查看，最后发现螺旋桨上面都有一对小孔。小孔和消除不明外力有没有必然的联系？想来想去，袁敦垒也有些拿不准，反复论证后，他推定那小孔应该是防止螺旋桨剥落的。

"驱逐舰的螺旋桨已有损伤，钻两个小孔不行。"有人说。

"先钻一个吧。"一位领导折中道。

一个也管用，经过一段时间的试验，螺旋桨再没有剥落现象，袁敦垒一个偶然的发现，解决了一个重大的问题。

事后他很感慨地说："在我们这，很多人把毕生的心血和汗水，都注入了舰艇上，甚至只是一个部件上。"①

———————————

①铁流：《蓝色的畅想》。

"051"系列后续驱逐舰。

1970年7月的一天，中国自行研制的第一艘驱逐舰105号"济南"舰，经过无数人历时几年的努力，终于下水了。面对着它威武壮观的雄姿，很多人都抑制不住激动的心情，流下了喜悦的泪水。这个时候，大连造船厂接舰的全体官兵更是充满了自豪和快乐。当时，在我们官兵眼里，"济南"舰全新的装备已经是非常现代化了。它结束了中国海军依赖国外废、旧舰艇的时代，是海军战斗力由近岸作战向近、中海延伸的重要标志。

导弹驱逐舰定型了。人们在喜悦的同时，自然也看到了它很多的不足。按今天的标准来衡量，051型的排水量对于驱逐舰而言显得略低，以至于有些国外军事研究机构将其列入护卫舰的范畴。另外，其结构设计得比较简单，整个舰体的防水隔舱偏少，机舱之间也缺乏足够的防护。据1989年的美国《舰船》杂志报道，"旅大"级的水密隔舱划分不合理，而且设计上没有注意隔舱管道和缆线过孔的处理，一旦中弹可能导致水密隔舱这些部位出现破裂，火灾会使缆线过孔变成漏孔。这应该是中国的设计队伍缺乏经验所致。

　　从今天的角度看，051型的防空力量有些薄弱。其实在离海岸线600公里范围内作战的驱逐舰，会有强大的岸基航空兵支持，不必过分注重舰载防空系统的完美。当时即使是美国和苏联的远洋舰，除安装几枚近程舰空导弹和大量普通高射炮外，也没有多少可供选择的防空武器系统。考虑到直到20世纪70年代，舰空导弹系统仍不可靠也不太有效，那几枚近程舰空导弹的心理安慰作用更大于实战作用。因此，60年代中期设计051型驱逐舰时，我们选择"简单有效"的方针是富有远见和符合实际情况的。

　　当时正处"文革"期间，强调艰苦朴素的生活作风，因此舰上的生活设施基本参照农村的标准设计，居住设计被简化到了极致，住舱人均不足1.7立方米。两米高的住舱，要吊三层铺，铺与铺之间的高度仅够翻身，坐起来都要碰头。由于通风量少，人员密集，水密门、舷窗关闭时二氧化碳浓度高达0.2%，夏天住舱通常温度高达40℃左右，使人无法入睡。做饭和就餐需要在甲板上进行，淡水柜容量也不足。不过这些并没有被当时设计部门所关注，甚至水兵们自己也没觉得有什么，在那种以苦为荣的岁月，研制核武器的技术人员不都无怨无悔地住窝棚、啃窝头吗？先生产后生活是整个时代的基调，全中国以苦为乐，如果驱逐舰水兵能够例外，反而是怪事了。

　　当中国051型驱逐舰下水的时候，发达国家已经开始研制和建造面向70年代作战模式的驱逐舰。其中英国开始建造42型"谢菲尔德"级驱逐舰，美国在建造"斯普鲁恩斯"级驱逐舰，苏联也在设计"现代"级和"勇敢"级驱逐舰。这些驱逐舰从上世纪70年代初开始逐渐服役，在作战能力和技术水平上很快超越了中国基于50年代水平和掺杂60年代初期理念的051型驱逐舰。

　　1978年，已经从历史的樊篱中走出来的邓小平，开始着手海军建设，他在国产驱逐舰质量调查报告上批示：导弹驱逐舰要集中攻关，总可以解决问题，今年没解决，明年解决。

　　1979年4月，他又一次指出：051是个好东西，但是没有眼睛，指挥控制系统也未能解决，办法一是自己研究解决，二是引进。不解决这些，造那么多，钱又花完了，还是不顶用。与人家相比，我们指挥系统的自动化程度落后得多，打起仗来和过去一样，光靠电话指挥、望远镜瞭望能行吗？这个问题非解决不可，目标是指挥系统现代化。

为一型军舰专门作出如此细致的批示，可见邓小平对那些远洋舰船的关注。

1979年8月2日，两辆米黄色的面包车缓缓驶进了烟台港，随着车门的开启，一位年过古稀的老人走下来，老人步伐稳健，双目炯炯有神。他就是时任中央军委副主席的邓小平。

邓小平登上了"济南"号导弹驱逐舰，这位"绵里藏针"、三落三起的传奇式领袖人物，在舰上首先听取了关于051型驱逐舰的情况汇报。他听得很仔细，不断询问有关情况。最后他高兴地说："很好，我们一定要生产出高质量的驱逐舰来，海军不强大不行！为了维护世界和平，我们要有一支精干、顶用、具有现代化作战能力的海军。"

随着汽笛一声长鸣，"济南"舰驶离码头，开始在阴雨濛濛的大海上航行。邓小平来到指挥所，面对茫茫大海，兴致勃勃地观察舰艇在雨中航行。

这时，雨越来越大了，随从人员准备撑开伞，邓小平看到身边的海军官兵都没有打伞，便说："他们不打，我也不打，我也不是泥捏的呀。"

海军官兵一听都笑了。

邓小平随后兴致勃勃地到舰上各战位一一观看，询问武器性能和水兵们的生活情况。邓小平问得很仔细，有时边问边沉思，老人在细雨中一动也不动地思考了很久。

导弹驱逐舰在渤海湾和长山要塞的诸岛间高速行驶着，"近海防御绝不是近岸防御"，邓小平言简意赅地对身边的海军将领说，"海军不是护城河"。我们的传统是把海军叫做海上长城，长城和护城河都是防御的。邓小平说海军不是护城河，是什么呢？这句话你自己琢磨。实际上那个时候小平同志脑子里已经有了面向世界、面向未来的考虑，他认为海军应该是开放性的、外向型的，而不仅仅是一种海防力量。

六个小时的航行快结束了，邓小平在驱逐舰的小会议室里挥毫写下了："建立一支强大具有现代战斗能力的海军！"很多领导人都给海军题过词，但在航行中的军舰上题词，只有邓小平给"济南"舰这一次。

"济南"舰是国产第一代驱逐舰中的佼佼者，它战风浪，驶远洋，完成各类装备试验任务 1000 多项，被海军誉为"装备试验的开路先锋"，在国防科工委发起的"中国十大名船"评选活动中，"济南"舰名列军船之首。

2008 年 1 月 31 日上午 11 时 30 分，国产第一代导弹驱逐舰——"济南"号缓缓靠上了青岛海军博物馆码头，它终于走完了自己 38 年的历程，正式退役。

20 世纪 80 年代，我国开始自行设计第二代驱逐舰，该型舰的指挥系统、光电系统、制空能力都较第一代有很大提升。该舰集中了我国海军装备科研的最新成果 100 多项，引进国外先进技术 40 多项，配套设备达 5 万多套。指挥员指挥作战，再也不用像以前那样站在舰桥上对着话筒大喊，而是坐在指挥中心的显示台前面，对着大屏幕显示器用键盘下达一个个命令。各个战位也不像以前那样在露天炮位上操作，而是在各自的电子化操作台前，面对计算机屏幕进行操作，机舱可以无人值守。整体战斗力和指控水平全面提升。

《简氏防务周刊》报道：112 舰是中国摆脱苏联的设计思想之后自行设计的第一种大型导弹驱逐舰。

俄罗斯《独立军事评论》称："在目前没有较大海上威胁的形势下，中国似乎不打算大量建造新型驱逐舰来全面取代 051 型，而仅是通过建造少量新型驱逐舰来试验和发展新型的舰载武器和电子系统，追踪驱逐舰发展的最新潮流，逐步积累造舰技术，以此缩短同发达国家在这个领域的差距。在 2010 年以前，051 型仍将会在中国海军舰艇阵容中担任重要角色。"

051 型驱逐舰以及它的后续舰泛波海上，使新中国第一次有了深入蓝色海洋的实力和能力。

第十三章

高瞻远瞩的"四三"方案

　　从"大跃进"、三年自然灾害到"文化大革命",我国粮食、棉花的生产供应一直徘徊不前,甚至每况愈下。8 亿老百姓的穿衣吃饭问题始终困扰着共和国的领袖们。

　　由于受耕地面积限制和政策约束,我国的粮食生产多年来一直没有突破 2 亿吨。虽然全国农业学大寨搞得轰轰烈烈,但肚子是不会骗人的,农民照样挨饿。当时唯一的解决办法只有靠提高单位面积产量,而提高单产的最便捷最重要的方法是施足肥料。一般生物肥含氮量最多只有 5%,而且数量有限;国际上流行施用化合肥,以尿素为例,其含氮量高达 45%,肥效是生物肥的好几倍。同样的土地,施用 1 公斤尿素可增产稻谷 4 公斤—5 公斤,这让饥肠辘辘的广大农民翘首以盼,可是我们缺少先进的化肥生产线,生产不出来足够的尿素化肥……

　　新中国成立后,我国棉花的产量也长期停留在年产 4000 多万担的水平上,纺织工业原料严重不足,人民群众的穿衣问题长期得不到解决。毛泽东主席多次讲:"解放这么多年,吃饭和穿衣问题还解决不好,怎么向人民交代?必须把粮食抓紧,必须把棉花抓紧。"到 70 年代,国内纺织工业原料供应不足的矛盾日益突出,纺织品产量上不去,只好作计划按人头发布票分配纺织品。至于每年发多少布票,要经过反复计算,由党中央、毛泽东主席最后批准,以中央文件的形式来规定。很多年轻人不知道,从 1954 年 9 月国务院第 224 次会议通过《关于棉布计划收购和计划供应的命令》开始，到 1983 年宣布取消布票，中国曾实行过长达 30 年发布票的政策。

那时，中央每年都要召开一次全国棉花会议，省地市各级干部都参加，甚至要把主要产棉县的县委书记、县革委会主任（"文革"时期相当于县长）也找来。这个会规格很高，由周总理亲自主持，会议的主题就是总理给大家做工作，要求各地多种点棉花、多卖点棉花给国家，周总理甚至会找重点产棉县的县委书记一个一个了解情况。看着日益苍老的周总理为这么点事恳求大家，大家心里都不好受。可是多种棉花有一个粮棉争地的问题。如果增加棉花产量，就要减少粮田，进而引起吃饭问题，那就会影响到全局稳定，毕竟少穿件衣服与吃饱肚皮相比，吃饱肚皮更重要，"鱼和熊掌不可兼得"。各地都有难言之隐。

当时世界上已经实现工业化的国家解决穿衣问题的出路，都是走发展化学纤维工业、以工业原料代替农业原料的道路，化学纤维占纺织用原料的比重达到 40%，甚至更大。但国内解决不了合成纤维的技术问题，最受人民群众欢迎的涤纶（俗称的确良）、腈纶（人造羊毛）等市面上很少。

陈锦华当时在轻工业部负责计划工作，对这些往事记忆很深。他在《国事忆述》一书中写道：

> 1971 年八九月间，毛泽东到南方视察。他有一个习惯，也是一种工作方法，就是每到一地，让身边的工作人员到社会上作调查，看看社会上有什么反映。在长沙的时候，毛泽东给身边的工作人员放假，让他们到处走走，买点东西，搞些调查。有一位身边的工作人员回来后很高兴，毛泽东问她是怎么回事？她说：辛辛苦苦排了半天队，终于买到一条"的确良"裤子。现在年轻人不懂，年纪稍微大一点的人都知道，过去穿裤子是讲究裤线的，棉布没有裤线，"的确良"有裤线，而且不皱，所以当时穿上一条"的确良"裤子是很神气的，但是很不容易买到。毛泽东对此很惊讶。"九一三"事件以后，毛泽东主席同周总理谈起这件事，问：为什么不能多生产一点？不要千辛万苦，百辛百苦行不行？！周总理说：我们没有这个技术，还不能生产。毛主席又问：能不能买？周总理说：当然可以。事后周总理找李先念、

余秋里同志，要他们研究办这件事情。对这件事情，我没有看到任何
原始文字记录，但是从1972年1月我所起草的《关于进口成套化纤、
化肥技术设备的报告》中可以得到一点印证。这个报告算了一笔账：
中国进口四套化纤生产设备以后，"的确良"的产量总数将达到19
亿市尺，城乡人民对"的确良"的需求，将进一步得到更好的满足。
报告通篇都是讲大道理、算大账，没有讲具体的问题，唯独对"的确良"
讲了具体数字。可见我听到的说法应该是事出有因。

与此同时，由于大庆等油田的成功开发，到1972年，原油产量达4567万吨，
不仅能自给，还用不完。

一边是新中国成立20余年仍未解决的吃饭、穿衣问题，一边是原油除用
作燃料之外，还能拿出部分，为轻工业生产提供原材料。

现在缺的是技术和设备。

1971年，中国在联合国的合法席位恢复，中美关系也得到缓和，带来了
对外经贸合作关系的新契机。

毛泽东在会见尼克松的时候，批评了"文化大革命"中我国对外贸易闭
关自守的错误做法，他说："你们要搞人员往来这些事，搞点小生意，我们就
死活不肯。十几年，说是不解决大问题，小问题不干，包括我在内。后来发现
还是你们对，所以就打乒乓球。"中美《上海公报》明确提出"平等互利的经
济关系是符合两国人民的利益的"，双方"同意为逐步发展两国间的贸易提供
方便"。中国恢复联合国的合法席位和中美关系的缓和，大大改善了中国的国
际环境，推动产生了中国对外建交的又一次高潮，特别是日本、加拿大以及西
欧一些西方发达国家纷纷同中国建交，给中国带来了对外经贸合作关系的新契
机。那时这些西方发达国家正面临严重的经济危机，产品、设备、技术都急于
找出路，所以，与中国做生意，他们非常感兴趣。这就为中国引进成套技术设
备创造了有利条件。

"九一三"事件是"文化大革命"的重要转折，客观上宣告了"文化大革命"
在理论和实践上的失败，从此，国内的政治气候有了很大变化。在毛泽东的支
持下，1971年10月，周恩来总理开始主持中央日常工作，他着力恢复国民经

柴树藩（左四）在西德鲁尔工业区。（柴小林 供图）

济的正常秩序。1972 年 10 月 14 日，根据周总理的指示精神，《人民日报》
用一个整版的篇幅发表了《无政府主义是假马克思主义骗子的反革命工具——
学习笔记》等三篇批判极"左"思潮和无政府主义的文章，在全国引起很大反
响。周总理领导的批判极"左"思潮，得到了党内外绝大部分干部、知识分子
和群众的拥护，国内局势明显好转。

　　上述背景综合在一起，大规模引进成套技术设备的各种充分和必要的条
件，全了！

　　再早，是不可能的，再晚一点儿，就来不及建设一个稳定的经济基础，7
亿人连肚皮都吃不饱，连衣服都穿不暖，20 世纪 70 年代的改革开放就不会如
此顺利。

　　当时最迫切的问题还是解决人民的"吃、穿、用"，即农业、纺织、轻
工和化学工业的问题。面对这种形势，周总理认为，为了解决"吃、穿、用"
问题，为了实现四个现代化的长远目标，需要设法打开一条路子从西方国家引
进技术。在长达几十年异常丰富的复杂经历中，周恩来对政治、经济、军事、

文化、外交等方方面面的工作都十分熟悉，他高瞻远瞩，使中国很好地把握了决策机遇，不至于被西方落得太远。

1972 年 1 月，由陈锦华亲笔起草的轻工业部《关于进口成套化纤、化肥技术设备的报告》得到中央肯定，报告称："根据国外经验，必须大力发展石油化工，把化纤、化肥工业搞上去，这些设备投产后，一年可以生产化纤 24 万吨（相当于 500 万担棉花，而耐用方面，比棉织品高几倍），化肥 400 万吨。所需的石油气、油田气、石油原料，在国内有保障。"在此基础上，国家计委又递交了一份《关于增加设备进口、扩大经济交流的请示报告》（即后来人们常说的"四三"方案），报告建议："利用西方处于经济危机，引进设备对我有利的时机，在今后三五年内引进 13 套大化肥、4 套大化纤、3 套石油化工、10 个烷基苯工厂、43 套综合采煤机组、3 个大电站、武钢一米七轧机，及透平压缩机、燃气轮机、工业汽轮机工厂等项目。"

22 日，该报告由国务院业务组李先念、华国锋、余秋里三人署名上报。

2 月 5 日，周恩来很快作出批示："拟同意，即呈主席等批示。"

毛泽东迅速圈阅。

两天后，便退返余秋里负责办理。

这在当时简直是神速！

这次成套技术设备引进，因计划支付外汇 43 亿美元，故称"四三"方案，从此掀起了自 20 世纪 50 年代从苏联、东欧国家大规模引进技术装备之后，新中国历史上的第二次大规模成套技术设备引进高潮。"四三"方案后来又追加 8.8 亿美元，外汇总额增加到 51.8 亿美元，这在当时来说都是不小的数目。1972 年，全国基本建设总投资不过 412 亿元，这 26 个项目就占 214 亿元，实际上后来还超过了这个数字。这相当于 1973 年前 23 年引进技术设备花费外汇的总和。从这两组数据可以看出，中国第二次从国外大规模引进成套技术设备，党中央、国务院是下了多么大的决心，也只有像周总理这样的领导才能下这样的决心。实践证明这个决心是非常正确的，体现了周总理等中央领导同志对世界经济科技发展趋势的深刻洞察力。现在可以设想，如果当年没有周总理那样的远见，那样的决心和魄力，中国的改革开放基础会更差！现代化的道路会更曲折！

3月22日，"四三"方案经国务院批准后，正式组织实施。

林彪出逃之后，重获权力的周恩来当然知道应该干些什么，才能既挽狂澜于不倒，又不失去毛泽东主席对他的信任。周恩来打出经济牌，这一招谁都可以接受，连"四人帮"也不好多嘴。

"四三"方案主要是引进西方的先进设备和技术，必须找一个既懂经济又懂外贸的人来负责，这个人还必须责任心强，40多亿美元对中国来说可不是个小数。

周恩来立即想到了柴树藩。

1972年4月，周总理在一次听取外贸部汇报工作时，对当时的部长说："我替你找一个说得清楚的人来。"周总理回过头来问李先念副总理："柴树藩在哪里？"李先念说："在干校。"总理说："马上把他调到外贸部任副部长。"那位部长回答总理说："我们回去研究研究。"总理用锐利的目光盯着他说："你还要跟谁研究？！"那位部长连忙说："欢迎，欢迎。"就这样，柴树藩被周总理点将紧急调回来，到外贸部参加"四三"方案的高技术设备引进工作。从此，他做了六年的外贸部副部长，尽一切可能开展技术引进工作。

柴树藩先后在国家建委、国家经委工作，任副主任，他精于统筹，善于计算，熟悉国内计划安排，又有对外谈判的经验。关键是为人正直豁达，心胸坦荡，坚持原则，刚正不阿，在他身上，体现了共产党员的一身正气，这在当时是不可多得的高级干部。

陈云同志对柴树藩的性格和才干非常赞赏。他曾对人说："柴树藩为人耿直，为了工作连我都敢顶，是个好人。"1975年底批判所谓"右倾翻案风"时，掀起了批判"爬行主义、洋奴哲学和卖国主义"的恶浪，外贸部和柴树藩的工作步履维艰。在一次国务院讨论广州秋交会工作报告的会议上，江青、张春桥等一再指责外贸部的工作报告是"大毒草"，外贸部是"卖国部"。会场气氛非常紧张，慑于"四人帮"的淫威，没人敢说话，死一般的沉默中，突然柴树藩拍案而起，针锋相对地说："外贸部工作中缺点有千条、万条，唯独没有卖国这一条！"一时语惊四座，全场哑然。到会的同志为柴树藩捏了一把汗，他这样对江青、张春桥说话会被罢官甚至坐牢的。

江青气哼哼地走到一位副总理身边问："这是什么人？"这位副总理含

"文革"期间，海军建造了一大批近海小型舰艇。（巡海　摄）

糊其辞地回答："这人是外贸部副部长柴树藩。"散会后，外贸部另一个副部长贾石急忙给柴树藩的夫人打电话说："陈欣，你把老柴的洗漱用品、简单衣物准备一下，他没准得进秦城监狱。"陈欣急切地问道："他又闯什么祸了？"贾石把柴树藩顶撞江青、张春桥的情况讲了一遍。晚上，柴树藩一进家门，陈欣就冲他说："你顶撞他们干什么？自己不要命，这儿还有全家老小呢！"柴树藩余怒未消地说："共产党员就得讲真话！不讲真话还算共产党员吗？！"江青一伙揪住外贸部不放，是要夺外贸部的权，可是，会场上却冒出个柴树藩，出乎他们意料。但他讲得理直气壮，为人又光明磊落，整他的人一时拿不出任何证据，也奈何他不得。

　　这件事倒让很多人由衷地佩服柴树藩，多年以后，外贸部都知道当年有一个敢顶撞"四人帮"的柴部长。

　　经过一个多月的谈判，柴树藩向国务院写了《进口化纤设备谈判进展情况的报告》，由此第一批进口化纤、化肥设备的报告正式决定下来。

周总理感到既然有这么好的机遇，事情就应该做大一点儿，所以指示国务院业务组和国家计委把这些项目合并起来，"要准备采取更大规模的引进方案"。

长期以来钢铁工业一直是中国工业的支柱行业，但质量、品种满足不了国内需要，稍稍好一点儿的板材都要依靠进口。为了解决这个问题，经查询，进口一套新的连续轧板机约需 2 亿美元，虽然用外汇较多，但与每年进口 300 万吨钢板所花约 3 亿美元相比，还是合算的。从联邦德国、日本引进一米七轧机，建在武钢。此外，周总理还批准从英国罗尔斯·罗伊斯公司引进斯贝涡扇喷气发动机制造技术；乘尼克松访华的时机，从美国引进了我国急需的两个卫星地面站、飞机惯性导航设备，还购买了一批美国大型客机。在李先念同志的倡议下，周总理还批准交通部利用香港周转外汇购买外国二手船，几年之内形成了一支几百万载重吨的强大远洋船队。所有这些柴树藩参与的对外经贸活动，都对我国的经济发展起了积极的作用。

不过"四人帮"一伙极"左"派是不会允许"四三"方案顺顺利利执行的，他们不停地找刺儿、挑毛病，在购买外轮组建远洋船队上制造了一个"风庆"轮事件，在引进美国彩色显像管成套设备方面，又制造了一个"蜗牛"事件。

幸好有周恩来、邓小平等人支撑着，"四三"方案才没有翻船。

当年协助周恩来指导外贸工作的陈云也发挥了重要作用。1973 年 6 月，陈云在与中国人民银行负责人的谈话中，明确指出：现在我们外贸主要面向资本主义国家这个趋势"我看是定了"。他毫不退让地回答："如果有人批评这是'洋奴'，那就做一次'洋奴'。"在那种政治环境下敢说这样的话可谓胆大包天，这是中国改革开放事业最早的奠基活动和组织工作。

"四三"方案是"文革"期间，利用大庆油田石油外汇，进行的一次精心设计的、加强中国经济基础的西方成套设备引进工作。13 套美国凯洛格公司合成氨和尿素设备（每套年产 30 万吨合成氨、50 万吨尿素）相继建成以后，中国农业终于摆脱了困境，粮食产量逐年增加，中国人从此告别了饥饿。没有 13 套设备，根本不可能甩掉沿用了 40 多年的粮票，中国农民工根本不可能大举入城，中国的基础设施建设和城市建设，包括今天在地平线上所有的高楼大厦，都是梦想而已。

四套大化纤的建立，每年可生产合成纤维 24 万吨，约等于 500 万吨棉花，可织布 40 亿尺。以此为契机，中国化纤工业发展到今天，全国化学纤维产量达到 1200 万吨，占全世界化纤产量的三分之一，比美国的产量都多，中国已成为世界第一化纤大国。从"衣被甚少"到成为世界第一纺织大国，我们只用了不到 20 年的时间，这在世界纺织史上是创纪录的。

　　引进的烷基苯项目是为洗衣粉做原料的。洗衣粉现在随处可见，但是过去要凭证供应，数量极少，洗衣服主要靠肥皂。肥皂也不好买，每个人每年只有几块，肥皂是用天然油脂做的，国家的副食供应紧张，没有肉吃，油脂都是稀罕玩意儿，哪里还有油脂做肥皂呢？当时李先念找轻工业部研究，最后决定建一批工厂，用合成脂肪酸工艺来生产肥皂。因为没有解决技术问题，生产出来的肥皂臭味太大，别说洗澡洗脸了，就是洗衣服也有一股怪味。70 年代的人都知道那时候有一种肥皂，黑糊糊的，被戏称为"臭皂"，就是用合成脂肪酸生产的。为此，李先念给陈锦华他们讲笑话：煤矿工人从井下上来，没有肥皂洗澡，脸是黑的，老婆不让上床，后来用了合成脂肪酸做的肥皂，有一股臭味，老婆还是不让上床。当时就是这样一个困难局面。烷基苯项目投产后，不仅满足了国内需求，而且可以出口创汇，一箭双雕。中国人从此不用为洗衣服发愁了。[①]

　　至于罗尔斯·罗伊斯的斯贝发动机，现在已经国产化，安装在中国空军"飞豹"歼击轰炸机上，巡航在祖国蓝天。

　　一米七轧机安装在武钢，其产品热轧钢板是神龙富康轿车、东风卡车的标准外壳钢板。其冷轧硅钢片，大量用在中国电机和电力设备上。有了一米七轧机的引进经验，后来才有了上海宝钢全套工厂的引进，才产生了中国钢铁工业的全面现代化。

　　通过这次大规模成套设备的引进，我们才真正对外部世界，特别是对西方发达国家有所了解。

　　这批项目的引进，不仅带来了西方发达国家的先进技术、先进工艺和先进设备，还带来了先进管理理念和管理方法，带来了广泛的最新市场信息。通过这批设备的引进，我们切身感受到了外部世界的变化，看到了究竟什么是先

------

①陈锦华：《国事忆述》。

进技术，什么是高度发达的工业，什么是高效的劳动生产率，对中国和西方发达国家的差距，才有了深刻的认识。中国工业化的道路究竟怎么走，不通过这批项目的引进是感受不深的。成套项目的引进，为后来的改革开放开创了先机。苏联也曾大规模引进国外生产线，但仅得到了产品，并没有触动其指令性的计划生产机制，结果在戈尔巴乔夫的"改革"中政治解体、经济崩溃。中国成功地处理好了引进和自我发展的关系，终于赢来了今天经济发展、社会和谐的可喜局面。

少数论者认为，新中国成立后 30 年的中国经济是闭关锁国的封闭型经济。这个论点是值得商榷的，最低限度它忽视了这样一个历史事实：美国及其仆从国家从新中国成立到 1972 年，长期敌视、封锁中国，而中国一直为打破封锁，参加国际贸易行列进行着不懈的斗争。

在整个"四三"方案的设计制定过程中，柴树藩的知识结构和努力工作，对国人贡献殊大。

丘吉尔在评价二战时的不列颠空战胜利时说：从来也没有这么少的人取得了这么大的军事胜利。

我们想说："四三"方案的成就，是用最少的钱办了最多的事。

从来也没有人能用这么少的钱，来养活这么多的人口，供他们以衣食，并且为一个伟大的现代工业强国奠定了牢固的经济基础。

第十四章
树欲静而风不止

1970 年以前，中国还没有建立起自己强大的远洋船队。我国的商船队非常落后，当时用于国内外航行的商船只有 100 多艘，而且陈旧不堪的居多。外贸海运主要依靠租用外籍船。在外贸海运中，70% 的运量靠租船，这不仅受制于人，而且费用昂贵，到 1970 年，租金增加到 7400 万英镑。这不是个小数，国家已不堪承受!

1970 年 2 月，周恩来在听取全国计划会议情况汇报后严肃指出，要加快远洋船队的建设，要从 110 万载重吨扩充到 400 万载重吨，力争到 1975 年，在远洋运输方面，基本改变长期依靠租用外籍船的被动局面。

根据当时中国船舶工业的情况，六机部负责建造 197 万载重吨，交通部负责建造 42 万载重吨，地方船厂建造 18 万载重吨，不足部分进口。之后，国家计委制定了一个计划，即：在 1972 年至 1974 年三年内利用外汇贷款买船，以加快发展我国的远洋船队。国务院批准了这个计划。

我国造船能力严重不足，自己所造的船，大约只能满足我国需要的十分之一。早在 1964 年，周恩来就作出造船和买船并举的决定，得到毛泽东的同意。20 世纪 70 年代初，石油能源危机影响到世界各国，运输业萧条，远洋运输也不景气，一艘万吨级的轮船花原价的 20% 就能买来。于是，周恩来提出要利用这个绝好机会买一批船，以加强我们自己的远洋运输力量。外贸部门随即动用贷款买了一批外轮。从 1971 年到 1976 年，中国一共购买了 250 艘货船、油船和散装货船，总吨数达250万总吨。与此同时，国内造船厂也建造了94艘以上各种类型的船只，共100万总吨。尽管如此，远洋货船还是不够用，中国仍然是伦敦航运市场上最大的租船国。

"四人帮"不管这些，对购买外轮大为不满。这就为以后的"风庆"轮事件埋下了种子。

根据周恩来的指示，沿海船厂新建设了一批万吨级船台，开始成批建造2.4万吨级油船、1.5万吨级"风"字号干货船、1.6万吨级矿煤船和2.5万吨级的"州"字号散货船等。这批万吨级远洋和近海船舶采用了球鼻首和中、尾机舱等新工艺，技术经济性能有所改善，部分船用主机采用了自行研制的低速大功率柴油机，造的最大的船是5万吨的油船"两湖"号。

那时，学习大庆石油会战的经验，交通部、六机部共同组织了上海造船大会战，自力更生、艰苦奋斗，一口气建造了9艘万吨级客货轮。

"风庆"轮事件就发生在这期间。

"风庆"号是上海江南造船厂1973年建造的一艘万吨散货轮。

我们依靠自己的力量，建造了万吨级轮船，这本来是件好事。但是，由此引起的政治动荡并最终波及中央最高领导层则是人们始料未及的。

交通部所属的中国远洋运输公司上海分公司买下"风庆"轮，在"风庆"轮轻载试航中，接船的技术人员发现"风庆"轮主机汽缸套磨损达0.15毫米，提出船厂应将这个汽缸套换下来修理。这种造船技术质量问题上的分歧和争议，在以往交接船过程中也时常发生，本属买卖双方之间一种正常现象。一艘船就像一个海上"钢铁城市"，这么多机电设备装配在一起，交船前发现一点儿质量问题并不断予以改正，是不可避免的。但是，受"四人帮"控制的上海市公交组（相当于以后的交通厅）却说，有人提出"风庆"轮要远航，就得换下国产主机，装上进口机，交通部对国产船百般挑剔刁难，是"崇洋媚外"的典型。在试航中，"风庆"轮的雷达发生了一点儿问题，接船方提出意见后，造船厂进行了修理，接船方复查后认可。这样一件已经解决了的事情，以后也被"四人帮"的党羽歪曲成"有人主张'风庆'轮必须换上五大件进口货（雷达、电罗经、起重机等）才能远航"。

一时间闹得不可开交，"崇洋媚外"成了江青等人攻击"文革"期间周恩来等国务院领导的"标准语"和"常用语"。

　　"文革"期间，"一五"时期各个行业已初见雏形的工艺流程、规章制度都被抛弃，生产水平和产品质量时好时坏，尤其是远洋船上的重要设备，更说不准，谁也不敢拿着几百名船员的生命去冒险。接船后，交通部担心国产主机、雷达等"五大件"设备性能不适应远航，为安全起见，规定使用国产"五大件"的轮船，包括"风庆"轮只跑近海。这本是人家自己内部的事儿，就像你买了一辆自行车，是在自家院子里骑，还是在野地里骑，别人无权干涉，你就是不骑别人也管不着。可在 1974 年不行，全国掀起了反"右倾回潮"运动，"四人帮"把"风庆"轮发生的技术性问题上升到政治路线斗争的高度。在其煽动下，江南造船厂的工人和"风庆"轮海员在"批林批孔"运动中贴出大字报，提出"我们要革命，'风庆'轮要远航"。"文化大革命"时期，上海各造船厂激进派势力最强，造船厂许多老资格的管理人员在激烈的政治斗争中都靠了边，取而代之的是文化水平低的激进分子，这些人除轻视技术以外什么都不会。

　　在强大的政治压力下，"风庆"轮结束了重载试航，交付交通部上海远洋运输分公司。这时，整个事件已经完全演变成了"爱国"与"卖国"的斗争，用一切手段来保证"风庆"轮远航成功成了一个政治任务。

　　迫于这种形势，上海远洋运输公司只得呈文交通部、中国远洋运输总公司，申请"风庆"轮今后不再在中国沿海航行，直接安排远航。航线安排为中国上海—地中海罗马尼亚，4 月下旬装载约 1.2 万吨大米出发。为防"风庆"轮首次远航发生意外，船长、轮机长等主要技术干部和政工干部均配成双套。同时，上海远洋运输公司特派"望亭"轮伴航保驾，确保"风庆"轮首航成功。

　　这简直成了一个笑话！一艘船远航做生意，还得跟一艘船去当"伴娘"，这么大的成本翻了一番，有何利润可讲？

　　5 月下旬，"风庆"轮航行印度洋上，连续出现质量问题：主机有三个高压油柱活塞开裂，两个油头裂纹，一台分油机弹子盘严重损坏。经过船员日夜抢修，更换零部件，总算恢复了正常航行。"风庆"轮航程 1.6 万海里，历时 54 天，于 6 月 28 日磕磕绊绊地终于到达黑海之滨的罗马尼亚康斯坦萨港。"风庆"轮在康斯坦萨港停留 19 天，借装卸货的机会，船员又趁机对船舶设备进

这就是令人啼笑皆非的"风庆"轮。

行了一次全面检修。

9月9日，"风庆"轮返航至印度洋时，主机又出现了故障，这次不得不停船修理。主机一增压器漏水，造成停车，这时才明白光靠喊口号、贴大字报解决不了技术问题。失去动力的"风庆"轮随风飘荡。当时风大浪高，船体横摇20多度，船位偏离航线52海里，美国海军侦察机在"风庆"轮上空先后盘旋侦察三次，情况十分严峻。交通部随船人员建议向国内发电汇报，船长也起草了电文。但"风庆"轮政委不惜违反航行规定，强行将电报压下。幸亏全体船员奋不顾身，经过47小时连续苦干抢修，终于使主机恢复运转。直到1974年国庆前夕，"风庆"轮才跌跌撞撞地回到上海。一趟简单的地中海之行，来回走了近半年。

9月29日，"风庆"轮抛锚于吴淞口锚地，就在当天深夜12点时，上海市专门派出交通艇，把记者和有关人员送往"风庆"轮，连夜进行采访。9月30日下午，"风庆"轮进港开进吴淞口时，竟安排了8艘巡逻艇以"八字"形列队前导，仅仅是为一艘运送了1万多吨货物的普通货船引航。

上海举行了隆重的欢迎仪式。下午4时，"风庆"轮靠妥高阳路1号码头，上海市主要负责人集体登上"风庆"轮欢迎慰问，约有2000人拥挤在码头上欢迎"风庆"轮。

盛大的欢迎和报刊上连篇累牍的宣传狂潮，令国外的人迷惑不解：一艘万把吨的船在海上跑了一趟，如何引起中国人一片癫狂？中国人的祖先，在好几百年前，就已经驾驶大船遍航西洋30多国啊！？

项庄舞剑，意在沛公。

1974年10月13日的一期《国内动态》关于"'风庆'轮问题"的材料上说："风庆"轮"顶住了交通部'崇洋媚外'的压力"……指责交通部，甚至宣称"交通部的背后有中央的人"。江青借机在这份材料上作批语并致信政治局："看了此件，引起我满腔的无产阶级义愤，试问，交通部是不是毛主席、党中央领导的中华人民共和国的一个部？国务院是无产阶级专政的国家机关，但是交通部却有少数人崇洋媚外，买办资产阶级思想的人专了我们的政。"张春桥添油加醋、上纲上线地批道："在造船工业上的两条路线斗争已经进行多年了。发生在'风庆'轮上的事是这个斗争的继续，国务院要就此问题在经济部门进行教育。"

10月17日，中央政治局开会，在会议末尾，江青突然发难，煞有介事地提出"风庆"轮和交通部"崇洋媚外"的问题，逼着邓小平表态，责问邓小平："你对'风庆'轮是什么意见？"

邓小平绵里藏针地说："我已圈阅了，对这个材料我看还是要调查一下呢！"

江青不依不饶地说："你要表态。"

邓小平十分愤慨："才1万吨的轮船，就到处吹！1万吨有什么可吹的？1920年我到法国的时候，坐的轮船就有5万吨！"

张春桥立刻阴阳怪气地说："早就知道你要跳出来，果然跳出来了！"

邓小平当即正色予以反驳："这样政治局还能合作？强加于人嘛！一定要写成赞成你的意见才行吗？"

李先念见双方顶了牛，连忙把邓小平劝走了。

十年"文化大革命"后期，"风庆"轮事件算得上惊天动地、影响深远的大事件，连重病中的毛泽东都不得不过问此事并表明态度，毛泽东最后不得不对"风庆"轮事件一锤定音："'风庆'轮本来是一件小事情，而且已经在解决，江青还这么闹。"

是的，"风庆"轮不过是江南造船厂1973年建成的一艘普通万吨级货轮，在"文革"中却成为"四人帮"攻击、诬陷周恩来、邓小平等老一辈领导人的"重磅炮弹"。

历史已经证明，"风庆"轮事件不过是特殊年代的一出政治闹剧。

"风庆"轮事件虽然收场，但它造成的影响太恶劣，以致中国的造船业、航运业的领导人以后进入国际市场时，一直小心翼翼，战战兢兢，如履薄冰，直到柴树藩接任六机部后，这种状况才得以改观。

三、石破天惊，驶向深蓝

第十五章

邓小平"推船出海"

折腾了十年的"文革"终于到了尾声，回首望去，国破家穷，一片萧瑟。

当我们为一艘万吨散货船"风庆"轮远航举国鼓噪时，日本的 37 万吨油轮"Globtik Tokyo"号和"Globtik London"号早已航行在大洋上，庞大的身躯"风雨不动安如山"，为克服惯性，这两艘"Globtik"号进港前 40 分钟就需全速打倒车。惊叹未完，1973 年日本建成了"宇宙东京"号，载重量达48 万吨；过了不到三年，法国又建成载重量为 55 万吨的"巴蒂吕斯"号；到20 世纪 80 年代初，西方开始琢磨设计 100 万吨的超级油船。

当我们的货船最高航速为每小时 15 海里时，日本建成的大型高速集装箱船的速度已突破每小时 25 海里，全浸双体水翼船的航速可达每小时 40 海里，穿浪型双体船的航速则高达每小时 50 海里。

同时，国际上各种专业运输船也纷纷诞生，集装箱轮、滚装轮、矿砂轮、液化气轮、化学品轮等层出不穷。以最常见的集装箱运输为例，美国自 20 世纪 50 年代发展起来后，70 年代各国普遍开展了这种运输。我国虽然在 1956年也开始尝试集装箱海陆联运，但一直到 1974 年总共才运输了一千几百箱，不够人家半艘船装的……

在我们穷折腾的时候，中国的造船业已经被西方远远落下了！

1977 年，邓小平再次复出，已是 73 岁高龄的邓小平对前来看望他的老朋友叶剑英、李先念满腹感慨地说了一句话："我出来工作，无非有两种可能，一个是做官，一个是为人民做点事。"已经到了含饴弄孙年龄的邓小平当然不是想当什么官，他只想为人民做点事，他试图利用自己的影响力推进中国的命运变革，挽狂澜于既倒。

当时，经历了十年浩劫的国民经济已濒临崩溃边缘，1976年，全国国营企业亏损总额达到177亿元，全国财政赤字接近30亿元（考虑到物价因素，这几乎等同于现在的3000亿元，让人触目惊心）。在我们内耗的同时，整个世界特别是周边国家已经发生了翻天覆地的变化，以微电子技术和信息技术为代表的第三次科技革命深刻地影响了世界经济。邻国日本，经历了18年的经济高速增长，1968年一跃成为世界第二经济大国；同属东亚文化圈的中国台湾、中国香港、新加坡、韩国，在短期内走上了工业化道路，被称为"亚洲四小龙"。

复出后，深感焦虑的邓小平多次与陈云、李先念商议，决计"要大力抓生产，使国民经济能够尽快恢复和发展"。全面整顿、恢复和发展国民经济，说起来容易，可从哪里下手呢？整个工业系统盘根错节，上挂下联，就像一团乱线，需要找一个线头才能把它梳理清楚。邓小平把注意力逐渐集中到国防工业领域，国防工业是一个国家的战略性支柱产业，也是一个国家先进制造业的精华部分和国家科技创新体系的重要推动力量，这一着棋下好，可以盘活全局。那就先从这里下手，如同打仗攻坚一样，关键要选准突破口。首战慎重！当时的国防工业，由八个机械工业部分兵把守，由谁来带军转民的头呢？深思熟虑的邓小平把目光投到了"老六"，即主管船舶工业的第六机械工业部身上。

中国的船舶工业与飞机、汽车等其他制造业比起来，基础相对较好，已经有了100多年的历史；再说船舶本身就是国际性产品，建造要按照国际标准，结算是按美元，运营还要遵守国际海事规则。船舶市场注定是没有国界的，这有利于我们的船舶工业军转民后，尽快走向世界。近代以来世界工业强国的崛起无一不是以造船业起步，以迈向海洋为目标的。

看来，这是个不错的突破点！邓小平主意已定。

但船舶工业也是"文革"中的重灾区，江南厂、大连厂一南一北两个最重要的造船大厂，被折腾得伤痕累累，基本处于停产半停产状态，被形容为"三乱两差一松弛"。船舶工业出路何在？整个六机部，从上到下充满了困惑和迷茫。

此刻，要想振兴中国的船舶工业就必须找一个合适的领路人。

集装箱运输自20世纪50年代发展起来后，70年代各国普遍开展了这种运输。我国虽然在1956年也开始尝试集装箱海陆联运，但一直到1974年总共才运输了一千几百箱，不够人家半艘船装的。（刁培琪 摄）

六机部部长的人选逐渐集中到一个人身上——时任外贸部副部长的柴树藩，就是那个敢对着江青等人拍桌子的柴树藩。他懂经济，通外贸，为人坦荡，是绝佳的人选。"天降大任于斯人"，柴树藩的到来，为中国船舶工业带来了一场划时代的变革。

1977年12月6日上午8时30分，邓小平在他的办公室约见了几位国防工业部门的负责人。他们是国防工办主任洪学智、三机部（航空工业部）部长吕东、五机部（兵器工业部）部长张珍和即将上任的六机部部长柴树藩。邓小平神情严肃，点上支烟，默默地听着几位部长和国防工办主任的汇报，形势不是不乐观，而是十分危急！国防科技工业再不改是不行了。

经过一番深思熟虑，他更加坚定了以船舶工业为突破口的决心，周总理生前曾多次提出："总把从东南亚、港澳取得的外汇付给西方租船是不行的，这不符合我们的政策，要把扩大附加值高的机电产品出口提到议事日程。"看来，总理留下的这个任务要让六机部来带头完成了。

邓小平掐灭了烟头，语气坚定地指出："中国的军工体制不能带动民用工业，不能带动整个经济发展，这是一个浪费。今后的方针应该是以军为主，以民养军。"

在讨论、研究了国防工业的发展方向后，邓小平又特意转向柴树藩强调说，六机部造船不只是为海军用的，更多的是民用。要保军转民，造民船养军船。

"另外，要大胆引进国外的先进技术改造我们的企业，江南厂、大连厂都要彻底改造。

"引进就要全部引进，要彻底革命，不要搞改良主义，否则牛不像牛，马不像马。"邓小平目光矍铄，盯着柴树藩意味深长地说："船舶工业潜力很大，要尽快整顿，把生产搞上去！中国的船舶要出口，要打进国际市场！"

一石激起千层浪。在这短暂的寂静中，柴树藩心中的震撼力，绝不亚于投下了一颗原子弹！向国外学习，向国外出口，这些词现在看都极为平常，可是那时刚刚结束"文革"，大家的思想仍禁锢在一个小框框里，只有邓小平敢公开说这样的话。

"我们的造船工业应该打进国际市场。我们造的船比日本便宜，我们的劳动力便宜，一定要竞争过日本！要出口，人家不干的，我们干。总之，国际市场有出路，要有信心。"邓小平的论断振聋发聩。

柴树藩望着邓小平的炯炯目光，明白了他交给自己的是何等重要的一个任务，把世界第一造船大国日本作为中国造船工业的赶超目标，需要怎样的远见和胆量啊！起步就与世界第一造船大国看齐，中国船舶工业志存高远。

邓小平对中国船舶工业一直情有独钟，极为关注。据统计，仅1977年到1982年，邓小平就12次在公开场合大谈船舶工业的发展，舒德骑形象地比喻：邓小平这是"推船下海"！柴树藩不辱使命，终于领军打开突破口，提前完成了邓小平交给的任务，那是后话。

1978年1月5日，68岁的柴树藩正式到六机部走马上任。这是他职业生涯中的一次重大变动。以往，他总是以高级参谋的身份提出扭转乾坤的重大建议；现在，他终于得以指挥领导中国船舶工业，处在司令员的关键性指挥岗位上。六机部和中国船舶工业，从此有了一位经验丰富，睿智而有谋略，富于勇气又长于战略设计的领导人，这是中国船舶产业的幸事。但对于柴树藩来说，这可是不轻松的一年，他年届古稀，临危受命，肩负着率领整个中国船舶工业涉险渡滩的重任。

柴树藩是我党经济官员中非常有思想有办法的一位。他对六机部的工作早已提前预热，邓小平指示一下，六机部就风风火火地行动起来。柴树藩到任后，立即请来了日本三菱重工（MHI，日本最大的造船企业）总经理古贺繁一作为造船咨询专家，并带着众人深入到南北各大船厂调查研究。他现在需要的是掌握第一手资料，找出我国船舶工业落后的症结所在，以制定相应的对策。造船工业，他在计委工作时就有所接触和了解，况且他生长在烟台海边，对大海和船有一种天然的亲近。40年前，他就投身革命。他还曾代表中国登上联合国的讲台，参加国际海洋法会议。也许，他此生注定与船有缘。

此时，国际造船业的形势波诡云谲。日本通过国家"计划造船制度"，把造船业推上了发展高速路，1956年超过英国夺得世界第一造船大国宝座。相邻的韩国也不甘落后，20世纪70年代开始把发展造船业作为国策，提出"造船立国"的口号。1972年，韩国的蔚山船厂打下第一根桩，标志着韩国造船业开始起飞，其建设和投产之快令人惊异。到1981年，韩国从一个名不见经传的造船小国成长为仅次于日本的世界第二造船大国，中间仅仅用了9年的时间。

而中国的造船业在20世纪70年代末却陷入尴尬的困境，由于长期不重视民船建造，生产结构极不合理，经济效益极差，整个行业几十万人，坐吃山空，就指望着国家下达的军品任务维生，造船人不去造船，坐在长草的船台上望天，难道能掉下一个馅饼来？中国的造船业，处在一个生死存亡的历史关头——这绝不是危言耸听。

柴树藩到沿海的船厂转了一圈后，心情十分沉重。

古贺繁一有些迷惑地对柴树藩讲道："几个工厂的机器、吊车到处是铁锈，有两个船坞里，野草快一人高了！这么些工人都不干活了吗？部长先生，这是怎么回事啊？"

"柴部长，你们用的一些方法太落后了，世界上早不用了，可你们为什么还在重复干这种效率太低、太低的活儿呢？"①

"文革"中比这更荒唐的事儿多的是！柴树藩一时找不出合适的言语给这位对华友好的日本专家解答，他只能保持沉默。

那时，中日关系正处在一个友好合作时期。日本一批政治家和企业家，诚心诚意地对我国经济生产进行援助。应该肯定的是，日本的帮助和支持在我国改革开放初期发挥了作用。

三菱重工的总经理古贺繁一就是其中有代表性的一个。在近距离地考察过中国造船企业后，古贺繁一非常坦诚地告诉柴树藩："你们的造船水平至少落后世界25年。"

柴树藩的心里也明白，我们的家底子太薄了！新中国成立快30年了，船用主机的质量还不过关，很多型号得靠进口；船壳子虽然可以造，但工艺落后，许多技术指标比国外差一个数量级，差10倍；船用设备更让人揪心，一个惯性导航的漂移度，国外标准是万分之一，我们自称达到了百分之一，但是我们根本没有测试手段，完全是估计的。

不能再这么夜郎自大下去了！风云激荡，百年往复，"睁眼看世界"的问题，再一次摆在了中国人面前。

---

① 舒德骑：《惊涛拍岸》。

　　那时候国际上的形势也很糟，由于世界航运萎缩，当时的国际造船业正
处于一派萧条之中。1978 年，世界造船产量下降到十年来的最低点。英国、
法国、联邦德国、日本、美国、挪威、荷兰、瑞典的造船业订单下滑，均遭重
创。一位日本造船专家写道：“整个世界的船台，都笼罩着黑沉沉的阴影。”
据英国劳埃德船舶年鉴统计，1978 年是世界造船业十年以来最糟糕的一年。
西方经济危机与石油提价，进一步打击了造船业，闲置油船猛增到 3299 万吨。
英国《经济学家》报道，日本造好的 20 多艘大型油轮，因为船东弃船，只好
漂在海上当水上油库和粮仓。

　　在这样恶劣的全球危机下，世界造船界毫不起眼的、弱小的中国船舶工业，
难道能有起死回生的良术？

　　柴树藩面临的是什么样的局面啊！内外交困。这次中央赋予他的使命，
的确太沉重、太沉重了！借用时下流行的一句话：“那是相当地难。”流淌在
血液中的山东大汉的率性，面对困难毫不退缩的勇气和对事业的无比忠诚，使
得他义无反顾。依据长年从事计划和工作的丰富经验，他心中有了改革发展的
初步方案：船舶工业要走出困境必须以质取胜，不能靠“人海战术”拼数量。
一向敢作敢为的柴树藩果断决定：六机部立即压缩战线，集中力量首先引进国
外先进技术和专利，组织科研攻关，尽快掌握其核心技术，同时加强管理，改
造现有船厂。

　　这一年，六机部在建的大中型项目有 100 余个，总投资规模达 34 亿多元；
许多工程稀稀拉拉，骑虎难下，顾此失彼，矛盾重重。按原规模，以当时国家
分配的年度计划投资，至少需要十几年的时间才能完成。基建任务拖拉几乎成
为全国的通病，陈锦华回忆：国内第四个五年计划安排的一批大中型项目，平
均每个项目的建设工期长达 11 年。当时有一个顺口溜，是讲天津拖拉机厂建
设情况的，非常形象：“天拖天拖天天拖，大姑娘拖成了老太婆；八年打败了
小日本，十年建不成个天拖。”这个顺口溜流传得很广，毛泽东主席曾引用过
这个顺口溜，批评国内基建项目建设时间拖得太长，但仍解决不了这个老大难
问题。

　　柴树藩要求各地把有限的资金用到关键之处，不能遍地施舍，要有壮士
断腕的勇气。当过国家建委副主任的柴树藩富有这方面的经验。他痛下决心进

我国第一代沿海运输的"民主"10号小型客货轮，由江南造船厂建造。在20世纪80年代
以前，我国各大船厂建造的多是此类小型近海船舶。

行清理，该停建的停建，该缓建的缓建，该验收的立即验收，119 个在建项目
一下子压缩到 42 个，砍掉了一多半。

　　这是一项意义深远的战略决策，甩掉了长期以来敞口花钱、坐吃基建饭
的沉重包袱，腾出手来，对现有的企业进行必要的技术改造。

　　1978 年 5 月，六机部在北京向阳饭店召开了直属各造船厂领导干部工作
会议，这是柴树藩担任六机部部长以来参加的第一次全行业工作会议。会议的
主题是研究下一步造船工业怎么办。当时，整个会议气氛沉闷。各单位的领导
怨声不断：我们为国家干了几十年军品，没有功劳有苦劳，没有苦劳有疲劳，
怎么国家说不管就不管了！从三线来的干部更是声泪俱下地向柴树藩等人诉
说：我们背井离乡，钻山沟，住草棚，为国防建设献了青春献终身，献了终身
献子孙，今天弄得快没饭吃了，不给任务，我们绝不离开部里。

　　以民养军，打进国际市场，对于长期从事军工科研生产的船舶工业来说，

无疑是一场极其深刻的革命。

王荣生回想当年的情景："那时我在六机部当生产局局长，船厂大都是'吃不饱，吃不了'。所谓'吃不饱'就是军品任务不足，'吃不了'就是更新换代的船又拿不出来。邓小平的指示，在六机部上下引起了极大的震撼，一时间议论纷纷，争论十分激烈。国内的船都造不好，还能出口吗？那时候，我国的年造船能力不过 40 万吨，仅相当于国外一个小船厂的造船能力。"

望着会场上密密麻麻的一片人头，一双双渴望的眼睛，柴树藩的心情十分沉重，他不知道该如何开口。

中央认为大规模战争一时打不起来，国力有限，必须尽快将财力用到经济建设上来。邓小平则直接告诉老部下："军队要忍耐！"全国开始从"早打，大打，打核战争"的盘弓错马、蓄势待发状态转入和平发展轨道，庞大的军费压缩了，军品任务随之锐减，民品任务——没有。道理很简单，你造的船质量不高吧，毛病倒不少，"风庆"轮事件后，交通部说什么也不愿意再给国内的这些造船厂下订单了。1978 年，整个造船工业开工率不足 40%，到了 1979 年，任务几乎为零，各造船厂马上要断顿，会场内外怨声一片，厂长们都眼巴巴地盯着柴树藩和六机部的领导，希望能要点计划回去。

会上，柴树藩把讲话稿放到一边，毫不客气地对着部下自揭其短："造船工业是近代工业，但又是最老最早的一个行业。上海江南厂 113 年了，是最老的厂子，大连造船厂有 80 年。但老不是你骄傲的资本，建国 29 年，我们造的船用主机过关了吗？我们的建造工艺先进吗？不错，船壳子还可以造，但造法也不高明！这些都是什么水平呢？大体还是 50 年代的水平。"会场鸦雀无声，只有柴树藩那浓厚的胶东口音在回荡。

"我问日本的专家，我们的差距在哪里？人家讲得比较客气，说你们的设计方法就不算先进！船舶设计、制图，还是铅笔画图，拿鸭嘴笔来描图。这个办法，35 年前搞设计时使用过，现在世界上早就不用了，现在都是复制、复印。等你画完一张图，人家多少张都复印出来了，可见我们效率之低。设计计算有时一算就半年、八个月，到头也算不清楚，工具、方法这样落后，你怎么追上世界水平？"

柴树藩的话一针见血，刺中了船舶工业的要害，人们开始惊讶这个从外贸部来的老头儿怎么一夜之间成了船舶界的内行？

"过去我们是为部队造出了不少舰船，填补了一些空白，但我们要清醒地认识到，那只是解决了有和无的问题，与世界先进舰艇比差距很大，下一步要解决优的问题！陶醉于过去的成绩是危险的！民船的现状更不乐观，型号陈旧、落后，可靠性差，建造周期长，用船部门不喜欢要国内造的船，不要埋怨人家，这得怨自己，因为你自己太不争气了嘛。船舶工业出路只有一个，那就是大胆引进、彻底改造！向市场要任务！"

柴树藩讲了一个多小时，会场上第一次没有了此起彼伏的应景掌声，所有人都被这位新上任部长的直白发言给震惊了，"文革"期间，听了太多的假话、虚话、大话、套话，这样质朴的领导讲话已经很长时间没有听到了。此时，他到六机部工作不到半年，十一届三中全会尚未召开，改革开放的大环境还未形成。柴树藩的开放意识、实干精神由此可见一斑。

张胜在《两代军人的对话》中这样评价张爱萍："在中国共产党内，在长期的革命实践中，造就了一批有特殊才干的领导人。他们非常实际，一个猛子扎下去，就能抓住第一手材料；他们又很有悟性，很聪明，能够迅速进入情况，抓住要害。当他们涉猎一个全新的领域，当他们面对许多从未见过的纷杂事务，当他们面对艰深的科学原理和令人眼花缭乱的学术报告和问题时，他们就有这个本事，能很快地领悟到事物的要害所在，能迅速抓住问题症结，拿出解决问题的办法。没有'准备期'，也没有所谓的'鸿沟'，一切仿佛是在不知不觉间完成了从外行到内行领导者的跨越。他们不是专家，也永远成不了专家，甚至他们也从未想过要成为专家。奇怪的是，在他们领导下的专家，无不对他们信赖、敬重，赞叹佩服之情溢于言表。"

柴树藩也是这样的一个人啊！

但眼前，这难关如何渡过？几十万造船人犹如嗷嗷待哺的婴儿，在会自己吃饭之前，你总得先喂他几口奶水，甚至米汤，才不至于饿死呀！

当务之急是"找米下锅"。柴树藩决定先争取国内市场。"文革"期间六机部的造船质量一直不高，交通部的订船合同迟迟未能签订，柴树藩找遍了所有能找的人，他还以个人名义给王震副总理写了两封信求援，一再承诺："我们保证所造船的质量不低于世界标准。"在中央领导的干预下，事情终于有了圆满的结果，交通部体谅国内船舶工业的困难，给了一部分订单。彼此指责埋怨的现象为之一扫，互相合作支持的融洽气氛开始形成，薄一波副总理高兴地称之为"机构改革后新气象之一"。一次订造几十万吨的船，而且成批安排生产，这在六机部是空前的，在世界上也不多见，特别是在世界造船业不景气和极端困难的情况下。有人开玩笑说，起码这是计划经济的优越性。

确实，对于备受煎熬的国内各大船厂来说，这无疑是雪中送炭，一大批船舶配套厂更是久旱逢甘霖，长期闲置的机器隆隆转动起来。

交通部的船舶订单只能缓解燃眉之急。得到这批订单，带有明显的行政干预痕迹。靠处处磕头作揖打报告，年年由中央首长批示协调，不是柴树藩的风格。

中国的船舶工业，如果不尽早进行战略大转移，还将陷入更大的困境，而且，整个行业便有全军覆灭的危险。箭在弦上，不得不发！这一点，柴树藩和六机部党组已形成坚定的共识。

无路可走，只有卧薪尝胆，励精图治；狭路相逢，只有奋发图强，背水一战！

"东方不亮西方亮"，国内市场不行就转向国外，柴树藩仔细分析了国际市场的动态：20世纪80年代，世界造船业延续了自70年代中期以来的严重低迷状态，对中国来说倒是打入国际市场的一次良机。因为韩国的造船工业就是在国际造船市场处于萎缩危机的情况下发展起来的，中国与韩国当初的情况有着许多相似之处，而我们庞大而低廉的劳动力成本优势，则是国外任何一个船厂望尘莫及的。当时，国外船厂员工工资占造船成本的20%以上，而中国船厂员工工资占造船成本不足5%。

要让中国船舶打进国际市场，必须选准目标，第一炮要是打响了，后面的就好办了。

20世纪70年代的香港，已经是国际性航运中心，香港船东有100家－200家，其船队规模占世界的十分之一。而且，香港距祖国大陆近，设备供应及维修服务较易解决，加之船东多为华人，沟通上不存在障碍。意见很快统一了：首先突破香港！

六机部立即着手对香港市场展开调查，经过反复研究，大家觉得香港船东包玉刚、包玉星兄弟二人是最佳人选。包玉星一贯对我友好，包玉刚则享有

"世界船王"的赞誉，实力可观，如果包氏兄弟能在国内订船，他们的影响力可以带动一大批船东，中国船舶进入国际市场就可以事半功倍。而且，柴树藩还记得自己在外贸部的老同事卢绪章是包玉刚的亲戚，这下连牵线搭桥的人都有了。

柴树藩记得没错，卢绪章就是包玉刚的大舅哥！卢绪章在新中国历史上可不是个简单的人物，新中国成立前，卢绪章一直潜伏在上海广大华行从事地下工作，电影《与魔鬼打交道的人》中的主人公就是以他为原型的。新中国成立后，卢绪章突然出任华东军政委员会贸易部副部长，包氏兄弟这才大吃一惊，原来这位大舅哥竟是个不折不扣的共产党！卢绪章后来担任过外贸部副部长，曾与柴树藩共事，两个人关系很熟。

柴树藩找到时任国家旅游总局局长的卢绪章商量此事，卢绪章认为先争取包玉星比较可行。果然不出所料，卢绪章一去电话联系，包玉星就在电话那头爽快地答复：将原拟在日本建造的两艘2.7万吨散装货船，改在国内建造。只是船应按国际规范和标准设计建造，入英国劳氏船级社，价格与日本相当就行，双方可以先派出代表进行签订订货合同的谈判。

东方透出一缕曙光。

此时，他到任仅仅半年，六机部工作就大有起色。

后来成为中国船舶工业总公司总经理的王荣生在《"长城"号货轮的建造和出口》一文中回忆道："为这件事，柴部长找我谈了三次。第一次问我：这艘船我们能否造出来？有几成把握？要我以造船专家的身份发表意见，有什么说什么。我回答说，这艘船我们能够造出来，这种船型技术并不复杂，只是人家质量上要求很高，需要我们严格管理，按国际造船规范和技术标准办事。他听了没有表态，我知道他心里没有底，还不完全放心。第二次他又找我去，叫我与他一起研究设计图纸和技术要求，凡是他没有搞懂的地方，我就一一解释，说明我们船厂的能力与船东要求之间的差距、存在的问题和现状。一位年过古稀、身居高位的老同志，对造这样一艘船了解得那么细微，可见这艘船在他心中的地位是多么重要。这次我们一谈就是半天。第三次他约我再谈，告诉我说，造船的事定下来了，经请示国务院批准，六机部党组决定由一人总抓。你是生产局局长，就由你负责，要把这件事抓好！"

六机部部长柴树藩（右一）在北京会见包玉星。

　　他这个生产局局长当然知道自己肩上担子的分量，一个每天忙得团团转的部长，为了这艘船，已经找他这个生产局长整整谈了三个半天了。这是王荣生和柴树藩接触 20 多年来最长的谈话。

　　柴树藩叮嘱道："合同签订后，我们就别无选择，要么保质保量地成功交出第一艘船，要么就把中国船舶工业的牌子砸了，我们自动到伦敦法庭上去做被告。过去国内的什么政治交船、行政干预、兄弟情谊那一套，统统无济于事了，我们将面临的，是一场严峻的考验。六机部将来的出路，这一艘船的成败是关键的关键！"

　　"我明白，这第一艘船，如果建好，它在大洋中就是一块流动的广告牌，我们出口的局面很快就会打开！反之，我们就一败涂地。"王荣生的回答斩钉截铁。

　　王荣生，新中国第一艘核潜艇的建造总指挥，新中国第一艘导弹驱逐舰的行政总指挥，今天又担负起新中国第一艘出口海外的民用货轮的建造总指挥。他组织指挥造船达半个世纪之久。1994 年 4 月，时任中国船舶工业总公司总经理的王荣生在英国伦敦获得了国际海贸组织颁发的"海贸风云人物奖"。迄今，获得该奖的只有两个人，其中一个就是中国的王荣生。

造船订单要来了，谁来造呢？

1980年初，在六机部召开的一次工作会议期间，柴树藩问大连造船厂厂长孙文学："老孙啊，香港船东包玉星对我们很友好，有艘2.7万吨的散装货轮要放到国内造，这是好不容易才争取过来的，部里征求过几家船厂的意见，都认为暂时有困难，不敢承担。你们厂敢不敢接？"

孙文学考虑了一会儿，回答说："接！为什么不接？这事儿往大里说是为国争光，往小里说是我们两万人要活干，要饭吃！这艘船我们接了。"

柴树藩高兴地说："好，有骨气！"

孙文学想了想又问："柴部长，这艘船他们还有什么特殊要求吗？"

柴树藩盯着孙文学说："说特殊也不特殊，但这艘船要求按英国劳氏船级社规范和日本造船质量标准建造，我们都不懂啊！目前，设计图纸还没搞出来，出来后还要交到日本东京去审查，审查少说也要三四个月。我们的交船期只有18个月！每超过一天要罚款4500美元，超过150天，船东就可以弃船，这可不是国内交船，一点儿也不能大意啊。"

"柴部长，您放心，我们大连造船厂两万名职工，就是头拱在地上，也要按期交船！为国家争光，为大连造船厂争气。"孙文学坚定地说。[1]

上海。船舶及海洋工程设计研究院708所。

这里，是全国船舶设计精英云集的地方。

可今天，一艘2.7万吨的散货船的技术设计却令他们非常棘手！几十年与世隔绝，造成了我国封闭的设计环境，因为历史原因，我们国家造出的船不接受任何国际船级社的检验。新中国成立30年来，我国也出口了16万吨船舶，但多数都是援助性的，皆按国内标准设计。结果，到这时，我们连什么是国际船级社的标准都不清楚。

最近的一次出口船建造是1976年，有糖王之称的马来西亚爱国华侨郭鹤

---

[1] 舒德骑：《惊涛拍岸》。

我国第一艘出口船——"长城"号2.7万吨散货船下水。（《国际船艇》 供图）

年先生在上海中华造船厂订造了一艘 3700 吨"友花"号散货船。这是新中国船舶进军资本主义世界的一次尝试，但尝试不算成功。由于我们按中国规范设计建造，货船上的设备当然也要尽量选用国产的，可是国际上选择船用设备不光要看质量、价格，还要看品牌和维修服务体系，就像今天我们买电视机一个道理。当时中国的设备在海外所有的港口都难寻维修配件，交船后，船东没办法，只好把国产设备拆掉再换成国外产品。同期为香港船东司徒坤建造的1.75 万吨"海上建筑师"号货船也存在类似问题。那时过分强调自力更生和"土法上马"，拒绝使用任何国外产品，甚至连合同文本、机器铭牌都不能出现外语字样，结果就使很多海外船东闻而却步，不敢来中国买船。

当时根据包玉星的要求，2.7 万吨散货船"长城"号必须按照国际标准建造。而我们的设计人员，对国际市场、国际规范、国际标准都摸不清头绪。"过去我们在国内谈合同，那是非常简单的事，只是薄薄的一张纸！只要在这张纸上定出几条大的框框就行了。"当年"长城"号的总设计师周良根提起当时技术合同谈判时的情形，不无感慨。"现在又是技术谈判，又是商务谈判，还有国际规范和多种技术标准，大伙儿如听天书一般。"

王荣生在他的回忆文章里写道："我们的设计标准，基本是从苏联那里沿袭下来的，和英国劳氏标准完全是两码事！是完全陌生的，有的甚至闻所未闻！船东提出该船的载重量为2.7万吨，航速16.3节，续航能力1.7万海里，入世界英国劳氏船级社船级，船体结构达到LR规范最高级，涂装达到瑞典Sa2.5级，建造工艺采用日本JSQS标准，管系采用的是JIS标准……各种各样的标准和国际规范，我们听都没有听说过。"

不用说别的，包玉星他们光带来的《技术说明书》就三大厚本，除主机、辅机、舱室、厨房、污水处理系统、通信导航系统、舵锚机系统、舱室布置等有严格规定外，连扶梯、家具的颜色，甚至海员住室床铺上的壁灯、床铺下的鞋柜，都有具体的要求。

我们的技术人员才知道，比如，为什么远洋的货船不是3万吨，也不是2.5万吨，而偏偏是2.7万吨。这是因为，海轮从大西洋航行到北美洲五大湖的苏必利尔湖时，必须通过圣劳伦斯航道上的船闸和其他许多船闸，闸的尺度限制了轮船的尺度。同时，海轮还要求通过苏伊士运河，埃及规定通过时吃水为11米。由于这些限制，最佳的设计是载重量2.7万吨。

同时，圣劳伦斯运河对导缆桩的位置、大小、形状和钢缆的走向等等，都有明确的规定；澳大利亚港口连对货舱梯也有专门的要求……我们的谈判人员如走进一座迷宫，目不暇接，一时难以应对。谈判遇到了严重困难，进展极为缓慢，包玉星得知这个情况后，立即派出他的技术顾问、英籍华人席于亮和香港海洋技术顾问有限公司的郑瑞祥博士，给我方技术人员介绍各种国际标准和规范，并通过各种渠道，帮助搜集资料。这根本不像是唇枪舌剑的谈判，倒更像是老师给学生上课，为期几个月的"技术谈判"终于取得了满意的结果，为商务合同谈判打下了良好基础。包玉星的支持帮助，比我们自己去摸索容易得多，也快多了。后来总指挥王荣生动情地说："祖国和造船人永远不会忘记包玉星先生对我国船舶工业发展的真诚支持！"这是句真心话。

香港海洋技术顾问有限公司的掌门人郑瑞祥博士，对当初与内地造船人打交道时的窘境记忆犹新。那时内地别说找一个做出口船的专业人才，就连能与外国人进行基本沟通的英语翻译都不多，具有造船专业知识的翻译就更少了。

谈判时双方常常苦于找不到合适的词表述意思，急得抓耳挠腮，郑博士在场时经常得"客串"翻译角色。几年后，郑瑞祥再到内地船厂做生意时，觉得内地进步神速，不用看别的，光会外语的专业人才就一堆堆的。

与世界已经隔绝了几十年的中国，忽然打开了大门，最初从大门透进来的光线，一时间令人眼花缭乱，这很正常。

这次首开纪录的合同谈判，锻炼和培养了我们的专门人才，使我们了解和熟悉了国际惯例和规范。没有当初磕磕绊绊的艰苦谈判，就没有今天我们谈判的游刃有余。

舒德骑先生写道：合同签订后该设计图纸了，设计师们看到一大堆技术要求，傻了。没有资料，没有图纸；7天完成报价设计，38天完成合同设计，33天完成技术设计中的送审图纸。这样短的周期完成对一种新型船的开发设计，不仅国内没有先例，就是今天的世界造船界也很难办到。

日本石川岛播磨重工(IHI)，公司表示，他们可以承担设计，包括提供图纸及材料、所有船用设备等，但他们的口张得太大，索价1200万美元！这艘船总价不过才1218万美元，他们的开价竟几乎和船价等同，这简直是趁火打劫！

没有退路可走，只有一条路：自行设计。

"在那些紧张的日子里，发动全所的同志查资料、找规范，通过外边的朋友，不惜一切找资料。病急乱投医，就连美国的海岸警卫队，我们也发信给他们要资料。没想到，还真收到了不少宝贵资料，让我们第一次了解了劳氏船级社的规范。"船舶及海洋工程设计研究院孙松鹤院长在介绍当时的情况时说。他们收集了英国、美国、挪威、法国、日本等国家及一些国际组织的各类标准3957项，国际海事组织的规范、条例350项。当时，正值春节期间，大伙儿加班加点，已经忘记了过年，没有加班费，也没有一分钱奖金。

708所的工程技术人员，在短短的几个月时间里翻译了上百万字的技术资料，整理了比较齐全的国际标准和规范，硬是按时拿出了符合技术设计的报审图纸资料。

技术设计完成之后，远在千里之外的大连造船厂立刻紧锣密鼓地行动起来……

孙文学在北京虽然接受任务比较仓促，也有些冒险，但不是盲目的。

造出口船应该是一条出路，大连厂有建造 5 万吨油船的经验，有多年来建造技术水平高、产品质量好的各种军用船舶的技术基础。

更重要的是，大连厂有一批基础好、经验丰富、可以信赖的工程技术人员，有一支技术熟练、吃苦耐劳、敢于冲锋陷阵的工人队伍。

孙文学在全厂干部动员大会上一脸严肃，有一种不容争辩的气势。他说："我们大连厂在外面叫得很响，第一个造出'跃进'号远洋万吨轮。但'长城'号是我们第一艘按英国劳氏标准造的船，可以说是从零开始！我在北京跟柴部长拍了胸膛，就是头拱在地上，也要按期保质交出'长城'号！"

开弓没有回头箭。船体车间内，制造分段的焊光此起彼伏地闪烁。

540 天交船！每一秒都必须用倒计时计算！

义无反顾，义不容辞。工厂兴衰，人人有责。中国造船工人的意志和信念，如同每天和他们打交道的东西一样，是坚硬的铁，是坚硬的钢！

1981 年 2 月 20 日，雪后初霁的船厂银装素裹，船台上下洋溢着一派龙腾虎跃的繁忙景象。9 时许，四台塔吊随着清脆的哨声，挥舞铁臂，把船体分段吊上了船台，揭开了船台分段合拢的序幕。

"长城"号的规范和要求，都是他们几十年建造的舰船无法比拟的。质量要求要符合 20 多种国际公约和规范，要具备 32 种航运证书，仅以最简单的表面油漆为例，过去我们关于船体油漆的观念，和国际规范的要求，完全是两码事。过去，只要刷子蘸上油漆，往钢板上涂抹就是了。可国际标准是刷厚了不行，薄了也不行；天太热了不能刷，太冷了也不能刷；下雨天、阴天、雾天涂刷也不行。一个小个子的日本油漆质检员，每天都盯在工地上，手里拿着一个油漆厚薄测量仪，在刷好油漆的舱壁上量来量去："不行，薄了两微米，重来！"所有钢材表面，在除锈后要立即涂刷 20 微米厚的防腐底漆，油漆层"不能小于 90% 的厚度"。

大连造船厂编制了各种船舶构件安装及验收标准，举办各种技术讲座和培训班，并请外国验船师监督，对受训职工进行理论和操作技能考试，合格者发给证书，持证上岗。

这种大规模引起国外先进技术标准和规范的工作，上世纪 80 年代中期也

发生在中国航空工业方面。当时美国麦道公司向中国转让制造 MD82 客机的
权利，中国航空界才了解美国联邦航空局有那么多极为严格的技术规范、标准
和要求。此关不过，与国际接轨就是一句空话。中国大型民机起步过迟，就是
与国际规范引进太晚有关。

在管路安装的繁忙时刻，预想不到的施工困难，随时横在工人面前。吊
车腾不出时间吊运管子，工人们就人拉肩扛，把管子一根根送到舱里；法兰供
应不上，工人们自己动手连夜制作；大型阀门没有到货，工人们就自制阀门模
具代替，保证了各种管道继续延伸加长。

在船体分段即将合拢的那段时间，许多人已经在船台上十几天没有回过
家。工人们劳累一天，当他们拖着疲乏的身体走进食堂时，是一碗菜汤、两个
馒头，菜汤上面有时根本看不见一星油荤。

"干'长城'号时，正处于刚粉碎'四人帮'不久的困难时期，浸泡着'长
城'号的，是我们的汗水和泪水，唯独没有油水！"孙文学感慨地说。

厂长孙文学实在不忍心看到工人们饿着肚子拼命，找到总务科长，"我
知道不好办，可你们就算去求爷爷告奶奶，也要给大伙儿改善一下伙食呀，不
然时间一长，我们的工人撑不下去啊！"

夜深了，食堂把加班饭送到工地上来了。

当工人们走下船台，揭开盖着棉被的箩筐，是热腾腾的馒头，打开桶盖，
一股诱人的香味扑鼻而来！

"实在对不起，实在对不起！"孙文学对工人们说，"费了好大的劲，
才买来一堆骨头，给大伙儿熬了这锅汤！大家不要嫌弃，喝两碗暖和暖和身体
……"要知道，当时的粮食和猪肉还是凭票证限量供应的。

灯光下，工人们拿着饭盒，望着厂长和另一些厂领导，一时间竟像凝固
了似的。最前边的是两个一身铁锈满面灰尘的小姑娘，两张黑黢黢的小脸上，
竟流下两道泪水来。

"他们已经有13天没有回家了……"车间主任站在孙文学旁边，低声说道。

孙文学的眼睛潮湿了。①

①舒德骑：《惊涛拍岸》。

当刷漆工作全面铺开时，正值 6 月，阴雨连绵，根据劳氏标准，不能雨天刷漆，这严重影响了施工进度。天一晴，油漆工人就没日没夜地奋战。三伏天钻舱底，犹如进蒸笼，汗水顺着后背流到脚下。连续不停地喷漆，眼睛被熏得又红又肿。工人们只有一个念头："快，把阴雨耽误的时间抢回来。"工人们趴在又闷又热的舱底，一干就是一天，当他们从舱里爬出来的时候，除了还在活动的身躯和转动的眼睛，简直就像一块长满铁锈的废铁了。可没有人叫苦，没有人骂娘，工人们知道这艘出口船的成败，对国家、对工厂意味着什么。大连厂的职工们忘记了白天和黑夜，心中只有一个信念——540 天顺利交船！工人们说："我们当时恨不得每天把太阳和月亮拉回来。"

大连厂的工人们为了这艘船都拼了！"长城"号有许多工艺和技术创下了共和国造船史上的首次。锚链上的"肯特环"，精度高，加工难度大，本来想花外汇进口，机械车间的工人不服气，自己造了出来；轮机车间安装主辅机几十台，全部达到了一次交工合格；铜工车间的"标准弯头"，过去被认为可望而不可即，也被工人们解决了；油漆车间从只满足于能把钢板用漆盖遍，转变为能用国际标准对漆膜进行各项检查；还有舣装件的美观大方、螺旋桨的无懈可击、起重机吊运巧妙……"长城"号让中国造船业得到了一次升华。当时，航空工业在 MD82 客机上也经历了同样的拼搏和艰辛。但船舶人把技术和订单都留下了，美国波音公司兼并麦道公司后，MD 系列飞机的订单一消失，中国的大民机产业就塌下来了，直到 2008 年做出 ARJ-21 喷气支线才重新起步。一正一反，教训深刻呀！

几百个紧张的日夜一眨眼就过去了。旭日从天际跃升到空中，俯瞰着碧波荡漾的大连湾，"长城"号披洒着清晨阳光，仿佛跃跃欲试地就要奔向大海。

"长城"号刚刚建成，船东包玉星就跑到船上，虽然还没有验船，但他的脸上已露出了笑容。他请了英国劳氏船级社的验船师艾伦前来验船。

艾伦首先按程序对这艘巨轮的长、宽、高等进行最后测量。中国人第一次按国际规范造船，工人们的技术合格证书，都是临时考核颁发的，管理手段落后，设备也不先进，全船上百个船体分段，几千道工序，出现大量误差恐怕是难免的。

第一遍检测完毕，"不会吧？"艾伦看看图纸，再看看手中的测量工具，他怀疑自己的眼睛是否出了问题——这条 197 米长的巨轮，几乎相当于两个标准的足球场大小，最后长度误差竟然只有 2 毫米！也就是一分钱镍币的厚度！船身宽度的误差竟然为零！

可的确如此！英国人严格地又复测了四遍，结果完全一致，他嘟囔道："完美，十分完美！""长城"号的建造真正实现了高质量。机械加工的 1.3 万件加工件，优质率达到 99.9%，安装的一级品率为 99.5%，全船交验的一级品率达到 99.9%。整船外形光顺，舾装件美观大方，瓦斯切割面的光洁度和油漆质量接近世界先进水平，房间装潢水平高，管系试验无跑、冒、滴、漏现象，一次交验成功。

包玉星紧握着孙文学的手说："说实话，这次我是冒着风险来订这两艘船的，没想到'长城'号造得这么出色，一块石头总算落了地。"

"你们的人均装备投资只有韩国的六十分之一、日本的百分之一，能达到如此高的水平，技术人员、工人们的技术是一流的！"得到一向以严谨古板著称的英国验船师的这种评价可不容易，大连造船厂厂长孙文学紧绷着的脸终于露出微笑。

1981 年 9 月 14 日，大连船舶重工张灯结彩，鼓乐喧天。8 时 25 分，联成轮船有限公司董事长包玉星及夫人，邀请时任国务院副总理的谷牧为"长城"号下水剪彩。英国劳氏船级社主席霍斯金森也由香港包乘专机赶赴大连，参加下水仪式。2.7 万吨的散装货轮"长城"号沿着平展的滑道徐徐滑向大海，悬挂在船艏的巨大彩球迎风招展，一群欢快的鸽子冲向彩球，展翅翱翔，数千个五彩缤纷的气球冉冉升起，凌空飞舞。柴树藩也应邀出席，目睹下水的盛况，他如释重负，激动不已。

说起当时的情景，老造船人仍历历在目。这一刻，大连造船厂的许多干部、工人、技术人员都泪流满面，包括厂长孙文学……

"长城"号的顺利下水，表明我国造船工业具有承建国际水平船舶的能力，开创了我国船舶工业出口的新纪元。今天，中国驶向世界庞大的远洋船队中，领航的就是这艘"长城"号。把重工业和重大装备直接推向国际市场并一举成功，这体现了中国造船人和他们的指挥员们何等的魄力和勇敢精神呀！

"长城"号在大连向香港联成轮船有限公司移交后，随即进行了前往美国休斯敦的远航。

离开大连经日本驶往美国途中,"长城"号在太平洋上遭遇了巨大的风浪。狂风巨浪把船员从睡铺上颠滚下来。轮机长向船长报告:"船体倾斜45度,机械全部运行正常。"大副也向船长报告:"操作性能良好,全部仪器仪表工作正常。"巨轮继续在大风中破浪前进,连续航行了六天六夜。风平浪静后,船长和随船的"保证工程师"陈德潜赶紧检查船体结构,上万米的焊缝无一破裂,船体油漆崭新如初,船长称其为"无可怀疑的优秀船只"。

船东包玉星专程飞往休斯敦,向全体船员和大连造船厂随船"保证工程师"表示祝贺和慰问,并举行盛大酒会。包玉星在祝酒词中欣喜地讲道:"作为一名船东,对于新加入自己船队的新船,都犹如母亲见到健壮婴儿般的高兴;作为一名炎黄子孙,为祖国造船业的发展感到高兴和骄傲。"

正如六机部生产局局长王荣生对柴树藩所说的那样:"只要我们造好这第一艘船,它在世界的海洋中,就是一块流动的广告牌!"当时外电报道,"长城"号像块敲门砖,打开了国际船舶市场的大门。

香港市场被如期打开了,包玉星和李嘉诚订的船,都决定在大连厂造,而包玉刚订的两艘2.7万吨级散货船放在江南造船厂造,接下来就是两艘3.6万吨的散货船放在沪东造船厂造……

中国船舶工业终于看到了一线生机:"中国的船舶要出口,要打进国际市场!"柴树藩领着中国造船人跨出了走向世界的第一步。弹指一挥间,30年过去了,历史证明了邓小平战略决策的正确,船舶工业必须面向国际市场。

今天,中国每年出口船达上千艘,载重3000万吨,出口一艘船已成为寻常事。然而当年,从一个军工产业部门,越过重重条条框框限制,走向世界市场,走向全球海洋,其领导人需要何等的想象力、灵活性、胆略、风险控制能力和政策把握能力。沿着别人开拓的航道航行是安全愉快的,我们作为后来人永远不要忘记那些勇敢的先行者!

第十六章
师夷长技以制夷

1965 年，中国一艘 1.1 万吨客轮交由法国大西洋船厂制造，708 所的张炳炎工程师被交通部派为驻厂监造师，他以船东的身份在法国人的船厂随意观察，"我每天都去四处看，厂里的各个角落我都非常熟悉"。船台上，一个从未见过的机器令他震惊，它顺着一根轨道，进行着自动焊接。机械手！我们到 20 年后才搞明白。这样的差距随处可见："当法国人已经在 10∶1 放样、无余量对接时，国内船厂的工人还在拿着一根细长竹条趴在平整不变形的木头地板上，进行 1∶1 放样。"国内船舶制造业与国际间的差距至今令"向阳红"10 号的设计师张炳炎院士难以忘怀。

十年"文革"更加拉大了这一差距，这一政治动乱对中国造船业产生的影响是致命的。那段时间过分强调"自力更生"和"土法上马"，使我们各行各业对西方工业技术都相当陌生。特别是"文革"中，江青还滑稽地导演了一出"蜗牛"事件的闹剧，说美国 RCA 公司赠送的琉璃蜗牛礼品是笑话我们"爬行主义"，坚决终止了与国外的技术合作，弄得外国人一头雾水。我们虽然没有丢"面子"，却白白花了七亿元人民币，使全国人民晚看了好几年的彩电。其实"爬行"不"爬行"，不在于别人怎么说，你的技术落后是事实。

我国在 1967 年初开始试制船用发动机反向齿轮系统，这对西方的发动机制造商来说是一道非常简单的工序。可是，我们却闭门造车，花了四年多时间进行了大约 1200 次工厂试验也没有解决这一问题。实际上这不是什么保密技术，买一份现成的图纸就行，最后，还是不得不购买瑞士发动机作为参照物来修正设计错误。1968 年，在研制重型增压 1.2 万马力船用柴油发动机时，也遇到了技术困难，工厂花了两个月的时间才制成一根曲轴，而西方造这样一根曲轴的时间是 20 天。

1978 年法国一个造船专家在看了我国造船厂之后说，中国造船业脱离了当前世界科学技术发展的主流。

技术落后，理念更落后。

"国外一个船东发电报，提了报价，要求 48 小时答复。经办人员看过后丢在一旁，认为这是'哀的美敦书'，是根本不可能的事情，不要说 48 小时，一个月也答复不了。过了十多天，船厂才发现了这个问题。假定这艘船是 2000 万美元，20% 的利息，一年就是 400 万，48 小时就是 2 万多元，人家怎么会不着急啊。为什么到了社会主义这块土地上的人就变笨了呢，不会算账了呢？"柴树藩到了六机部后几次以此为例，指出当时中国造船界理念上的顽疾。

改革开放的迅猛之风，把长久以来沉醉在"造出万吨轮，气死帝修反"的造船行业从甜美的梦中惊醒。国内造船人不得不接受这样一个残酷的现实：由于闭关自守十几年，中国造船业错失了很多发展机遇，与世界造船强国之间的差距明显拉大了。

日本的造船周期，一般都是两个月到四个月。以 3.6 万吨船为例，日本的纪录过去是两个月。今治公司的丸龟船厂，船台周期降到只有 20 天，舾装是 14 天，船舶建造周期一共是 34 天。上海沪东厂是"文革"后我国效率最高的造船厂之一，3.6 万吨货轮船台周期最快的纪录是 148 天，与日本相差 7 倍。材料消耗，日本的钢材利用率一般是 95%，而我们最好的是 85%。能源消耗，我们竟比日本差十几倍。比起日本这些年的进步，我们的差距不是缩小，而且越拉越大了。

科学技术的财富应该归全人类共同所有。西方人利用中国人发明的造纸术和印刷术在飞速地传播着知识和文化，用中国人发明的指南针和航海术使自己的轮船纵横海洋。难道，中国人就不能引进他们的先进科技武装自己？这是赶超国际先进水平的一条捷径！

一天，柴树藩把王荣生找去，要他起草一份给党中央、国务院的报告，主要写造船工业怎样实行保军转民。他说：中国造船业和国际造船业相比，在技术上有 15-20 年的差距，在管理上差距也不少，我们上万人的大厂还不如人家千把人的厂效率高。这种情况下，保军转民解决的办法只有两条：一是大胆引进人家的先进技术，二是请人家的船厂帮助我们改造船厂。"我们的船舶设计落后，可以买现成的图纸学习；我们不会建造，可以花钱雇外国人作指导，来组织生产；我们管理水平不行，可以派人出国学，请他来人教。"当时，整个党的指导思想还尚未从"两个凡是"中解放出来， "文革"中批判"洋奴哲学"、"卖国主义"的阴影犹在，大家都"心有余悸"。这些话，没有人敢说出来，柴树藩把这些意见明确地说出来，表现了他极大的政治勇气和实事求是的作风。他坚定地提出向先进国家学习，哪怕是昔日的敌人。在柴树藩的大力倡导下，六机部所属船厂首先与一批日本船厂结成了友好合作关系。

1977 年 11 月，三菱重工主动提出愿意帮助中国改造船厂，并希望在上海选择一家船厂。六机部指定江南造船厂作为对口企业。

抗战期间，上海陷于日军之手，江南造船厂曾被日本"三菱"造船社"接管"。几十年后的今天，日本专家组又重新来到了江南。

"日本鬼子怎么又回来了？"这消息简直如晴天霹雳，一下子在江南造船厂里炸开了。

"小鬼子有什么高招啊？来指手画脚，是骡子是马拉出来遛遛。"江南造船厂的工人们不服气。

日本专家组到来之后，没有急于对江南厂的工艺流程和技术规范加以调整，而是十分"狡猾"地决定组织中日双方焊手进行一次"焊接交流"，让事实说话。国际上的船舶建造已经形成了一套严格的工艺规程。比如，日方的焊接方法有 34 种，其中 33 种得到了英国劳氏等船级社的认可，而江南厂能够提请劳氏认可的只有 4 种。

江南船厂能工巧匠多的是，焊接高手遍布全厂。与日本人进行"大比武"，不少高手都跃跃欲试。两个船体分段先后焊接，焊花飞溅，弧光闪烁，焊完后，按照国际通用的质量标准进行"验收"，结果令人汗颜：日方的疵点不过 25 个，而我方的焊接高手，事先还做了点"准备工作"，查出的疵点却有三四百个之多！

但令人更难堪的结果还在后头呢！

没有造机，也就没有造船。1981年，大连船用柴油机厂制造出了完全符合国际标准的大马力
低速柴油机。（《国际船艇》 供图）

　　江南造船厂将完工的首个船体分段交给外国船东验收时，竟被挑出几百个瑕疵、缺陷。船东说这样的质量根本没人要。这些"缺陷"过去被认为无关大局，从生产者到检验者，都漫不经心毫不在意，无非是焊缝打磨不光滑、铁锈没有清除干净而已。（难怪舒德骑先生戏称他上过一些军舰，坐过一些近海轮船，感觉那些切割的钢板，焊接的缝隙，粗糙得像是野猪牙齿啃出来的。）

　　江南人震惊了！

　　江南人从实际中悟出一个道理，建造世界一流的产品，必须要具备一流的管理水平。

　　究其原因，并不完全是工人的技术有问题，更主要的是缺乏一套科学的施工管理规范。知耻而后勇，工人们开始虚心向"鬼子"请教，江南造船厂不愧拥有一支过硬的职工队伍，短短几个月，工人的技术水平就有了飞速的提高，日本的这些焊接方法几乎全被江南厂的焊工们掌握。

　　奇迹出现了！

　　英国专家看完中国工人焊接的活后，满意地说："如果说，日本船厂的船体焊接质量打 90 分的话，那么中国江南厂就可以打 93 分。"[①]

　　能从认真古板的英国人嘴里得到这种评语真不容易！

　　日本专家组也认为江南厂的分段建造质量，已超过日本大阪厂的质量。

　　江南造船厂厂长陈金海回忆起这件事时还感慨地说："我们江南的工人和日本工人一比一肯定要强，但管理体制不好办，日本是一个聪明人带十个傻瓜干活，团队力量就比我们强多了。"中国船厂造船生产当时主要沿用苏联模式，分工很细，工种繁多。船舶建造过程中，一个工位上往往有几个甚至十几个工种在立体作业，这样就造成下序工种等上序工种的情况，如起重机起吊时装配工在等，装配工装配时电焊工在等，步调不一致，还会扯皮，效率上不去。一位赴日研修生回国后深有感触地说："我觉得，还是我们的管理体制有问题。日本船厂里一个人可以干的活，我们需要四个人轮着干，效率低了四倍。"当时，日本造修船企业劳动生产率是我国的 23 倍。管理体制问题再次成为拦路虎，必须向日本学习，立刻改进。

------

①舒德骑：《惊涛拍岸》。

　　江南造船厂与三菱重工合作中暴露出的问题，深深震撼了盲目乐观的中国船舶界。六机部属下的船厂也纷纷动了起来。沪东造船厂与三井造船(MES)，上海船厂与住友重机（SHI），广州广船国际与石川岛播磨重工，大连造船厂与日立造船，新港船厂、求新船厂与大岛船厂等也先后建立了友好合作关系，聘请日本造船方面的专家来中国给予指导，中国也派出大批研修生、访问团到日本船厂学习考察。

　　这期间，六机部还集中了几百名专业技术人员，搜集翻译了大量国际技术标准规范资料，用了三年时间，按国际标准分工修订了舾装件、阀门、管系等技术标准200多项。工艺部门参照日本JSQS标准，编制了船、机、电和管系、油漆、焊接等各种技术操作规程79份。像1867年江南翻译局一样，从基础知识开始着手，缓缓开启新知识的大门。

　　其实，日本的近代造船技术原本十分落后，明治维新时期的神户铁工所远远落后于晚清的江南制造总局和福州船政局，后来日本专门聘请了30名江南制造总局和福州船政局的熟练技术工人作为技术中枢，才开始了新式造船，今天作为日本产业支柱的三菱重工和川崎重工都是源于神户铁工所！

　　中国人造船已有五千多年的历史，从独木小舟到艨艟大船，从横渡江河到郑和宝船七下西洋，中国造船工业拥有辉煌的历史。但这一切全被明王朝后期和建州女真的"片舟不得出海"给扼杀掉了，直到"洋务运动"才得以中兴。可惜好景不长，甲午战争的隆隆炮火再次击碎了中国人的海洋大国梦。1895年2月21日，威海之战，清政府苦心经营的北洋水师全军覆没，被日军拆除了武器的"康济"号练习舰，载着中国近代海军第一位舰队司令丁汝昌的尸体，黯然驶离刘公岛，宣告了中国海上强国梦的破灭。徒弟第一次打败了老师。从此，中国造船业几近沉寂！新中国成立后，虽奋起直追，但十年"文革"又被远远落下，今天不得不屈尊向昔日的学生请教。读史到此，非常感慨，历史常常就是这么造化弄人。

　　柴树藩充分发挥自己曾在综合经济部门和外经外贸部门工作，熟悉宏观经济，了解国际市场的优势，决定利用中、日船厂合作的契机，立刻对造船业实行大规模技术更新和改造，使我国船舶工业的发展一开始就站到了一个较高的平台上。他明确指出，造出口船要遵循国际惯例，按船东要求"点菜吃饭"。

他一批又一批地派厂长、技术人员和工人到外国船厂考察、学习，现在看来，这些已是极平常的事情，而在当时，则是十分难能可贵的。他是高瞻远瞩者。

中、日船厂一对一友好合作很快见了效果，中国船厂的生产效率和技术水平有了长足进步。柴树藩高兴了，在与一位来华指导造船的日本朋友谈话时，柴树藩对他说："我们中国造船主要立足于国内，你们不必担心中国跟你们竞争。"当然，柴老说这番话是外交辞令。怎么能不竞争？我们造船的质量提高了，买日本船的就少了。但日本专家却不在乎，很认真地说，中国同日本的距离太大了，我们根本不担心中国来竞争。这话说得很坦率，但是，也很真实，人家根本就没拿你当对手。他的话给了柴树藩很大刺激，以至于柴老在六机部大会上多次提及。

发动机是船舶动力系统的关键设备，是船舶的心脏，也是船东选择厂家最关心的问题。

不解决这个问题，就无法彻底改变中国船舶工业落后的局面。

如果我们光会造船壳子，然后买外国的东西来装配，主要设备依赖进口，那是半殖民地的工业，谈不上真正独立的船舶工业。

一直到 20 世纪 50 年代末，我们还没有低速柴油机制造业，只有蒸汽机、蒸汽轮机、锅炉这些老迈的船用心脏。

后来，我们在大量来维修的苏联万吨级轮船上，才初次见到船用低速柴油机。在它们的机舱内，根本找不到蒸汽机船上必须有的锅炉、冷凝器、热水井……一切显得那么干净利索；也不像蒸汽机在启动前要经过点火、升温、产生蒸汽等漫长的过程。

但世界最先进和最经济的大马力低速柴油机我们造不出来！我们的船主要是靠苏联提供给我们的蒸汽轮机。这种机型，性能落后，费用又高。

大连造船厂当年建造了一艘"建设"9 号油轮，这艘 4500 吨船的主机，是从民主德国订的两台中速柴油机。订货合同规定的发运期已经过了两年，可主机还杳无音信。一艘空壳油船系在码头上，风吹雨打，锈迹斑斑，在苦涩的海水中摇晃着，让所有中国造船人看了都赧颜汗下。

1959 年 6 月，上海市救捞部门为了拓宽航道，对一艘沉舰进行了解体打捞，这艘军舰就是 1937 年为阻挡日军突破长江防线而自沉江阴的"海容"号巡洋舰。这艘德国 1898 年制造的老舰的动力系统,在江水中浸泡了 20 年后,经过中国工程师的整修,依然可以工作!

这既是中国工程师们的荣耀,也是中国工程师们的耻辱。

日本三菱重工的总顾问古贺一语中的:"没有造机,也就没有造船。"

其实早在 1958 年,我国政府就曾不惜重金,从西欧秘密引进过国内急需的大批精密工作母机。

那时,党中央和毛泽东主席决定,出售国家储备的黄金 300 万两,换取外汇 1.05 亿美元,作为专款向西欧订购工作母机等精密设备。

尽管以美国为首的资本主义国家组成巴黎统筹委员会,对社会主义国家实行"封锁禁运",但受利益驱动,各国资本家为了自身利益,顾不了什么"资本主义"或"社会主义",只要能赚钱,他们会想尽办法把东西卖给我们。联邦德国半官方的机械工业行会主席罗格曼先生偷偷对工作组同志讲:"什么禁运不禁运的,对我们没用。"马克思早就说过:"只要有 50% 的利润,他们就会不顾人间的羞耻;有了 100% 的利润,他们就可以冒着杀头的危险;如果有了 200% 的利润,他们就可以铤而走险!"

工作组的同志经过半年的艰苦努力,共在西欧订购设备 171 台,其中订购联邦德国大型设备 51 台,订购瑞士精密设备 105 台。这些设备为后来加工万吨水压机立柱、高压反应筒、万吨远洋巨轮的主轴、万匹马力船用柴油机的缸体、30 万千瓦以上发电机组、大功率低噪音舰船用精密减速齿轮箱等,立下汗马功劳。

有了这个良好的开端,1963 年,六机部又提交了引进瑞士苏尔寿柴油机的报告。尽管我们正在试制 8800 匹马力的低速柴油机,但何日能成功,谁也不敢说。将来即使技术上能过关,也只是单一机型。我们要引进的低速柴油机都是系列的,共计 25 个机型,从 3000 匹马力到 2.75 万匹马力,缸型从 440 毫米到 900 毫米,适用于各种船舶,可以满足 3 万—10 万吨级远洋巨轮的不同需要。

上报国务院后,周恩来总理很快就批示同意这个报告。

经过谈判,苏尔寿公司同意出让低速柴油机的技术。"这个合同,是新中

西方先进的大型滚装船。满载货物的汽车可以直接开进滚装船船舱，不需要
起重设备，装卸效率极高，世界海运发达的国家都在使用。

国成立以来最好的一个合同。第一次入门费才仅 12 万美元，到第四年苏尔寿
才开始提成，每一匹马力 2 美元。对方在 15 年内所有的改型，包括零部件改
动也要通知我们，有了新技术大家共享。"当年六机部造机处处长钮济昌回忆道。

可没有预料到的是，一场突如其来的"文化大革命"，将柴油机的引进
之梦击得粉碎！

国家科委被解散了，专家被打倒了，花钱买来的技术也不要了；引进的
现成图纸不用，却花巨大的人力物力去进行仿制；盲目加大柴油机缸径，加大
活塞冲程，其口号是"我们绝不当爬行主义"。结果可想而知。一台台不讲科
学赶制出来的柴油机，犹如"大跃进"时小高炉炼出的"钢"一样，成了一堆
堆长锈的铁疙瘩。

经过这场"暴风骤雨"，人们对"引进"二字讳莫如深，谈虎色变，噤若寒蝉。

柴树藩对此感慨万千："当年，波兰与我们同时和瑞士苏尔寿公司谈判，

他们谈成功了，而我们把钱白白送给了人家，合同撤销了。后来，逼着我们向波兰买主机，一共买了32台，37万匹马力，花了我们300多万美元！回想这些年来我们的技术引进工作，真是叫人惋惜。从1958年到1978年，浪费了整整20年，20年呀！"

打开国门，我们才知道，原来世界三大柴油机企业近80%的品种都是通过许可证方式生产的。纵观世界，凡是后起之秀的国家，都普遍采取引进外国先进技术的捷径，在一个较高起点上迈步。就像牛顿在1676年写给胡克的一封信中所说："如果说我看得比别人更远，那是因为我站在巨人们的肩上。"

1978年9月1日，六机部召开了造船工业新技术引进工作会议，部长柴树藩在这次会议上作了长篇报告。今天，我们再读柴部长的这篇讲话，仍会感受到其远见卓识，朴实感人，全无大话、虚话、套话。

　　我们在世界造船产量中，位居第17位！和前16位的吨位比较起来，还不如一些国家的零头！我们有什么本钱值得骄傲，有什么理由引以为自豪？

　　个别配套设施，搞了多年就是搞不出来，可以先进口。其实，世界上很多国家有好多东西都不是自己造的，甚至包括美国这样的国家，也是买外国的现成东西。有些不是核心的东西，因为数量不大，算一算账，我自己造，还不如买经济合算，那就买外国的。一个造船厂既要制造船上的动力装置，又要制造螺旋桨，甚至连小小的电动机的电枢也要由造船厂生产，这不划算。当然，我们的国情不同，重要的东西一定要自己造。但是，作为过渡，为什么不可以个别部件、元件临时进口买一点先搞起来？不要因为少数东西把整体进度拖住了。

　　我们引进先进技术，并不是放弃独立自主、自力更生。我们引进外国技术以后，要在新的起点上前进，可以更快地追上对手！

　　当然，也不要对引进的东西盲目迷信，引进可以解决一些问题，但不能解决一切问题，我们必须清醒地认识到这一点。"文革"前引进了一个北京维尼纶厂，一个四川天然气合成氨厂，当时认为是最好的技术了，躺在上面不思进取，十多年以后，发现技术又落后了。

我们引进这个东西做起点，自己没有前进。这样不是我们要永远落后吗？永远靠引进外国技术过日子吗？这个不行。你要是光靠引进，老在这上面打圈圈，不往前进，肯定还是要落后。

我们要大规模地、大胆放手地引进国外先进技术，这个规模，恐怕比以前大几倍，是空前的！我们船舶工业的引进，首先从主机开始！

1978年10月，柴树藩力排众议，决定恢复与苏尔寿公司的合作。中国造船业开始了新一轮与国际接轨的征程。

1978年秋，风光秀丽的瑞士。

历史其实是给人们开了一个玩笑。当中瑞双方再次握手问好，重新坐在谈判桌上来谈判中国从瑞士引进柴油机生产技术时，距离第一次挥手"再见"的时间，整整是13年。

13年，给一个国家、一个民族造成的与世界的差距，或许是30年、40年，甚至半个世纪！

苏尔寿公司的谈判人员满意地再次与我们签订了合同。当年我们通知他们合同取消时，苏尔寿公司的一位副总裁十分诧异地说："我想你们早晚会回来的。"今天不幸让他言中了，我们的损失不仅仅是定金、信誉，更重要的是时间！

这次签订的合同，主要条款和1965年那个合同差不多，向瑞士苏尔寿公司引进柴油机五种机型25个系列，只是费用比第一次有较大幅度的提高，原因是"你们不守信用"。但即使如此，这些费用尚不及进口一台主机的费用，其经济效益是显而易见的。

1981年，大连船用柴油机厂制造出了完全符合国际标准的大马力低速柴油机，所用的改造费总共只花了不到500万美元，而节省进口主机外汇却达1亿美元！1个亿和500万，这是20：1的比例！难怪日本造船界当时评论说："绝不能小视中国人的智慧，别人能做到的，他们都能做到！"

同时，我国还引进了丹麦、德国、法国、日本等国一系列柴油机和其他关键设备的制造技术，除船用主机以外，还引进了船舶电站用发电机、船用货物通道设备、船用液压甲板机械、电动液压舵机、船用污水处理装置以及炼钢、锻造及热处理技术等等，形成了较为完整的船舶生产制造体系。如今，我国引进的船用柴油机专利生产技术，已经涵盖了高、中、低速柴油机各种机型，尤其在低速机生产领域居国际先进行列，中国生产的绝大部分船舶都装上了"中国心"。

短短几年，引进的船用柴油机专利生产技术让我国船用设备制造业迅速改变了面貌，跟上了世界的发展，至今仍使中国船舶工业受益无穷。

20世纪70年代末，中国刚刚摆脱"文革"阴影，柴树藩的这一系列言行，以及为打开船舶出口的局面，与海外人士的密切交往，在当时的环境下招来了一些人的误解和议论。柴树藩忙里忙外顾不上理会，可他的夫人陈欣受不了，悄悄去找陈云诉苦。陈云是柴树藩的老领导，深知他的为人及品德，对曾和自己并肩战斗了几十年的老部下深信不疑。他没有多说什么，只是给陈欣亲书七言绝句一首："周公恐惧流言日，王莽谦恭未篡时，向使当初身便死，一生真伪复谁知。"这算是对柴树藩所作所为最好的评价和支持。

第十七章
一招妙棋，盘活全局

　　1980年3月15日。一架从广州飞来的波音737飞机降落在北京首都机场。一个中等身材，面色红润，有着一对八字浓眉和一双炯炯有神的眼睛，身穿浅灰色小格子西服，系着深蓝底色带红纹领带的人走下舷梯，他一眼就看见前来迎接他的国家旅游总局局长卢绪章、六机部部长柴树藩、副部长安志文和刘清等人。他满面笑容，加快了步伐。

　　他就是世界商界、航运界声名显赫，有着"世界船王"之称的华裔巨子包玉刚。

　　1980年是包玉刚船队最辉煌的时期，世界主要的港口码头都可以看到漆有环球集团"W"标记的大型巨轮，202艘共2053万载重吨，平均船龄只有10年，无论在总吨位还是在新颖度上都已超过美国或苏联的国家船队。包玉刚在短短的十几年时间中，靠着精明的经营理念，由一艘有着28年船龄、8700吨的破旧烧煤船起家，奇迹般地跃上"世界船王"的宝座。从1962年起，包玉刚为他的船取名都以英文"WORLD"的第一个字母"W"开头。每当听说又有一艘标有红白双色环球集团徽号，以"W"开头的新船下水航行时，号称"金色希腊人"的希腊船王奥纳西斯就十分恼火，因为用"W"做船名的开头字母是他首先想出来的，他的船名多是以"W"开头的，包玉刚这些船混在里面算怎么回事儿？然而，环球集团一位高级船员对此的回复是："这有什么关系？很简单，所有'W'字号旧船都是希腊人的，所有'W'字号新船都是我们的。"环球集团就这么"牛气"冲天。

包玉刚红火了，荣誉也随之而来：英国女王封他为爵士；比利时国王、巴拿马总统、巴西总统和日本天皇纷纷授予他勋章；连美国总统里根1981年就职典礼，也邀请包玉刚去捧场，当时给香港的名额总共不过两个。

此次，财大气粗的包玉刚到北京，是应六机部部长柴树藩的邀请，来洽谈合作及订购新船事宜。

得知其弟包玉星已与六机部谈妥了订购新船的协议，一生好强的包玉刚不甘落后，意欲后来居上。当他了解到六机部有与他合作的真诚意向，特别是将和他合作的伙伴柴树藩，是一个大胆果断、重信重义的人后，就更迫不及待地想到大陆来摸摸情况。

柴树藩与包玉刚握手对视的那一瞬间，他便感觉到这次合作谈判成功的可能性很大——因为他们双方都从那短暂的目光对视中，捕捉到朋友般的真诚。

中午，柴树藩在人民大会堂设宴招待包玉刚，副总理王震、谷牧等出席宴会。

3月18日，副总理谷牧、姚依林在人民大会堂会见了包玉刚。

3月19日，邓小平、叶剑英副主席分别会见了包玉刚。

后来，为推动中国船舶工业打进国际市场，邓小平先后接见了包玉刚不下20次。

3月20日晚，国务院总理华国锋在人民大会堂会见了包玉刚。

包玉刚此次北京之行，受到了国宾级的礼遇。

包玉刚北京之行最大的收获是他如愿与柴树藩签订了联营协议，并达成了向中国订船的意向。在谈判过程中，包玉刚对柴树藩的真诚、干练十分折服，这次短暂的交往也为他们两个以后建立起长期真挚的私人友谊打下了基础。

包玉刚跑到大陆去搞联营公司，实出香港航运界意料之外。包玉刚的精明程度非一般人可比，他绝不会做亏本生意。正是他的稳健和精于计算，才使他巧妙地度过了两次石油危机，登上世界船王的宝座。不过另一个消息更令人震惊，包玉刚的环球集团发布消息：将签订向中国订购总价值为1亿美金的6艘船舶的意向书。这确实令世界航运界、造船界震惊！

航运界熟知，包玉刚的新船多数是在日本修造的，经过多年的合作，双方关系非常密切。包玉刚在日本的办公室可以俯瞰皇宫，门外的牌子是"一号贵宾室"，日本造船商称包玉刚为"我们最尊贵的主顾"。包玉刚在日本造船，可以得到许多别人垂涎欲滴的优惠条件：船价公道，船体质量好，交船日期短。更令人羡慕的是，包玉刚造船往往无须预付定金，交船后还可以分期付款。造一艘巨轮动辄几千万美金，仅省下的贷款利息，就数目可观。一位日本政界名人惊奇地说："包玉刚借日本银行的钱，在日本船厂造船，运送日本的货物，最后却把日本人的钱赚去了！"许多船东记忆犹新的是，1970 年，航运市场好转，各国争相去日本造船，日本船厂一时生意饱和，什么新订单也不肯接，但始终对包玉刚网开一面，随到随接。为什么这次包玉刚要把准备在日本造的船拿到大陆去造呢？

一时众说纷纭。

在香港举行的新闻发布会上，一位资深记者就此问包玉刚："据我们所知，希腊船王奥纳西斯也曾向您表示过合作的愿望，可您拒绝了；而这次同国内的合作，据说您非常主动——请问，您能告诉大家这其中的奥秘吗？"包玉刚沉思了一下，他回答："因为我相信中国，相信中国造船业，更相信中国有许多优秀的领导人和组织者，六机部的部长柴树藩先生就是出类拔萃的代表！"包玉刚的回答，激起一阵热烈的掌声。

有一件事他没有告诉记者，毕竟是六艘巨轮，1 亿美元在任何时候都不是个小数目。包玉刚在签订合同后对柴树藩提出了一个附加条件，请部长先生以个人的名义再写份保证书。柴树藩笑了，开玩笑地告诉包玉刚："包先生，你最好还是相信国内船舶工业的实力，如果到时交不了船，我写这份保证书又有什么用？我就是拿出全部家当也赔不起啊！"包玉刚想了想，很认真地说："那就用部长先生的人格来担保吧！"这简直是对六机部的不信任啊！陪同的人有些忐忑不安，柴树藩却丝毫不以为忤，欣然写下了保证书，他相信自己的部下、相信中国船舶工业的实力。一份保证书让包玉刚看到了柴树藩的坦诚，从此他对柴树藩佩服有加，两人结下了深厚友谊。作为中国共产党的高级官员，柴树藩敢用个人名义为一个海外大资本家写担保书，这件事即使在今天也是惊人之举。如果说 1949 年，包玉刚是通过对卢绪章这一批共产党人的了解，敬佩中国共产党；今天，他又是通过对邓小平和柴树藩这些任劳任怨的共产党人的尊敬，对中国的改革开放政策增强了信任感：有千千万万这样的共产党人，中国一定能够建设得繁荣昌盛。

"柴部长使我们船舶工业进入国际市场，他的认识是超前的，是意志很坚定、很有远见卓识的领导人。"《中国船舶报》在《中国共产党优秀党员柴树藩》一文中这样对他评价。

环球航运集团的一批高级职员曾亲耳听到包玉刚动情地重申过一个心愿："做生意总希望赚钱的，但与国内做生意，我有一条基本原则：不赚一分钱！我们都是中国人，拿出一点实际行动，支持国家建设吧！叶荫故里，以报答故土养育之恩。"

难怪后来邓小平会见包玉刚时，指着包玉刚和柴树藩满意地说："你们的合作是成功的！"

1980年4月，连续多日，香港各大新闻媒体纷纷对柴树藩率领代表团访问香港进行了跟踪报道，香港《大公报》在头版头条位置以《柴树藩从香港满载而归》为题作了这样的报道：

> 柴树藩等人在香港几日，日程排得颇为紧张。美国CENTURY公司对上海沪东造船厂所造的5000吨货轮极有兴趣。美国GLOBLEMARTN公司也同柴树藩等人初议，拟定购240′和1130′长形驳船。柴树藩等人同时与香港汇德丰公司就订购1.8万吨货轮进行了磋商，就香港怡和洋行订购2.7万吨散货船达成了意向。香港快航公司也就订购8000吨集装箱船拜访了柴树藩等人。

此外，香港实业界著名人士李嘉诚，航运界著名人士董浩云、曹文锦等人也同柴树藩进行了多次接触，他们纷纷表示愿意转向国内造船，支持中国的造船事业。在香港期间，意大利、挪威、英国、马来西亚、新加坡等国船东也纷纷向中国代表团咨询船价、造船规范和交船期，明显倾向于订购中国船。

如果说，建造"长城"号是把迈向世界的大门打开了一道缝，那么，柴树藩与包玉刚的广泛合作就等于敞开了大门。

在西方，每当一艘新船下水时，按照惯例，都要请一位有声望的女士做其"教母"，还要由
"教母"在船艏敲碎香槟酒瓶，为船祈求平安吉利，他们认为这酒瓶敲得越碎越好。

　　在为包玉刚建造第一艘 2.7 万吨散货船时，江南造船厂不得不面对与世界造船技术相差悬殊的残酷现实。此刻，距离江南造船厂首艘出口万吨船"官府"号交船已经过去了 60 年。江南造船厂遇到的困难和大连厂建造"长城"号时惊人地相似，无奈他们只好找到对口技术协作的日本三菱重工，希望对方在出口船的建造中给予帮助。三菱与江南签订了涂装、焊接、切割、质检、管理、机舱、单元舾装等十个方面的技术合作协议，全面帮助江南造船厂解决各种困难。

　　雄关漫道真如铁，而今迈步从头越。

　　江南造船厂经过 14 个月的鏖战，全厂上下几乎脱了一层皮，终于按时按质交船。包玉刚将其命名为"世沪"号，以纪念其诞生地上海。

　　新船下水犹如婴儿初生，在西方，每当一艘新船下水时，按照惯例，都要请一位有声望的女士做其"教母",还要由"教母"在船艏敲碎香槟酒瓶为船祈求平安吉利,他们认为这酒瓶敲得越碎越好。新中国成立后,我国船厂改为官员剪彩和鸣放鞭炮作为轮船下水的仪式。"世沪"号是出口海外的船,当然要"客随主便",从此我国的船厂新船下水恢复了国际礼仪。

1982年6月10日,这一天,对于已有117年历史的江南造船厂来说,是一个值得纪念的特殊日子,第一艘2.7万吨出口货轮"世沪"号下水了。

包玉刚的本领确实不小,他邀请来了菲律宾总统夫人伊梅尔达·马科斯出席下水典礼。柴树藩和上海市市长汪道涵笑眯眯地看着伊梅尔达·马科斯夫人在船艏砸碎一瓶香槟酒。

江南造船厂继1918年为美国建造四艘万吨远洋运输舰60多年之后,再次昂首登上了世界船舶市场的舞台,一展中国百年老厂的风采。

同年9月,包玉刚的第二艘船"世谊"号下水,这次包玉刚请来的"教母"更厉害,竟然是英国首相撒切尔夫人。当时,中英双方就香港问题的谈判正值关键时期,英国首相跑到中国去出席一艘船的下水典礼引起了全世界的关注。

1982年9月22日下午1时20分,一架涂有英国皇家空军标志的VC10型飞机降落在北京首都机场。飞机停稳后,英国首相玛格丽特·撒切尔夫人及香港总督尤德等一大批高官,满面红光地走下了舷梯。被誉为"铁娘子"的撒切尔夫人挟英阿马岛之战胜利的余威,来华商谈香港问题,同时接受包玉刚的邀请参加"世谊"号货轮下水庆典。

9月24日上午9点,邓小平在人民大会堂福建厅会见来访的撒切尔夫人一行。会谈开始前,邓小平就对身边的工作人员坚定地说:"香港不是马尔维纳斯,中国也不是阿根廷。"会谈原定时间一个半小时,但实际上整整延长了50分钟,双方较量的激烈程度由此可见一斑……会谈结束后,撒切尔夫人显然被邓小平极其坚定而严密的对话所震撼,心境不知是沉重还是惆怅,以至于神思恍惚,出来时竟在大会堂门外的台阶上摔了一跤,虽然被扶起来后她连声说:"没事!没事!"但大家都看出来她心事重重。撒切尔夫人没有想到邓小平如此强硬,回去之后,她私下对驻华大使柯利达说:"哎,邓小平真残酷啊!"下午,撒切尔夫人召开中外记者招待会,在宣读声明时,她的声音一度变得嘶哑,但她仍然坚持念完全文只有83字的声明。此时,她与邓小平就香港问题的谈判,

1982年9月25日，江南造船厂"世谊"号货轮下水庆典。英国首相撒切尔夫人以非官方身份参加。
左三为柴树藩、右二为包玉刚。（柴小林 供图）

已经全盘皆输。

"破船偏遇顶头风",撒切尔夫人到了上海也不顺利。

次日,上海。

装饰一新的"世谊"号,像一位已梳妆打扮的新娘,停泊在江南厂区,整艘船都在熠熠发光。

撒切尔夫人主持了"世谊"号的命名仪式。她在祝词中说:"我命名这艘船为'世谊'号,祝愿它把友好的情谊带到天涯海角。"

随后,撒切尔夫人用银色的小斧头砍断捆在香槟酒上的红丝绳,酒瓶意外地没有被敲碎,这可不是好兆头,她不禁惊呼:"噢,上帝!"幸好船头的工人及时帮忙敲碎酒瓶,才消除了这一尴尬局面。(后来,江南造船厂的工人还为此专门设计了一种使酒瓶一敲就碎的装置,并推广到了各大船厂,避免出现此类窘况,就是始于撒切尔夫人此行。)

仪式举行后,包玉刚与撒切尔夫人一行登上"世谊"号参观,包玉刚兴致勃勃地指着不远处的沪东造船厂说:"那两艘船也是为我造的。"撒切尔夫人连忙收回直盯着南方的眼光,心不在焉地答应着……

后来,这位铁娘子在回忆录《唐宁街的岁月》中写道:"和邓小平的谈判,进行得相当艰难,我连最初的目标也没能达到。"从中可以窥见撒切尔夫人为"世谊"号命名时的心境。

世界船王包玉刚、包玉星兄弟率先购买中国货船的行动,使世界航运界为之震动,使中国造船声誉在世界市场上大为提高,连权威的英国劳氏船级社也说:"这开辟了中国造船业的新纪元!"包氏兄弟之举,似乎成为一种号召,各国船东纷至沓来。

"世谊"号的建成和远航成功,标志着中国建造出口船又达到一个新的水平,奏响了中国船舶工业向世界集团冲锋的序曲。随即,沪东造船厂建造的"马尼拉弗思"号、"世助"号、"悉尼"号、"苏腊巴亚"号,中华造船厂为联邦德国建造的"卡塔尼亚"号、"坎彭"号、"斯卡根"号、"富克兰"号,上海造船厂为德国建造的"诺德凯普"号、为中波公司建造的"华佗"号等纷纷下水。

"中国建造的出口船,以排山倒海之趋势,驶向世界,打开世界市场。

他们的作为令人深感吃惊！"日本《船舶世界》杂志发表的一位航运实业家的文章如是说。

当然，外国船主愿订购中国船舶，主要是因为价格便宜，质量良好。中国的造船厂要价比日本低15%，比韩国低10%。从1980年开始接受外国船主订货以来，外国船主向中国造船厂订货总量近100万吨！1980年到1982年，我国签订了77艘出口船的合同，给处于困境的船舶工业带来了一次历史转折。中国造船业从此打进了国际市场，并赢得了声誉，订单纷至沓来，原来"等米下锅"的造船厂一下子应接不暇，上海船舶工业公司一位负责营销的经理踌躇满志地说："1985年以前，我们不再接受任何新船订货。"因为所有的船台都占满了。

太阳每天都是新的。

短短两三年，中国船舶工业终于跨出了由买船到卖船这样具有历史性转折意义的一步，实在令国人高兴！这个巨大的发展，包氏兄弟功不可没！柴树藩功不可没！

1978年11月，上海交通大学党委书记邓旭初的一份访美考察报告引起了柴树藩的高度关注（上海交大当时隶属于六机部，是国内唯一一所船舶设计建造方面的综合性大学，被誉为东方的"麻省理工"）。几天前，在柴树藩的大力协调下，上海交大代表团刚刚访美归来，这也是国内第一次大学学者访美交流，所见所闻令教授们震惊。

这次访美考察，邓旭初他们印象最深的就是，他们看到了电子计算机这门学科的远大前景。麻省理工学院设有自己的计算中心，中心里的电子计算机可以连接上百个终端设备进行工作。许多教授家里都有终端设备，能够在几十秒钟内查出几十年前的文献资料，学生们也能用电子计算机解题，做试验，进行科研工作。这件事在今天不算什么，但在30年前是我们想都不敢想的事情。

那时美国的许多高校都拥有了先进的研究设备和齐全的文献资料，这是美国许多专家、教授能够在教学、科研工作中取得优异成绩的一个重要条件。纽约大学有一栋11层的大楼全部为图书馆专用，钢结构，四周墙壁都是玻璃，光线充足，一尘不染。整个大楼有5000个座位，还有专供研究生写论文的房间。

图书馆几乎把各国的主要报纸杂志、刊物都搜集到了。图书馆工作人员把几十年来的报纸翻拍成一卷卷显微照片馆藏起来，大大节约了馆藏面积，也便于查阅。访问团在参观的时候，一位图书馆工作人员问王瑞骧教授的生日是哪一天，王教授回答了，几秒钟后，荧光屏上就出现了这一天的《纽约时报》。该馆员又说："我赠你两份好吗？"又过了一分钟，两张报纸就印了出来，送到王教授手中，访问团的教授们惊呆了。图书馆各层还备有自动复印机，只要投硬币进去，复印机就会为你服务。

"通过这次访美，我们深深感到我国大学与美国大学差距很大，许多新学科、边缘学科、高技术等，我们都望尘莫及，美国许多老学科也由于新学科的崛起而开了新花，而我们还是老一套，美国的大学科研实力的雄厚，计算机的普及使人吃惊，都使我们望之兴叹。"邓旭初在报告里这样写道："访美回国后，我们头脑清醒多了。"

"在美国的一个半月里，上海交大代表团会见了200多名交大校友，考察了27所大学和14个研究所、企业。"邓旭初回忆说，当时最大的感受是"打了一针清醒剂"。"仅从资金上说，美国麻省理工学院一年的办学经费是7亿多美元，交大只有1000多万元人民币。我们再也不能闭目塞听，夜郎自大了！"[①]

在这之前，柴树藩已经尽了全力帮助上海交大，访美期间批给邓旭初8万美元的经费，允许他们可以"先斩后奏"，自由裁量购买国内搞不到的仪器设备。当时国家外汇十分困难，这可不是一个小数目，不用经过逐项审批，不用经过外事部门同意，就敢动用外汇也是从未有过的先例。邓旭初记得有一次上海交大来了一个外国代表团，因为天气很热，交大准备给外宾买点橘子水解渴，打电话一级级请示到市外事部门，一位工作人员的答复是不允许，因为没有先例。气得邓旭初直说：我堂堂一个大学党委书记，连买瓶汽水的权力都没有，你们撤了我好了。牢骚归牢骚，橘子水终究也没有喝成。那时候的环境就是这个样。

邓旭初用这笔外汇在交大老校友、美国十大著名电脑公司之一"王安电脑公司"董事长兼总经理王安那里，用成本价买了四台电脑，由此起步，交大

---

① 邓旭初：《忆上海交大重振雄风》。

的计算机专业告别了"拿几个晶体管插来插去"的时代，迅速地发展壮大起来。这四台电脑后来在研究剖析大规模集成电路上，发挥了非常重要的作用，为我国发展微电子尖端技术立了大功。1981 年，柴树藩又从计算机的发展前景和战略地位出发，同意拨款 22 万美元，用来建立交大的微型计算机研究室，这样大的支持，在当时高校中实属少见。

访美回国后，上海交大开始筹建图像识别这门新学科，迫切需要购进一套价值 30 万美元的设备。这个专业实际上与船舶工业无关，邓旭初递报告时也有些犯嘀咕，柴树藩又一次显示出他的超前意识和非凡魄力，他听说这套系统可以提高我国的遥感探测水平，便倾力支持，四处筹集外汇给予拨款。后来，交大在柴树藩的支持下相继建立了一批反映现代科学技术的新学科、新研究所和实验室。

有了高层支持，交大的改革如火如荼，它不仅树立了原来理科院校的强势地位，还重建了管理学院，设立了一批跟踪赶超科学前沿的新学科：计算机、光纤通信、图像识别、系统工程，另外还设立了音乐、美术、文学等社会科学、艺术院系，这在当时教育界是开先河的。那段时期，柴树藩对上海交大给予政策上、财力上的有力支持，在当时的高等院校中是罕见的。

一个以往以造船为主的大学，在六机部领导下，在一位豁达明智的领导人支持下，竟然成为先进的多学科理文综合性大学，实属教育界的奇观。这让别的部属院校羡慕得很。

邓旭初访美报告中，有关美国纽约大学图书馆的那一段话让柴树藩始终难以忘怀，萦绕心头。

上海交大被誉为东方的"麻省理工"，理应有一个现代化的图书馆。新中国成立这些年来我们欠教育的钱太多了，但建一个现代化的综合图书馆的花费是个天文数字，柴树藩手里也没有多少钱。他的目光转向了海外，通过这段时期的合作，柴树藩与包玉刚建立了深厚的个人友谊，他考虑向这个"大款"朋友募捐。新中国成立后，特别是苏联单方面撕毁协定撤走专家后，党内一直强调自力更生，历来只讲援外，拒绝一切外援。1976 年唐山强烈地震，损失惨重。国际红十字会要求派人去唐山考察灾情并转赠各国捐助的救灾物品和款项，也被一口谢绝。潜台词再清楚不过：我们是社会主义国家，是主权国家，接受外国捐助"有辱国格"。谁要是被扣上这么顶大帽子，在当时可不是件小事儿。

可是柴树藩想到的是国家建设百废待兴，各行各业都需要钱，上海交大缺钱建设一个现代化的图书馆，海外爱国华裔、华侨有这个实力，为什么不去争取？知道落后但不想办法改进才"有辱国格"，柴树藩决心做第一个吃螃蟹的人。

1980年秋，柴树藩夫妇应包玉刚之邀，前往日本大阪，为其在大阪造船厂订造的一艘2.7万吨散装货轮下水剪彩。庆典仪式结束后，包玉刚陪同柴树藩夫妇前往濑户内海的几个造船厂参观。

途中，柴树藩随同包玉刚出席一个冷餐会。利用这个机会，柴树藩委婉地向包玉刚提出捐资之事。

柴树藩说："我与夫人商量过，我们二人虽然收入不高，但现在没什么负担，我们死后准备把生活节余全部捐给国家教育事业。小平同志搞改革开放以来，国家经济建设发展很快，但教育还很滞后。你包先生这么热爱祖国，为什么不给国家教育事业捐点钱？"

包玉刚敬仰柴树藩的为人，很乐意接受他的动议，立即表示："你柴部长一句话，你要我捐什么就捐什么，你讲捐多少就捐多少。"

柴树藩也不客气："1000万美金怎么样？"

包先生立即说："我捐。但我有三点希望。第一，这座图书馆要用我父包兆龙的名字命名；同时，捐资之事，不要宣传，以免应接不暇，力不从心。第二，新建的图书馆要适合学校的需要，经济实用，不必过于豪华。第三，请柴部长赐墨宝一幅，以圆收藏夙愿。"

柴树藩笑了，说："前两条都能办到，第三条嘛，只是我的字写得不好，是不是找个名家给你写一幅？"

包玉刚执著地说："柴部长，你不要过谦了，你第一次写给我的毛笔字书信，至今我还珍藏保存着，请不要推辞了。"

柴树藩推脱不下，只好应允，并于1981年元旦认认真真地书写了一幅苏轼的《赤壁怀古》，赠送给包玉刚。

一幅《赤壁怀古》换来了1000万美金，柴树藩恐怕不亚于当今任何一位书法大家吧?而且,柴树藩是把这些钱投入到交大图书馆的建设上,更令"大家"们汗颜。

柴树藩有多年抓国家基本建设的经验,钱到位后,他再三对邓旭初强调:"要按照经济、实用、美观的原则;不得超过预算,不许追加经费,整体不要超过800万美元,留200万美元备用,三年按时完成。"(剩余的200万美元后来在交大闵行分校又建立了一个图书馆。)

1982年6月,柴树藩、包玉刚和菲律宾贵宾马科斯夫人在交大举行隆重的图书馆奠基典礼,叶剑英委员长为图书馆亲笔题写馆名。

建成后的包兆龙图书馆由十八层、五层、三层和两层四个建筑物组成。总建筑高度为73米,在当时是上海市的第四高建筑;建筑总面积为2.6万平方米;拥有大小阅览室82个,2600个座位,均有大功率空调;三层部分还设有一个设备齐全的多功能学术报告厅;全馆可藏书220多万册。包兆龙图书馆不仅硬件设施一流,馆藏丰富,管理上也是名副其实的现代化,普遍使用了计算机。它是当时我国高校中面积最大、设施最先进的现代化图书馆,即使在20多年后的今天,它仍不失为一流的高校图书馆。

上海交大图书馆的建成,开创了新中国成立后接受海外人士捐赠的"新纪元",此后海外人士捐赠者渐渐多起来了。包玉刚后来又在北京准备捐1000万美元建一个兆龙大酒店,但没人敢接他的钱。幸亏这件事被邓小平知道了,说这笔钱我来接,才使包玉刚如愿。1985年兆龙大酒店开业时,邓小平还兴冲冲地去参加了典礼。据说这是邓小平一生中唯一一次给酒店剪彩。

柴树藩用自己的个人魅力征服了包玉刚,他们的友谊是真挚的,他们的友谊不仅推动了中国船舶更快速地进军世界,而且让海外人士了解了一个真正共产党人的胸怀。

第十八章

30万吨船坞里的大船梦

1979 年，柴树藩率六机部代表团前往日本考察。在三菱重工，柴树藩他们看到那些能够建造五六十万吨巨轮的船台和船坞时，除了震惊，更多是羡慕。日本一个大厂的造船年产量，相当于我们十四五个厂，难怪邓小平在国务院全体会议上讲："日本造船恐怕比我们不是高一倍两倍，而是几十倍！"柴树藩凝视着黑黢黢的船台，久久不语。与日本这个造船大国相比，我们的造船产量确实微乎其微。柴树藩痛感，我们如果想在造船业上赶上日韩，必须建设一批30 万吨甚至 50 万 –60 万吨的船台和船坞！这些先进的基础设施，投资巨大，收益也巨大，没有大坞，就造不了大船，也就永远成不了世界造船强国。大连香炉礁一下子跳入柴树藩的脑海。香炉礁位于大连西北部，是一个难得的天然不冻港，水深 18 米，这是一个几代造船人都梦想建造大坞的地方。回国后他立刻四处呼吁，我们要有自己的大船坞，要造大船，赶上日、韩等造船大国。

建造大坞的条件十分苛刻，所幸在中国辽阔的海岸线上，有好几处适合造大坞的地方，这是国域狭小的日、韩无法比的，其中大连香炉礁地区最为合适。上世纪 80 年代初，柴树藩请日本、英国、美国、挪威等造船强国的专家考察，再次确认香炉礁完全具备建造大型船厂的条件。他总结道：新区的规模要搞大，起步要高，以适应国际船舶市场的需要。现在的大连造船新厂正是按照这个思路设计和建设的。

1982 年，率先进入国际市场的船舶工业，再次成为经济体制改革的开路先锋。5 月 4 日，国务院宣布撤销六机部，同时成立中国船舶工业总公司。六机部由一个正部级的"衙门"转型为全国性的公司实体。以前由六机部和交通部两个部门分别管理船舶工业的行政体制，改变为一个统一的经济实体进行管理。

六机部从政府部门变成企业，部长变成总经理，公务员变成企业职工，如此大的变化，对多少年来习惯于级别和身份的人们来说，弃"官"从商是脱胎换骨之痛！其复杂和困难程度之大，其震动和冲击力之强，是今天的人难以想象的。

72 岁的柴树藩脱掉了"官服"，出任中国船舶工业总公司第一任董事长、党组书记。

官不官的柴树藩从来就不在乎，当六机部部长时，组织上按级别给他调了一套部长楼，他坚决不去，反问道："为什么当部长就非得住新房、好房？"

六机部按规定为柴树藩配备了红旗轿车，可柴树藩很少乘坐。他有套理论："平时步行上班，既可锻炼身体，又可节省高标号汽油，一举两得！"于是在车水马龙的京城，每天从百万庄到六机部所在地月坛北街，人们经常会看到一个年近古稀的老头步行上下班，

他的女儿柴小林回忆，拨乱反正初期，船舶系统长期积压的冤假错案得不到解决，上访告状的人特别多，几次都出现被人围着走不脱的情形，他的安全令人担心。六机部给他派了一位警卫员，警卫员来后，柴树藩总觉得没有必要，他多次说："人民的服务员害怕老百姓吗？"在他的坚持下，警卫员到底被退了回去。不久，中央各部委正部级干部的警卫员都被撤销了，不知道是不是由他"人民的服务员害怕老百姓吗"这句话引发的。

中国船舶工业总公司的成立，为柴树藩建造中国大船坞创造了机会。"中国应该造大船！"柴树藩多次与总公司党组的同志们谈起他的这一想法。造大坞，成为柴树藩在中国船舶工业总公司期间主抓的重要工作之一。

柴树藩主建大坞是有道理的。日本大型油轮的造价也很说明问题：建造一艘 20 万吨油轮，约需钢材 2.7 万吨；若建造四艘 5 万吨油轮，则需钢材 4.4 万吨；而且油轮越大，单位运量的燃料消耗就越低，这就是大型化的优越性。在日本，20 世纪 70 年代七家大造船公司占了日本造船完工量的 70%。

韩国三星重工大型船坞。柴树藩他们看到那些能够建造五六十万吨巨轮的船台和船坞时，除了震惊，更多的是羡慕不已。

当时，国际船舶市场正处在萧条期，大家对船舶市场何时复苏没有信心，柴树藩经过一番调研，认为世界船舶市场几年后必定出现好转，大型船的比重将增加，造大坞，不能再犹豫，不能再拖下去了。1983 年 10 月，柴树藩亲自给国务院起草了"关于在香炉礁新区建大船厂"的报告，建议在大连香炉礁建设一个现代化的大型船厂，在新厂建造一个 20 万 −30 万吨的船坞。他充满信心地指出："中国可以也应当成为一个造船大国和一个船舶出口国。"这时，距中国首艘巨轮出口仅仅两年，一个 73 岁的老人竟然如此"超前"。他仔细估算了经济效益，规划了具体步骤。他申请国家拨款 3 亿元，在当时这是惊天之数。可是这些钱以后产生的效益之大令人咋舌，3 亿元就像一个杠杆，一头是大坞，另一头连接的是一个世界造船业的霸主！

为此，他不知给中央领导和国务院有关部门写了多少信，不知招来多少"贪大求洋，想入非非"的非议。"连计委下面的有些人也讽刺他，说柴部长的胃口太大了，他的这个设想不要说赶'六五'计划的末班车，就是赶'七五'计划的头班车也不行。"秘书苏智介绍道："后来他终于感动了国务院有关部门的那些同志，口头上答应他可以往计划里面挤。"

顾建建先生也写道："造大船坞投资巨大，而船舶市场又不景气，很多人对此都持怀疑态度，甚至发出风言冷语，讥讽他好大喜功。一时间，和者甚寡。后来人们把香炉礁工程称为'柴树藩工程'，褒贬有之。"但柴树藩坚信他的主张，为了让中国的船舶驶向世界，他不怕挨骂，甘愿冒风险。他几次三番给中央领导和国务院有关部门写信、打报告，恳切陈辞，苦口婆心地劝说，感动了不少人。

1984 年 10 月，"千呼万唤始出来"，国家计委终于批准了香炉礁新区建30 万吨船坞的扩建任务书。走出国家计委大门，柴树藩抬眼望天，觉得天是那么的蓝，太阳是那么的亮！香炉礁沸腾了。"神州第一坞"，曾令几代造船人魂牵梦绕，如今，他们的梦想即将成真，怎不令他们欣喜若狂呢！

1985 年 9 月 28 日，船坞第一期工程正式动工，该坞将按世界当时的先进造船工艺进行设计和建造，然而工程刚一开工就遇到资金问题。大连造船厂因船东倒闭弃船，遭受 2 亿元的损失，处在背水一战的险境当中。船坞第一期工程因资金链断裂陷入困境，一时间"大坞"缓上的呼声又起。

柴树藩急了，就船坞建设因船东弃船缺少资金等困难，给副总理姚依林和张劲夫写信。他恳切地讲道："没有大型船坞，就缺乏竞争能力，中国就赶不上世界造船业好转的下一个周期，鉴于此，应该总体规划，一次建成，国家拨款三个亿，用三年左右时间就可基本建成一个现代化的船舶总装厂，约三年时间可将全部投资收回，我们不能坐失良机。"这封信引起了中央领导的重视并得到了明确批示。山重水复之时，柴树藩的老朋友、香港"船王"包玉刚先生又主动提出要在中国订船，并愿预付船款给中国搞基础设施建设。包玉刚"雪中送炭"，暂缓了大坞建设紧张的资金问题。

正当一期工程热火朝天施工的时候，由于资金问题，大坞的建设又搁浅了。这时，柴树藩已经退居二线，但他仍在为大坞奔忙。一次，国家计委在北京前门饭店召开计划会议，事关一批重点项目的取舍，30 万吨船坞是其中的一项。中船总公司的一些领导和来自香炉礁工地的几个工程师焦急地等着音讯，心里很不踏实。柴树藩又亲自出马，前去找计委领导，恳请他们给予支持，纳入计划。精诚所至，金石为开。1988年，国家计委终于批准，把日本"黑字还流"贷款的3400万美元，先拿来造大坞。1989年3月16日，随着打桩机打下第一根桩基，"香炉礁"出现了声势浩大的移山填海、围堰清淤的景象。这座历经多年、多次筹划，被誉为"神州第一坞"的大船坞正式开工建设。该坞长365米、宽80米、深12.7米。坞首设有总量达4025吨的浮箱式坞门，坞内墙设两道中间坞门槽，可安放总重为567吨的中间坞门。坞上横跨的900吨龙门起重机，跨距182米、高度120米、自重达5500余吨，堪称"亚洲第一吊"。在大坞里，可以建造或修理一艘20万－30万吨级超大型船，半串联并列建造或修理两艘6万－7万吨船舶，同时造一艘7万吨船舶和一座大型钻井平台等。

本着边建设、边投产的方针，第一期工程首先完善了10万吨级船台的配套设施，很快便形成生产能力，出口挪威的11.5万吨和11.8万吨穿梭油轮先后在这座船台降生。这两艘船的自动化程度很高，具有20世纪80年代国际先进水平，后者迄今为止仍是我国所建造的最大吨位的穿梭油轮。

在10万吨级船台前，满头白发的柴树藩久久地凝望着高耸挺立的900吨龙门吊车，深情地观看着即将下水的5.2万吨大舱口多用途船首制船。离开时，他紧握着大连造船厂王连友书记的手，意味深长地表示："希望你们尽早拿到VLCC（超大型油轮）订单，等你们造VLCC时，我还会来为你们助威的。"

大坞开工，柴老并未卸担。他不顾年老体衰，多次轻车简从，视察香炉礁工地。他虽然已不在领导岗位，一旦发现问题，仍然亲力亲为，协调各方解决。

舒德骑先生在他的《惊涛拍岸》里是这样描述的：30万吨的船坞有多大？外行人凭想象是无论如何也构不成一个准确具象的。它的平面面积相当于69个篮球场、180个排球场。先前，在我们的概念中，1万吨的轮船就称为巨轮；那么，在这个大坞里，可以建造、修理、停泊30艘1万吨的船舶，它的宏大就可想而知了。

在一片汪洋之中，要建造这样的大坞，谈何容易！

首先是"围堰清淤"。要求用钢板围出一片海域，把里面的泥、水抽干后再施工。海底全是附近工厂多年来排出的碱渣，像稀饭一样，钢板桩根本打不进去。最后打破常规，先大量往海底填石头，再把钢板桩打进海底，这前后共打钢板桩4942根，重5158吨，约2033延长米，可谓世界之最了。

然后是"抽水堵漏"。几台大型的水泵昼夜不停地往外抽水，一天的排水量达30多万立方米。这里的地质情况太复杂了，一边抽，一边又涌出大量的地下水来，似乎堰内的水永远也抽不干。经艰苦的努力，漏水处一个个被堵住，累计压浆堵漏222孔，耗水泥2743吨。

1992年3月20日，船坞主体开始浇注，1994年9月2日完成，共用水泥7.1万多吨。

香炉礁集中了各路精兵强将，他们奋战多年，历尽艰辛，不少人耗尽了心血，熬白了头发，累垮了身体。

1994年9月，大坞主体工程竣工。几代人的梦想，多少人的企盼，终于变成现实。它向世人宣布：香炉礁基地，30万吨大坞建成了——为中国船舶工业跨入21世纪奠定了基础，填补了我国国内不能建造特大型船舶和特种船舶的空白，使我国造船工业跃上了一个新台阶，中国终于有资格与造船强国平起平坐。昔日荒凉沉寂的"香炉礁"，而今已热闹非凡。大坞内，同时可容纳两艘5.2万吨和一艘11万吨的三艘巨轮。后来，中国就在这个船坞里为伊朗造出了30万吨中转油轮。仅从吨位上讲，这一艘船能抵上过去七八艘船了。

站在坞边，令人顿生豪迈和威凛之气——壮哉，神州第一坞！伟哉，中华第一坞！

总书记江泽民两次亲临现场视察，对建坞的干部和工人们表示亲切的慰问，乔石委员长、政协主席李瑞环也亲自到工地视察。大坞建成后，当时的国务院总理李鹏在外事活动中，几次向外宾介绍说：我们建设了一个大坞，希望你们来订船。

1995年6月20日。挪威首都奥斯陆。

"中挪经贸日"活动开幕。

在这个活动中，一个引人注目的仪式是：中国大连造船新厂为挪威安德森·威廉姆森公司建造15万吨油轮合同在这里签字。该轮是这家公司向大连造船新厂订造的第三艘同类型同吨位的巨型船舶。

李岚清副总理出席了合同的签字仪式。李副总理十分高兴地说："前次我到挪威访问，是我们买挪威的船，这次到挪威，是挪威买我们的船！"

大连新船重工为伊朗建造的VLCC。 （李钢 摄）

是啊，物换星移，今非昔比。士别三日还当刮目相看，何况是迅速崛起的一个强大的国家！

奇迹！外国造船几百年，中国造船几十年，就缩短了与世界的差距，这不能不是一个奇迹！

感谢参与 30 万吨船坞建设的专家、工程技术人员和工人们，人民不会忘记他们！人民也不会忘记 30 万吨船坞的首倡者柴树藩同志……

中国造船，在柴老富有远见的高明指挥之下，打好基础，插上双翅，创造了许多奇迹。目前，中国制造的巨轮，已经进入包括希腊、挪威、美国、英国等世界前八位的航海运输强国的商船队中。50 余个国家和地区的海运船队中，都有中国船在航行。连日本、韩国这种造船"超强"国家，也订购了中国船。对于每个中国人特别是中国造船业人士来说，这是多么风光的事！

时任国务院副总理的朱镕基十分感慨地总结道："船舶工业发展实际是改革开放的产物，也是改革开放取得成功的一个显著标志……这一方面，确实柴树藩、安志文同志有很大功劳。过去认为船舶出口好像想都不敢想的事情，现在真正出口比较好的还是船舶工业。"

邓小平1991年在谈到船舶工业时也高兴地说："现在开放了，10万、20万吨的船也可以造出来了，这就是质的变化。"

可对这些成绩，柴树藩一个字也不愿意提。中国船舶工业总公司成立十周年之际，总公司领导原打算举办一次庆祝盛会，因为船舶工业取得的辉煌也值得庆祝！准备印制画册，定做纪念品。他知道后，找总公司有关领导商量，建议取消这个活动。他说："中央三令五申禁止召开不必要的会，我们的庆祝活动也大可不必举行，这样会节省许多钱，可以捐献给'希望工程'或做其他有意义的事。"最后总公司改变了原来的安排，只在《中国船舶报》上分期刊登了一些纪念文章。

中国造船业在国内外市场萧条的不利条件下，由于领导人高明的判断、灵活的协调、果断的决策，一枝独秀地实现了船舶出口，自己的技术水平和管理能力不断提高，能造更大、更复杂、更先进的船舶，进一步扩大了市场份额。

中国船舶的大规模出口，消耗了大量的中厚钢板，拉高了中国现代化的钢铁工业企业的产能和质量，它们不约而同地寻求进口铁矿砂（澳大利亚和巴西铁矿石球结团铁含量高，好炼，钢材质量高）。中国铁矿石进口量已超过2亿吨，光运铁矿石就需要7万-8万吨的矿砂船800艘左右。这逼升了运费，同时又增加了矿砂船的需求量，最终中国船厂接到了更多的订单。

造出口船—拉动钢板需求—拉动铁矿石运输—拉动海运—增多造船订单。

它们构成了良性循环。

与此同时，日益增长的中国进出口贸易也需要大批海轮：集装箱船、滚装船（运汽车）、散货船、油轮、液化天然气船……全球造船业都受惠于中国的发展和繁荣。中国船厂当然也在其中。中国造船业似乎不经意之间，就把身为一个大陆国家的中国，推向了海洋大国的地位。

反观俄罗斯，自从1700年彼得大帝在芬兰湾畔建起了首都彼得堡，一直寻找通向温水海洋之路，一直攻城略地，希望既成为一个陆上强国，又成为一个海洋强国。在苏联鼎盛时期的1953年-1979年（即从赫鲁晓夫到勃列日涅夫入侵阿富汗以前），26年里，坐拥世界上最长的海岸线，世界上最高的钢产量，世界上训练有素的廉价工人和工程师（他们只拿刚够生活的工资），却一门心思建造核动力导弹潜艇、核动力攻击型潜艇、直升机航母、巡洋舰和驱逐舰，以及大量的导弹快艇和常规动力潜艇，甚至出了一位伟大的海军统帅戈尔什科夫元帅，他的成就足以媲美美国的马汉和德国的提尔匹茨。但他们却忽视了民船和世界市场，更没有想到造船业技术和利润的关系。其结果，那些骄傲的军舰和潜艇，不是锈烂在新地岛和海参崴的锚地，就是被中国人买去当娱乐设施。

今天，俄罗斯距离它的世界海洋之梦越来越远。

在中国画中很少能找到大海、三桅船、铁甲舰，中国却在不经意之间离称雄世界海洋只有一步之遥。历史就这样开着冷酷的玩笑。

更耐人寻味的是，那些曾经建造了世界一半商船和军舰的英格兰和美利坚的大船坞，现在却长满青草，乏人问津。美国自称统治世界海洋，却早已放弃了民船制造（因为工资太高，造船不如买船），用全国纳税人的钱，养活康涅狄格州通用电船的格罗顿核潜艇船坞，养活弗吉尼亚州纽波特纽斯的核动力航母船坞，养活密西西比州英格尔斯公司的水面舰艇船坞，养活缅因州巴恩钢铁公司的特种水面舰艇船坞。

2008 年，美国只造了 8 艘军舰。一艘 DDG1000 型驱逐舰，洛克希德·马丁公司竟敢开价 40 亿美元。驱逐舰的造价赶上核动力航母了，可见养一家军船公司之难！难怪奥巴马总统砍掉了后续的 DDG1000 计划，仅仅造了 3 艘。连财大气粗的美国也快养不起海军和船厂了。

结果不难推测，越养越贵，越贵就越要养。一艘 1000 吨级的隐形舰叫价 10 亿美元，比得上几架 F-22 战斗机的价钱了。用这么昂贵的价钱，能供得起这个海上霸主吗？

2002 年 6 月，一艘近海货船在大连湾海域忽然发现，雷达扫描中出现一个海图上从来没有过的"岛屿"，有多年航海经验的船长大吃一惊，连忙与总部联系，怀疑走错了航向。又过了几分钟，"岛屿"上忽然灯光骤亮，全体船员这才明白那竟然是一艘巨大的油轮。原来这是我国建造的第一艘超大型油轮（VLCC①）——"德尔瓦"号在大连湾试航。30 万吨超大型油轮简直就是个海上巨无霸，船体总长 333.5 米，相当于 35 辆 5 吨解放牌卡车首尾相接的长度，

---

① VLCC 是超大型油轮（Very Large Crude Carrier）的英文缩写，用中文说就是超级油轮，载重量一般为 20 万—30 万吨，相当于 200 万桶原油的装运量。

站在一栋 21 层高的大楼上，你才能够得着 30 万吨油轮驾驶室上方雷达桅的底端。有人说，超大型油轮（VLCC）可以承载起 299500 吨的原油，可它却装不下中国造船人为之付出的汗水、心血和智慧。

　　1998 年 9 月，当大连新船重工的技术人员兴冲冲地赶到伊朗国家油轮公司总部的时候，才知道什么叫强手如林，对手日本三菱，韩国大宇、现代、三星、汉拿船厂，在建造 VLCC 方面个个都是王牌。这些厂家有着丰富的经验和成功的先例，而当时中国在 VLCC 建造上没有任何业绩，拿下伊朗 VLCC 的难度可想而知。朱镕基总理对时任中船重工总经理的陈金刚说："你要亲自抓，一定争取到手，志在必得，我们会全力以赴支持你。"在这之前，全球 435 艘 VLCC，没有一条是当时世界第三造船大国的中国建造的。能够承接并建造 30 万吨 VLCC 超大型油轮，是一个国家造船技术和实力的象征，正因为这种深远的政治意义和经济意义，大连新船重工的伊朗之行，才引起了国务院领导的高度重视。党和国家领导人都亲自过问过此事，外交部、财政部等部委也都为 VLCC 合同的签订做了大量的工作。洽谈小组第三次赴德黑兰时，由于局势不明朗，急需直接面见伊朗国家油轮公司总裁苏里先生，可同时兼任伊朗国家石油部副部长的苏里不是随便就能见到的。这时，时任公司副总经理的孙波想到了中国驻伊朗大使馆，大使馆的同志听说后立即出面联系，大大推动了项目的进展。

　　经历了四轮艰苦的谈判后，1998 年的最后一天，大连新船重工迎来了伊朗国家油轮公司的技术代表。连续四天，双方从早 8 时一直谈到深夜。最后，伊朗国家油轮公司得出结论：大连新船重工完全有能力设计建造 VLCC。两位伊朗人也因此认识了中国和中国造船业，临行前伊朗代表说了"三个没想到"：没想到中国有这么现代化的船坞，没想到大连新船重工有这样精干的工程技术人员和如此精明的商务谈判人员，没想到大连这么美丽。功夫不负有心人，伊朗船东最终决定将订单全部交给新船重工。1999 年 8 月 20 日，新船重工为伊朗国家油轮公司建造五艘 30 万吨超大型油轮合同签字仪式在北京人民大会堂隆重举行。已退居二线的王荣生感慨地说："柴老若健在该多好，他一定更为开心。"这意味着少数几个造船强国在这个领域的垄断历史结束了，中国造船业开始了新的一页。

30万吨超大型油轮简直就是个"海上巨无霸"。

　　设计建造 30 万吨超大型油轮绝不是把一艘万吨轮放大 30 倍那么简单，
VLCC 仅船体用钢就达 4.2 万吨，各种技术规范多达几百种，伊朗人提出这几
艘巨轮应适用于载运闪点低于 60℃ 的原油产品，可航行于无限航区。该船为
单螺旋桨、柴油机驱动，带球鼻艏、球尾、悬挂舵。货舱为双壳结构，双层底、
双层壳和两道纵舱壁，燃油深舱也必须有双壳保护。船内设有 15 个货油舱，2
个污油舱，5 对压载水舱。货舱分 3 组，各有 3 台油泵及 3 组管路。这些规范
对新船重工无异于"如听天书"，"照猫画虎"克隆一个山寨版肯定不行，没
有强大的技术实力做后盾，拿到合同也白搭。早在 1966 年，日本就建成了世
界第一艘单机单壳的 VLCC，而当时中国能够建造的最大船舶不过才 3 万吨。
双方的差距一目了然，日本和韩国一直是 VLCC 领域的老大，他们在等着看
新船重工的笑话。

　　伊朗船东也明白中国没有建造 VLCC 的经验，建议采用韩国一家船厂的
设计图纸。当新船重工向这家船厂提出购买时，他们开始坚决不答应，后来磨

破嘴皮总算点了头，却狮子大开口，主要图纸的设计费就要价630万美元。性情耿直的大连人愤怒了，"死了张屠户，也不吃带毛的猪"，新船重工决定与韩国海事技术咨询公司合作，两家联合设计，借此掌握VLCC的核心技术，缩小中国与日韩的差距，不再受制于人。

不过由于伊朗船东对这五艘VLCC提出了远远高于一般超大型油轮的技术指标，简直就是VLCC中的"极品"，连经验丰富的韩国设计人员都感到头痛。一般的VLCC使用寿命是20年－25年，伊朗船东提出"疲劳寿命"要达到40年；一般的VLCC对舒适等级没有要求，伊朗船东提出，要达到豪华游轮的舒适度，取得"舒适度一级"证书；一般的VLCC重载航速不过15节，伊朗船东提出，主机留有15%海况储备的情况下，重载航速为15.8节；一般的VLCC自动控制和监测报警系统达到中等水平就行，伊朗船东则提出，控制系统要由普通级提升至超级，桥楼也升级为W1-OC1人桥楼驾驶（一人驾驶桥楼）；同时具有超常规的海水、淡水冷却系统等等。

设计建造30万吨油轮，一直是几代中国造船人的梦想。如今，梦想终于成真了。但是新船重工的职工们心里十分清楚，接了这条大船，成败意味着什么。如果干不好，这么大的船，可足以使新船重工整个厂子破产！工人们说："VLCC就是我们新船重工，新船重工就是VLCC，30万吨油轮是厂子的生命。"

经过中韩双方设计人员近一年的努力，终于拿出了"极品"VLCC的设计图。

接下来就是建造。剩下来的时间已经不多了，不管三九严寒，还是三伏酷暑，整整1797天，几千名工人日夜奋战在船台、船舱、大坞里，通宵鏖战后，短暂的休息空隙里，他们往往手握焊枪、打磨机，一身铁锈依靠在船壁上就睡着了。

2002年6月8日上午10时，新船重工的30万吨级船坞坞门大开，在汽笛和鞭炮的阵阵鸣响声中，两艘大马力拖轮和两台20吨绞车同时发力，将一艘长333.5米、宽58米、型深31米、空船排水量4.5万吨的巨轮缓缓拖带出船坞。这艘超大型油轮的排水量是当今世界最大核动力航母"尼米兹"级的三倍。

第一艘VLCC"德尔瓦"号经过743天的奋战终于完工了。

伊朗请来了国际上以严格而著称的挪威DNV船级社来检验，再加上伊朗国家油船公司驻厂项目经理桑尼是个非常"敬业"的人，每一道工序，每一个焊点，他的检验都几乎达到"吹毛求疵"的地步，只要有一点不合适，就得重新返工。但新船重工让他们"失望"而归——DNV船级社表示："这是目前全世界VLCC中科技含量最高的船。"桑尼先生也愉快地宣布："伊朗国家油船公司对船的质量非常满意，伊朗船队中虽然有日本和韩国建造的VLCC，但中国建造的这艘是最好的。"

2004年6月13日，注定将在中国造船史上留下浓重的一笔：当晚9时，大连新船重工为伊朗国家油船公司建造的五艘VLCC超大型油轮经过1797天的建造终于全部签字交工了。

这一刻，参与油轮建造的4000多名干部职工喜极而泣；这一刻，30万中国造船人应该骄傲自豪！

30万吨超大型油轮的起航，实现了中国在超大型船舶建造上"零"的突破，也打破了日、韩等少数造船强国在这一领域的垄断，是中国船舶工业发展史上的一个重要里程碑，像我国当年第一艘出口船"长城"号一样，成了海上一块巨大的广告牌，为我国大型船舶进入国际市场又拓宽了新的门路。该船被评为中国十大名船之一，并获设计奖和建造奖，被船东称为"Pioneer of China（中国先锋）"。

《日本经济新闻》评价大连船舶重工是中国造船业"追赶日韩的旗舰"。

"忽报人间曾伏虎，泪飞顿作倾盆雨。"VLCC下水了，大船坞的作用显现出来了，而柴树藩却没能履约来看30万吨超大型油轮的起航……

他直到80多岁高龄，还在昼夜加班，考虑船舶工业"九五"规划，夫人陈欣逗他："这么大年纪了，还打工啊？"柴老一本正经地说："我这是为党打工，看来得干一辈子了！"直至病倒住院，领导和同事们前来探望时，他谈的最多的还是船舶工业。他吸着氧气，打着点滴，仍然念叨着外高桥船舶基地的建设上马一事。他将他的生命完全融入了造船事业。

柴树藩在大力推动民船出口的同时，对军舰制造一刻也没有放松。在他和后任领导决策下，中国海军不断接收到现代化的导弹驱逐舰、导弹护卫舰、导弹核潜艇、攻击型核潜艇、常规攻击潜艇、船坞登陆舰、卫星测控船和其他特种舰船，其中一些军舰已经出口国外。中国造船业为中国海军迈向蓝海、迈向大洋出了大力。以今天中国的造船能力和技术，造航空母舰也并非难事。

1997 年 2 月 13 日，柴树藩同志病逝，享年 87 岁。遵其遗嘱，他的家人将其骨灰撒在上海外高桥造船基地和大连造船新厂香炉礁海域。

柴树藩走了，他悄悄地走了。

鞠躬尽瘁一生，魂归大海。

今天，中国造船工业以雷霆万钧之势，崛起于中国的海岸和江河。无论接单量、还是持单量，都已经超过日本，雄踞世界造船业的第二位，2008 年的产量达 2800 万载重吨。面对这种充满希望的局面和良好的前景，我们不由地感慨万千。我们相信，当年六机部、上海交大的领导和许多干部职工，也会发出同样的感怀：为中国造船工业审时度势、领导有方、恪尽职守、鞠躬尽瘁的老部长、老董事长柴树藩同志，为中国造船业作出了巨大的贡献。

在当时那种体制下，一位领导人利用他有限的空间和权力，在短短的几年时间里，能干出如此有声有色的伟大事业，能对千百万人发挥长时间的影响，柴树藩是做得非常出色的一位。

写这部书时，我们与柴老的女儿柴小林谈及柴树藩毕生的事业和最后的愿望。柴小林说："父亲在最后的时刻，这样告诉我，假如不是'文革'和那些事件耽误了 20 年，我们做得一定不会比他们（我理解是西方国家）差！"

这是何等豪迈的气概呀！

这才是真正共产党人的伟大气魄！

他给我们留下了太多的精神财富和思考。

第十九章
既要争气，也要挣钱

　　苏尔寿柴油机的核心技术引进了，日本的管理模式搞明白了，德国的造船工艺学会了，世界船舶市场的大门正一点点地向中国敞开。中国造船人摩拳擦掌刚刚准备大干一场之际，世界经济却不争气，又开始了新一轮的萧条，受其影响，1985年航运业再次跌入谷底。

　　大连造船厂挟"长城"号的余威，意气风发，踌躇满志，在此之前一口气接了十几艘巨轮的订单，相继开工投产。正准备交船，两家航运公司却接连破产倒闭，造好的巨轮压在了手里。坏运气来了真是挡也挡不住，挪威的船东也跟着添乱，一纸传真：因企业破产，在大连造船厂订购的两艘船，无力承接，宣布弃船。

　　一下子损失4艘船，丢了整整2亿元，不算本钱，光每年多支付的银行利息就1000多万元，而国家当时拨给大连造船厂的流动资金不过才3000多万元。国内市场各种原材料、设备却又大幅度涨价，企业内外交困，雪上加霜，陷入前所未有的"绝境"。1985年，这个万人的大厂赢利仅有78万元，全厂职工的人均工资只有68元，人均住房仅2.8平方米，如果再有一丝半点的闪失，工人可能连这点微薄的工资也保不住。沉重的包袱压得大连造船厂难以为继。

　　资金链断了，剩余的十几艘船，就像多米诺骨牌一样，会一张张跟着倒下。由于工厂资金匮乏，艘艘船面临拖期、罚款，甚至弃船的危险，尤其是为挪威克纳森航运公司建造的11.5万吨穿梭油轮，很难按期交货。这家公司的船东几次宣称：只要船晚交一分钟，他就弃船！如果再出现弃船，对大连厂来说，将是灭顶之灾。

这个做法似乎不太人道，但市场竞争本身就是冷酷的丛林法则。

我们除对船东不礼貌的态度表示遗憾外，实在也说不出更多的理由不按期向他们交船。

穿梭油轮奔波于产油平台和卸油码头之间，就像机场里的摆渡车。北海油田风急浪高、气候恶劣，所以对这种船的要求相当严格。它有先进的自动定位装置，可以保证船在 5 米高的波浪中自动定位；它有先进、安全的装油系统，可使油船在风浪中正常装卸，即使发生特殊事故，也可自动封闭油管，同时，它有大功率机电设备，装卸 11.5 万吨原油的时间不超过 14 小时，全船的自动监视点达 1600 个，等于一艘现代化的万吨级集装箱船的 10 倍。

挪威方面把"兰希得·克纳森"号和"奥斯科·比龙娜"号给中国建造，内部本身就有人反对，决策者压力很大，当初挪威要订造两艘巨型油轮的消息传出后，参与投标的竟有六七十家船厂，几乎囊括了全世界著名的造船厂。中国人在众多的竞争对手中夺标，这让不少参加投标的厂家感到惊讶，也让一些老牌厂家感到愤怒和嫉妒，有的厂家出言不逊："共产党中国言过其实，等着瞧吧！"夺得这两艘船的订单，简直就是火中取栗，虎口夺食！今天绝不能就这么轻易放弃。

大连湾，被弃的巨轮黑黢黢地漂泊在海面，就像一块块巨石压在了大连造船厂 1.5 万名职工的心头，沉重得让人几乎喘不过气来。

一位退休工人找到上任不久的厂长王有为，含着泪水说："厂长，日子再难，也不能让咱们这艘大船沉了呀！"

难，当然是很难，但是再难也没有战争年代难吧？

要使大连造船厂这艘"大船"不沉，首先要使"大船"人的精神不垮！永不言败！

正是靠这种精神，中国造船人白手起家，在一片废墟上创建了中国历史上最大的造船基地；

正是靠这种精神，中国造船人在动荡和曲折的年代，为新中国造出了第一代核潜艇；

10万吨浮船坞。（《国际船艇》 供图）

正是靠这种精神，柴树藩才能顶着"四人帮"的淫威拍案而起。

人活着，必须有点不服输的精神，面临生死攸关的考验，更需要这种精神！

大连造船厂是劳模的"摇篮"。这里全国、全省的劳模有上百个，这里无名的劳模不计其数……

东北的黑土地养育了一大批铮铮铁骨的汉子！

狭路相逢勇者胜！拼了！

在工厂发出"大干60天，背水一战"的口号之后，王有为，这个年富力强万人大厂的厂长，第一个把行李卷扛到了船台上，在船台上整整住了半年。不用搞宣誓大会，也不用喊口号，指挥员都冲到了第一线，士兵当然知道自己该怎么干。工人们不约而同地把行李搬上了船台，老工人们回忆说："王有为这样的领导，我们从心眼里服他！"

不知是谁书写了一幅大标语，挂在了船台上："不造好出口船，无颜见妻儿老小！"字写得并不好看，却透出了中国工人阶级的一股斗志和勇气！

工友之间相互见了面，连点头打个招呼的礼节也觉得多余。60天，只有60天，必须交船！这时间，是用分分秒秒来计算的。无话可说，无条件可讲。

一个个不眠之夜，灯火通明。高高的船台上，耀眼的焊光划破漆黑的夜空；吊装的指挥哨声，震颤着早已沉睡的黑夜。

舒德骑先生这样写道：他们这样拼死拼活、没日没夜地干，是为了什么呢？如果说单纯为了钱，那就大错特错了！一线的生产工人，每月才拿30元奖金；最低的，是厂长王有为和党委书记李少丹，每人每月奖金是5元！

如果人活着是为了金钱，李大钊先生就不会从容地走上绞架，叶挺将军不会宁愿把牢底坐穿，杨靖宇将军不会牺牲后肚子里全是草，江竹筠女士不会十个指头被竹签钉得鲜血淋漓而紧咬牙关，千千万万的红军战士也不会吃树皮啃草根、前仆后继而勇往直前！

如果这个世界尊崇的东西，只剩下了金钱，那本身就是这个世界的悲哀！

在建造油轮期间，全国劳模、女焊工郭玲华和她的班组共义务献工2000多小时，她个人就献工450多个小时。郭玲华当焊工30多年来，一共义务献工多少小时，一共用去了多少根焊条，焊接的焊缝连接起来一共有多长？恐怕连她自己都说不清楚！人们只知道她焊接的焊缝平整光滑，以100%的合格率获得国外验船师的称赞。

建成一艘大船，凝聚了多少船台骄子的奉献：三伏酷暑，火一样的太阳烤得人汗水流干；三九严寒，刺骨的寒风冻得人透心儿凉。在那突破重围、突破造船业危机的岁月里，在大连湾的一艘艘航船上，刻印着大连造船厂多少船台骄子甘于奉献的身影！

面对当时大连造船厂的险恶处境，从国务院到船舶总公司、到各兄弟船厂都异常关注。

1985年8月11日，柴树藩亲笔写信给副总理姚依林和张劲夫，就大连造船厂资金困难问题请求中央给予支援。

中国船舶工业总公司总经理冯直几次来到大连，他亲眼看到了大连造船厂的工人们为这艘船在以命相搏。当听说厂里困难到连工人的工资发放都有困难时，冯直的眼睛湿润了，他对王有为说："总公司就是再难，也一定要帮助你们渡过这个难关！宁愿公司机关不发工资、奖金，也要支持你。"

主管生产的副总经理王荣生听工厂讲技术工人不够，他立即亲自下令，四方协调，抽调其他船厂的精兵强将支援大连造船厂。各兄弟船厂听说大连造船厂的处境后，没有提任何条件，立即派出最好的技术人员和工人奔赴大连。

为了按时交船，生产副厂长、这艘油轮的建造总指挥朱学成，把他的"办公室"搬到船台下面一个不足10平方米的铁皮房子内，工程越来越紧张，朱学成干脆吃住都在船上了，一天24小时与工人摸爬滚打在一起……他们终于按时向船东、向祖国交了一份满意的答卷。

1987年1月20日晚，"兰希得·克纳森"号下水试航，巨大的船艏划开海面，它的身后涌起雪白的浪花。

这艘长256米、宽46米、型深22.2米的巨轮，是当时大连造船厂，也是我国建造的最大出口船。

"主机工作正常！"

"发电机工作正常！"

"全船管系没有一丝泄露！"

"操作系统所有仪表仪器工作正常！"

全船300多名试航工人，几百双带着血丝的眼睛，一眨也不眨地盯着

1200 多个报警点。参加试航的领导和工人，每颗心都提到了嗓子眼儿上。

挪威方面的验船师们，每张脸都绷得像淬过火的钢板。这情形，紧张得让人透不过气来。

1200 个报警点，就像 1200 枚炸弹，谁知道哪枚炸弹会爆出声响？这时候，工人们才真正领会了"市场竞争"的残酷无情。

整艘船上，除了机器的轰鸣，剩下的只有几百颗心脏噗噗跳动的声音。

巨轮在 8 级风浪中顽强地航行。

终于，试航结束！双方都不约而同地抬起手腕看表。

1987 年 1 月 20 日，11.8 万吨的"兰希得·克纳森"号离合同交船时间提前 3 小时 14 分钟。

全船的工人们高兴得跳了起来！许多张憔悴的脸上，流下了不知是欣慰还是苦涩的眼泪。整整一年了，大连厂的干部职工已经忘记了天上有火样的太阳，已经忘记了海上有刺骨的寒风，已经忘记了白天和夜晚，已经忘记了家里的蜂窝煤、煤气罐，还有妻子的温存和儿女的笑靥……他们终于交出了一份满意的答卷。大连厂依靠自己终于走出了困境，他们没有被击倒，而是再次傲立在船舶界的前列。[①]

大船如期交出去了，可副厂长朱学成不久却累得倒下了。

有一天，朱学成在船台上突然大口吐血。入院一诊断：胃癌！而且还是晚期！

在病房里，朱学成拉着党委书记李少丹的手说："我还没到 60 岁呢，我还没干够……"李少丹紧紧地握住他的手，哽咽着安慰他："老朱，你还能干、能干……"

朱学成走了，他带着"还没干够"的遗憾走了。

壮志未酬身先死，长使英雄泪满襟！

几年后，刚上任的厂长陈文松也倒下了。

就在他临进医院的前两个小时，他还在主持厂长办公会，研究工期。

面对着按期交船的巨大压力和焦虑，整日的劳累和着急，陈文松无暇顾

---

①舒德骑：《惊涛拍岸》。

及自己的身体，以致延误了治疗时间。当医生为他做手术时，在场的几位医疗专家都惊呆了！陈文松胃部的癌组织已严重溃烂出血，腹腔肿大的淋巴结、癌肿扩散触动着神经中枢，这种撕心裂肺般的剧痛是常人无法忍受的。让人难以置信，这样一个病人，竟然还能连续几十个小时超负荷地工作。一天半夜，他夫人见他还没回来，便打电话问厂里值班秘书，秘书回答厂长已经回去快一个小时了。夫人放下电话，忙往外跑。一开房门，只见陈文松正跪在门前，捂着肚子，疼得说不出话来。陈文松是靠着超常的毅力，靠着一种顽强的精神，走到了生命的极限！

1992 年 10 月 8 日，大连厂的职工送走了他们的一位好厂长——陈文松，全厂职工和驻地海军官兵无不为之悲痛，两年前，大连造船厂的职工也是这样送走了他们的另一位好厂长——朱学成，时间隔得并不长，大伙儿泪如泉涌。

两年累死两个厂长，沧海作证，中国造船业的腾飞是无数生命托起的啊！

这次鏖兵奋战，大连造船厂付出了沉重的代价。受制于人太被动了！"大船"人从中悟出个道理：在船价最低时，坚决采取收缩策略，调整生产结构，主攻修船和非船舶产品，绝不贪多求全，绝不接没把握的船型，绝不使工厂背上沉重的包袱。就在挪威油轮"兰希得·克纳森"下水当年，大连厂的修船产值由 2000 多万元发展到 7000 多万元，并且恢复了与苏联中断了 20 余年的修船业务，一边修船，一边静候国际市场船价回暖。

直到今天，"大船"人也牢记着那次绝地反击。这笔学费交得值！

历史往往惊人地相似，同样的危机十年后也降临到江南人头上……

1997 年，亚洲金融危机爆发，国际船市持续低迷，承接订单非常困难，建造常规散货轮已几乎无利可图。江南造船厂连续 22 个月未接到一艘民船订单，上万人的生计出现问题。身为一厂之长的陈金海渴望杀出一条血路：江南造船厂冒着风险转向高新技术船市，连续接下了 18 艘船的订单，分别是 7.08 万吨巴拿马型自卸式散货船、1.37 万吨化学品／成品油船、1236TEU 高速无仓盖集装箱船、2.2 万立方米半冷半压式乙烯液化气船，共四型 18 艘，全部是中国造船史上没有建造过的高新技术船舶产品。

1236TEU 高速无仓盖集装箱船，全船配置计算机网络系统，实现了真正

半冷半压式乙烯液化气船，建造难度相当大，高技术船虽然是高附加值的，但也是高风险的。（阮瑞民 摄）

意义上的一人驾驶，当时世界上只有德国著名的哈德威船厂建造过五艘。

7.08万吨巴拿马型自卸式散货船的大型自卸系统采用流量可控式斗门，为世界最新设计，首次装备在船舶上，其自动卸货速度达到卸煤每小时4000吨，卸铁矿石每小时6000吨。仅该船敷设的电缆总长就达210公里。

2.2万立方米半冷半压式乙烯液化气船，其运载的乙烯液化气达到零下104℃，比南极的最低温度还要低20℃，普通钢板沾上这种液体，就会因"冷脆"而裂缝，这些特殊钢材的加工制作难度相当大。

高技术船虽然是高附加值的，但必定是高风险的。

本来以为是为企业带来了救命的粮食，没想到却成了烫手的山芋。

这四型船材料之特殊，结构之复杂，工艺技术要求之高，工程量之大，都是前所未有的，超出了陈金海的预想，也超出了江南厂的预想。虽然动用了全厂一切力量日夜攻关，但毕竟技术储备不足，人才有限，眼看着不能如期交船，高科技的东西有时光靠斗气解决不了问题。

有些外国船东却不急于接船，抱着膀子等着看江南厂的笑话，甚至故意刁难船厂，企图转嫁经济危机，迫使船厂接受其罚款、降价贱卖等条件。

这18艘船，艘艘都价值连城，一艘船的造价就是三四千万美金，哪怕有一两艘船按时交不了，江南厂恐怕就将难逃厄运。就在最困难的时候，陈金海夜里视察工作时不小心又在码头摔断了手腕骨，真是"屋漏又逢连阴雨"，江南造船厂遇到了前所未有的危机。

市场不相信眼泪。历经沧桑的"中国第一厂"，面临生死考验，历史上最危急的时刻到了……

1999年7月1日，中国船舶工业集团公司①成立。集团公司一方面全力帮助江南厂跨越难关，号令沪上各兄弟船厂选派精兵强将支援老大哥船厂，另一方面更希望江南人以壮士断腕的勇气来一次脱胎换骨的蜕变。总经理陈小津专门给交大时的老同学、江南造船厂董事长陈金海打电话，话语之重，掷地有声："你就是死在船台上，也要把这18艘船按时交出去！"②

《孙子兵法·九问》中有一句话："投之亡地然后存，陷之死地然后生。"今天，江南人也到了这种背水一战的境地。

当代江南人身上仍然存续着江南机器制造总局时期"自强不息"的先辈遗训。"江南厂永不言败！"在陈金海透着悲壮的动员令中，江南人永不妥协、永不言败的拼杀豪情再次迸发了！

第一次造世界上最先进的液化气船，用的是德国人的专利，材料、焊条全部是进口的。整艘船最关键的是输液管焊接工作，管线、焊条全是国外进口的细晶粒材料，焊接难度极高。焊工被称为"工业裁缝"，是地地道道的手艺活儿，也是最普通的一个技术工种。没想到，外国专家对上岗焊工进行了近乎苛刻的严格考试。

从元旦开始考，一直到3月23日，厂里的焊工没有一个考出来的。外国专家回国的机票是4月7日，如果还没有人考过，企业就要按合同赔款。

刘维新，新中国的同龄人，江南造船厂电焊组组长，一个有着"焊王"之称、身怀绝技的传奇劳模。与那个时代的其他工人一样，他有着两个鲜明的特征，一个是对祖国的无限忠诚，一个是对技术的无限推崇。

---

①根据《中共中央关于国有企业改革和发展若干重大问题的决定》，原中国船舶工业总公司一分为二，北方造船企业以大连厂为核心组建中国船舶重工集团，南方造船企业以江南厂为核心组建中国船舶工业集团，防止行业垄断，促进竞争。
②叶宝园：《自强之路》。

沪东中华举行第六届高级工比赛。焊工被称为"工业裁缝"，是地地道道的
手艺活儿，也是最普通的一个技术工种。

　　陈金海把刘维新叫了去，握住他的手说："刘师傅，你上吧，你是我们
最后的希望了！"整整考了六天，厂子里的大小"头头儿"个个提心吊胆，寝
食不安，直到看见工艺员乐得张开大嘴跑出来，才算一块石头落了地！考试通
过，意味着本该由多人完成的焊接任务，将由刘维新一人完成。刘维新一个人
提着焊枪上了船，厂里派了两个助手照顾他的生活，递水打饭，除了上厕所，
什么都不用他管，每天从白天到黑夜就是不停地焊……之后的日子里，船，就
成了他的家，他整整在船上度过了八个月。这期间，厂长陈金海四次专程跑上
船去看他，这在江南厂历史上从未有过。

　　看到新船一天天地建成，外国船东急了，开始对造船流程指手画脚，处
处刁难，说严重点就是鸡蛋里面挑骨头，迫使你延长工期，拖到一定程度以后
他们就弃船，要不然你就得把船价砍掉三分之一甚至砍掉一半。对于船东的无
理取闹，陈金海开始认识到市场经济公平面纱下的残酷无情。他连夜召开了紧
急会议，愤怒地说："顾客并不都是上帝，有些是魔鬼，面对魔鬼，我们只能
抗争！江南厂要敢于说'不'。"

　　2.2万立方米液化气船下水后，船东派来四个监造师，据调查，这几个人
竟是与船东合股造船的。因有利益瓜葛，他们处处无理取闹，故意刁难船厂。
与其坐以待毙，不如绝地反击，陈金海开始组织人搜集证据，为将来对簿公堂做准备。证据收集得差不多了，对方闹得也越来越不像话。终于忍无可忍，陈金海这个福建汉子火了。一天早上，他吊着胳膊指挥部下突然用铁链把船东监造师的办公室锁起来，贴上英文纸条，宣布他们为"不受江南厂欢迎的人"，让其滚蛋！四个洋人监造师咆哮不止，但他们心知理亏，闹了一阵后，不得不灰溜溜地打道回府。江南厂请来了中立的德国劳氏船级社（GL）的验船师进场检验，很快报验通过了全部项目。

12月31日，大船下海出航的日子。船上的油漆漆好了，彩旗插好了，贵宾已经到了休息室，准备试航时，船上还有最后两个焊点没有验完，一向严谨的德国监造师看完后竟说："这两个就不用再做探伤检验了。"业内人士都清楚，焊口脱焊对一艘液化气船来说就意味着大爆炸。但此刻，他们对这位中国工人的技术充满了信心，因为此前几千个焊点探伤检验100%合格，刘维新创造了造船界的一个焊接奇迹！他靠自己的技术征服了严谨的德国人。

建造巴拿马型自卸式散货船时，斗门突然出现裂缝，几十位技术人员连夜开会讨论，但仍找不出原因。刘维新正在另一艘船上忙活，接到电话，问了一下裂缝的样子和部位，他肯定地告诉同事："没大事儿，应该是材料搞错了，都回家吧，明天上班我来解决好了。"第二天，刘维新去换了电焊材料，问题果然迎刃而解。还有一次，一个焊工在焊接管子，偶然路过的刘维新用鼻子一闻，便停了下来，告诉他焊条用错了。工人们不信，一查果然错了。好险！

刘维新就这么神！江南造船厂有上千焊工，刘维新就是他们的"精神领袖"。

他虽然只是小学毕业，但在焊接领域，他可以与任何一位专家进行平等的对话。他给金属焊接业留下的是一片惊叹和赞扬。

刘维新在一次手术中，由于误诊被切去了三分之一肝脏，至今肝脏上还留着一个洞。后来领导为照顾他，想调他离开生产一线，可他还是要继续做电焊工。"厂里培养一个好的电焊工不容易！电焊工要靠一根根的焊条来练，好焊工都是用钱堆出来的。我不想当官，我就想当一个好焊工。"刘维新平淡地道出了心里的真实想法。

这是条标准的硬汉，这才是真正的上海男人，与我们看到的电视剧里的那种上海男人截然不同。

依靠着一个个像陈金海这样的领导、像刘维新这样的能工巧匠和"拼命三郎"，江南人啃下了一块又一块"硬骨头"。经过日夜鏖战，江南造船厂的四型18艘高技术船终于相继完工，创造了中国船厂建造当代高技术船舶的新纪录。江南厂在国内率先实现了产品结构由普通散货船向高技术船的升级换代，成为公认的技术水平最高的中国船厂。这段艰苦的日子让陈金海和许多江南人一生都无法忘却。

虽然最终上了一个新台阶，但细算下来，这些船几乎无利可赚。他们在险恶的国际造船市场中再次付出了沉重的"学费"，江南人对承造四型18艘高技术船之举开始反思。

"在接船上，江南的问题用句通俗的话说就是'消化不良'。认为自己是第一，什么最难，什么最新，都应该上，这就变成包袱，这就是荣誉的包袱。第一不代表在任何领域都是第一，任何领域都做第一也是不可能的，要在集中体现自身特点的领域做第一。"陈金海回忆道。[1]

王荣生也告诉我们："江南厂任务不足，关键的时候饥不择食。有船就抓，抓住了滚装船。每抓一艘新船，都要'喝几口水'。这个教训深刻。"

市场经济确实给江南人上了一课。江南人总结提炼出船舶经营的十二字真经："适度开发，成熟批量，随行就市。"用陈金海的话来说就是："对于开发新产品，好船价不如好船型，好船型不如好船东。"

也许是大连厂和江南厂都走过了一条相似的布满荆棘的道路，历尽坎坷，交足了学费，他们不再盲目贪多求全，而是寻找具有自己特色的发展之路，最终实现了凤凰涅槃，所以才有了以后的"中国大连型"阿芙拉油轮、江南的5668TEU集装箱轮呱呱落地，中国造船才会在世界船舶界占据具有独立自主产权的一席。

看看这些船厂，看看这些老总，看看这些工人，听听他们从生产和市场第一线得出的经验和教训，我们的领导者、企业家们，包括在市场经济中摸爬滚打的所有人，都应该分享他们的精神财富。

---

[1]叶宝园：《自强之路》。

第二十章

"中国自豪"：大连型、江南型泛波海上

在中国造船史上，大连是一个不能被忽视的名字。1898年6月1日，俄国沙皇尼古拉二世签发了在大连青泥洼海滨修建"船场"的诏书。这一天被确认为大连造船厂的建厂日。

新中国成立后，几十个冠以"中国第一"的船舶从这里劈波远航：中国第一艘万吨级远洋货轮、中国第一代导弹驱逐舰、中国第一座海上石油钻井平台、中国第一艘远洋油水干货补给船、中国第一艘按国际标准建造的出口船舶、中国第一艘30万吨超大型油轮、中国第一台大功率船用低速柴油主机……大连有着我国造船业"半壁江山"之称。

行走在冬日的大连造船厂内，天色虽已黑下来，但这里亮如白昼，焊花飞舞，呼吸着带有浓浓咸腥味的空气，应和着不断拍打堤坝的海浪，工人们在加班赶造船只。

"我们船厂的订单都排到2011年了！"大连造船厂的工人脸上荡漾着喜悦和自豪。

究竟有过多少船从这里下海驶向世界？问造船工人，他们也说不上来，这个答案，只有那默默矗立在海中的老船坞心中有数。

据英国伦敦劳埃德《航运经济》提供的资料，2007年大约有5800万吨成品油通过海上运输渠道运送到远东，到2009年增加到6800万吨，远东地区成品油的需求量在今后将以年均500万吨的幅度持续增长（西方预计中国到

阿芙拉型成品油轮经济性极佳，该型船舶一般为8万—12万载重吨。（华盖创意 供图）

2010 年将年均从中东地区进口 400 万吨成品油），这进一步造成成品油运输紧张。中、远程成品油轮运力的供应量十分紧缺，成品油轮变得越来越吃香，其运价涨幅超过了原油轮，成了炙手可热的"宝贝"。

在降低运输成本的规模经济驱动下，远程成品油轮也从传统的 5 万载重吨一步步增加到了 10 万载重吨。加上大批老龄油轮即将被淘汰，成品油轮的订造数量一直保持着上扬的态势。

2002 年，单壳油轮"威望"号在西班牙海上沉没，造成了全球有史以来最严重的生态灾难之一，西班牙沿海 4000 多名渔民因渔业资源受到污染而不能下海捕鱼，经济损失达 3 亿欧元。据国际海事组织的报告，"威望"号是十年内沉没的第四艘由日本制造的单层船壳油轮。鉴于单壳油轮的失事率比双壳油轮高 5 倍，欧盟从 2003 年 10 月 1 日起禁止单壳油轮停靠其码头。

这是一个绝佳的时机，大连船舶重工①立即派出大量技术人员赶赴欧洲，迅速搞清了欧洲船东的特殊需要，决定以此为契机自主研发世界先进的阿芙拉型成品油轮，以迅速占据成品油轮市场。

阿芙拉（Aframax）是希腊神话中爱与美的女神，她在罗马神话里的名字——维纳斯，国人可能知道得更多些。在成品油轮中，阿芙拉型油轮最受欢迎。该型船舶一般为 8 万–12 万载重吨，吃水 14 米，船长 230 米，船宽 42 米，承载量为 60 万–70 万桶，可以停靠大部分北美港口，过去被称为"美国油轮船"。因其平均运费指数 AFRA（Average Freight Rate Assessment）最高（阿芙拉就是取平均运费指数的英文缩写而得名），经济性极佳，又被称为"运费型船"。

大连船舶重工设计的阿芙拉型船均为双壳体，不设中壁，货油舱宽度达船宽的 90%，远远超过传统单壳体油舱宽度在 60% 左右的尺度，是一型宽圆胖的油轮，不仅储油量大，而且安全性也好，可谓"鱼和熊掌兼得"。从某种意义上讲，它代表了世界油轮发展的方向，是中国船舶生产历史上的一个突破。该型船的自动化程度也极强，机舱设备均可自动运行，无需操作人员在现场控

①香炉礁新区建成大连造船新厂。2000 年大连造船新厂改制为大连新船重工有限责任公司，2002 年大连造船厂改制为大连造船重工有限责任公司。在分建的 15 年间，新老两厂发挥各自优势，共同筑起中国造船业的"半壁江山"。

制，如有故障均能自动报警乃至自动换车。在控制室只需一人即可对全船的货物装卸及防火、防爆、排污情况进行监控，并自动记录。欧洲船东和各大船级社对大连船舶重工的设计和施工工艺方案非常满意，许多船东争相提出询价和订货要求。

大连船舶重工抢先一步占领了制高点，如今 11 万吨成品油轮被国际航运界誉为"中国大连型"，希腊船东高兴地称其为"第三代阿芙拉型"，成为我国品牌船型打入市场的成功范例。

大连船舶重工进军阿芙拉型成品油轮确实是神来之笔，如今这仍是我国船舶工业开发最成功、最具市场前景的代表产品。

据日本 SCA 的统计，尽管全球阿芙拉型油船的手持订单已将近百艘，但阿芙拉型油船订造热到目前还没有出现停止的迹象。由于有较好的性价比，阿芙拉新油船的价格十分稳定。

1998 年 3 月 20 日下午 3 时，大连造船新厂 30 万吨大坞。

46 岁的女电焊工丛菊红仪态端庄地站在麦克风前，以"教母"的身份，准备为坞内停泊的一艘 11 万吨阿芙拉型成品油轮"海皇"号命名祝福。

给造好的船舶命名是一项很隆重的仪式。按一些国家航运界的传统，担任教母的通常是船东夫人或地位、实力显赫的女性。（包玉刚当年就是邀请了一大批国际政坛上的女强人为其担任新船教母。）这次"海皇"号的船东、希腊著名航运集团森纳玛丽斯公司总裁、执行董事沃佐尼斯先生打破了常规，他说，这一"惊人之举"是为了表达对中国造船工人辛勤劳动的感谢和尊重。

在"海皇"号建造的一年多时间里，他和驻厂的船东代表、验船师们对油轮的设计、建造的速度、质量、工艺等非常满意，也深为船厂工人们吃苦耐劳的工作态度所感动，于是便萌生了这一想法。最后，造船新厂管加工车间女电焊工、全国劳动模范丛菊红凭着精湛的技术和踏实的工作，成为中国造船系统建造出口船舶以来"客串"异国教母的第一人。后来这也成为"大船"人谈到阿芙拉型油船时必然要提及的一个小插曲。

大连造船厂每艘船下水时溅起的海浪都辉映着中国造船的辉煌与荣耀……

造船，已成为大连的一座城市标志。

它伴随着共和国一起成长，风雨同舟，为共和国创造了辉煌的业绩。"大

一艘6.4万吨的货轮正通过巴拿马运河。"中国江南"巴拿马型的诞生，
意味着中国造船业真正进入了国际市场。

船"100年的风雨历程，也是大连这座城市的缩影，历经灵与肉的抗争，剑与火的洗礼，心与力的奉献，智与识的飞升，最终走向辉煌。

江南厂造的每一条船背后都有一个故事。

"中国江南型"散货轮是第一个在国际租船市场上挂牌交易的国内船舶品牌。

20世纪80年代中期，随着船舶大型化的发展，3万吨以下的散货船已渐失竞争力，江南厂敏锐地感觉到，要发展必须造大船。机遇终于来了。1984年7月，香港泰昌祥轮船公司主席顾国华有意向江南厂订购6.4万吨巴拿马型散货船，而且各项指标必须达到世界先进水平。

6万吨，对于当时的江南造船厂而言，是个新高度，在此之前，江南厂造过的船在2万吨左右，当时船台也只有4万吨级，而且从驱动、焊接到控制系统，许多技术都没有碰过。香港和日本的海外航运界更为吃惊，怀疑中国船厂是否有能力按时交船。此前，第一造船大国日本的船厂已在这种船型的开发设计上捷足先登，其船型性能指标达到很高的水平。

考验摆在面前，但如果不接这一订单，不加入世界船舶高端市场，江南造船厂就会失去发展的机遇。

这一刻，江南造船厂选择——上！

技术创新，成为突破困难的利刃。

当时2号船台正在接长，不能整体合拢6.4万吨船的船体，江南人就创造性地在3号船坞采用二段建造法，单元组装、上层建筑整体吊装……偌大的船体被有机地分成几个部分，分别建造，再统一拼装。

钢板焊接要求高，江南造船厂采用单面焊双面成型的新工艺，确保焊接质量，提高工效两倍以上……谁也没想到，第一次造6万吨以上大船，江南造船厂仅仅花了88天就完成船台工作，创下一个新纪录。

这艘6.4万吨巴拿马型散货船的首制船，最后由国务委员陈慕华命名为"祥瑞"号，取义"祥云万朵，瑞气千条"。1987年10月，"祥瑞"号拉响了长长的一声汽笛，投入处女航，结束了江南造船厂建造出口船单船吨位徘徊在2万吨左右的历史，标志着江南造船厂开始跨入技术难度较高的大吨位船舶的建造厂家行列。

1988年初，香港船东安排旗下的"祥瑞"号散货船与在日本建造的同型船"日武丸"轮一起远航。途经太平洋时，两船遇到11级强台风，海况极其恶劣。新交付的"祥瑞"号能否在大风大浪的考验下安然无恙，很多人暗暗捏了一把汗。在波涛汹涌的大洋上，江南厂派出的保证工程师目睹了这样一幕：中日船厂建造的两艘巨轮开足马力，全速航运。渐渐地，"祥瑞"号把"日武丸"轮远远抛在后面。这场惊心动魄的海上"马拉松"赛，是不同国家建造的两艘同型船在比航速、比马力，更是在比品牌、比国威。

结果：中国完胜日本！[1]

在国际航运界，江南厂建造的巴拿马型散货船很快赢得声誉。"祥瑞"号一上市，就被英国伦敦国际租船市场单独挂牌列入标价系列。因为改型船是适合巴拿马运河的船型，所以被命名为"中国江南巴拿马型"，亦称"中国江

---

[1]叶宝园：《自强之路》。

南型"。它意味着中国造船业真正进入了国际市场。

"中国江南型"从 6.4 万吨起步，后来逐渐发展为 6.5 万吨、7 万吨、7.3 万吨、7.4 万吨、7.6 万吨等同型系列船，成为中国建造最多的船型。这一完全由中国人自主开发的品牌船型，吸引了世界各地知名船东来中国订船。巴拿马型散装货船逐渐成为江南造船厂的拳头产品。

1987 年底，位于美国波特兰的美国拉斯科公司与江南厂签订了出口美国两艘 6.4 万吨巴拿马型散货船的造船合同。世界头号海上强国开始向中国订船，这可是个好兆头，江南厂精益求精，如期完工。

1989 年 9 月，秋天带着落叶的声音来了，两艘 6.4 万吨巴拿马型散货船也建好了，肩并肩地巍然屹立在船台上，等待着下水的日子。这时，美国拉斯科公司总裁斯尼茨亲自带着一大帮人来到江南造船厂。走进宽阔的厂区，两艘庞然大物静静地停靠在船台上，它们的下半部被漆成红色，上半部是悦目的天蓝色，微微翘起的船艏两边用白色漆着醒目的船名："Pacific Ocean"（太平洋洋）"Pacific Sea"（太平洋海），崭新的船身泛着青春的闪光，迎着轻轻吹来的长江春风，似两位穿好了新嫁衣的少女，光彩照人，等待着走进新的生活；又似两匹饱食水料的战马，鼻翼翕动，盼望着去驰骋疆场。在崭新的船上转悠了半天，检验的结果显然是满意的，美国人紧绷的脸上露出了笑容。

下船后，斯尼茨总裁凝望着两艘新船船艏的名字，久久不语，思考着什么。按照船东的要求，两船分别被命名为"太平洋洋"号和"太平洋海"号，英文名字已焊上了船舷，在斜阳下烁烁发光。斯尼茨突然神情严肃地对站在身旁的江南厂领导说："把船名文字铲掉。"在场的人们吃了一惊，以为是船名的英文字母拼错了呢。斯尼茨随后说："我想把船名改为'中国光荣'号和'中国自豪'号，当然，返工的钱我来付。"

此时，国内政治风波刚结束不久，中美关系恶化，以美国为首的西方国家正对中国实行制裁。这个美国老头儿主动将船名改为"中国光荣"和"中国自豪"，表达了对中国造船水平及诚信精神的信任和褒奖，也传递了美国人民对中国的友好感情。

新船下水时，美国驻华大使听说此事，专门要来江南厂为这两艘船剪彩，这其实是在放政治"气球"，江南厂不敢做主，急忙上报，北京的答复是让他去。中美关系历史上曾有过"乒乓外交"，在江南厂的历史上，造船工业在国内政治风波之后为中美微妙的外交关系也提供了一个小通道。

斯尼茨先生在新船下水仪式上十分激动，当场表示："我们原准备在其他国家建造的另外三艘7万吨的同型货船，仍然交给江南厂建造。这几艘船，将共同组成我们公司的中国系列，我本人的想法是，后三艘一艘命名为'中国精神'号，一艘命名为'中国希望'号，还有一艘，命名为'中国欢乐'号！"

两年后，美国拉斯科公司果然又连续向江南厂订造了三艘7万吨巴拿马型散货船，并分别命名为"中国精神"号、"中国希望"号和"中国欢乐"号。这些欢快的名字，给当时仍在阴霾之中的中美关系带来了一丝阳光。从此，太平洋彼岸最发达国家的船队里有了"中国"系列的"五朵金花"，形成了"中国家族"，也成就了中国造船史上的一段佳话。

黄浦江畔，江南厂的三座船台和四座船坞内，生产任务紧张而繁忙。从营销部传来的数字显示着"江南速度"——7万吨级巴拿马型散货船，累计订单66艘，已交付44艘；1.64万吨级化学品船，累计订单19艘，已交付7艘……

"在过去，这样的订单量是不可想象的。"江南厂老职工掰着手指头计算："1972年，造一艘900吨的客货船，要花上整整一年。可如今，造一艘比它大近百倍的7.6万吨巴拿马型散货船，却仅仅用几个月！"

江南，近代中国强国之梦开始的地方，正承载着无数造船人新的图强之梦，从历史走向未来。

第二十一章

天下虽安，忘战必危

　　大国都有自己的利益地区，就如同两个人坐得太近会觉得不舒服，国家，尤其是大国之间也是这样，在利益交错的范围就会感到紧张，在海洋上维系国家利益要依赖海军。

　　虽然我们拥有一支战功显赫的陆军，但我们多年来也憧憬有一支能承载国家尊严的强大海军。彼得大帝说过：国家只有陆军，就像只有一只翅膀；同时拥有海军，才算两臂齐全。

　　1953 年，毛泽东在南京检阅海军部队。海军调集了最精锐的两艘护卫舰、两艘鱼雷艇参加，但这四艘军舰的吨位加起来还不如清代的一艘巡洋舰。

　　视察了海军舰艇后，在南京，毛泽东四天时间里连续五次写下了同样的题词："为了反对帝国主义的侵略，我们一定要建立强大的海军。"

　　共和国第一代领袖的心态表露得淋漓尽致。

　　半个多世纪过去了，2008 年 12 月 26 日，中国三艘舰船前往亚丁湾护航，4400 多海里的航程，首次组织海上作战力量赴远海维护国家战略利益，这是对新中国海军的一次检阅。同时，这也是中国造船业的骄傲。此次执行护航任务的两艘军舰"海口"舰和"武汉"舰均由江南造船厂总装。在此之前，第二代驱逐舰 112 舰曾到过太平洋海域，113 舰曾作了环球航行，但都是和平访问，这次深入蓝海是第一次战斗性质的航行，意义深远。法国《费加罗报》的报道说："中国过去很长时间一直停留在绿色近海活动，这次向索马里海域派军舰，是向更广阔的蓝色海洋伸展。中国正在印度洋仔细制作一条海上项链，从巴基斯坦瓜达尔港到孟加拉吉大港，从马尔代夫的马络到缅甸的可可岛。 这一切都让人想到，中国要融入深蓝色的海洋。"

飘扬着五星红旗的舰队已经在亚丁湾巡戈，我们将探究支撑着这支年轻海军愈行愈远的平台——舰船。

近年来，驱逐舰已成为各国争相发展的主流舰种，除美国和俄罗斯还在建造巡洋舰外，各国都在大力发展驱逐舰。驱逐舰的优势在于，它是多功能的战斗舰艇，对海、反潜、对空作战能力兼有。

新中国第一代导弹驱逐舰 051 型，它的对海力量虽然很强大，但缺乏制空力量，指挥系统和远洋自持能力也还较弱。1980 年，英国《每日电讯》的一位海军专栏记者德斯蒙德·韦特思参观了几艘中国军舰，对此，他作出下列评论：舰上似乎没有电子支援措施或消极干扰装置……驾驶台几乎是露天的，舰上没有战斗情报中心，特别是该舰似乎没有燃料和物资补给的装置。这表明，中国军舰仍是一种近岸防御的工具。

看到差距后，我国在上世纪 80 年代自行设计了第二代驱逐舰。这一批驱逐舰的制空能力都较第一代有很大提升，安装了对空导弹，火炮也增强了。但这种驱逐舰仅能做到点防空，也就是在舰船附近区域内的制空，因为导弹射程较短，必须待敌方战机飞近才能打击。这对远洋作战来说是致命的，马岛之战中"谢菲尔德"号的惨痛教训就是例子。

如今赴亚丁湾的两艘军舰均是国产驱逐舰的最新型号，比第二代的排水量大了 1000 多吨，装备也更加先进，尤其是对空能力有了较大提高。两舰都已达到区域防空水平，也就是说制空范围可以涵盖一个区域。这种最新型的国产驱逐舰跟美国"宙斯盾"舰有点相似，被称为"中国的神盾"。

上世纪 80 年代，我国放弃了引进英国 42 型驱逐舰的计划，决定自力更生研制下一代新型导弹驱逐舰。

江南人，从一开始就将"建造一流舰船"设定为自己的目标。

如果说第一代国产驱逐舰还有诸多不完善的话，那么中国新一代驱逐舰已经接近了国际先进水平，有些部位还大大突破了"国际禁区"。

新一代的国产驱逐舰跟美国"宙斯盾"舰有点相似，被称为"中国的神盾"。（崔晓龙 摄）

卫星通信第一次走上了新型导弹驱逐舰，然而，一个不可回避的问题也摆在了总设计师潘镜芙的面前，那就是，卫星通信和雷达同时开机时可能产生的互相干扰。

潘镜芙，中国工程院院士，中等身材，戴着金框眼镜，见人乐呵呵一脸笑容，上世纪 60 年代我国第一代导弹驱逐舰 051 型开始设计时，他就是设计负责人之一。在此之前，国内军舰上的武器装备都是单个装舰，互不联系，只能靠指挥员的口令来人工合成作战系统，综合作战能力和快速反应能力较差。潘镜芙打破了这个老传统，将全舰所有的武器有机结合，形成系统，为指挥自动化、快速化打下了基础。过去几十年间，他主持设计了中国两代四型军舰，也是052型驱逐舰的第一位总设计师。

果然不出所料，第一次试航的时候，就出现了上述问题。在作战中，卫星通信和雷达互相干扰或者关闭一方，都将带来重大损失。几十年前的英阿马岛海战，至今令众多军事家和军舰设计者们记忆犹新——

上世纪80年代英阿马岛之战时，"谢菲尔德"号导弹驱逐舰是当时英国海军的主力战舰，但是，英国海军却有一个致命的弱点掌握在阿根廷人的手里，那就是，英舰没有解决好卫星通信和雷达互相干扰的问题。

战斗中，"谢菲尔德"号肩负着卫星通信的中转任务，因为卫星通信和雷达互相干扰，舰长不得已下令关闭了雷达。阿军战斗机趁机对其发射了两枚"飞鱼"反舰导弹。

英国海军驱逐舰"谢菲尔德"号是防空型的驱逐舰，装有先进的"海麻雀"、"海标枪"对空导弹，还有密集阵弹炮结合装置，可是它偏偏被阿根廷空军的"飞鱼"号导弹击中了。重创之下，"谢菲尔德"号沉没在了南大西洋冰冷的海水之中。威力无比的"谢菲尔德"号，没有逃过阿根廷"一箭之仇"的报复，这一下子震惊了整个世界。美联社报道说，在马尔维纳斯群岛附近，一架飞机发射的一枚价值50万美元的导弹击毁了一艘价值1.5亿美元的驱逐舰。一只"蚊子"杀死了一只"恐龙"。

作为中国新型导弹驱逐舰的总设计师，潘镜芙自然不仅仅从表层上去看待这个简单的战例，他更多的是关心如何解决特殊情况下的矛盾，以适应瞬息万变的战争风云。

试验之时，正是酷热的夏天，已经60余岁的潘镜芙，辗转于石家庄、南京、上海等地，对每次试验的一丝一毫都不错过。然而，干扰问题还是没有攻克。

分析会上，有人说："这是个世界性的大难题，咱们能行吗？舰上的天线，可以说比蜘蛛网还密，在这种情况下做到互不干扰很难。"

"所以我们这些设计者责任才重呀。我们的成果越先进，越靠近前沿，我们就多一分胜利的希望，官兵的安全就多一分保障。"潘镜芙毫不退却。

经过多次摸索，陆地抗干扰试验终于成功了；但到了海上，军舰航行起来后，卫星通信和雷达又发生了干扰。

潘镜芙和攻关小组把所有可能引起干扰的干扰源一一列出，一个一个地排队，然后一个一个地排除，最后只剩下100多个，经过反复测试，终于有了最佳方案。潘镜芙把"土办法"用到了现代化的驱逐舰上，对雷达和卫星通信实施了"隔离"。

再次试验，卫星通信和雷达都处在工作状态时，电磁兼容，互相之间的干扰却消失了。

英国海军当年没解决的问题，我们解决了，而且是在中国一向技术薄弱的电子领域。潘镜芙回忆起这件事，至今都很满意。

新型导弹驱逐舰主体选用了一种新型钢，但这种碳钢，焊接后容易产生裂缝，所以必须在低温和常温条件下进行刚性对接焊接试验。1989年夏，焊接抗裂性试验在冷弯冲击实验室拉开了序幕。参加试验的人们体验了冷热巨大反差的非常感觉：刚才还是热浪滚滚满身汗水，一下子钻进0℃以下的冰库里，毛孔在一瞬间收拢起来，而身体遭遇低温的袭击好像凝固了，很快鼻子、眉毛、胡须上就起了一层白霜。待做完试验走出冰库，外面的热气扑面而来，浑身的血液似冰山突然融化、水库紧急开闸般地汹涌澎湃。要过好一会儿，人方能缓过神来。经过反复检测，这确实是一种好钢，可好钢也有好钢的毛病，那就是"脾气大"，不容易焊接，试验了几次都不理想。

在座谈会上，有人忧虑地说："这批钢确实不错，但太难焊接了，是不是等以后再用？"

潘镜芙不同意："什么事总有第一次吧？"

"这样不行，将来要是出现裂缝，谁来负这个责？还是用进口钢保险。"一位同志接着说。

"新型的舰必须用一流的钢，核心的东西不能依靠别人。出了问题我这个总设计师来负这个责。"潘镜芙毫不犹豫地说。

虽然这样说，潘镜芙还是顶着很大的压力，对生产这种钢的企业和提供材料的研究所，他的把关几乎到了苛刻的地步。

普通的钢焊接后，焊缝一般会很流畅，不锈钢焊接就比较难，焊缝往往像鳄鱼皮一样粗糙，而这种钢要比不锈钢焊接难十倍。这就势必对焊工的培训和选拔更加苛严，上岗前必须经过特殊培训，开始时，培训合格的人数为零。第一期到第八期共精心挑出 104 名焊工进行培训。合格的只有 5 人，其中，第七期培训的 28 名焊工"全军覆没"。特种焊工们培训后经过严格考试，择优上岗操作，终于攻克了特种钢焊接这道难关。

在造船厂，潘镜芙规定，对每一块钢板，都必须实施"重点监控"。在焊接上，潘镜芙特别强调说："你们别看我这个老头儿平日里都笑眯眯的，可在质量上我绝不留情，我要对每一艘焊缝，实施 100% 的 X 光检查。"

"潘老爷子这是开玩笑，哪能这样检查。太麻烦了。"一个焊工说。

最后，果然进行了 100% 的 X 光检查；但造船厂也很争气，100% 合格。

该舰机舱空间有限，机电设备却极多，机舱容量只有 7 万吨散货轮的四分之一那么大，而机电设备的管系长达它的 3 倍之多。全舰有 30 多万米电缆，1 万多米的钢管，这么多系统、这么多设备安装集成在一个很小的空间里，并要使其发挥出最大的效能，这在我国是第一次。如何把这样多的设备安装到这样小的空间中去，降低管系和设备的废返率是建造中的又一大难题。而设计人员通过一种特殊的方法巧妙地解决了这一问题。

该舰首次采用了柴油机、燃气轮机联合交替使用动力装置，其轴系对台系要求相当苛刻。从齿轮箱到螺旋桨轴系共分为五段轴相连安装，要求每根轴心都落在同一个光点上，误差不超过 0.1 毫米。这样的安装难度在中国造船史上是前所未有的。江南厂再次展现了其精湛的技术，检测结果是一次达标。

熟悉军事知识的人都知道，武器安装最令人头疼的是基座精度水平面加工问题。现代化的武器装备已达到高精度、高技术的地步，对武器的安装也提出了相当精确的要求，水平度达到了误差不超过一根头发丝的程度。舰体是薄板结构，日照、设备重量、焊接和热加工都会引起船体变化，从而影响基座安装精度。为了控制日照引起的船体变化，只能在半夜进行对中照光。检测结果是，武器系统静态标校一次成功，系统精度一次达标。

其他细节还有很多，新型驱逐舰饱含着设计人员、技术人员和工人们的心血和汗水。

国产驱逐舰的新"四大金刚"。（王松岐 摄）

新型导弹驱逐舰竣工了。历时七年的工程，终于有了丰硕的成果。七年，在时间的隧道里是短暂的，可对众多科技工作者来说，这七年无疑是漫长的。

在人们举杯欢庆的时候，汪福瑞却被救护车送进了医院。汪福瑞，高级工程师，新型导弹驱逐舰研制组主要成员之一。其实，他很久以前就知道自己病了，而且还很严重，可在研制的关键时刻，汪福瑞只能咬紧牙关，最后病情愈来愈重，以致晕倒在岗位上。

"急性出血性坏死型胰腺炎，你不要命了呀，都这么重了才来。"医生说。

"他就要他的军舰！"一边的妻子抹了一把泪说。

五次大手术，两次发了病危通知书，因为药物的副作用，最后造成了肠穿孔，在长达几个月的时间，只能靠输液来维持。身体刚刚好一些，所领导来看望他的时候，他从枕头底下摸出厚厚的材料：

"这是驱逐舰后续舰的方案。"

"你什么时候干的？"所领导吃惊了。

"就在病床上干的。"妻子生气地说。

后来谈起这些往事，这位老工程师很平静："这算得了什么，干一项事业就得要付出，有时还得把身家性命也要押上。'文革'时期，我们所的周萍，驻厂配合施工，他在房子里赶图纸，造反派的子弹穿过窗子啪啪地打在墙壁上，可他照画不误。谁不知道生命的重要？可有时不得不这样呀！"①

在这条神秘的战线上，忘我工作的科技工作者还有很多很多……

张爱萍同志曾经说过："国防军工战线有很多无名英雄，我们要提倡这种无私奉献的精神。"

1997年2月，由112、113导弹驱逐舰为主组成的中国海军舰艇编队，分别对美国、墨西哥、秘鲁和智利等美洲四国进行了访问。这是人民海军舰艇编队首次突破第一岛链，进入太平洋。

太平洋虽然令人向往，但太平洋并不太平。在南纬40度附近的海域，终年刮着强劲的西风，风起浪涌，险恶无比。它时刻考验着每一位光临的人：一个个巨浪，把巨大的舰船像片树叶一样抛上抛下，船上的人不一会儿就头晕目眩，五脏六腑似翻江倒海。

"那痛苦简直不可想象，胆水都吐出来了，吐得你痛不欲生，真想一头扎进海里。船上的老鼠也吐得一塌糊涂，就这样面对面地和人对着吐。"一位当年的水兵说。

中国海军舰艇编队克服了重重困难，历时98天，跨越东西、南北半球，总航程2.4万海里，实现了中国海军编队首次横渡太平洋、首次抵达美国本土和南美大陆的历史性突破，圆了人民海军从近海走向远洋，从浅海走向深蓝的梦想。

2002年，以113舰为主力战舰的中国海军舰艇编队顺利完成首次环球之旅，首次通过了国际战略要道——巴拿马运河，首次横跨大西洋。

当舰船编队返航进入中国南海时，突然遇大风浪，风力8级－9级，阵风11级。4200多吨的驱逐舰前倾后仰，舰首底部的球鼻首不时露出水面，1.5吨重的大铁锚被涌浪卷上了甲板，就连两万吨级的油水补给船也被大浪打得嘎嘎作响。在海上经验丰富的编队司令员沉着指挥下，三天之后，舰队终于安全冲出了巨风浪区。这三天航行等于对舰体、装备进行了一次在试航中无法做到的大强度、长时间的破坏性检验。事后检查，舰体未遭破坏，主要设施完好无

---

①铁流：《蓝色的畅想》。

损。更可贵的是，编队还在 8 级海情下从容地进行了一次成功的海上补给，大有毛主席所说的那种"不管风吹浪打，胜似闲庭信步"的味道。

2005 年 8 月 23 日，中俄"和平使命-2005"联合军演中，参加演习的 168 号驱逐舰一亮相，就让嗅觉敏感的西方国家感到了它的咄咄逼人。演习分"海上封锁作战、两栖登陆作战、强制隔离作战"三个阶段，向外界展示了其强大的综合作战能力。演习开始后，一声令下，168 号驱逐舰超音速反舰导弹呼啸而出，最后分别击中了俄方精心设置的约 210 公里处两个"靶标"中的"红圈圈"。

敏感的记者看到了这样一个细节：俄方专家举着望远镜面对着目标整整六分钟没有放下。

2006 年 10 月，美国《国防新闻周刊》报道，由于中国舰艇近年来进步神速，美海军战略学院将增设一个"中国海军研究所"，专门研究中国海军的发展，这是西方头号海军大国第一次正眼看中国的海军。

近年来，为适应新军事变革及我国海军由近海防御向远程作战转变的需要，我国第四代新型导弹驱逐舰开始投入研制生产。该舰装备了目前世界上最先进的舰对空导弹及垂直发射系统，大大提高了我海军水面作战能力。2007 年，两艘新型导弹驱逐舰交付使用，标志着我国海军装备建设进入了一个新阶段。新世纪，俄罗斯《独立军事评论》称："170 舰的出现，让中国人望穿秋水的相控阵雷达和垂直发射系统变为现实。"

人民海军手中终于有了可以与列强媲美的"利器"。"今日长缨在手，何时缚住苍龙？"

2007 年建军节前夕，中国海军新型导弹驱逐舰远赴俄罗斯、英国等国家出访。此次远航访问，"新舰艇"再次吸引了整个世界的目光。也就是在这次出访之前的 3 月上旬，美国海军部情报局正式发布了一份名为《中国海军2007》的美军内部手册。该局局长威廉·特里在序言中表示，手册没有分析趋势或意图，而是旨在使读者与美中两国海军"加强接触之际"，更好地了解正在快速发展中的中国海军。

我们注意到，该手册以中国海军 171、168 号新型导弹驱逐舰与 887 号大型综合补给舰组成的舰艇编队作为封面。

这里面蕴涵的东西格外意味深长！

世界性的财富转移、大国的崛起，本质上不是仅靠贸易谈判，而是靠实力来实现的。实力当然不是单纯的武力，而是以国家利益的增长为目标的政治军事力量。

我们整天都在谈我们又建新项目了，哪里大楼又竣工了，我们的 GDP 多少了，我们的口袋里有钱了，我们又去哪个国家成功访问了，哪个国外的元首又来中国了……在我们自称为大国的今天，却掩盖不了这样一些事实：我们的宝岛被大洋彼岸那只无形的手按住了；在东海，我们的油田都被别人改名了；"八八舰队"的炮口也对着"西南有事"①；在南边，那片广袤的海域飘扬着异国的旗帜……

一些学人津津乐道于人均 GDP。我们不否认人均 GDP 是国民生活水平的标准之一，然而人均 GDP 高并不等于是强国，人均 GDP 低也不等于是弱国。无人否认瑞士、挪威、芬兰、海湾石油酋长国们很富，但它们在世界政治棋局中，权重很轻。

有人说富强就是人人有钱，管他国家不国家。那犹太人有的是钱，可希特勒硬是把他们一个一个地塞到焚尸炉里面去了，犹太人后来终于明白了国家的含义。犹太人建国后，在国外的犹太人长期倾其全部财力支持以色列发展以军工为主的工业，因为他们明白，国家不是仅靠财富堆积出来的，也不是账房里的算盘珠子中算出来的，而是靠枪杆子确立和保卫的。大国的较量不仅仅是比拼经济总量及人均 GNP，要是那样的话，瑞士和科威特早就成大国了。

"没有一支人民的军队，便没有人民的一切"，毛泽东这句话我们永远不应该忘记！

没有一支现代化的军队，也没有人民的一切。

美国海洋战略家阿尔弗雷德·塞耶·马汉在评价大英帝国时说："一个英格兰银行，一个皇家海军，构成了大帝国的基石。"

一个未来的富强中国，怎么能没有现代化的强大海军！

---

① 2005 年，日本防卫厅以阻击他国对"西南诸岛"的"入侵"为假定，把我钓鱼岛纳入其防御作战计划。两年后，日美军事同盟又进行了一次大胆的突破，日本和美国"2+2"会谈确定把"台湾有事"纳入"西南诸岛有事"的范畴。

第二十二章

摘取船舶工业皇冠上的明珠

2006 年 5 月 26 日上午，一艘外形怪异、看起来圆头圆脑的巨轮驶入深圳大鹏湾。港务人员看愣了，这是啥玩意儿啊？很多"老码头"也说不出这是什么船。这艘名叫"西北海鹰"的巨轮其实是一艘大型 LNG(液化天然气) 专用运输船，装载着约 6 万吨液化天然气，从澳大利亚开往深圳接收站码头。这是驶入中国港口的第一艘液化天然气专用运输船，难怪大家议论纷纷……

20 世纪 90 年代中期，由于大量采用清洁能源天然气，国际船舶业开始大规模建造 LNG 船。LNG 船用于运输零下 163℃ 的液化天然气，集中了当今世界最先进的造船技术，它与豪华游轮并称为当今造船业皇冠上的两颗明珠。90 年代末，全球 LNG 船的市场几乎全被日韩垄断，当时我国船厂别说生产 LNG 船，连它里面是什么样子也不曾见过。只知道它的绰号叫"三高船"——高难度、高技术、高附加值。

沪东中华造船 (集团) 有限公司毅然决定建造中国的第一艘 LNG 船，实现我国船舶业在高尖端技术领域零的突破。说起来容易做起来难，日本从 1971 年买进专有技术到 1981 年造出第一艘 LNG 船花了 10 年时间。沪东中华将踏上"十年磨一剑"的艰难征程。造一艘散货船，从开工到交船只需要 8 个月，销量又好，船厂的部分员工不解：为什么要放下容易赚钱的机会，去干吃力又可能不讨好的事情？

沪东中华总经理王勇回忆："当时决定造这艘船，承受了很大的压力。一是制造工艺。决定造之前对 LNG 船怎么造是没有概念的，除了钢板焊接是项老技术，别的制造工艺以前从未接触过。二是管理压力。以前大家对船厂的印象是'大老粗'，又脏又乱。而造 LNG 船，必须符合 HSE（健康、安全、环保）安全管理体系，从生产到废弃物处理，乃至员工的工作环境都必须遵照 HSE 标准。三是成本压力。按照国外同行的说法，造第一艘新船，不要想赚多少钱，只能算亏多少，高科技船亏损可能会是上亿元的，一着不慎，全局皆输。但要想造船厂可持续发展，要想提升我国造船业的技术能力，我们不能永远跟在人家屁股后面跑啊，一定要造出这艘船！考虑到工厂的生存，确实有现实的难题。在决定造这艘船的时候，压力之大前所未有。"①

压力能不大吗？LNG 船何为"世界造船之冠"？LNG 船公认的特点是"三高"：建造附加值高，一艘船的造价高达 1.6 亿美元，相当于两艘 8600TEU 集装箱船的造价，比一架波音 747 客机还贵，是全世界货运船舶中造价最为昂贵的；其次是技术难度高，天然气在降低到零下 163℃变成液体后，体积比原来的气体状态缩小了 500 多倍，LNG 船在运输过程中必须将它保持在零下 163℃，挥发率低于 0.5％；再就是可靠性要求高，该船建成后将常年穿梭于中国至澳大利亚的航线上，一年完成 22 个航次，必须能经受赤道西风带的严峻考验。

在船市兴旺的时候，利用积累的资金，开发建造高科技船舶，是一种具有长远眼光的战略举措，为企业未来的发展奠定坚实基础。

说服大家后，沪东中华开始了对 LNG 船长达 10 年的攻坚战。它决定引进法国 GTT 公司的 LNG 船薄膜型液货舱围护系统专利技术。法国大西洋船厂和 GTT 公司给的资料有 2000 多份，高度超过 9 米，他们只能一点点地学习体会。

LNG 船建造难度最高的是液化天然气的液货舱，这对船体和绝缘箱的设计制造都有极为严格的精度要求，全船 4 个液货舱总共 5.5 万个不同形状的绝缘箱要丝毫不差、严丝合缝地组成一个绝缘体。该船采用保温瓶原理，货舱设计了半米厚的隔热"内胆"，其中两层绝缘箱内藏珍珠岩，有效阻隔热量传递；

---

①杨敏、王春：《十年铸剑》。

世界最大的LNG船内部,这种昂贵的镍合金薄膜仅有0.7毫米厚,能抵御零下163℃的温度变化,但困难的是焊接,全船焊缝长达100多公里,用手触摸合金薄膜都会生锈,造一条LNG船比造一架波音747还贵。(华盖创意 供图)

最关键的内壁使用在低温状态下不会变形的特殊金属材料"殷瓦",0.7毫米的厚度犹如一张锡箔纸。一艘14.7万立方米的LNG船,"殷瓦"焊缝长达130公里,所有焊缝不能有丝毫泄露。如果发现一处泄露,将要花费1000多个工时来返工!

泵塔,是液化天然气进出货舱的通道。GTT专利只提供了图纸和数据指标,如何设计、如何建造,都需要技术人员一步一步地摸索。成千上万道工序必须是"零差错",否则代价极为惨重——按照国外船企比较得出的数据,一旦出现问题返工,付出的时间和财力与正常值的比例高达500:1!

漫长的一年过去了,理论上的东西总算搞懂了,但如何把浩如烟海的图

纸和数据变成一艘船呢？老办法，先做个 1 ：1 的模型。沪东中华投入资金
500 多万元，组织了几十名精锐人员，着手开发模拟舱。LNG 船作为常温常
压下装载零下 163℃ 液化天然气的特殊船舶，在建造精度、可靠性等方面的要
求都十分苛刻。每一道安装程序、每一个关键零配件，都有特定的精度要求，
且数据指标远远高于普通船舶，允许公差范围一般以毫米甚至以十分之一毫米
计！这种精工细作的制造工艺对沪东中华以前造船理念的冲击几乎带有颠覆
性。对于从未接触过 LNG 船制造工艺的技术人员来说，这不仅要面临技术上
的挑战，更需要进行观念上的巨大转变和更新。面对如此大的差异，技术人员
们在短暂的困惑之余，深刻意识到要拿下 LNG 船技术的艰难。

　　又经过长达七个月的集体攻关，2001 年 7 月，沪东中华成功试制出 LNG
船 NO.96 薄膜型模型舱，并获得法国 GTT 公司和英国、美国、法国、挪威、
日本等船级社的认可证书。这标志着我国在 LNG 船制造技术上迈出了关键的
一步。

　　从 1997 年到 2004 年，长达七年的艰苦努力，一个个技术难关被攻克，
一项项核心技术被掌握，我们终于把握住了 LNG 船的脉搏。中国第一艘 LNG
船的建造终于进入实质性建造阶段。

　　LNG 船对安全的保证缘于它建造过程中严格的工艺要求。船体内胆钢板
"殷瓦"含镍 30%，很娇贵，不能碰水，哪怕被人手触摸到也容易产生浮锈，
一旦产生浮锈，就必须耗大量时间去擦除，否则"殷瓦"便宣告报废，它的焊
接必须在恒温、绝尘的环境中进行。更让人难以想象的是，其中最难焊接的部
位，是一群女孩子像绣花一样慢慢焊出来的。每天工作前，她们都需要进行试
焊，只有情绪稳定的员工才可以上岗。钢板的特殊性要求操作工人绝对诚实，
行就行，不行就不行，不能有半点含糊，因为这等于是给一个巨大的炸弹焊外
壳啊！

　　当初国外船厂曾断言我国焊接不了"殷瓦"，但最后沪东中华比他们做
得还好。国外船厂第一次建造 LNG 船，制作泵塔时几乎没有一次能成功的，
而我国制造的泵塔做到了焊接、装配质量、对外提交一次合格率 100%。LNG
船调试过程中蒸汽系统第一次充满汽时，每一个建造者的心都被揪紧了。焊接
点的任何一点瑕疵，都有可能引起巨大压力下的高温蒸汽喷出，造成的后果不

目前建造这样一艘相当于十层楼高、有两个足球场那么大的巨轮，在外高桥，
只要十个月。（《国际船艇》 供图）

堪设想。当时，为了安全起见，全船工作人员都已撤离，只留下两个人去打开
蒸汽系统的阀门。这时，中国第一艘 LNG 船的建造师何江华主动请缨留下，
很简单，如果一个建造师都不相信自己装配的船，谁会相信你造的船呢？蒸汽
发出的嘶嘶低吼被一点点压入液化气舱，像一头狰狞的怪兽被牢牢关入笼中。
一点儿都没有泄漏，成功了！

2008 年 4 月 3 日下午 4 时 30 分，沪东中华造船（集团）有限公司码头，
我国首艘自行建造的液化天然气船交船仪式拉开帷幕。随着清脆的香槟酒瓶的
迸裂声，刹那间锣鼓喧天、鞭炮齐鸣，无数礼花腾空而起，映衬着黄浦江边盛
装待发的我国首艘 LNG 船。船头"大鹏昊"三个大字分外夺目，黑白分明、
曲线流畅的船身更显英姿勃勃、秀美无比。

中国船舶工业集团公司总经理陈小津在新船下水仪式上高兴地致辞："我
国首艘 LNG 船交付，这不仅仅是沪东中华的光荣，不仅仅是中船集团公司的
光荣，也是中国装备业的光荣、中国工人阶级的光荣！"

是的，我国建造的"大鹏昊"号交付船东，标志着中国成为继英国、瑞典、

日本、韩国之后，世界上第五个能建造液化天然气船的国家。"大鹏昊"船长292米，宽43.35米，型深26.25米，装载量14.7万立方米，一次能运送14万吨体积被压缩了620倍的天然气。这些天然气解压后体积可达9000万立方米，足够上海市使用一个月。它是当时世界上最大的薄膜型LNG船。

为了这一天的到来，沪东中华的工人、技术人员们不知道付出了多少心血和汗水，很多从不叫苦的硬汉也流下了眼泪。大船下水走了，把他们的心也带走了，就像看着自己一手拉扯大的孩子远行一样，望着"大鹏昊"号那雪白的尾迹渐渐远去，大家的心里百感交集，说不出是难过还是高兴。

为表彰LNG船建造团队在高科技船舶领域领先迈出的第一步，中船集团公司专门为他们组织了一场大型晚会，没有去请什么大牌明星，因为沪东中华的这些工人、技术人员就是晚会上最耀眼的明星，就是中国船舶工业里最耀眼的明星！会上授予LNG船建造团队"工人先锋号"称号，自娱自乐的晚会上，"劳动光荣，奉献伟大"始终是主旋律。最后，与会人员全体起立，一起高唱《造船工人有力量》，雄壮有力的歌声将晚会气氛推向高潮。

当时，为了庆祝中国第一艘LNG船建造成功，上海还专门在2008年第十张交通卡上登了一幅"大鹏昊"下水的照片。由于发行量较少，听说现在成了藏友四处搜寻的对象，这算是LNG船建造中的一个花絮。

很快，沪东中华就承建了第二艘、第三艘LNG船，第四艘LNG船现已出坞进入码头作业阶段，第五艘LNG船也已开工建造。

从上世纪60年代诞生至今，世界LNG船建造市场大体经历了从欧洲到日本再到韩国的演变过程，基本格局是韩国一家独大，日本勉强维持，欧洲零星建造。如今，沪东中华卧薪尝胆、异军突起，开始与日韩"华山论剑"，最终鹿死谁手谁能肯定？

17.5万吨的散装货轮，是目前中国制造的吨位最大的货轮。它们因为吨位太大、吃水太深，无法穿越中美洲的巴拿马运河，也不能穿越苏伊士运河，而必须绕行非洲好望角，故通称"好望角"型。出于船体平衡的考虑，过去，"好望角"型庞大的燃油舱一般安置在船底部。但底部容易受损，一旦出现问题，大量的燃油泄露，会造成严重的海洋污染，抢修的难度也很大。

航运史上，有过许多大型货轮遭遇海难而致污染的教训。日本船厂曾率先推出过一种双层船体的设计，但因这类船自重明显加大，能耗高，装载效率又低，后来，国际航运组织建议，运输干燥物品的散装货轮不必用双层船体。

就在国际航运组织发表这项通告之前，上海外高桥造船厂已经给美国福茂航运集团订购的"好望角"型散货轮"德梅"号设计了一个更高明、更经济的方案。中国设计师准备把油箱位置改到船体上部的两侧，同时油箱位置的那部分船体用双层加固。这不仅使"德梅"号成为一艘满足环保要求的"好望角"型，而且装运效率也会大大提高，在安全和效率之间达到最完美的平衡。

为这个平衡，两年的时间里，外高桥造船厂上百名设计人员对1000多个数学模型进行了反复的计算和对比，光是设计图纸就有几千张，实现了十几项关键技术的突破。同时，通过反复的论证和精确的计算，改变压载水舱的分布和排列，使压载水舱的配置更加合理，排空、注满顺序更为科学，这不仅可以降低船员的劳动强度，而且也可提高船舶的安全性。正是这种创新设计，让"好望角"型这种已经有20多年历史的传统船型穿上了环保的"新装"，同时也提高了其装运效率和安全性能，终于使其成为国内第一艘取得美国ABS船级社"绿色入级符号"的船舶。《洛杉矶时报》引用"国家资源保护委员会"高级律师盖尔福伊尔的话："我们应当表彰中国海运集团作出这一改动。"

仅在六年以前，即便是传统的"好望角"型散货轮，它的设计和建造技术还都垄断在少数几个国家手中。原来我们只能靠低价来接船，如今在"好望角"船型上，要由我们来主导船价。中国船舶工业制造大吨位散货船的历史翻开了新的一页！

美国福茂航运集团高级副总裁赵安吉，给刚下水的散货轮"德梅"号起了个美丽的别名："绿色好望角"，代表了美国船运公司对中国造船业打造环保概念的认同。

作为一家美国航运企业的负责人，祖籍上海的赵安吉承认，偏向选中国企业造船，多少有乡情在起作用。但令她欣慰的是，"中国制造"确实物美价廉、体贴人心。全球造船业中，日本以施工管理水平高、交船迅速闻名，但刻板的日本人不愿意按照客户要求修改他们的设计规范，因为那种"麻烦"可能耽误工期。

　　中国企业的竞争力恰恰在于，他们能最大限度地满足客户需要，而不是只打自己的"算盘"，尽管每项修改或每一项设计调整，背后都有大量的附加成本。在这之前，福茂航运集团从上海一家造船厂订购过一艘比"德梅"号小的散装货轮。建造过程中，船厂建议，把舱门设计修改成可以向四个方向推拉，那样装卸货物会更灵活方便。这当然好，最后令美国公司没想到的是，中国船厂只收了一点点很合理的改造费用。这种温馨的感觉是从日本那里得不来的。

　　品牌效应不仅带来了市场，而且降低了成本，使技术日趋成熟。"绿色好望角"从开工到交船，最初需要22个月，目前建造这样一艘相当于十层楼高、有两个足球场那么大的巨轮，在外高桥，只要10个月。造船周期、建造成本等指标都领先于日、韩同类产品。世界散货船航运巨头——比利时波士玛航运公司有幸成为该船型的第一个买家，双方在上海举行了隆重的合同签约仪式。不久，外高桥造船公司又与日本邮船株式会社、日本川崎汽船株式会社、希腊卡迪夫航运公司等签订了共计15艘船的建造合同。至此，这款由中国人自行开发、设计和建造的"绿色好望角"型系列船承接总量已突破50艘，成为名副其实的"国际好望角"。日本邮船株式会社副会长间宫忠敏曾表示，"绿色好望角"已成为世界同类产品市场的"晴雨表"。

　　今天，外高桥造船厂手里的订单一直排到了2011年。外高桥"绿色好望角"已成为全球航运界的知名品牌。在欧洲，在美洲，在澳洲，在世界的许多港口，一艘艘镶嵌着中国制造铭牌的"好望角"型巨轮，乘风破浪，漂洋过海，成为世界航运的一道亮丽风景，引来国内外船东的一片青睐。

　　比较日本造船、韩国造船的风格，人们可以推断中国造船将走一条什么样的成长壮大之路。如果有一天，中国造船变成世界第一，人们也不会太惊奇吧。

第二十三章
中、日、韩，三足鼎立

从全球造船中心发展的历史轨迹来看，人们可以非常有趣地发现：上古时代造船中心是在地中海周边（埃及、腓尼基、希腊、罗马）；中世纪，造船中心开始慢慢转移到了东方（中国）；15 世纪中国出现郑和下西洋的空前盛举之后，造船中心逐渐转移到西方（葡萄牙、西班牙、荷兰、英国和美国）；20 世纪 50 年代以来，造船中心又重新返回东方（日本、韩国、中国）。造船中心在每次转移过程中，不论造船技术、规模还是产量，都获得了飞速的发展。

中国是国土广袤的大陆国家，黄河和长江作为母亲河哺育了中华民族，中国以其古老的文明而著称于世。中国又是具有漫长海岸线和辽阔海洋的海洋国家，海上"丝绸之路"连接了相距遥远的亚欧大陆，郑和七下西洋的远洋船队更显现了中国船舶建造业的辉煌。

从造船技术上看，中国在 16 世纪以前，始终居于世界首位。

1955 年，广州郊区一座东汉古墓中出土了一只惟妙惟肖的陶质船模，首有碇，尾有舵，而且在东汉刘熙的科技著作《释名·释船》中详细介绍了舵的作用和操作。直到 1000 年后，西方才开始使用船尾舵。船尾舵控制灵活，体积小，重量轻，水阻小，更接近大自然中的鱼。

晋代的八槽舰被认为是世界上第一种设有水密舱的舰船。从发掘的古船来看，到了唐代，水密舱壁已被普遍应用，并且采用了先进的钉接榫合的连接工艺，使船的强度大大提高。古代的西方，无论是地中海上的三层桨船，还是维京海盗的长船，都未设置水密船，船的破洞一大，必沉无疑。这也促进了西方航海界损害管制技术的发达。

到南北朝时期，为了提高航行速度，中国人开始建造装有桨轮的船舶，称为"车船"。"车船"利用人力以脚踏车轮的方式推动船前进，克服了顶风和逆水行驶的困难，这恐怕是人类最原始的"轮船"。中国人很早就知道人腿的肌肉力量远大于手臂的肌肉力量，划船不如蹬船。

宋朝造船、修船开始使用船坞，工匠们会根据船的性能和用途，先画出船图，再依据其进行施工。欧洲到 16 世纪才出现简单的船图，落后于中国近500 年，这也同西方 13 世纪才知道造纸术有关。

13 世纪，阿拉伯人的远洋航行逐渐衰落，在南洋、印度洋一带航行的几乎都是中国的四桅远洋海船。

我们无意沉湎于逝去的辉煌，但也绝不能妄自菲薄，数典忘祖。中国人发明的船尾舵、水密舱壁、车轮舟和指南针，有力地推动了全世界的造船与航海活动。现在，全世界绝大多数的运输船舶和战舰，都毫无例外地使用水密舱壁、尾舵和罗盘。尽管今天不再使用桨轮了，但轮船的名字仍被沿用。美国科技史学者罗伯特·坦普尔在《中国：发明和发现的国度》一书的序言"西方受惠于中国"里写道："如果没有从中国引进船尾舵、指南针、多重桅杆等改进航海和导航的技术，欧洲绝不会有导致地理大发现的航行，哥伦布也不可能远航到美洲，欧洲人也就不可能建立那些殖民帝国。" 被誉为现代科学之父的英国物理学家弗·培根爵士在 17 世纪初也说："印刷术、火药和指南针，这三项发明已经改变了整个世界的面貌和事物的状况。第一项发明关系到学习，第二项发明关系到战争，第三项发明关系到航海。这三个领域内的变化将引起其他领域内的无数新发现。不管什么帝国，什么宗教，什么星座或人类的任何影响都不会像发明这些东西来得巨大。"

清朝中期以后，中国的造船业开始日益衰败，不仅与西方的差距越来越大，而且被亚洲的日、韩远远落在后边，直到新中国成立后局面才得以改观。邓小平曾深刻地指出："现在任何国家要发达起来，闭关自守都不可能。我们吃过这个苦头，我们的老祖宗吃过这个苦头。恐怕明朝明成祖时候，郑和下西洋还算是开放的。明成祖死后，明朝逐渐衰落。以后清朝康乾时代，不能说是开放。

如果从明朝中叶算起,到鸦片战争,有三百多年的闭关自守,如果从康熙算起,也有近二百年。长期闭关自守,把中国搞得贫穷落后,愚昧无知。"①

所幸的是,中国造船业经过艰苦努力,今天终于重新进入了世界造船业的第一梯队。

在工程几何中,三角形是最稳定的一种结构,这是因为三角形的内角和是180°,三条边的内力在欧几里得平面上分解后两两相互抵消,不容易改变形状。这样的特性在工程上运用广泛,比如三脚凳就是借助了三角形的稳定特性,而传动杆则是利用了四边形容易变形的特性。在国与国之间的战略哲学上也是相通的,船舶工业今天形成了中、日、韩三足鼎立的相对稳定态势。

2009年2月13日《辽宁日报》报道:"当前,我国船舶工业正处在由大到强转变的关键时期。据统计,2008年我国造船完工量2881万载重吨,占世界市场份额近三成;新接订单和手持船舶订单分别为5818万载重吨和20460万载重吨,分别占世界市场的37.7%和35.5%,直逼韩国。在与韩国、日本等主要竞争对手的较量中,我国船舶工业已达到三分天下有其一。"

这篇不足千字的新闻透露出的信息告诉我们,中国船舶工业经过60年的艰苦奋斗,特别是改革开放30年突飞猛进的发展,不仅已跨入世界造船大国的行列,稳居亚军,而且气势如虹,令暂居首位的韩国胆寒。邓小平"中国造船一定要竞争过日本"的夙愿已提前实现,中国造船近百年受欺辱遭蔑视的历史,被一扫而光。今天,中国的船舶工业正如两千年前孟子所云:"如欲平治天下,当今之世,舍我其谁?"

谈到中国船舶工业的振兴就不能离开大连和江南,就如同谈到古代海运历史,离不开腓尼基、希腊与荷兰一样。在他们的身上,你能感受到中国造船人的聪明才智,你会为中国造船人通过引进、消化、吸收、再创新的巧妙策略拍案叫绝,你会发现中国船舶工业夺取世界第一造船大国的桂冠不再是遥不可及的梦……

巴拿马运河是世界上最具有战略意义的两条人工水道之一,它沟通了太

---

① 《邓小平文选》第三卷《在中央顾问委员会第三次全体会议上的讲话》。

平洋和大西洋，水深 13 米 –15 米，河宽 150 米 –304 米。整个运河的水位高出两大洋 26 米，设有 6 座船闸，船舶通过运河一般需要 9 个小时。受船闸限制，经过巴拿马运河的油轮，最大宽度为 32.2 米，长为 219 米。固定的尺寸，限制了船的运载量，过去，巴拿马型成品油轮只能装载 6 万吨。

一次，国际著名船运公司马士基航运公司前来大连船舶重工订船，提出能否在巴拿马型成品油轮上再安装上两个大油罐，以增加运量。安上两个大罐容易，但重心提高后会破坏船的整体稳定性，这太悬了。出于安全性考虑，大连船舶重工没有贸然同意，但却从中受到启发：同样的船型，如果能想办法提高舱容，必然会获得船东的青睐。于是，他们潜心对该船型的工艺设计进行不断研究，内外壳、发动机、航速、稳定性等都进行了巧妙的改进，油轮的尺寸未变，载重量却逐步由 6.2 万吨、6.8 万吨、7.2 万吨、7.5 万吨最后一直提升到 7.6 万吨。花同样的价钱，得到了一艘载重量增加 1.6 万吨的船，这种船型当然受欢迎，批量订单源源不断地送来。如今，中国巴拿马型成品油轮已成为知名品牌，全球成品油轮的船东几乎都认可了大连船舶重工的标准。该船型开发成功不到一年，就接到了 11 艘订单。追根溯源，成品油轮的设计和建造技术其实是上世纪 80 年代我们通过为挪威建造油轮学来的。

建造集装箱船是我国的传统优势，集装箱船的结构和形状跟常规货船有所不同。它外形狭长，上甲板平直，货舱口达船宽的 70% –80%；上层建筑位于船尾，以让出更多的甲板堆放集装箱；船体其实就是一座庞大的仓库，可达 300 米长。一艘集装箱船上的设备、零部件，根据型号不同，少则几千，多则数万，甚至几十万件。长期以来，装配这些设备和零部件，都是等船壳造好后，再一个个运到船上去安装。而船上空间有限，工作环境也差，如果某个设备、零部件设计不合理，安装不合适，就要将其运回去修改，改好了后再运回船上。这大大影响了造船周期，一艘船呆在船坞中等数月是常事。

国际造船市场竞争历来残酷，"快鱼吃慢鱼"是不二法则，这样的状况怎么能参与国际竞争？

后来，世界上出现了一种模块化生产的造船新工艺，就是将一个个设备、零部件，归纳成一个个单元，在车间里先预装成一个个模块，然后吊运到船上安装，也叫总装造船。简单说就像搭积木一样把船拼起来。模块化造船法因为

一种模块化生产的造船新工艺，简单说就像搭积木一样把船拼起来。

技术尚不成熟，日本人担心影响造船周期当时没有采用，韩国造船厂也是小范围摸索着试用。

这种新工艺恰恰能解决一直困扰我们造船效率低下的问题，大连船舶重工果断决定改进工艺，实行模块化造船。这一招果真见效：造一艘4250标准箱的集装箱船，原来船坞周期要3-4个月，现在只要22天；而韩国三星船厂造一艘同样的船，船坞周期仍需一个月。

"能造VLCC，就能造航空母舰"，这是世界造船业公认的一种说法。能不能建造30万吨超大型油轮也早已成为衡量一个造船厂，乃至一个国家造船能力的标尺。当初VLCC超大型油轮的设计与建造几乎全部被日本、韩国所垄断，大连船舶重工建造VLCC船一开始是与韩国人联合设计，通过消化吸收，从第六艘开始，大连船舶重工开始自主设计，通过优化，设备选型变化，综合造船成本大幅下降。仅钢材用量就减少10%，每艘船成本下降500万-600万美元，建造周期也从7-8个月减至3-4个月。工艺的改革，使大连船舶重工多数订单都提前交工，有的甚至能提前半年，在国际市场的竞争优势立刻凸显出来。

　　大连船舶重工与世界造船业翘楚的合作好比站在巨人的肩膀上，每一个阶段，大连船舶重工都从联合设计开发中学到了许多。

　　如今，这些昔日老师的"绝活"都成了大连船舶重工的囊中之物，甚至开始把"绝活"还给了老师——向欧美、日韩出口这类型号的船。

　　韩国第一次感到了中国造船的竞争压力，韩国人有些不安了，《朝鲜日报》酸溜溜地评论："中国（造船）第一次在生产效率上试图超过韩国……"

　　中国造船，北有大连，南有江南。

　　1999年10月18日，上海外高桥长江南岸，一片围堰而生的土地被铿锵夯进的打桩机撼动了。中国船舶工业集团公司郑重宣布：已筹建10年之久的外高桥造船基地正式开工建设！

　　让江南造船厂走出黄浦江，到水深岸阔的地方建设新厂，是几代造船人追逐的梦想。

　　柴树藩受命来六机部时，把邓小平同志交代的任务："江南、大连厂都要彻底改造"，一直挂在心上。在任时，凡研究江南厂技术改造的事，他都要亲自过问；就是退居二线，只要有关江南技术改造的事请教他，他总是主动提出意见。时任江南厂厂长、外高桥造船基地建设筹建小组组长陈金海回忆说："让江南厂走出黄浦江建新厂的设想，是研究江南厂的技术改造方案时，柴树藩董事长最先提出来的，定点外高桥还征求过他的意见，他帮助推动立案和开展建设，我们记忆犹新。"1993年10月28日，年过八旬高龄的柴树藩，出席了"外高桥造修船基地围海造地工程开工"奠基典礼。他高兴地嘱咐："要把新址的水文、气象、地质的原始资料认真地搞清楚，重视建设方案的科学论证。"

　　外高桥造船基地建设得到国务院领导、上海市、有关工业部门和金融界的支持。建设者与国内外相关专业技术公司合作，采用国内外先进技术成果，对外高桥造船基地布局、设备配套做了认真、仔细、合理的筹划，对外高桥的建设方案进行了细致科学的论证。在建厂同时，就重视产品的开工生产准备，正确选择了市场需求看好的17.5万吨好望角型散货轮等为代表船型。外高桥造船基地在国内率先推出好望角型散货轮这一新船型，一投产就大批量建造。短短几年间，外高桥造船基地在该型船建造领域占据了40%的国际市场份额，被外界称为"世界好望角型散货轮建造中心"。好望角型散货轮已成为当代中国船舶出口的第一品牌。索马里海盗造成的苏伊士运河／亚丁湾航线的高风险，使好望角型散货轮成了香饽饽。

外高桥造船基地的成长历程是中国船舶工业步入快速发展的一个缩影。

外高桥造船基地建有两座世界级的大型船坞。一号坞可建造 50 万吨级超大型船舶，二号坞可建造 30 万吨级 VLCC 和大型海洋工程结构物，如海上石油钻井平台。新兴的外高桥造船基地建设与发展速度令造船人欢欣鼓舞，在建厂的同时，就接单造船。2003 年一期工程完工的当年，就向船东提前交付两艘 17.5 万吨好望角型散货轮和一艘 15 万吨海上浮式生产储油轮，首开纪录共计 50 万吨；2005 年、2006 年，造船完工量又分别突破 200 万吨和300 万吨大关；2008 年完工 466 万吨，造船总量和手持新船订单双双进入世界十强船厂行列。这被业内称为"外高桥奇迹"。

"外高桥奇迹"不仅仅是速度，还有效益。外高桥一期总投资 32 亿元，实际使用 30 亿元。在当时全国的重大项目建设中，外高桥是唯一预算留有结余的项目，而且整个工程建设期间，无重大违纪或职务犯罪现象发生。工程竣工验收之日，国家发改委副主任张国宝专门发来贺信，称外高桥基地为其他重大工程建设树立了典范。

经过改革开放 30 年来的拼搏猛追，中国造船已经进入了世界造船第一方阵，船舶出口所占比重高达 80% 以上，出口的区域以要求苛刻的西方发达国家为主，为国家赚取了宝贵的外汇。造船业被称为"真正的出口型产业"，是国内为数不多的可以同发达国家一争高下的装备制造业之一，成为中国制造业的脊梁！这是当初苏联和今日俄罗斯连想都不敢想的。曾几何时，他们还是中国的老师。

我国造船企业除豪华邮船尚无建造外（据报道，江苏的熔盛造船正在跃跃欲试，准备开先河），其他各型船舶均可建造，包括 17.5 万吨、18 万吨好望角型散货轮，30 万吨、38.8 万吨大型矿砂船，30 万吨级超大型油轮，万箱级集装箱船以及技术要求较高的 30 万吨级海上浮式生产储油轮、大型汽车滚客船、液化天然气船、液化石油气船等，而且物美价廉。这让韩国坐立不安。

一艘 LNG 船的价格为 3 亿美元，一艘 FPSO（浮式生产储油轮）高达 10

亿美元，造这样一艘船顶过去的十几艘，沪东中华造船厂就是以这两型被韩国垄断多年的高科技附加值船为主攻目标。

"中国造船厂扩建工程完工后，中韩（造船业）将有场恶战。"前造船工业协会会长（三星重工总经理）金澄完忧心忡忡。

邓小平"竞争过日本"的夙愿，已经在当代造船人身上实现。世界第一造船大国的目标也为期不远了！

中国的快速崛起让"世界第一造船大国"大吃一惊！

2000 年，韩国近 30 年来不懈奉行的"造船立国"国策终见成效，造船产量首次超过日本，坐上了世界造船的"头把交椅"。可是屁股还没有坐热，中国就在后面快马加鞭地追了上来，这让韩国人心里很是不爽。

"虽然中国造船业正猛力追赶我国，但韩国绝不会将世界第一的宝座拱手让出。因为，我国造船企业不仅拥有先进的技术实力，而且最重要的是我们充满了自信和欲望。"2008 年 4 月 3 日，在首尔中区威斯汀朝鲜大酒店举行的第十五届造船经济论坛上，现代重工副总裁闵季植发表了主题演讲。他在演讲中喋喋不休地反复表示："中国说要在 2015 年之前超过韩国，但我们绝对不会让他们如愿。"

韩国产业研究院十分关注中国造船业的发展状况，认为中国提出在 2015 年要成为世界造船大国的发展规划，主要是指在年接单量、年新船完工量和年造船设备生产能力方面，但在产品开发与设计、新技术开发与应用、船舶配套设备研发、管理水平和劳动生产率等方面，中国与韩国仍将有相当大的差距。

虽然韩国不停地为自己鼓劲打气，但 2007 年中国的接单占有率与韩国仅差 0.3%，两国间的距离进一步拉近，韩国造船界冷汗频出，再这么追下去，中国赶超韩国只是个时间问题了。

与中国相比，韩国在劳动力和价格方面毫无优势可言。在韩国船厂，劳资矛盾频繁发生，经常演变为大罢工，据统计，每千名工人每年平均罢工天数达到 109 天，接近日本的 8 倍，比中国不知道高多少倍。

韩国造船企业只能依靠资金投入拉大同中国的技术差距，保住世界第一造船大国的地位。

上海将建世界最大造船基地。（井韦 摄）

为此，韩国造船工业协会专门制定了"蓝色海洋"（Blue Ocean）发展战略。过去各国造船企业云集于低附加值市场进行"出血"式竞争，犹如血染的"红色海洋"。按照"蓝色海洋"发展战略，韩国造船企业要拉大与其他国家造船企业的差距，开辟世界造船的"无竞争市场"，在高技术、高附加值船市场上形成垄断，由韩国造船企业主导市场，演"独奏"曲。

闵季植透露："现代重工去年在设施和研发（R&D）方面投资 1.3195 万亿韩元，今年计划将投资额增至 1.8451 万亿韩元。" 可是他没有说，当时 1000 韩元 =1 美元，现在约 1300 韩元 =1 美元，增加的投资额几乎全被韩元贬值抵消了。

高技术、高附加值确实是中国造船业的软肋！

中国造船企业无疑是最有潜力的，但也是比较脆弱的。我们是造船大国，但还不是一个造船强国。据介绍，中国远洋船舶的导航、通信、舱室、自动化设备以及船用低速机、中速机、船用发电机组等关键部件大多还需要进口。最可怕的是，我们要进口的关键配套设备恰恰都掌握在我们的竞争对手手里。

中国过去一直在技术含量较低、价格便宜的常规船型方面占有优势，高科技、高附加值的船舶刚刚起步。这些常规船在全球经济繁荣阶段可以依靠价格优势以量取胜，但主动权不在自己手里，是"靠天吃饭"，世界经济有点风吹草动，就会"感冒发烧"，我们手里的绝活不多。

相反，韩国近年来在船舶建造过程中加入了IT技术。尽管造船业被称为"烟囱产业"，但韩国造船厂却积极引进三维设计系统和自动运行控制产品等尖端技术，成为业界领跑者。

韩国造船业在制造超大型油轮等高附加值船舶方面具备很强的竞争力，在每艘造价高达1万亿韩元的钻井平台（在深水海域或浪高的海域钻探原油、天然气的设备）领域，三星重工的市场占有率近70%，几成垄断。

一场全球性的经济危机再度拉开了中韩的距离。韩国造船业界2008年在船舶订单量、交付量和持单量三个领域继续占据世界首位。韩国利用自己的技术优势暂时甩掉了几年来猛追的中国，好歹喘了口气，擦了擦汗。2008年中国的接单量与韩国的差距又扩大到6.1%，韩国人士心有余悸："据世界造船权威机构克拉克森研究公司透露，韩国造船界去年承揽了3200万修正总吨（CGT）的订单，占全世界订单的40.4%，超过了中国和日本。"

韩国人没有说的是：正是这场危机，韩元贬值了30%以上，使韩船价格优势复升，而中国的人民币一直坚稳，这才让韩国保住了第一。这个第一，意味着韩国造船，已无利润可赚。韩国人痛在心里。

韩国造船业，正像当年大船人吃挪威轮，江南人吃高技术轮一样，吞下"世界第一"的苦果子。韩国的外债已经追上它的外汇储备，它又一次处于亚洲金融危机时的困境中，它的整个出口都在萎缩。低位的船价让韩国造船工人干得更多，而得到更少。如果政府出钱相救，就会像当年日本政府拯救制造业一样，钱砸了，市场却没追回来。无论从哪个角度看，日本造船业的今天，就是韩国造船业的明天。正如日本造船业的昨天，正是美国造船业的前天一样。

不合时宜而戴上的王冠，恰恰就是一顶紧箍咒呀！

历史的教训太多，太深刻了。

　　从造船总体角度分析，一个国家造船业的综合竞争力主要取决于三大要素：科技水平、产业规模和经济效益。

　　在这些方面，名列榜眼的日本皆具有绝对优势，不可轻视。

　　第二次世界大战以后，日本实行造船扶植政策，由于战前坚实的造船基础和海国传统，加之美国的扶植，日本造船业迅速发展起来。1955 年，日本超过英国成为世界第一造船大国。1971 年，日本商船的下水量竟达 11992 万吨，约占世界总下水量的 50%。半个多世纪来，日本造船工业产量长期稳居世界前列，迄今一直拥有全球最高水平的造船技术。

　　时至今日，日本已能设计建造除航空母舰和核潜艇以外所有种类的作战舰艇，而且其性能之先进为世界所公认。其典型代表是"亲潮"级常规潜艇和"金刚"级驱逐舰。"金刚"级驱逐舰是世界上最大的驱逐舰，其排水量可达9485 吨。日本的造舰速度相当快，据统计，1982 年至 1991 年的短短 9 年间，日本建成服役的舰艇中仅驱逐舰就有四级 23 艘之多。而且，这些驱逐舰的建造周期平均不足 3 年，其中最短的仅 27 个月。这样的造舰速度令人咋舌，即便美国也不过如此。能具有如此之高的造舰效率，除得益于雄厚的造船工业基础外，与采用成熟的技术和先进的生产管理体制也是密不可分的。另外，在建造现代水面舰艇必备的先进机械加工设备方面，日本的技术力量也相当雄厚，有些大型精密机床设备甚至比美国的还好。

　　一向自负的韩国也承认，2015 年之前日本在产品开发与设计、船舶配套设备、市场开发能力、造船周期、劳动生产率以及售后服务等方面仍将领先于韩国。

　　日本造船业一直把重点放在新船型研发上，因此船企抵御市场风险能力也较强，受金融危机冲击也相对较小。另外，日本船企服务的船东大部分来自于日本国内，船企与船东关系密切，往往以全球最高的造船效率提前完成手持订单，得到船东的奖励。据克拉克森研究公司统计，日本船厂手持订单中有将近 65% 来自于日本船东。日本最大的三家船东分别是商船三井、日本邮船和川崎汽船，这些船东与日本船厂都有着长期稳定的战略联盟关系（三井造船是商船三井的股东，川崎汽船和川崎造船都是从川崎重工集团分离出来的子公司），是典型的"共存共荣"。这种情况下，撤单几乎不会发生，由于持股关

日本一艘新潜艇在川崎神户造船厂下水。时至今日，日本已能设计建造除航空母舰
和核潜艇以外所有种类的作战舰艇，其性能之先进为世界所公认。

系的存在，船东也不会 "猪八戒啃猪蹄——自残骨肉"。

中国造船工业的迅速发展，尤其是向高科技船型的转移，引起日本的高度警觉。我国宣布在上海长兴岛设立造船基地，到 2015 年建设成为年生产能力 1200 万吨、世界最大的造船基地后，日本造船业产生强烈的危机感，加大了对我国造船工业信息的搜集力度，开始把我们当成主要竞争对手。此刻离日本专家对柴树藩部长所说的"中国同日本的距离太大了，我们根本不担心中国来竞争"这句话不过 20 余年。自强不息的中国造船人让这个老牌的海上强国感到了威胁！

"在历史的拐弯处好超车"，危机中也蕴涵着机遇。世界造船业的发展历史证明，在市场低潮阶段，也往往是后起造船国家赶超先行国家，改变世界造船格局的独特机遇期。上世纪 70 年代，第一次世界石油危机导致船市萧条，日本造船业在应对危机时大量封存船坞，削减造船能力，而韩国造船业则乘机大规模崛起，迅速成为世界第二造船大国。亚洲金融危机期间，韩国造船业再次加速发展，从而在新世纪初最终超过日本，成为世界第一。

"风物长宜放眼量"。中、日、韩三国造船业各有优势，谁能最后笑傲海洋，还要细端量！

第二十四章

金融海啸下的一缕曙光

2004年《瑞典航运》报道："从鹿特丹到上海，从苏伊士到马六甲，到处都是排队等船的货物，找艘空船运货太难了。"

世界经济的快速发展，带动了海运的繁忙，那时地球上的每一艘散货船都变成了珍贵之物。2004年以来的全球造船业只能用"火爆"一词来形容。尤其在远东地区，韩国、日本、中国全球三大造船国的订单早已签到2007年以后，生产与造船相关配件的工厂也正在满负荷运转，许多专门提供货船发动机的工厂，订单也排到了2007年。

那也是每一个中国船厂都常怀念的日子。

无论是在中国南方还是北方，无论是百年老厂还是油漆未干的新厂，肤色各异的船东随处可见。中国从南到北的船坞里，制造了几乎世界上所有的船型，这其中有平均每隔两个小时就有一艘下水的小型灯光渔船，也有交船期已经排到2009年的超大型油轮。

一个欧洲船东通过电子邮件查看了船舶规格等技术资料，几天后，船舶工程师、主管商务人员一行几人就会匆匆来到中国；一周之内，会谈、签合同、船厂视察全部搞定，随后定金打来——这意味着一单船舶贸易已经生效。那时一艘散货船的建造周期最长不过两个月，稍微大一点儿的造船厂，一年轻轻松松能卖十几艘巨轮。

由于散货船用途较为广泛，容易脱手，很快成为最好的炒作对象。一艘7

万多吨的散货船，几年前的售价也就是 1900 万美元，两年后飙升到 4000 多万美元，炒到最高峰时可以到 5000 多万美元。这些船从订船到交船，价格翻了不止一倍，很多投机者闻风加入到炒船行列，把全球造船业搞得更加虚火旺盛。

2007 年，中国上升为全球第二大原油进口国和第三大贸易国，海运显得尤为重要，大型油轮、集装箱船的需求量与日俱增；同时，国际海运组织规定 2015 年前全球的单壳油船要全部淘汰升级为双壳油船。这一切更加刺激了船东的造船热情，中国船舶的股票也从六十几元一口气攀升到 300 多元。

船舶界一片莺歌燕舞，阳光明媚。

但谁也没料到，一片乌云却悄悄来临……

2007 年 4 月 2 日。

美国第二大次级抵押贷款公司——新世纪金融（New Century Financial Corp）宣布申请破产保护。这一天，潘多拉的盒子打开了。世界经济很快陷入梦魇之中。

没过几天，美国住房抵押贷款投资公司也正式申请破产保护，成为继新世纪金融公司之后美国又一家申请破产的大型抵押贷款机构。

短短一年时间内，美国排名前五位的大投资银行全军覆没，多米诺骨牌接连倒下，美国爆发大规模次贷危机。

2008 年，美国次贷危机席卷了全球，引发了全世界金融动荡。经济界哀鸿遍野，全球经济进入"冬至"期。这场金融风暴简单说就是美国人超前消费，金融界制造了大量有毒债券，让全世界为其埋单。全球金融业和经济界的最终损失额超过了 10 万亿美元，推动美国经济高速增长的发动机熄火了。在经济全球化的今天，"环球同此凉热"，谁也不能幸免。世界经济受其拖累陷入停滞，身处风暴中心的华尔街遭遇到上世纪大萧条以来的最沉重打击。华尔街的一个银行高管惭愧地说："为了赚钱，我们中的有些人把灵魂出卖给了魔鬼。""股神"巴菲特说得更好："当潮水退去的时候，你就会发现是谁在裸泳，而现在，华尔街简直成了裸泳者的海滩。"

确实，没有哪个行业不受华尔街金融危机的影响，正火爆异常的船舶工业损失尤为惨重。举个简单的例子，现在每艘常规船型的造价动辄上亿美元：2010 年交船的 17.5 万吨级散货轮，韩国造价约 1 亿美元，中国造价约 9500

万美元；2011 年交船的超大型油轮，韩国造价约 1.55 亿美元，中国造价约 1.45 亿美元。如此昂贵的造价，船东只能以自有资金投入一部分，其余靠融资来解决。全球每一笔造船合同 80% 的资金需要银行帮助，离开了银行支持，船东举步维艰。通常，金融界打个喷嚏造船业就要感冒。这次是全球金融界一起遭灾，造船业遭遇的困境如同釜底抽薪，尤其是在锅快开了的时候，更惨不忍睹。

中国的船舶产业也未能幸免，深刻体验了一把坐过山车的感觉。上半年忙着数钱，下半年也忙着数钱；只不过上半年数腰包里会进多少，下半年数腰包里还能剩下多少。严峻的形势下，经历了几年高速发展的中国造船业将何去何从？

《航运经济》报道：上海贸易公司船舶部的负责人第一次感到了郁闷，口干舌燥地与德国的船东谈了四天，可是对方却不为所动——这不是谈船价，而仅是谈首付款比例，这种情形在前两年船东争相"抢"单时绝不会发生。为了降低风险，船厂要求船东必须首付 50% 的船款；而船东也没有多少"隔夜粮"，最多只肯付 20%，如此悬殊的差距，让中间商左右为难，叫苦不迭。

"高处不胜寒"，中国造船业深切地感受到了这一点。自 2008 年秋季开始，整个产业开始步入寒冬。据国际造船业权威咨询机构统计，2008 年 12 月全球船舶订单几近为零，仅有 21 万载重吨。其中，中国船厂新接订单只有区区 2 万载重吨，同比下降 99.8%，也是历史上同期订单量的最低点。2009 年，散货船连续两个月没有新船订单，集装箱船连续 3 个月成交空白（造这两型船可是中国的拿手好戏）。难道十年前船台空荡荡的惨况会重现？中国船舶业感到了阵阵寒意。

更让人担心的是，中国造船业还面临着不断上涨的汇率风险。据计算，人民币对美元每升值 1 个百分点，中国造船业将损失 40 亿元人民币。这意味着在不采取任何措施的情况下，人民币汇率年升值幅度如果超过 5%，整个造船业的全年利润都将被侵蚀掉。

这不过是中国造船业遭遇寒流袭击的冰山一角。

我国船舶工业供求关系大逆转后，在繁荣的表象下隐藏的产能过剩、自主创新能力不强的问题突出表现出来。研发风险、船东风险、价格风险、汇率

建造集装箱船是中国的传统优势。第六代10万吨8500标箱的集装箱巨轮
"中海欧洲"，相当于一艘大型的航空母舰。（黄少毅 摄）

风险都在逐渐逼近我国船舶工业。

业界忧心忡忡：2009 年是否已经到了船舶业的"拐点"？我们的船舶业能否冲出重围，再创辉煌？

新中国成立以来，数百万军工人长期在核能、航天、航空、船舶和兵器五大军工行业里默默奉献，虽然他们付出的最多，得到的物质回报却最少，几十万造船人是其中最好的代表！共和国不会忘记。

新中国成立之初，工业基础薄弱，贫穷、落后成了中国的代名词。

中国船舶工人承受着来自国内外的压力，默默地拉起了纤绳，提起了铁锤，拿起了钢锹，在极端艰苦的条件下，开始了建设家园的征程。

60 年，我们可能忘记了很多名字，却不能忘记他们。

60 年，我们经历了许多激动人心的时刻，却依然被他们的事迹感动。

成千上万的造船人尽管所处时代不同、岗位各异，但他们用自己的劳动，在共和国的历史上写下了绚丽的篇章。

《老子》云："上善若水，水善利万物而不争。"用这句话形容几十万中国造船人非常贴切。

目前，造船业是我国重加工工业中唯一能走在世界前列，与世界先进水平较量的行业。

在严峻的经济形势下，中央政府当然不会忘记军工行业里的贡献者们，也不会忘记 30 万造船人。

2008 年 11 月，温家宝总理不顾劳累，风尘仆仆地接连视察了广州中船龙穴造船基地、上海外高桥造船有限公司和中船三井造船柴油机有限公司。

11 月 15 日，广州中船龙穴造船基地。

温家宝总理一下车便直接乘坐扶梯登上龙穴造船基地观景台，边看边问中船集团公司的领导："今年接单情况怎么样？"

中船集团公司总经理谭作钧回答："前十个月承接了 1000 多万吨订单，合同金额超过 100 亿美元。但金融危机爆发后，新接订单大大减少。不过我们手里订单充足，现金充足，生产任务已排到 2012 年，而且 95% 的订单都是自主设计，拥有完全自主知识产权。订单在我们手里，技术在我们手里，我们一定能克服困难，按期交船，这个严冬我们有信心度过去。"

温家宝总理关切地追问了一句："订单是到 2012 年吗？"

"对！我们的主要船东都是全世界最大的船东，如马士基、NYK 等。这次危机中，这些大船东虽然受到了冲击，但与我们有长期的合作关系，所以他们还是把大量的订单给了我们。"谭作钧信心十足地回答。"另外，今后南海石油、天然气和海底矿产开发规模会越来越大，需要大量的海洋装备。而在华南地区恰恰缺少一个集造船、石油开采设施和海洋装备为一体的核心基地，不利于就近建造和及时提供维修服务。我们考虑下一步龙穴造船基地应该是重点提升海洋工程建造能力、避开竞争激烈的领域，独辟蹊径。"

温家宝总理听了频频点头，表示赞许，满意地说："我非常赞成你刚才讲的话，这使我更加增强了信心。最近有种议论，说造船的寒冬季节到了。我想用一句雪莱的诗来比喻，'冬天到了，春天还会远吗！'。这倒不是浪漫。大型设备、能源、原材料都需要船舶来运输，未来船舶运输仍然是运输业中最重要的部分。我就不相信，将来地球的大海上会没有船只航行！"

　　大家被总理的话所鼓舞，群情振奋，现场自发地响起了热烈掌声。

　　温家宝总理告诉谭作钧："我这个想法，可以传达给整个造船业。"

　　谭作钧高兴地说："总理说得太对了，造船这个行业从中国经济的发展来说，应该是一个朝阳产业。"

　　温总理视察完毕离开时，再次说："船舶工业现在有一股压抑的情绪，前两年火爆，当时大家非常兴奋，现在突然订单减少，感觉有些不适应了。因此，我此次来的目的，就是要给大家鼓鼓劲！"

　　现场又一次响起了热烈掌声，经久不息……

　　一周后，11月22日，上午11时25分，温总理一行来到上海外高桥造船有限公司凸堤码头。

　　中船集团公司的领导一边陪总理视察，一边汇报说："为满足国家能源战略需要，今后外高桥基地将以高技术、高附加值产品为主。"

　　听了汇报，温总理满意地说："应该这么说，是中船（集团公司）给我国造船业带来了信心。这是一个月来，我第二次到造船厂，因为我一直认为，只要我们整个世界有贸易，就会有造船业，有人员往来，就会有造船业。因此，眼前我们遇到的困难一定是暂时的，而造船业的发展一定是长久的！上次，我在龙穴，用了一个冬天和春天的比喻，今天我要和大家讲，就是危机和机遇。危机的后面就是机遇，所以我说困难是暂时的，所谓暂时，有可能两年，我们再估计长一点，三五年，但它还总要恢复发展起来。"

　　听了总理鼓舞人心的讲话，外高桥的干部职工用热烈的掌声表达了自己的心声。

　　下午3时30分许，温总理又驱车来到上海中船三井造船柴油机有限公司。

　　中船三井组建于2006年9月，是一个年轻的船用动力生产基地，也是我国船用低速柴油机制造业的"未来之星"。主产品是缸径在600毫米以上的低速大功率柴油机。

　　曲轴作为船用发动机的关键部件，被视为船用柴油机的"心脏"。由于其重量大、工作环境苛刻、加工精度要求高、制造技术难度大，多年来一直依赖进口。"船等机、机等轴"，尤其是大型船用曲轴短缺的局面，长期以来严重制约着我国船舶工业。2008年3月23日，我国首根由国产机床加工出的大

型船用曲轴在青岛海西重工有限责任公司下线后，大型船用曲轴国产化取得了
重大突破，改变了我国加工曲轴的大型机床依赖进口的局面，使我国成为继德
国、日本之后，世界上第三个可以独立生产大型船用曲轴的国家。

瓶颈打破后，研制大功率低速柴油发动机就不成问题了。

在发动机装配车间，一位公司负责人介绍说："这个柴油机总装车间总
长 744 米，是目前世界上最先进的柴油机总装车间。这里可以制造世界上缸径
最大的柴油机，功率超过 6 万马力。二期工程建成以后，可以形成 300 万马力
生产能力，加上沪东重机的 200 万马力，整个中船集团的柴油机生产可以达到
国内市场 70% 的能力。"

接着他指着高约 15 米的世界上缸径最大的柴油机——8K98MC 柴油机，
给总理汇报："这是我们生产的第三台 CMD-MAN 8K98MC 柴油机，有 8
个汽缸，每个汽缸直径达 980 毫米，功率达 6.22 万马力，干重达 1514 吨，是
迄今为止国内制造的功率最大的船用主机。它将安装在德国的一艘 5100TEU
集装箱船上，过去我国大缸径低速机依靠进口，现在我们填补了这个空白。"

望着车间两侧高高的试车台，温总理高兴地说："好啊，我们不仅能造
各种船，还能造各种船舶的心脏——柴油机；将来我们不仅要自己能造，还要
能卖柴油机、卖零部件。"

临离开前，温总理对大家说："看了中船三井，我认为，不仅反映了上
海的装备制造业水平，也反映了我们国家的装备制造业水平；今天看的这些大
项目，都是将来发展的基础，从这点看，面对金融危机、经济危机，我们的信
心会更强，现在只不过是暂时的困难。在危机面前，那些泡沫的东西就让他破
灭吧，那些实在的东西，如技术、设备、人才等，我们要留下来，这是基础。"

大家热烈鼓掌，大声说："谢谢总理。"

温总理语重心长的话语，在初冬时节给造船职工带来了浓浓暖意……

一个月之内，温家宝总理多次亲临造船、造机生产建设一线，连续到中
船集团公司多家企业视察，为船舶工业鼓劲。但温家宝总理心里也明白，形势
确实严峻。中国船舶工业行业协会分析，这个漫长的冬日何时结束遥遥无期，
预计 2009 年我国新接订单仅会为 2000 万 −3000 万载重吨，同比下降 65.6%−

48.4%。年轻的中国船舶工业犹如一棵寒风中瑟瑟发抖的稚嫩幼苗，急需呵护扶持，以渡过这场特大风暴……

在金融风暴和经济衰退的大背景下，增加投资拉动内需成了经济政策的首选，这方面船舶工业具有很强的优势。船舶工业被誉为"综合工业之冠"，在国民经济116个产业部门中，船舶工业与其中的97个产业有直接联系，造船业的发展不仅能直接拉动钢铁市场的发展，还能带动相关的船用配套设备厂商联动，波及面非常广。2008年造船用钢达500万吨，船用机电、通讯等配套设备及焊接、涂层等材料在船价构成中占60%-70%。另外，每出口1万吨船舶可以直接或间接地提供5000个就业机会。按目前已持订单计算，2009年可以解决2500万人的就业岗位，这对缓解我国严峻的就业形势更有现实意义。

30年来，中国造船业靠着自己的力量杀出了一条血路，事实上，无论是中央政府还是地方政府，对造船业的重视程度已经在不断提高。上海市政府几年前就已经把造船业立为上海市支柱产业之一，从北到南的其他沿海省份纷纷宣称要大力发展造船产业，国家发改委在2008年12月12日提出要大力支持重点产业发展，造船赫然编列在九大支柱产业规划之中。这些政策表明，中央政府已经意识到造船业对经济发展和就业促进的巨大推动作用，将加大扶持的力度，造船业的前景可期。

温家宝总理回到北京后，立即召开常务会议，决定把船舶工业从装备制造业中专门分离出来单独制订规划，国家将倾力支持造船产业的发展。这成为国务院支持十大行业中的第三个，国家对船舶工业的确非常关心。

消息传来，中国造船界深受感动，他们不是孤军奋战，在最困难的时候，中央政府给予了他们强有力的关怀和支持。

2009年2月11日，温家宝总理召集和主持国务院常务会议，正式审议并原则通过船舶工业调整振兴规划，为正备受煎熬的船舶工业降了一场"及时雨"。

船舶工业调整振兴规划第一次明确提出鼓励老旧船舶报废以及提前实施进入中国水域的单壳油轮淘汰政策。

过去由于政策原因，我国长期以来存在着一个"国轮外造"、"外轮国造"的奇怪局面：我国造的船70%以上用于出口，国内用船却大部分向国外购买，因为国外有各种贷款补贴，成了"墙里开花墙外香"。船舶工业调整振兴规划

我国现有近5000家造船企业，尤其是近两年，造船厂如雨后春笋般迅速增多。（文宝　摄）

开始重视这个问题，利用政策倾斜，刺激内需，鼓励"国船国造"！

　　船舶工业调整振兴规划第一次明确提出有计划地扩大造船规模，防止重复建设和产能浪费。

　　据统计，我国现有近 5000 家造船企业，尤其是近两年，在浙江、江苏、福建等地，造船厂如雨后春笋般迅速增多。一个南通市，就建了 48 家造船厂，令人匪夷所思。我国造船规模爆炸式的增长和表面的繁荣，掩盖不了行业粗放型发展的事实，很多小船厂只能靠价格进行低水平的竞争，造船行业里的"价格大战"逐步蔓延到集装箱制造、修船、大型钢结构等相关领域，就像为抢一块肉骨头，打得头破血流。这是资源的巨大浪费，我们输不起。

　　船舶工业调整振兴规划第一次明确提出，将建立专项资金用于鼓励高技术、高附加值船舶及海洋工程装备研发，提升竞争力。同时对散货船、油轮、集装箱船三大主流船型进行优化升级，彻底解决我国船舶工业自主创新能力弱、高端产品比重低（只能靠拼价格取胜）、船舶配套业发展滞后（五脏六腑多是进口的）等结构性问题。

在规划中，参考日本、韩国的历史经验，我国还将成立船舶工业发展基金和融资租赁公司，确保重点订单的顺利完成和交付。"这意味着，振兴规划的出台不会去保护弱者，只会使强者更强，造船市场也将被重新分割。一些低标准的山寨造船厂会被大量淘汰出局。"上海船舶协会一位负责人对记者说。

产业升级是一个比较漫长的过程，现在正是一个绝好调整时期，船舶业应该趁着这个"冷冻期"抓紧产业结构调整，等候下一轮的腾飞。用一个业内人士的话来说就是："中国造船业到了该'回火'的时候了。"

《国家竞争优势》的作者迈克尔·波特为我们清晰地描述了韩国造船业的发展逻辑：第一步是大肆扩建造船设施，为产业发展作好规模准备（这一步我们基本完成）；第二步是技术的进步，采用先进的造船技术以降低成本，提高生产效率（这一点我们正在努力）；第三步是产业升级，着重建造高附加值船舶，形成高科技垄断（这点是我们最应该做的）。事实证明，韩国人是成功的。韩国人这种横扫千军的气势和简洁实用的战略思路确实值得我们学习，正是这种霸气造就了今日的世界造船盟主。

地球上79%的面积是水，只要人类在这个星球上生活一天，就无法割断与水的关系。船舶是水上流动的桥梁，是漂浮的城市，人类不管发展到哪个阶段，都离不开船舶。说一句不算夸张的话：造船会与地球同在！

第二十五章

扬帆远航，冲刺2015

高大的船楼遮住了天，
江上，
爸爸的轮船连成了线，
我问妈妈，
爸爸为啥总不见，
妈妈笑笑说，
爸爸就在那船舷。
……

伴随着稚嫩的童声朗诵，2008 年 4 月 14 日晚，一场别开生面的晚会在江南造船（集团）公司刚刚交付的新型航天测量船上开始录制。江南造船（集团）公司码头边星光璀璨，各色灯光将江南现址建造的最后一艘船——第二艘新型航天测量船装扮得犹如一座五彩斑斓的水上城堡，在黄浦江夜色的衬托下显得熠熠生辉。设置在新船甲板上的演播现场简朴而温馨，十几排"观众席"上有序地坐着身穿各色工装的造船人。

这台晚会是中央电视台"当代工人"栏目组为"五一"国际劳动节制作的特别节目《沧海跨越——造船人的故事》，通过回顾几代造船人的不同经历，展现当代中国产业工人的精神品格与风采。140 多年前，在江南造船（集团）

公司现址高雄路 2 号这片热土上，诞生了第一批中国产业工人；一个多世纪以来，他们用手中的焊枪、铁锤和汗水打造出一件件梦幻般的钢铁艺术品。

在这场历时近三个小时的晚会中，"江南焊王"刘维新、江南厂的老厂长陈金海、"军舰免检王"张国新和 LNG 船的总建造师何江华四位来自不同年龄层、不同岗位的江南人讲述了造船人的故事。他们虽然工作在不同的岗位上，却有着同样令人敬佩的工作业绩：他们当中，有人冒着生命危险始终坚守在生产第一线；有人为了实现技术突破，在船上整整工作了八个月；有人为了顺利交船顶着各方压力背水一战……无疑，他们交出了一份份令人满意的答卷。

在获得掌声的同时，他们对家人更多的是愧疚和感激。2004 年，张国新的妻子患腰椎滑脱动了一个大手术，手术风险系数很大，有全身瘫痪的可能。然而，那时恰是建造新一代导弹驱逐舰最关键的时刻，张国新毅然离开了病床上的妻子，去参加了为期近两个月的试航。晚会上，主持人问张国新"究竟是妻子重要还是项目重要"时，张国新笑着回答："在我心里，都很重要，区别是项目是有价的，妻子是无价的。"话音刚落，全场为这睿智的回答响起了雷鸣般的掌声。

为建造世界一流的舰艇，张国新和他的团队励精图治，用他们的智慧将我国的军船与世界 50 年的差距缩短到了 10 年。

在晚会的最后，江南人以造船人特有的开工点火方式，在老船厂建造的最后一艘船上采集了象征着江南精神的火种，带着留恋，带着希望，传递到了长兴基地。江南之火将在长兴岛永远传承下去。在江南精神鼓舞下，造船人的精彩故事将继续演绎……

"之所以会选择江南来拍摄这个节目，是因为中国第一代产业工人就是在这里诞生的。可以说，江南精神就是中国产业工人的魂。"制作方说。这种精神早已超出了一个厂、一个行业的范围，而成为近现代中国产业工人励志复兴、自强不息精神的缩影。

30 年前，恐怕没有一个人能想到中国造船业会发展到今天的地位，从一个只能修修补补的造船小国发展成为世界上第二造船大国。尽管现在依然困难重重、问题多多，但中国这 30 年的成就，用奇迹来形容毫不过分，这是得到国际社会公认的事实。成绩无需赘言，事实都摆在那里，看得见摸得着。

中国船舶工业行业协会提出，至迟到 2015 年，中国将会成为世界一流的造船大国，而且在规模、效率、科技含量等各个方面，都会位居首位。当金融危机爆发后，尤其是中国与韩国 2008 年的接单量再次拉开距离时，有人开始担心，质疑道："这么短的时间内我们行吗？"中国船舶工业行业协会的负责人依然坚定地表示中国的目标不变，时间不变。

"会水当击三千里，自信人生二百年。"

中国造船人在一个"危机四伏，风险巨大"的市场里，搏击数年，经历了无数次大风大浪之后，还在继续前进，靠的正是这样一种自信的精神。

因为我们不仅有坚定的信念、传统的优势，今天我们还有了腾飞的基础！

"中国江南型"（巴拿马型系列散货船）、"中国大连型"（阿芙拉型系列成品油轮）、"中国外高桥型"（绿色好望角型 17.5 万吨好望角型散货船）、"中国沪东型"（新一代 7.5 万吨巴拿马型散货船）、30 万吨超大型油轮、14.7 万立方米薄膜型 LNG 船、7.2 万吨原油轮系列轮、4250TEU 集装箱船、5668TEU 集装箱船、大型浮式生产储油轮（FPSO）……这一艘艘带有鲜明中国标志的巨轮，航行在各大洋的海面上，停泊在世界各大港口里，给我们带来的不仅是荣誉，更多的是信心！

中国造船，大风大浪中经受了摔打，强壮了筋骨，今天面对国外强大的对手，有了掰腕子的底气。新中国造船业 60 年的积累，最终铸成了中国造船业在 21 世纪初期的厚积薄发。中国造船，靠着自己的毅力和拼搏，硬是坐上了世界第二把交椅。汗水、泪水、鲜血、痛苦、光荣、梦想，恐怕只有经历过这段历史的人才会有最真切的体会。

2009 年 1 月 16 日，大连船舶重工集团一届六次职工（会员）代表大会。

大连船舶重工集团董事长、总经理孙波在会上发言。他郑重承诺："大船重工不会因金融危机裁员，不会降低员工总体收入水平，不会改变已有的福利待遇。"会场上掌声雷动，久久不能平息。

中国有句俗话，手里有粮，心里才不慌。敢于做出"三不"承诺，大连船舶重工集团传递出一个强烈的信号：在全球严重的金融危机下，我国船舶工业完全有信心、有实力突出重围、实现振兴。

30万吨超大型油轮、11万吨阿芙拉型油轮和大型集装箱船是大连的三大主力品牌，也是我国在世界船舶市场最具有竞争力的产品，通过采用船坞串、并联一条半段造船法、平地造船等国际先进建造工艺，这些船的建造周期明显缩短，生产纪录纷纷被打破。大船重工不仅实现了两型四船出坞漂移及两个月开一次坞门的目标，而且，在集装箱船、阿芙拉型油轮、超大型油轮等主导性产品建造周期上已达到甚至超过日、韩船厂水平。超大型油轮下水周期由首制船的303天，到13号船已缩短为38天；4250TEU集装箱船实现了平均22天交工一艘船；大型浮式生产储油轮从合同签订到交工最短仅用17个月，达到世界先进水平。

过去大连平均每5-6个月才有一艘船下水出坞，而现在平均3-4个月就有一艘新船下水出坞，11万吨阿芙拉型油轮当初航海试验需要6天左右，而现在最快的只需要72小时，如此高的效率令国内外同行刮目相看。

传统的优势要保持，新兴的领域也早埋下了伏笔。

现代航海船舶自动化程度相当高。无人值守机舱、主机遥控遥测船舶已广泛投入使用；船舶自动识别系统（AIS）、全球海上遇险与安全系统（GMDSS）、航行数据记录仪（VDR）基本实现了全程自动化，取代了以前由海员手写航海日志、记录车钟等工作，被称为船舶的"黑匣子"。综合航行管理系统，最适航路计划系统，自动停靠离泊系统，气象海况状态监视系统，自动装卸系统及船体状态、姿态监视控制系统等也陆续研制成功，一种高信赖度的智能化船舶很快就会面世。

也许某一天，操纵远洋巨轮会像使用"傻瓜相机"一样简单。

人无远虑，必有近忧。在下一轮造船高峰到来之际，我们必须尽快进入世界船舶"领跑队列"，不能老跟在人家屁股后面猛追。

蒸蒸日上的海洋工程装备一下子成为中国船舶工业密切关注的焦点。

目前人们在海底开发油气资源主要是通过物探（用地球物理勘探船，采用地震勘探法寻找储油构造，为钻探提供依据）、钻探（利用自升式平台或半潜式平台，对可能有油气的海底进行钻井、取芯，决定是否钻井以及钻井数量和井位）、开发（根据藏储量，确定采用何类钻井平台进行生产、储存）三步来完成。

两艘拖轮正拖拽"将军"号钻井平台前往指定海区。（巡海　摄）

所有的过程，都离不开海洋工程装备。

从 1887 年威廉斯在加利福尼亚海边打下第一口钻井，拉开世界近海石油工业的序幕起，至今已经过了一个多世纪，人类已研制了多种多样的海洋石油工程装置以及特种工程船舶（地球物理勘探船、供应船、拖船、起重船、打捞救助船、特种工程船、海底电缆布设船、铺管船及深潜器母船等）。其中，半潜式平台、张力腿平台和 SPAR 平台，由于抗风浪能力强，甲板面和装载量大，特别是离岸远、潜水深，市场前景越来越好，目前全世界海洋中使用的各种平台超过万座。

世界海洋油气开发投资旺盛，据挪威 Norland Consultans As 的保守预测，近年世界海洋油气开发投资总量年均都在 1000 亿美元以上。这是一个硕大的蛋糕，但又是一个"烫嘴"的蛋糕，海洋工程，既与造船核心技术相关，又是一门专业性极强的高技术产业。

2008 年 9 月 6 日，一座长 70 米、宽 76 米、深 10 米的三角形庞然大物——400 英尺自升式钻井平台"海洋石油 942"号，被拖船牵引着徐徐驶离大

上个世纪末开始，大连船舶重工从"修理工"做起，稳步快速地向海洋工程领域挺进。（丁剑洲 摄）

连湾，满怀希望又恋恋不舍地离开了建造它的"母港"。

这一天，大连船舶重工集团的建造者们百感交集——他们造出了中国第一座规模最大、自动化程度最高、作业水深最深的自升式钻井平台。"海洋石油942"号被誉为亚洲钻井"第一船"；而且从合同签订到开工建造，仅用了短短5个月，打破了国外生产同类海洋工程装备需准备一年的纪录。

这标志着大船重工从此跻身于世界海洋工程的"第一方阵"。送别的人们喜悦与不舍之情深深地交织在一起。

在"海洋石油942"号高大的身影前方，是一个像大海一样广阔的海洋工程新市场。大船重工"海洋石油942"项目组经理曲广杰喜形于色，对前来采访的记者说："942打入新市场后，海洋工程的订单应接不暇，工期已经排到了三年以后。"按照发展预期，未来三年内，海洋工程产品的产值比重将扩大到大连船舶重工总产值的三分之一，成为新的经济增长点，从而促其最终实现船舶产品结构的战略大转型。风平浪静的大连湾，掀起一层不小的涟漪，我国与世界先进国家同步跻身于海洋工程领域的"第一方阵"。

今天，走进偌大的大连船舶重工的海工基地，可以看到按照现代化海洋工程建造工艺流程分成的分段制作、分段涂装、分段总组合拢等几大区域，以及专门的桩腿建造区域，令人目不暇接；长达460米的舾装码头、162米顺岸码头、120米悬臂梁码头，可以满足不同海洋工程项目的制造、修理、系泊、调试等需要。据介绍，待海工基地全部建成后，将具备同时建造四座自升式钻井平台和一座半潜式钻井平台，或者同时建造六座自升式钻井平台的建造能力。

大连船舶重工从1970年成功建造中国第一座钻井平台"渤海"1号起步（该平台交工后顺利完成50余口油井的钻探作业，曾经受住10级强台风及唐山大地震的严峻考验），近年来从滩涂区的人工岛、浅海区的气垫组合钻井平台、深海区的BG-9000半潜式钻井平台，到10万吨、15万吨、23万吨浮式生产储油轮、海上生产（生活）模块及海洋三用船、综合检测船、专用工作船，几乎可以囊括所有海洋工程产品的建造、修理及改装。

外行人看来的这一个个枯燥数字和技术名词，实际上代表了中国船舶工业经过破茧化蝶的痛苦嬗变，已稳稳占据了当今海洋工程的顶峰。大连造船成为国内海洋工程领域第一个领跑者。

大连造船被誉为"劳模的摇篮"——

"爆炸大王"陈火金、船台"女铁人"郭玲华、壮志不移的张在勇、屡建奇功的战怀奎、电气调试大师崔殿镇等全国闻名。

大连造船被誉为中国船舶工业的"航母"——

大连造船曾书写下无数的辉煌与荣耀。如今，为实现中国成为世界造船强国的梦想，"大船"人将不辱使命。

如果中国海军要造两艘航母，也许有一艘会诞生在大连船舶重工的船坞上，而另一艘则非江南造船厂莫属。

近代世界大国之崛起，无一不是起步于造船。一艘船就像大海中流动的城市，代表着一个国家的工业水平。

2005年6月3日，江南造船厂建厂140年，它建造的新一代国产驱逐舰"兰

最后的谢幕——江南老厂送别最后一艘成品船"远望"6号踏上征途。

州"号重返出生地，载着高昌庙老江南厂的火种驶往上海长兴岛新址。这一天，国内最大的中船长兴造船基地正式开工。

自19世纪末，由虹口搬到高雄路2号后，江南厂一直在黄浦江畔造船修船，停泊在江南厂岸边的一艘艘各式各样的舰船成了上海一道亮丽的风景线。江南厂和黄浦江几乎不可分离。

黄浦江是上海的象征和缩影，浦江两岸，荟萃了上海城市景观的精华，从这里你可以看到上海的过去、现在，更可以展望上海的灿烂明天。登高远眺，浦江两岸的都市风光乃至长江口的绚丽景色一览无遗，千古佳句"落霞与孤鹜齐飞，秋水共长天一色"的意境会油然而生。

但是黄浦江水太浅，中央深度仅有9米，长期以来，江南厂只能造7.5万吨以下的船，每次造大船时要动用大量机械去挖江底的淤泥。为了能让万吨轮船顺利通过，横跨黄浦江两岸的南浦、卢浦大桥也不得不人为拔高了十几米，为此增加了1亿多元的建造费用，但仍不能解决根本问题。

上海争得了2010年世界博览会举办权，竟无意间成了长兴造船基地的"催生婆"。在世博会展览场馆规划中，江南造船厂厂区被整体圈在动迁范围内，将整体搬迁到长兴岛。江南造船迎来了新的发展机遇。

长兴岛是位于长江入海口的一个冲积岛，面积约88平方公里，是仅次于崇明岛的上海市第二大岛，与浦东外高桥保税区仅隔7.5公里。岛上土壤疏松肥沃，花果飘香。据国家权威部门监测，岛上的土地没有受到污染，大气层与水质均保持在国家一级水准，是大上海最后一块完整净土。长兴岛三面临海，由于四周水体调温的结果，冬季增温作用明显，有长江口"暖舌之称"。长兴岛依长江，濒东海，具有8公里长不淤、不积、不冻的深水岸线，水面开阔，水深12米−16米，是发展造船的天然优质基地。

上海市决定在长兴岛南岸安排8公里岸线，满足江南厂搬迁及中船其他船厂的发展需要。政府一次性划出8公里岸线用于发展造船，在中国造船史上绝无先例。这足见中国人发展一流产业、争当世界强国的决心。

只有岸线充足，才能建设规模宏大的船厂。江南造船厂的高昌庙厂址，仅有岸线1公里；有"中国第一船厂"之称的外高桥造船公司，岸线也仅仅达到1.5公里。江南长兴造船基地的岸线长度是外高桥的5倍多，它的规模更大、设施更先进、生产品种更广泛。中船集团提出，力争使其"一百年不落后"。江南长兴造船基地将建设四座超过 30 万吨级的大型船坞，年造船能力达到 450 万吨。这是世界上最大规模的造船基地，几乎所有种类的军民船舶都可以建造，当然也包括航空母舰。"长兴工程"成为中国造船业的"希望工程"，这里将是中国几代造船人梦想实现的地方。

2007 年 12 月 28 日，江南历史上又一个具有重要纪念意义的日子来临了。下午 4 时许，7.6 万吨级的"德新海"号散货船从二号船台上徐徐滑入黄浦江。

从来没有一艘普通的民船下水会来这么多人，仪式现场，挤满了从四面八方汇集而来的江南人，来为高昌庙旧址上诞生的最后一艘巨轮壮行。

站在这片熟悉的土地上，凝望着最后一艘巨轮在鞭炮和礼花中进入黄浦江。船台空了，一大批车间永远也不会再有轰轰的机器声了，这里将变成一个中国近代工业的纪念馆。每个即将离去的江南人都感到难舍难分。

2008 年 6 月 3 日，这天是江南造船厂建厂 143 周年，同时也是江南造船厂正式告别原址，从黄浦江畔的市中心整体搬迁到长兴岛的日子。同日，中船江南长兴造船基地一期工程正式竣工，成为迄今为止中国规模最大、设施最先进、现代化程度最高的造船基地，其规模仅次于韩国现代集团的蔚山造船基地，排名世界第二。

2012 年，生产能力达 350 万吨的二期工程投入生产后，一个全世界规模最大的造船总装基地将在长江口崛起。

这意味着什么，读者可以自由想象。在一个被海上强国航行了几个世纪的大洋上，还会有谁在引吭高歌！

140 多岁，对于企业而言，是"高寿"，但每一个到江南造船厂的来访者，却总感觉它青春勃发。

6 个世纪以前，郑和带着浩浩荡荡的船队从西洋航行归来之后，中国的造船业便陷入了 300 年的沉寂。一直到江南造船厂诞生，中国的海上大国梦想才开始重新苏醒。

江南长兴，气势磅礴、一望无际，这里会成为世界上最雄伟的造船基地。

江南长兴，更是一种精神传承——经历 140 年风雨磨难，几代江南人始终为企业和国家的长久兴盛，勇往直前，自强不息。

2008 年 2 月 28 日，成为中国造船史上不能忽视的日子。

这天，一半是荒滩苇荡、一半是船坞码头的熔盛造船厂，举行首制船 7.55 万吨"金色斯戈娜"命名典礼。站在总长 225 米、型宽 32.25 米的巨轮甲板上，挪威 DNV 船级社首席运营官托尔尼和船东金色海洋集团总裁赫尔曼依然不敢相信，眼前这家连厂房都未建好的中国年轻船厂居然提前 60 天交船了。

"第一速度！你们创造了世界造船的奇迹！"

托尔尼激动地握住熔盛集团总裁陈强的手惊呼。因为按国内当时的经验，一个新船厂从建厂到出船的正常速度是 10 年。

其实，奇迹从陈强来到江苏如皋创业就开始了。2005 年 10 月 28 日，熔盛造船打下第一根桩。4 个月后，连一间像样的办公室也没有的熔盛签下首批国际订单。

2008 年 8 月 3 日，上海香格里拉大酒店。

在国际船级社协会主席石万胜先生的主持下，陈强和世界三大铁矿石供应商之一的巴西淡水河谷物流总裁巴特·罗米欧坐在了一起，郑重签单：熔盛一次性承接淡水河谷 12 艘 40 万吨矿砂船建造项目。100 多家海内外媒体的镁光灯聚焦了这一场景。

一向平稳的石万胜先生难掩激动，他说，40 万吨矿砂船是目前世界上最大的散货船，而 12 艘这样的单笔大订单，需要超强实力的船厂和超大需求的船东走到一起，这实在可遇不可求。[1]

江苏熔盛投资集团有限公司位于如皋长青沙岛上，是全国在建的规模最大的民营造船企业，建成后将形成大型造船坞三座和海洋工程坞一座，其中海洋工程 4 号坞，宽 139.5 米，将是亚洲第一大坞。

熔盛从诞生之初，就面临激烈竞争的大环境，决定了它必然要在挑战中发展、在竞争中超越。国际上看，熔盛所在的 1500 公里半径范围内，集中了世界 95% 的修造船企业；从国内看，国内造船业正呈现出百舸争流、千帆竞发态势，几年中，仅在浙江 4300 公里海岸线上，就已经集聚了 500 多家船舶制造厂。

熔盛巧妙地采用"蓝海战略"进入战区，规避与所有的大型国有造船厂进

---

[1] 陈明：《熔盛：芦荡驶出造船新航母》。

行同类产品竞争，而是推出了两个独特的船型：一是研发 7.55 万吨的冰区加强型散货船，这是中国首创，迅速成为国际船运市场上的抢手货；二是国内第一个推出满足 CSR 规范（国际船级社双层壳油轮船舶结构共同规范，简称 CSR）的 15.6 万吨苏伊士油轮，一经推出大受欢迎，现在已承接了将近 40 艘，在全球的市场占有率排名第一。随后，熔盛又敏感地捕捉到国际铁矿砂运输市场潜力巨大的商情，迅速启动研发设计，恰好与淡水河谷的船品需求"合上了拍子"。

在造船界，船东的影响力非常大，一旦有些著名船东在你这里订了船，其他船东就会接踵而来。熔盛的第一个船东是世界最大的巨型油轮拥有者挪威 Frontline 公司，当初规定 2008 年 6 月份交船，但 2008 年春节前船就交给了他们。熔盛的速度和质量赢得了船东的信任，Frontline 公司后来一口气在熔盛那里订了 16 艘船。

英国克拉克森研究公司 2009 年 6 月份最新统计，世界造船企业手持船舶订单 50 强中，熔盛排名第 13 位，国内排名第 3 位。

一个始建只有 3 年多的民营新厂，居然取得了如此大的成绩，不得不令人佩服。陈强去韩国访问，在三星重工办公室的墙壁上发现贴了不少熔盛的资料。前去学习取经的陈强觉得纳闷，熔盛还是个年轻船厂，有什么好害怕的。对方解释说：熔盛用不到 3 年的时间就创造了一般船企 50 年也达不到的成就，这样的活力就是巨大的国际竞争力。

韩国人说得不假，他们能不怕吗？目前全球七大著名船级社中，与熔盛形成战略伙伴的就有资格最老的英国劳氏、要求最严的挪威 DNV 以及世界最大的美国 ABS 三家。其中，最先与熔盛牵手的挪威 DNV 贡献订单超过 60 艘船，包括首制船和淡水河谷第一大订单。

目前，熔盛在欧洲和亚洲都已经树立起了自己的品牌。熔盛落户江苏南通甚至改变了这个城市的定位，熔盛正带动南通向"世界级造船基地"的目标进发。

从长江入海口、珠江入海口到环渤海湾，随处可见高吊林立、人头攒动、焊花飞溅的繁忙景象，数十万中国造船人正在改写世界造船格局。中船集团、中船重工和地方造船三大"集团军"如三驾马车，齐头并进，你追我赶，共同推动我国向第一造船大国和强国的目标迈进。

变化，来自民族自强不息和科技创新的力量。正是这种力量，让中国造船人一次次傲立于世界造船行业的潮头！

1991 年 10 月，时任国务院副总理的朱镕基曾深有感慨地说："过去认为船舶出口是想都不可想的事情，现在真正出口比较好的还是船舶工业。"1995 年 1 月，当时主管外贸出口的国务院副总理李岚清指出："现在，我们唯一能够称得上出口支柱型产业的就是造船。"

几年前还是中国造船人想都不敢想的事情，现在已经成为近在眼前的奋斗目标。

30 年来，中国造船人也很好地完成了国家赋予的"以民养军"的历史使命。与航天、航空等兄弟军工行业相比，国家对船舶军工的投入并不多（"七五"期间，中国船舶总公司固定资产投资仅相当于国内一条汽车生产线的投入，还不及日、韩一个船厂一年的投资），但是默默无闻的造船人仍然出色地完成了各项军工研制任务，并将先进造船技术不断移植到国防现代化建设中，为国家锻造出现代化的海军。

世界第一造船大国的头衔过去属于英国，后来是美国，紧接着是日本，最近又成了韩国。凭借自然环境、工业基础、劳动力成本，中国一定会成为世界一流的造船大国。没有人怀疑，那只是时间问题，让我们拭目以待……

中国造船人的精神和业绩"共和国不会忘记"。

让我们以爱默生的诗句作为本书的结尾："人是万物产生的根源……真正的诗歌是诗人的心灵，真正的船是造船人。"

主要参考文献

《邓小平文选》（第三卷），人民出版社 1993 年版

程望主编：《当代中国的船舶工业》，当代中国出版社 1992 年版

辛元欧：《中国近代船舶工业史》，上海古籍出版社 1999 年版

杨国宇主编：《当代中国海军》，中国社会科学出版社 1987 年版

舒德骑：《惊涛拍岸——中国船舶工业进军世界纪实》，解放军文艺出版社 1998 年版

叶宝园：《自强之路——从江南造船厂看中国造船业百年历程》，中央文献出版社 2008 年版

陈锦华：《国事忆述》，中共党史出版社 2005 年版

李志宁：《大工业与中国》，江西人民出版社 1997 年版

张　胜：《从战争中走来：两代军人的对话》，中国青年出版社 2008 年版

聂　力：《山高水长——回忆父亲聂荣臻》，上海文艺出版社 2006 年版

《肖劲光回忆录》（续集），解放军出版社 1989 年版

东方鹤：《张爱萍传》，人民出版社 2001 年版

震寿等：《海军传奇》，黄河出版社 1997 年版

铁竹伟：《迟到的理解》，珠海出版社 1995 年版

王宗光主编：《怀念柴树藩同志》，上海交通大学出版社 2000 年版

邓旭初：《忆上海交大重振雄风》，东方出版社 1995 年版

金仲明主编：《上海远洋运输志》，上海社会科学院出版社 1999 年版

王树春：《上海船舶工业志》，上海社会科学院出版社 2000 年版

崔京生：《新中国海战档案》，中国青年出版社 2007 年版

彭子强：《中国核潜艇研制纪实》，中央党校出版社 2005 年版

刘道生：《毛主席关怀人民海军建设》，载《缅怀毛泽东》，中央文献出版社 1993 年版

唐志拔：《中国舰船史》，海军出版社 1989 年版

胡彦林：《威震海疆：人民海军征战纪实》，国防大学出版社1996年版

寒羽编著：《核潜艇》，人民出版社1996年版

黄彩虹：《人民海军》，人民出版社1997年版

王荣生：《全面贯彻落实科学发展观，实现船舶工业发展的新跨越》，载《中国当代思想宝库》，科学出版社2006年版

顾建明编导：《扬帆远航》，中央新闻纪录电影制片厂

铁　流：《蓝色的畅想》，《报告文学》2008 年第 1 期

《温家宝总理视察上海造船企业》，《航运在线》2008 年 12 月

董志凯：《关于"156 项目"的确立》，《中国经济史论坛》2003 年 3 月

冯晓蔚：《一九六〇年苏联专家撤走过程中令人感动的一幕》，《环球军事》2005 年第 12 期

罗小明整理：《1958 年中国军事科学技术代表团访苏前后》，《百年潮》2006 年第 1 期

林儒生：《忆昔寒烟旧日时》，《兵器知识》2007 年第 9 期

林儒生：《"吕端"大事不糊涂》，《兵器知识》2008 年第 3 期

林儒生：《笑迎山花烂漫时》，《兵器知识》2008 年第 10 期

《起步维艰——陈佑铭回忆海军 718 工程》，《现代舰船》2009 年第 2 期

何立波：《"风庆"轮事件的前前后后》，《湘潮》2006 年第 8 期

中国船舶工业总公司办公厅政策研究室：《船舶工业的三次飞跃》，《当代中国史研究》1994 年第 4 期

孙立成：《以史为鉴，再创新高——为纪念中国造船工业发展 50 年》，《上海造船》1999 年 2 月

江　南：《建国 55 年中国舰船工业的发展》，《舰载武器》2004 年第 12 期

马会峰等：《我海军第一支驱逐舰部队战力写真——50 年辉煌路》，《当代海军》2005 年第 1 期

远　征：《中国海军早期驱逐舰全史》，《世界航空航天博览》2005 年

第 3 期

　　张全跃：《中国海军猎潜艇》，《舰载武器》2005 年第 1 期

　　征　海：《中国海军导弹护卫舰发展历程》，《现代舰船》2005 年第 3 期

　　姜　忠：《半个世纪的蓝水情结——中国海军驱逐舰发展之路》，《舰载武器》2003 年 9 月

　　范文英：《外刊谈中国海军》，《现代兵器》1989 年第 11 期

　　徐　焰：《解放初期中国引进苏联武器的史实回顾》，《兵器知识》2008 年第 5 期

　　吴殿卿：《人民海军初创时期装备发展纪实》，《党史博览》2007 年第 4 期

　　郭富文、曹保健：《南海舰队征战史》，《海事大观》2006 年第 3 期

　　戈尔登斯特恩：《中国海军潜艇部队发展》，美国 Undersea Warfare2004 年冬季号

　　武林樵子：《中国海军 65 型护卫舰》，《舰载武器》2006 年第 2 期

　　武林樵子：《怒海争锋：从 0190 型艇到 60 型高速护卫艇》，《舰载武器》2006 年第 9 期

　　武林樵子：《怒海轻骑——中国海军 037 系列反潜护卫艇》，《舰载武器》2005 年第 2 期

　　安　野：《中国海军 62 型护卫艇》，《舰船知识》2005 年第 8 期

　　丹　杰：《中国海军建造"旅大"级导弹驱逐舰的秘密》，《舰载武器》2006 年第 1 期

　　江能成：《"海上猎豹"的诞生——我国第一艘反潜护卫艇主任设计师吕永盛侧记》，《现代舰船》1998 年第 4 期

　　泽　元：《中国海军早期潜艇》，《现代舰船》2005 年第 3 期

　　泽　元：《前进的脚步——中国猎潜艇与近海战术的发展》，《现代舰船》2005 年第 5 期

　　王肇基：《敢于创新的一曲凯歌——记我国首批圆舭高速护卫艇》，《舰船知识》1985 年 1 月号

　　刘　华：《中国海军 6604 型猎潜艇》，《舰船知识》2006 年第 3 期

　　刘　华：《人民海军 65 型火炮护卫舰的前世今生》，《舰船知识》2003 年第 11 期

　　张方良：《中国造船业的一颗明星》，《江南集团技术》2000 年第 2 期

张方良：《江南人圆了潜艇梦》，《船史研究》2005年第19期

程　洁：《发展中的中国造船业》，《水运管理》2002年第6期

王国慧、曾明：《江南造船厂：中国人从这里踏上追赶西方之路》，《中国国家地理》2006年第6期

王荣生：《江南造船厂与跨世纪发展的中国船舶工业——热烈庆贺江南造船厂创立140周年》，《船舶工程》2005年增刊

连鲁军等：《日韩两国造舰能力分析》，《海事大观》2006年第10期

邹　翔：《现代航海技术状况及发展方向》，《中国水运》2006年第5期

刘　程：《"蓝色巨鲸"出海惊世》，《中国青年报》2002年4月27日

冯惠明：《阿尔希波夫的歌声》，《文汇报》2006年11月5日

《为了船舶工业的腾飞——追记柴树藩的"船舶岁月"》，《经济日报》2008年12月17日

吴胜利：《论述我海军近几年建设》，《解放军报》2009年1月20日

李　丽：《江南焊王的绝活——访全国劳动模范刘维新》，《工人日报》2004年9月28日

闫　宏：《江南造船厂的强国船梦》，《新京报》2005年7月12日

杨敏、王春：《十年铸剑：中国第一艘LNG船自主建造成功》，《科技日报》2008年6月16日

李　楠：《大连：中国造船业的"巨人"》，《大连日报》2006年4月27日

侯国政、叶健：《大连船舶重工挺进海洋工程"第一方阵"》，《辽宁日报》2008年9月18日

彭嘉陵、王金海：《在巨人肩上再跳一跳——来自大连船舶重工的报道》，《人民日报》2006年6月12日

《弃船阴影让造船业透过一丝凉意》，《航运经济》2008年10月27日

袁建达：《劳模：中华民族的骄傲》，《人民日报》2005年4月20日

李　楠：《大连书写中国造船业的骄傲》，《大连日报》2006年4月27日

陈　明：《熔盛：芦荡驶出造船新航母》，《新华日报》2008年8月26日

郑　蔚：《上海造船业向世界造船之冠发起冲击》，《文汇报》2004年8月12日

陈　建：《中国绿色好望角号大行其道》，中国新闻网2004年6月23日

后 记

2009年是新中国成立60周年，当山东人民出版社约我们以纪实文学的形式记录60年最值得忆述的行业时，我们毫不犹豫地想到了新中国的舰船工业。其原因，不独独因为父辈们的至交使我们对这一领域有着太多不能忘却的感动，也不仅仅因为我们的博客中已有了3万多字的相关回忆文章。追溯新中国舰船工业波澜壮阔的艰辛历程，展示几代造船工人奋发图强的历史画卷，才是我们创作这部书的初衷，也是多少年肩上沉甸甸的责任。

舰船工业最初在我国是一个无足轻重的行业，一个连船上用的锚链都依赖进口的国家，只能算是一个修修补补的行业。经过60年的艰苦奋斗，今天，中国造船业以雷霆万钧之势，崛起于中国的海岸和江河。2008年产量达2800万载重吨，无论接单量还是持单量，都已超过日本，雄踞世界造船业的第二位，直逼世界第一的韩国。面对这种充满希望和美好的前景，我们不应该忘记当年六机部、中船总公司以及大连、江南等造船厂建立的功勋，不应该忘记为新中国舰船工业鞠躬尽瘁、默默奉献的所有造船人。

经历过上世纪五六十年代的人都记得，那时造一艘万吨轮全国惊天动地，现在，出口一艘十几万吨的船已成寻常事。中国每年出口几百艘各型号的船，在世界五大洋随处可见航行着的"中国造"巨轮。一个军工产业部门，打破重重限制，走向世界市场，走向全球海洋，其领导人需要何等的胆略、灵活性、想象力、风险控制和政策把握力！六机部前部长柴树藩是其中非常出色的一位。

前人栽树，后人乘凉，我们应该有点儿感恩的精神……

由于篇幅有限，书中只重点记述了大连、江南、沪东、外高桥等几个造船厂的感人事例，国内其他造船基地，如南通中远、广船国际、渤船重工、武船重工、青岛北海、江苏金陵等只能忍痛割爱；还有海军装备中的很多舰型，如扫雷舰、登陆舰、导弹快艇、各型军辅船，也不能一一细述。新中国舰船工业60年的发展历程，几十万造船工人的奋斗历史，绝不是本书几十万字所能囊括的，我们只能撷取其中典型故事，希望借此管窥新中国舰船工业从小到大、由弱到强的腾飞之路。

国内著名的海防专家、中国人民解放军军事科学院战役战术部研究员朱绍鹏大校在百忙之中认真审阅了全书，认为"本书把中国造船工业的发展与人民海军的发展融合在一起，比较系统地描述了共和国海上力量发展的光辉历程，角度新，思想倾向健康，可读性强"，并对书中涉及的史料进行了核实，提出了宝贵的修改意见。

中国船舶工业总公司原总经理王荣生同志不顾年事已高，两次与作者、编辑人员长时间面谈。他仔细审阅书稿，欣然为书作序。作为新中国舰船工业发展的亲历者，他提供了一批宝贵的资料，回忆了大量往事，对每个章节都提出了很多中肯的建议，为本书增添了不少有趣的内容。

期间，我们还与六机部前部长柴树藩的女儿柴小林女士进行了多次交谈、采访，获取了不少柴树藩部长生前的一手资料。

书稿的部分内容和素材得益于舒德骑先生的《惊涛拍岸——中国船舶工业进军世界纪实》、叶宝园先生的《自强之路——从江南造船厂看中国造船业百年历程》。书稿中的数据，多来自《舰船知识》、《舰载武器》、《现代舰船》、《兵器》等公开出版的刊物，尤其是《当代中国海军》和《当代中国的船舶工业》两书，给予我们很大帮助。

《舰船知识》原主编王义山先生、《国际船艇》副主编李浩先生，在本书创作之初即给我们提供了舰船等的知识帮助，还为本书提供了大量珍贵的图片，并对书稿提出了指导意见。

凤凰卫视军情观察室特约评论员、《舰船知识》网络版主编宋晓军先生也对本书的内容提出了建设性意见。

飞扬军事论坛的热心网友们无偿地为我们提供了大量素材。

在此一并表示由衷的感谢。

著　者
2009年6月

附：媒体报道及社会反响

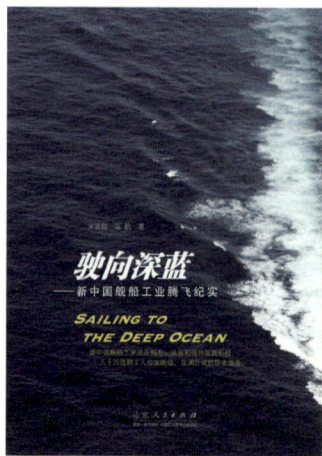

★中宣部第十一届精神文明建设"五个一工程"入选图书

★中宣部、教育部、共青团中央"向全国青少年推荐100种优秀图书"入选书目

★中宣部、新闻出版总署"庆祝新中国成立六十周年百种重点图书"选题

《求是》、《人民日报》、《光明日报》、《中国图书评论》、《中国青年报》、《中国新闻出版报》、《中国图书商报》、《中华读书报》、《文汇读书周报》、《出版人》、《出版商务周报》、《大众日报》、《大众科技报》、《齐鲁晚报》、《山东画报》、《山东商报》、《南京日报》等报刊都刊登了书评、书摘，作报道或评论；各网站纷纷转载。

1．《劈波斩浪的壮美历程——〈驶向深蓝——新中国舰船工业腾飞纪实〉创作感言》，《求是》2009年第13期

2．《光荣在于平淡》，《人民日报》2009年7月4日

3．《为走向深蓝鼓与呼》，《光明日报》2009 年 7 月 8 日

4．《〈驶向深蓝〉：中国成为第一造船大国只是时间问题》，《中国青年报》2009 年 7 月 7 日

5．《与共和国一起成长》，《中华读书报》2009 年 7 月 8 日

6．《石破天惊 扬帆远航——新中国舰船工业的发展与腾飞》，《出版人》2009 年第 13、14 期合刊

7．《为了一个负责任大国的崛起》，《中国新闻出版报》2009 年 7 月 3 日

8．《中国船舶工业走过艰难历程》，《中国图书商报》2009 年 7 月 10 日

9．《"核潜艇，一万年也要搞出来！"》，《文汇读书周报》2009 年 6 月 26 日

10．《"东风"号"跃进"号下水蹒跚出航》，《出版商务周报》2009 年 7 月 5 日

11．《寻找中国舰船工业之魂》，《大众日报》2009 年 7 月 10 日

12．《中国舰船驰向深蓝》，《山东画报》2009 年第 7 期

图书在版编目（CIP）数据

驶向深蓝：新中国舰船工业腾飞纪实／宋宜昌，远航著.
－2版．—济南：山东人民出版社，2014.5
　ISBN 978-7-209-04856-9

　Ⅰ.驶… Ⅱ.①宋… ②远… Ⅲ.军用船－造船工业
－概况－中国　Ⅳ.①F426.474

中国版本图书馆CIP数据核字（2014）第077815号

出版策划：金明善　丁　莉
责任编辑：杨　刚　杨大卫
装帧设计：蔡立国
电脑制作：谢润蒴

驶向深蓝——新中国舰船工业腾飞纪实
宋宜昌　远　航　著

山东出版传媒股份有限公司
山东人民出版社出版发行
社　　　址：济南市经九路胜利大街39号　邮　编：250001
网　　　址：http://www.sd-book.com.cn
发 行 部：(0531) 82098027 82098028
新华书店经销
山东临沂新华印刷物流集团印装

规　　格　16开 (165mm×230mm)
印　　张　22.25
字　　数　300千字
版　　次　2014年5月第2版
印　　次　2014年5月第2次
ＩＳＢＮ　978-7-209-04856-9
定　　价　48.00元

如有质量问题，请与印刷厂调换。电话：0539-2925659